VENGEANCE

LE GRAND ŒUVRE

DU MÊME AUTEUR

Série VENGEANCE

Tome 1, *Le Glaive de Dieu*, Montréal, Hurtubise, 2013

Série DAMNÉ

Tome 1, *L'Héritage des cathares*, Montréal, Hurtubise, 2010
Tome 2, *Le Fardeau de Lucifer*, Montréal, Hurtubise, 2010
Tome 3, *L'Étoffe du Juste*, Montréal, Hurtubise, 2011
Tome 4, *Le Baptême de Judas*, Montréal, Hurtubise, 2011

Série LE TALISMAN DE NERGAL

Tome 1, *L'Élu de Babylone*, Montréal, Hurtubise, 2008
Tome 2, *Le Trésor de Salomon*, Montréal, Hurtubise, 2008
Tome 3, *Le Secret de la Vierge*, Montréal, Hurtubise, 2008
Tome 4, *La Clé de Satan*, Montréal, Hurtubise, 2009
Tome 5, *La Cité d'Ishtar*, Montréal, Hurtubise, 2009
Tome 6, *La Révélation du Centre*, Montréal, Hurtubise, 2009

Autres titres chez Hurtubise

Complot au musée, Montréal, Hurtubise, 2006
Spécimens, Montréal, Hurtubise, 2006
Fils de sorcière, Montréal, Hurtubise, 2004
Au royaume de Thinarath, Montréal, Hurtubise, 2003

Chez d'autres éditeurs

Complot au musée, Archambault, Montréal, 2008
Cap-aux-Esprits, Gatineau, Vents d'Ouest, 2007
2 heures du matin, rue de la Commune. Une enquête de Philémon Dandrejean, détective privé, Sherbrooke, GGC Éditions, 2002
(avec Thomas Kirkman-Gagnon)
Le mystère du manoir de Glandicourt. Une enquête de Philémon Dandrejean, détective privé, Sherbrooke, GGC Éditions, 2001
(avec Thomas Kirkman-Gagnon)
Le fantôme de Coteau-Boisé, Sherbrooke, GGC Éditions, 2000
Gibus, maître du temps, Sherbrooke, GGC Éditions, 2000
L'étrange Monsieur Fernand, Sherbrooke, GGC Éditions, 2000
(avec Thomas Kirkman-Gagnon)

Hervé Gagnon

VENGEANCE

LE GRAND ŒUVRE

Tome 2

Hurtubise

Catalogage avant publication de Bibliothèque et Archives nationales du Québec et Bibliothèque et Archives Canada

Gagnon, Hervé, 1963-

Vengeance

Sommaire: t. 2. Le grand œuvre.

ISBN 978-2-89723-121-7 (v. 2)

I. Titre. II. Titre: Le grand œuvre.

PS8563.A327V46 2013   C843'.6   C2012-941960-5
PS9563.A327V46 2013

Les Éditions Hurtubise bénéficient du soutien financier des institutions suivantes pour leurs activités d'édition:

- Conseil des Arts du Canada;
- Gouvernement du Canada par l'entremise du Fonds du livre du Canada (FLC);
- Société de développement des entreprises culturelles du Québec (SODEC);
- Gouvernement du Québec par l'entremise du programme de crédit d'impôt pour l'édition de livres.

Conception graphique: René St-Amand
Illustration de la couverture: Éric Robillard (Kinos)
Maquette intérieure et mise en pages: Martel en-tête

Copyright © 2013 Éditions Hurtubise inc.

ISBN: 978-2-89647-121-7 (version imprimée)
ISBN: 978-2-89647-122-4 (version numérique PDF)
ISBN: 978-2-89647-123-1 (version numérique ePub)

Dépôt légal: 2ᵉ trimestre 2013
Bibliothèque et Archives nationales du Québec
Bibliothèque et Archives Canada

Diffusion-distribution au Canada:
Distribution HMH
1815, avenue De Lorimier
Montréal (QC) H2K 3W6
www.distributionhmh.com

Diffusion-distribution en Europe:
Librairie du Québec/DNM
30, rue Gay-Lussac
75005 Paris FRANCE
www.librairieduquebec.fr

Imprimé au Canada
www.editionshurtubise.com

À Thomas et Marian,
qui ont découvert l'essentiel

1

Nicolas ne détestait rien autant que d'être observé pendant qu'il travaillait. À ses yeux, l'art exigeait une parfaite solitude et, pour cette raison, en plus de vingt ans de carrière, jamais il n'avait accepté de peindre devant un public. Or, au cours des dernières semaines, c'était exactement ce qu'il avait dû faire. Il avait été contraint de travailler dans la peur. Il avait senti le souffle de l'étranger dans son cou et son regard sur sa nuque. Sans cesse, la menace, presque palpable, avait plané au-dessus de lui, rendant sa main moins sûre et lui provoquant des hésitations inhabituelles qui ne faisaient qu'enrager l'homme et empirait d'autant la situation. Tout au long du travail, il n'avait pas douté un seul instant que, si son tableau n'était pas à la hauteur des exigences, il mourrait sur-le-champ. Ce qu'il avait ignoré jusqu'à la fin cependant, c'était s'il survivrait dans le cas où le produit final serait jugé satisfaisant par son mystérieux client.

Au cours de ces semaines, il avait maudit la cupidité qui l'avait conduit dans ce traquenard. Tout artiste vivait des commandes qu'on lui faisait, dont l'abondance était directement proportionnelle à la renommée acquise grâce à la qualité de son travail. Sans clients, sans mécènes, un peintre crevait littéralement de faim, quel que soit son talent. Depuis que Nicolas s'était établi à Rome, voilà près de dix ans, il avait réalisé des œuvres pour Naples, pour l'Espagne et pour la France. Il avait même l'honneur de compter parmi ses clients nul autre que le cardinal Barberini, neveu du pape Urbain VIII. Tous ses bienfaiteurs s'étaient déclarés entièrement satisfaits de son travail et ne s'étaient pas gênés pour lui envoyer de nouveaux clients. Ainsi, sa réputation s'était bâtie. Il se demandait maintenant si elle n'était pas devenue un peu trop grande à son goût.

Il avait fait la connaissance de l'étranger durant une soirée mondaine. Il n'avait d'abord pas remarqué cet homme, qui s'était assis dans un coin et que personne ne lui avait présenté jusqu'à ce qu'il se dirige vers lui et lui demande s'il était bien le peintre Poussin, de grande renommée. Devant la réponse affirmative, l'homme lui avait annoncé qu'il aimerait discuter affaires avec lui et Nicolas lui avait donné rendez-vous le surlendemain.

L'inconnu se présenta à l'atelier à l'heure convenue. De taille moyenne, vêtu d'une longue cape noire et d'un chapeau au rebord large baissé sur les yeux, il entra et retira son couvre-chef, dévoilant une longue chevelure ondulée noire comme le plumage d'un corbeau et un visage piqué de vérole et ponctué de quelques cicatrices. Ses yeux d'un gris froid comme l'acier toisèrent longuement le peintre dans un silence oppressant. Nicolas se sentit observé comme du bétail qu'on évalue et n'apprécia pas le frisson qui monta le long de son échine. Coupant court à toute conversation mondaine, l'homme annonça enfin qu'il représentait un client qui souhaitait lui faire réaliser un tableau un peu particulier et qui désirait garder l'anonymat. Sans attendre la réponse, il posa sur la table une bourse contenant une somme exorbitante, déjà beaucoup trop importante pour un seul tableau et qui ne représentait pourtant qu'une avance sur la somme totale.

À cet instant précis, Nicolas aurait dû soupçonner qu'il y avait anguille sous roche, mais la cupidité l'avait rendu aveugle. À moins de se voir confier la décoration d'une église, les revenus d'un peintre étaient irréguliers. Or, depuis quelque temps, les siens se faisaient plus rares et ses dettes s'accumulaient. Il accepta donc le mandat qui lui permettrait de faire taire ses créanciers tout en conservant pour lui-même un confortable pécule. Le mystérieux client prit congé en l'assurant qu'il serait de retour dans quelques semaines avec les modèles qu'il devrait utiliser. De nouveau seul dans l'atelier, Nicolas eut l'impression d'avoir vendu son âme au diable.

Lorsque l'homme revint, il était accompagné de quatre personnes qu'il ne jugea pas utile de présenter au peintre, lui commandant simplement d'en réaliser des croquis après qu'ils eurent pris des poses très précises. Poussin s'exécuta sans poser de questions, le fusain courant avec aise sur le papier pour fixer les traits qu'il observait attentivement. À ses yeux, le visage révélait l'âme et c'était celle-ci qu'il devait traduire en lignes, courbes et ombres.

Les nouveaux venus formaient un bien étrange groupe. La femme d'une trentaine d'années avait l'air austère et réservé d'une dévote et n'avait pas ouvert la bouche, sinon pour lui adresser de brèves salutations. Elle se tenait droite et raide sur le tabouret et regardait droit devant. Quant aux trois hommes, ils étaient disparates. L'un d'eux, encore un jeune homme dans la vingtaine, avait le port altier d'un noble et le visage ténébreux. Les deux autres, dont les traits semblaient avoir été taillés dans le roc et dont les mains calleuses trahissaient l'expérience du travail manuel, sortaient tout droit d'un chantier de construction.

La réalisation des croquis occupa toute la matinée, le client en surveillant étroitement la réalisation et exigeant çà et là des modifications. Puis les modèles repartirent sans mot dire, laissant Poussin seul avec son curieux bienfaiteur. Pendant le reste de la journée, l'homme lui décrivit dans le plus menu détail la scène que son client désirait voir réalisée, fixant les dimensions de l'œuvre, précisant la composition souhaitée, ses éléments et les proportions qui devaient exister entre eux. Il indiqua où chacun des personnages devait figurer, leurs vêtements et leurs postures. Il griffonna lui-même, avec un talent surprenant, des croquis détaillés dans le calepin de l'artiste, jusqu'à ce que ce dernier l'assure qu'il avait bien compris et qu'il peindrait exactement ce qui lui était demandé, sans en dévier d'un iota. Ils convinrent enfin de la date à laquelle l'œuvre serait terminée.

— Permettez-moi de vous rappeler que vous êtes grassement payé pour ce travail, maître Poussin, déclara l'inconnu avant de sortir.

— J'en suis conscient, messire.

— En retour, votre silence absolu est requis. Le client que je représente dévoilera lui-même ce tableau s'il le souhaite. Sinon, il demeurera secret. Pour votre part, n'en parlez jamais à qui que ce soit, de crainte qu'il ne vous arrive un grand malheur. Me fais-je bien comprendre ?

D'un geste presque négligent, l'inconnu entrouvrit sa cape pour dévoiler le manche d'une longue dague glissée dans un ceinturon de cuir. Ne doutant pas que l'homme savait s'en servir, Nicolas acquiesça de la tête, réalisant le bourbier dans lequel il venait de sauter à pieds joints.

— Me direz-vous au moins votre nom ? ajouta-t-il après une hésitation.

— Non, à moins que vous ne désiriez qu'il représente la dernière chose que vous aurez apprise dans votre vie.

L'inconnu tourna les talons et s'en fut dans la nuit sans rien ajouter, ses longues enjambées faisant virevolter sa cape dans la rue sombre.

———

Anxieux de satisfaire entièrement ce client qu'il avait hâte de ne plus revoir, mais aussi de toucher le solde considérable qui lui était dû, Poussin se mit à l'œuvre dès le lendemain, travaillant fiévreusement pendant des semaines en ne s'autorisant que quelques heures de sommeil par nuit. Il créa comme jamais il ne l'avait fait, par peur autant que par avidité.

À la date convenue, dès l'aube, l'homme se présenta à l'atelier. Sans même saluer, il se dirigea vers le chevalet qui trônait au centre de la pièce, portant un tableau recouvert d'une toile grossière. D'un geste un peu théâtral, Nicolas lui dévoila fièrement l'œuvre.

Après quelques secondes passées à inspecter tous les détails du tableau, l'inconnu se retourna brusquement, le visage convulsé de colère. Il saisit le peintre par le col de sa chemise, le souleva comme s'il ne pesait rien et le projeta violemment sur le plancher avant de lui administrer plusieurs coups de pied dans le ventre. Il le releva avec la même brusquerie pour lui plaquer sur la gorge le poignard qu'il avait sorti de sous sa cape et le traîna littéralement devant le tableau.

— Ce n'est pas ce que nous avions convenu, maître Poussin, gronda-t-il, sa lame tirant un peu de sang de son gosier. Les personnages ne sont pas dans les positions entendues et l'un d'eux tourne même le dos ! Le monument semble sur le point de s'écrouler tellement il est antique et on voit seulement la moitié de l'inscription !

L'inconnu le fit pivoter sur lui-même et lui asséna un coup de poing qui lui fit sauter trois dents. Sonné, Poussin atterrit douloureusement sur le dos.

— À quoi joues-tu ? hurla à pleins poumons l'inconnu, en proie à une sainte colère.

— L'équilibre de la composition originale était fautif, geignit Nicolas en crachant le sang. Il ne respectait pas les règles de l'art classique. Je ne voulais pas que votre client paie une fortune pour une toile qui donne l'impression d'avoir été peinte par un débutant. J'ai une réputation à préserver !

— Je me fiche de l'équilibre et de l'art ! Ta réputation, tu étais bien aise de la vendre comme une putain voilà pas si longtemps ! Tu es payé pour peindre ce qu'on te demande, pas pour penser !

L'homme empoigna Nicolas par les cheveux et le remit debout pour l'entraîner devant un autre chevalet. Il l'assit de force sur le tabouret bas, lui mit un pinceau dans la main et referma ses doigts dessus, faisant douloureusement craquer les jointures.

— Maintenant, au travail! ordonna-t-il. Peins ce qui t'est demandé et rien d'autre! Je ne bougerai plus d'ici tant que tu n'auras pas terminé.

Pendant trois longues semaines, l'homme lui souffla dans le cou du matin au soir, le laissant à peine dormir, dirigeant le moindre coup de brosse, décidant des ombres et de la lumière, des couleurs et des tons, de la position des figurants, du drapé de leurs vêtements, de la végétation, des formes, des angles, des proportions, de l'arrière-plan et du lettrage. Il ne laissait rien au hasard et donnait l'impression qu'il voyait si bien l'œuvre achevée dans sa tête qu'il aurait pu la réaliser lui-même les yeux fermés. «Le doigt du personnage un peu plus à gauche». «Le bâton du berger plus incliné de quelques degrés». «Plus droits, les arbres». À la moindre erreur, il n'hésitait pas à administrer des gifles et des coups au peintre, qui finit par trembler de peur devant cette toile qui tournait au cauchemar. Une fois, lorsque l'homme avait étiré le bras pour pointer un élément du tableau qui prenait forme, Nicolas avait aperçu une cicatrice en forme d'équerre sur le gras de son pouce. Pour alléger l'atmosphère, il l'avait questionné à ce sujet.

— Il s'agit de la marque d'une confrérie à laquelle j'appartiens et qui n'hésite pas à tuer ceux qui se montrent trop curieux, rétorqua l'inconnu. Vous êtes le troisième artiste auquel je demande de réaliser ce tableau, maître Poussin. Les deux premiers n'ont pas fait l'affaire…

Contrôlant de son mieux la terreur que l'homme lui inspirait, Nicolas ne tenta plus de faire la conversation. Docile comme un chien battu, il exécuta jusqu'à ce que l'autre se déclare satisfait. Maintenant, il avait enfin terminé.

— Voilà, dit-il sèchement en lui tendant l'œuvre encadrée et emballée. Vous avez votre tableau. Maintenant, payez-moi et sortez! Et ne revenez plus!

L'homme ouvrit sa cape et détacha de sa ceinture une bourse de cuir qu'il jeta dédaigneusement sur la table. Les pièces qu'elle contenait tintèrent.

— Tout y est, déclara-t-il. Vous pouvez compter si vous le voulez.

— Même s'il manque quelques louis, je n'en ai cure, pour autant que je ne vous revoie jamais.

L'homme le dévisagea un instant, le mince sourire naissant sur ses lèvres n'atteignant pas ses yeux gris.

— Vous ne me reverrez que si vous n'êtes pas discret, maître Poussin, rétorqua l'inconnu d'un ton de froide menace. Je n'ai pas à vous rappeler que cette commande a été payée et exécutée sous le sceau du secret absolu. Au moindre manquement, vous aurez la langue tranchée et la gorge ouverte, comme tous ceux qui ont l'imprudence de nous déplaire.

— Je... Je me tairai, balbutia l'artiste terrorisé.

— Voilà un engagement prudent.

Le sourire de l'inconnu s'élargit, infiniment plus inquiétant encore que les mots qu'il venait de prononcer. Son tableau sous le bras, il quitta l'atelier. Poussin referma la porte et laissa échapper un long soupir qui tenait autant du soulagement que de l'épuisement. Son tortionnaire n'avait rien à craindre : jamais il ne parlerait de ce tableau à qui que ce soit. Pas même à sa femme, qui avait si souvent cherché à savoir ce qui l'occupait tant et pourquoi il avait toujours cette mine renfrognée.

Il laissa son regard errer sur son atelier désert. Il ne se sentait plus capable de travailler sereinement dans cet endroit et sa décision était prise. Le roi Louis XIII et son principal ministre, le cardinal de Richelieu, l'avaient maintes fois invité à s'établir en France pour superviser les ouvrages de peinture du Louvre, qu'ils avaient entrepris de redécorer. Ils avaient même proposé de le nommer premier peintre du roi et directeur général des embellissements des maisons royales. Rien de moins. Pour refuser l'offre sans froisser Sa Majesté, Nicolas avait invoqué la maladie et ses occupations. Il décida de leur laisser savoir que, s'ils le souhaitaient toujours, il était maintenant disposé à accepter leur généreuse proposition. Tout ce qu'il désirait était de s'éloigner de Rome et de cet inconnu dont la seule pensée lui donnait des sueurs froides.

———

Dans la diligence qui le ramenait à bon train vers Paris, le tableau appuyé sur la banquette près de lui, l'homme était soulagé et satisfait. Certes, l'artiste s'était montré un peu trop créatif à son goût, mais le résultat final était exactement ce qu'on l'avait chargé de faire produire. Il pouvait enfin retourner chez lui. Au fond, Poussin pouvait se compter chanceux. Il ne serait jamais qu'un peintre de second ordre et la somme indécente qui lui avait été versée était une occasion qui ne repasserait pas de sitôt.

Évidemment, le plus sûr eût été de l'éliminer. L'*Opus Magnum*[1] avait l'habitude de ne pas laisser de traces, même ténues. Mais dans ce cas-ci, malheureusement, l'artiste était suffisamment connu pour que sa mort, même astucieusement maquillée, suscite des questions et engendre plus de problèmes qu'elle n'en réglerait. Et puis, l'artiste était un instrument de l'ordre, pas son ennemi. Il ne savait rien de l'*Argumentum* ou de la Vengeance et il n'était pas plus proche de l'Église que le commun des chrétiens. Aussi avait-il été décidé de le laisser vivre. De toute façon, Poussin ne parlerait pas, l'homme en était convaincu. Il savait reconnaître le courage et le peintre n'en avait pas beaucoup. L'artiste avait été terrorisé. Et puis, que pourrait-il révéler à part qu'un inconnu l'avait forcé à la pointe du couteau à peindre une scène d'un classicisme un peu éculé en échange d'une somme exorbitante? Si sa langue se déliait, ses confrères l'envieraient bien plus qu'ils ne le plaindraient.

L'homme frotta distraitement les cicatrices qu'on avait tracées sur ses paumes voilà déjà tant d'années.

———

1. Grand Œuvre.

Il n'était qu'un maillon insignifiant dans un vaste plan. On lui avait simplement appris que, le moment venu, le tableau, dont on lui avait minutieusement décrit la composition, jouerait un rôle dans la révélation de l'*Argumentum*. Moins il en savait, mieux c'était. Si la Vengeance était demeurée possible depuis le *dies terribilis*[1], c'était précisément grâce à cette prudente habitude de compartimenter l'information. L'important était qu'à la fin elle s'accomplisse, que les traîtres soient dénoncés et que l'Église, cette vile maquerelle, soit révélée pour ce qu'elle était vraiment.

L'homme se cala sur la banquette, rabaissa son chapeau sur ses yeux et se laissa bercer par le trot des chevaux. Les semaines passées à souffler dans le dos de Poussin l'avaient fatigué plus qu'il ne l'aurait cru. Heureusement, il ne lui restait plus qu'à livrer le tableau avant de retrouver le calme de la Champagne. Sa contribution était terminée. Pour le moment, en tout cas.

— *Non nobis, Domine, non nobis, sed nomini, tuo da gloriam*[2], murmura-t-il avant de s'endormir.

---

1. Jour terrible.
2. Non pas pour nous, Seigneur, mais à la plus grande gloire de ton nom.

2

DANS LE TEMPLE SECRET de l'*Opus Magnum*, sous l'édifice de la douane, un silence sépulcral et un peu malaisé régnait depuis plusieurs minutes. Prenant place dans les fauteuils qui longeaient les murs, tous ceux qui s'étaient révélés à Pierre Moreau respectaient son besoin d'assimiler ce qu'il venait de comprendre et d'accepter l'inconcevable : Émile et Gertrude Fontaine étaient vivants. Il était celui qui les avait découverts dans le salon de leur maison, rue Mansfield, dévisagés et décapités. Il avait marché dans leur sang, qui maculait le plancher. Par mégarde, il avait fait rouler la tête de son futur beau-père. Et pourtant, ils étaient là, parmi les autres. Certes, à leur façon, Honoré Beaugrand, Gédéon Ouimet, Solomon Wolofsky, Barthélémy Perreault, Georges Belval et Maurice Demers l'avaient tous trompé. Mais aucun ne l'avait fait au point de feindre une mort atroce qui lui donnerait des cauchemars jusqu'à la fin de ses jours.

Lorsqu'il les avait aperçus, il avait eu l'impression que le sol ondulait sous ses pieds, comme si des vagues l'avaient soudain animé. Il se souvenait vaguement qu'on l'avait soutenu par les bras pour le conduire à un fauteuil. Il y était toujours, ses esprits retrouvés, mais encore hébété. Il ressentait jusqu'au creux de sa chair et de ses os la série de chocs qu'il venait d'encaisser : sa propre identité ; le visage serein de son père, sur le tableau ; le rôle secret de ceux qui l'avaient accompagné dans la tourmente des dernières semaines ; la révélation d'une tablette remontant à Moïse ; la nature réelle de l'*Argumentum*. Par-dessus tout cela venait de s'ajouter le retour d'entre les morts des Fontaine. C'était beaucoup trop pour un seul homme. Il se sentait avalé par une vague sans savoir dans quelle direction nager pour remonter à la surface et respirer avant d'étouffer.

De son fauteuil, de l'autre côté de la pièce, Honoré Beaugrand l'observait avec un regard compréhensif. Le simple professeur qu'il était n'était pas équipé pour faire face à des révélations qui ébranlaient toutes les certitudes apprises sur les bancs d'école et dans les traités sérieux. L'histoire tenait du délire. En 1291, alors que Saint-Jean-d'Acre était sur le point de tomber aux mains des Sarrasins, les Templiers avaient découvert par inadvertance un secret si grave qu'il pouvait causer la perte de l'Église qu'ils servaient avec entière loyauté depuis leur création. Fidèle au vœu d'obéissance au pape qu'il avait prononcé, comme tous ses frères, lors de son initiation, le *Magister* de l'époque, Guillaume de Beaujeu, avait décidé d'en cacher pour toujours l'existence. En bon maître de l'ordre, il se devait aussi d'être fin diplomate et habile calculateur. Il avait donc choisi de ne pas détruire le secret, comme il aurait été en mesure de le faire, et de protéger ainsi le Temple contre cette même Église si jamais celle-ci lui devenait un jour hostile.

Malgré ces précautions, le pape Clément V avait fini par apprendre l'existence de ce qu'on avait nommé l'*Argumentum* – la preuve – et, pour s'en emparer, il décida d'abolir l'ordre des Pauvres Chevaliers du Christ et du Temple de Salomon qui, de toute façon, occupait une trop grande place sur les échiquiers de l'Europe et de la Terre sainte au goût des puissants. Avec l'aide du roi de France, Philippe IV le Bel, dont les coffres étaient à sec et qui convoitait depuis longtemps le trésor de l'ordre, il avait frappé sans prévenir. La brutalité de l'attaque avait été telle qu'elle avait marqué les imaginations de l'époque, pourtant habituées à ce genre d'exactions.

Le *dies terribilis* était survenu le 13 octobre 1307. Selon Beaugrand, l'ordre, dans sa forme traditionnelle, avait bien été détruit, mais pas avant d'avoir transféré l'*Argumentum* en Écosse. Le roi Robert Bruce et tout son peuple étant déjà excommuniés, ce royaume constituait alors le refuge idéal pour ceux que l'Église traquait désormais comme du gibier. Le Temple était mort pour mieux ressusciter dans une incarnation nouvelle. L'ordre qui avait dominé le monde vivrait désormais dans l'ombre en attendant l'heure de la revanche. La lumière la plus brillante de toute la chrétienté ne serait plus qu'une lueur clandestine éclairant une conspiration.

Les Templiers survivants avaient reçu des terres autour du mont Hérédom, en Écosse. Là, ils s'étaient réorganisés au sein de ce qu'ils avaient baptisé *Opus Magnum*, car ils ne vivraient désormais que pour un Grand Œuvre : la Vengeance contre l'Église qui avait trahi sa fidélité. Du fond de sa clandestinité, l'ordre s'était consolidé et les descendants des fondateurs leur avaient succédé. Pour détruire le secret qu'elle craignait tant, l'Église, elle, avait créé le *Gladius Dei*[1]. Une guerre à finir, sanglante et barbare, s'était enclenchée. Elle durait depuis plus de cinq siècles, marquée par des intrigues incessantes et des meurtres aussi nombreux que répugnants.

Prudemment, l'*Opus* avait eu recours aux connaissances maritimes recueillies par les Templiers auprès de voyageurs sarrasins pour déplacer l'*Argumentum* en Amérique du Nord, à une époque où le continent n'était encore qu'un rêve en Europe et ne figurait sur aucune carte géographique. Il l'avait déposé dans un lieu baptisé Arcadie, gardé par plusieurs de ses membres. *Et in Arcadia Ego...* « Même à Arcadie, j'existe ». C'était ce que disait la scène gravée sur le médaillon arraché aux restes de mère Marie-Marthe Théberge.

Puis, sous le couvert de la fondation d'une colonie de dévots dans le Nouveau Monde, on avait transféré le secret quelque part

---

1. Glaive de Dieu.

à Ville-Marie. Là, deux familles templières avaient été désignées pour préserver son emplacement : les Aumont et les Leclair. Petit à petit, les détenteurs de la clé avaient été éliminés et plus personne ne savait désormais en quoi consistait le secret de l'*Argumentum*. La certitude de son existence suffisait néanmoins à attiser le désir de vengeance.

Dans les grandes lignes, c'était là ce que Pierre comprenait de l'histoire extravagante qu'on lui avait racontée. Il se sentait sonné comme un boxeur malmené par trop de combats difficiles et complètement dépassé par les événements. Il avait franchi depuis longtemps la frontière de l'épuisement. Son corps implorait un peu de repos, mais dans sa pauvre tête, les idées tourbillonnaient et s'entrechoquaient furieusement sans qu'il puisse les ralentir.

En proie à un étrange mélange d'incrédulité et de résignation, il laissa son regard errer sur les paumes de ses mains. Les deux plaies en équerre, encore sanguinolentes, tracées une heure plus tôt par Honoré Beaugrand, s'y trouvaient toujours. Il ne rêvait pas.

Elles étaient superficielles, mais leur sens, lui, était profond : par elles, il avait accepté le fardeau que son père lui avait légué. Serait-il capable de le porter ? Pourrait-il résoudre cette énigme à temps ? Pourrait-il même en venir à bout, lui qui en savait si peu ? Julie était toujours aux mains de ses ravisseurs et, maintenant qu'il était en possession de la clé, ceux-ci accroîtraient forcément la pression pour obtenir l'*Argumentum*. Déjà, ils l'avaient amputée d'un doigt. Il n'avait qu'à fermer les yeux pour revoir avec une effroyable clarté sa bien-aimée sur la photo qu'on avait glissée sous la porte de la chambre d'hôtel. La pauvre Julie avait été attachée sur une chaise, les joues mouillées de larmes, un torchon dans la bouche, l'annulaire tranché – le doigt qu'Adrien et lui avaient trouvé enveloppé dans un tissu ensanglanté. Pierre ne doutait pas un seul instant qu'ils n'hésiteraient pas à lui faire subir encore pire. Qu'allait-il recevoir au cours des prochains jours ? Une main ? Une oreille ? Un œil ? Un cœur ? Il n'osait pas y penser.

Il leva les yeux et laissa son regard errer sur ceux qui se trouvaient là. Tous se prétendaient descendants des Templiers. Pire encore : selon eux, Pierre Moreau, simple petit professeur, en était, lui aussi. L'historien qu'il était aurait dû en rire aux éclats, mais dans ses tripes il sentait qu'ils disaient vrai. Après tout, en quelques jours, sa vie tout entière s'était effondrée comme un édifice à la structure vermoulue. Il avait vu mourir Adrien, ce cousin si cher qui, avait-il appris, n'en était pas un. Son père et son oncle, qui s'étaient révélés n'être que de vils comédiens, s'étaient mystérieusement évaporés et leur entreprise avait précipitamment fermé ses portes. Hermine Moreau, née Lafrance, qui avait prétendu être sa mère, s'était avérée passablement moins insensée qu'on le lui avait laissé entendre depuis son plus jeune âge. À sa manière, elle avait même été la seule à voir un peu clair dans toute cette histoire.

Pierre avait surtout perdu sa propre identité. Sa position au collège, son passé, son nom même. Tout. Sa vie plus que modeste, certes, mais satisfaisante, n'avait été qu'une illusion, une pathétique chimère. Il n'était pas Pierre Moreau et ne l'avait jamais été. Il était un homme dont il ne savait presque rien, mais sur les épaules duquel reposait une lourde responsabilité : percer le sens du médaillon de son vrai père, retrouver l'*Argumentum* et contribuer à détruire l'Église. Cette même Église qui avait froidement assassiné ses parents ; qui avait tenté de le tuer lui aussi ; qui n'était pas ce qu'elle prétendait être ; qui faisait manifestement passer son pouvoir avant la vérité. C'était exactement ce qu'il ferait, non pas par conviction – il se fichait de l'*Argumentum*, des soi-disant Templiers, de leurs secrets supposément millénaires et de leur Vengeance comme de sa première culotte – mais pour sauver la femme qu'il aimait. Au cœur de son découragement, c'était le seul espoir qui lui restait ; une blême lueur à laquelle il s'accrochait au milieu de la nuit dans laquelle on l'avait plongé et qui menaçait de l'avaler tout entier. Pour retrouver Julie, il devrait contribuer à l'effondrement de toutes ses certitudes.

Il se leva brusquement, pris d'un besoin viscéral de vérifier que tout cela n'était pas un mauvais rêve. Il se rendit auprès de Barthélémy Perreault, lui saisit les mains et les retourna. Les cicatrices étaient bien là, sur ses paumes, étroites et blanchies par le temps. Son frère de loge lui adressa un regard compatissant, comprenant sans doute qu'il devait voir de ses yeux, comme Thomas l'avait fait pour les plaies du Christ, avant de croire pleinement. Pierre le laissa là et, faisant le tour de la pièce, répéta le même exercice avec les mains de Solomon Wolofsky, puis de Maurice Demers, tous deux aussi sales et épuisés que lui. Puis vinrent Georges Belval et Gédéon Ouimet. Tous portaient les mêmes marques, mais il ne les avait jamais remarquées.

Luttant contre la nausée qui le reprenait, Pierre laissa son regard errer sur la petite pièce secrète qui remontait sans doute aux débuts de la colonie de Ville-Marie, et par-dessus laquelle on avait construit plus tard, sans le savoir, l'édifice de la douane. Avec ses murs de pierre de taille humides, son plafond en voûte bas et un peu étouffant, ses colonnes massives, ses nombreux chandeliers, son petit autel à la nappe blanche maculée de sang frais et orné de deux crânes enchâssés dans une base en or, l'endroit était absolument lugubre. Ceux qui se trouvaient là, dans leurs robes noires, pouvaient aussi bien être ses bienfaiteurs que ses geôliers et ses bourreaux. Sans doute étaient-ils un peu tout cela à la fois. Après tout, ils n'avaient eu aucun scrupule à le manipuler pour parvenir à leurs fins. Ils avaient souhaité retrouver la clé avant les autres et, à ce titre, le fils de Jean-Baptiste-Michel Leclair n'avait été qu'un pion sur un échiquier dont il commençait à peine à entrevoir toute la surface et dont il ne pouvait que soupçonner les nuances.

Malgré son ambivalence, il devait admettre que la présence de ceux avec lesquels il avait bravé le danger le réconfortait autant qu'elle le déstabilisait. Après tout, ils ne lui avaient fait aucun mal. Quand il avait récupéré le médaillon dans la crypte des Sœurs Grises, ils ne le lui avaient pas volé, alors qu'ils se trouvaient isolés de tout et qu'ils auraient pu le faire sans coup férir. Au contraire, Solomon Wolofsky l'avait protégé de l'abbé Simard. Maurice Demers avait même été sérieusement blessé par le tueur du *Gladius*, rue de la Cathédrale. Cela ne pouvait signifier qu'une chose : ils le considéraient comme un des leurs.

Sur le mur du fond, dans son cadre, se trouvait Jean-Baptiste-Michel Leclair, le père que Pierre n'avait pas connu et qui, pourtant, l'avait guidé d'outre-tombe jusqu'à l'*Opus Magnum*. Entre les tentures pourpres, sur le tableau qu'on venait de lui dévoiler, l'homme aux cheveux blonds et aux yeux bleus, auquel il ressemblait tant, semblait l'observer. Il avait été descendant de famille templière – ou du moins l'avait-il cru – et dernier détenteur de la clé de l'*Argumentum*. Il avait été responsable de la préservation du secret et s'était voué à cette Vengeance qui importait tant à ceux qui en avaient attisé les braises au cours des siècles. On aurait dit qu'il attendait de voir s'il avait eu raison de sauver la vie de ce fils alors qu'il était encore tout petit et de placer en lui tous ses espoirs ; s'il avait la fibre nécessaire pour mener à bien la tâche qu'il lui avait léguée. Sur le portrait, il tenait ce même fils sur ses genoux. Le petit Joseph-Bernard-Mathieu Leclair brandissait dans sa main toute potelée, tel un hochet, le médaillon qui avait motivé des attentats en série, les assassinats les plus révoltants et l'enlèvement de Julie Fontaine. Sur le guéridon, tout près, deux feuilles étaient peintes. Celle du dessus portait, très pâle, le symbole de l'*Opus Magnum* avec, en son centre, le chiffre romain 1.

Le même signe figurait sur la tablette en terre cuite que Beaugrand lui avait dévoilée, et qui remontait à Moïse. « Moi, Kashtiliash IV de Babylone, je confirme par décret royal, la faveur jadis conférée au peuple de Moïse de Goshen, venu d'Égypte, par mon prédécesseur, le grand Hammourabi», disait-elle. Elle reposait maintenant dans une cache derrière le portrait. Dessous, la seconde feuille portait le même symbole, mais avec le chiffre romain 2.

L'*Argumentum* était une autre tablette, plus ancienne que la précédente. Il portait nécessairement le même symbole, appliqué jadis par les Templiers pour authentifier les documents et le message terrible qu'ils portaient. La seconde tablette confirmait la première. La première contenait le secret.

C'était, en tout cas, l'explication que lui avait fournie Honoré Beaugrand, commandeur de l'*Opus Magnum*. Compte tenu des circonstances, Pierre n'avait aucune raison de douter de ses paroles. La scène dont il venait d'être témoin en était la plus criante des démonstrations. Après tout, le maire de Montréal ne venait-il pas de décapiter l'abbé Paul-Aimé Simard sans trahir la moindre émotion ni le moindre respect pour la soutane qu'il portait, comme si une telle sentence était dans l'ordre normal des choses? Il n'y avait pas manière plus éclatante de démontrer que le mépris de l'*Opus* pour une Église qu'il se consacrait à détruire n'était pas un conte ou un mythe, mais une réalité.

Le cadavre du prêtre n'était plus là, même si son sang macu-lait encore abondamment le sol et l'autel. Quelques minutes plus tôt, Perreault et Wolofsky l'avaient enveloppé dans un vieux drap et l'avaient emporté hors de la loge, sans plus de respect que s'ils avaient transporté un quartier de viande. Pierre ignorait où ils l'avaient laissé, mais il imaginait facilement qu'à la première occasion, on le jetterait dans le fleuve, tout près de là.

Il observa ceux qu'il devait nécessairement considérer comme ses compagnons d'armes et entre les mains desquels il avait déjà remis sa vie. Ils étaient aussi sales que lui et empestaient encore l'odeur de la tombe qu'ils venaient de profaner. Barthélémy semblait s'être bien remis de l'effort de transporter le prêtre inconscient sur ses épaules. Solomon, l'air contrit, lui adressait de petits haussements d'épaules résignés. Maurice, pour sa part, était dangereusement pâle, comme si le sang qui lui restait encore ne se rendait plus jusqu'à son visage. Sa main était pressée sur son épaule blessée et ses lèvres se crispaient de douleur. À l'évidence, il avait très mal, mais il avait sèchement refusé les soins proposés par Georges Belval, qui s'était néanmoins assis près de lui et ne lâchait pas des yeux son patient récalcitrant. Gédéon Ouimet, lui, semblait embarrassé et se mâchouillait nerveusement la lèvre inférieure sous sa barbe de saint Nicolas en pianotant sur le bras de son fauteuil. Assis à l'orient, Honoré Beaugrand, commandeur de l'ordre, restait étonnamment calme et observait toujours le dernier de la lignée des Leclair.

Pierre n'en revenait toujours pas. L'ancien premier ministre de la province de Québec et le maire en exercice de Montréal étaient non seulement membres de la société secrète des francs-maçons, objet des soupçons les plus délirants, mais de l'*Opus Magnum* qui s'y cachait. Par leurs positions et leurs accomplissements, les deux exerçaient une grande influence sur la société canadienne-française et avaient sans doute des oreilles dans tous les milieux. De surcroît, Beaugrand possédait et dirigeait *La Patrie*, le journal libéral de la province, détesté par le clergé. Et tout cela n'était qu'une façade au service d'une cause vieille de plus d'un demi-millénaire, dont quelques rares initiés seulement connaissaient l'existence.

La présence, sur sa droite, des deux ressuscités ne contribuait en rien à éclaircir la situation. Assis côte à côte dans des fauteuils qu'ils avaient pris soin de rapprocher, bien vivants, Gertrude Normand et Émile Fontaine se tenaient la main avec cette affection qu'ils avaient toujours démontrée l'un pour l'autre et qui avait fait espérer à Pierre un mariage aussi heureux que le leur. On avait monté une macabre mise en scène destinée à lui seul et il avait beaucoup de mal à l'avaler. Mais il n'avait pas le choix. Il devrait se pincer le nez et avaler la boisson amère. L'enjeu l'exigeait.

— Ce n'était pas vous… dit-il soudain d'une voix lasse.

Émile Fontaine le dévisagea, inconfortable, et baissa les yeux, alors que Gertrude retenait difficilement un sanglot. Sa colère, sa peur et sa frustration trouvant enfin un objet sur lequel se focaliser, Pierre bondit de son fauteuil et franchit les quelques pas qui le séparaient de son futur beau-père pour l'empoigner par le manteau et l'arracher à son siège.

— Ce n'était pas vous! hurla-t-il cette fois en secouant le notaire comme une feuille au vent d'automne. Tout ça n'était qu'un coup monté! Qui avez-vous tué? Et où est Julie?

Avec une force insoupçonnée, il le projeta sur le sol, à plusieurs pieds[1] de là. Puis il se lança sur lui, lui serra la gorge d'une main et leva le poing, prêt à l'enfoncer dans le visage de celui qui avait prétendu le traiter comme un fils. Madame Fontaine accourut et lui saisit le poignet à deux mains.

— Pierre! s'écria-t-elle. Non!

Au son de cette voix, si semblable à celle de son amante, la fureur le quitta aussi subitement qu'elle s'était emparée de lui, le laissant sans force et découragé.

— Tu nous jugeras quand tu sauras tout, l'implora-t-elle. Mais pas avant. Ce serait trop injuste.

Pierre lâcha Émile Fontaine et la lassitude des derniers jours lui parut trop lourde à porter pour un seul homme. Ses jambes se dérobèrent sous lui et il se retrouva assis par terre, à côté de celui qu'il allait battre. Barthélémy vint l'aider à se relever et le reconduisit à son fauteuil.

Beaugrand semblait lire dans ses pensées et le regardait, une lueur de tristesse dans les yeux. Depuis de longues minutes, il

---

1. Un pied vaut 30,5 centimètres.

n'avait pas prononcé un mot. Il se pencha vers l'avant, posa ses coudes sur ses genoux et joignit le bout de ses doigts pour former un triangle sur lequel il appuya son menton. Il paraissait terriblement las et malheureux, et secoua lentement la tête avant de parler. Toussant, se tenant la gorge, le notaire Fontaine se rassit lui aussi, aidé par sa femme.

— Je comprends que tout ceci te fasse tourner la tête, mon pauvre garçon, soupira-t-il enfin avec une compassion en apparence sincère. On serait ébranlé à beaucoup moins. Pourtant il y a encore plus.

— Vraiment? ricana Pierre avec une amère ironie. J'imagine mal ce qui pourrait surpasser des descendants de Templiers et des prêtres assassins, mais allez-y, surprenez-moi.

Le maire de Montréal le regarda intensément.

— Le *Gladius Dei* cherche à t'assassiner, c'est vrai, mais je t'assure qu'il représente le moindre de tes soucis.

3

PENDANT UN INSTANT, Pierre demeura bouche bée. Le *Gladius* avait causé sa perte et méthodiquement détruit sa vie, étape par étape et brique par brique. Comment pouvait-il y avoir pire? Il se raidit dans son fauteuil, ses mains serrant les bras ouvragés jusqu'à ce que ses jointures en blanchissent.

— Le moindre de mes soucis? Un groupe de fous furieux qui enlève ma fiancée sous votre nez et qui me la retourne un morceau à la fois pour me pousser à retrouver le maudit *Argumentum*? rugit-il, sa voix résonnant sur les parois de pierre.

— Si tu veux bien m'entendre, je vais tenter de t'expliquer, dit calmement le maire. Te braquer ne mènera à rien.

Pierre se fit violence et se maîtrisa. Que pouvait-il faire d'autre? Il était prisonnier sous terre, dans un lieu ignoré de tous et clos par une imprenable voûte bancaire, parmi des gens qui n'étaient pas ce qu'ils avaient prétendu être.

— Rappelle-toi la situation telle qu'elle était voilà quelques jours, reprit Beaugrand.

Le jeune professeur fit une moue dégoûtée. Comment pouvait-il l'oublier?

— Le jésuite venait d'être assassiné devant chez toi et on lui avait entaillé le front de la marque de l'*Opus Magnum*, continua le maire. Tu te souviens sans doute qu'après le meurtre, lors de la réunion d'urgence tenue au temple, nous avons établi que quelqu'un d'autre l'avait tué pour incriminer les francs-maçons?

Le jeune homme acquiesça en hochant sèchement la tête.

— Dans une certaine mesure, c'était vrai, poursuivit le maire. Comme notre marque, que tu portes maintenant sur tes paumes, rappelle l'équerre et le compas entrecroisés, les soupçons ont naturellement été déviés vers la franc-maçonnerie. C'était d'ailleurs ce que voulait l'*Opus Magnum* en la créant, au début du siècle dernier : qu'elle devienne une sorte de paratonnerre qui retiendrait toute l'attention. Tant qu'on voit dans les loges un repaire de conspirateurs et libres-penseurs membres du parti Rouge, personne ne s'intéresse à ce qui se cache dessous. Solomon n'était pas là par hasard. Il t'a aiguillé volontairement vers cette explication. Nous avions déjà eu vent du meurtre et il devait te prendre en charge.

Pierre jeta un regard noir au marchand, qui lui répondit avec ce haussement d'épaules fataliste dont il avait le secret.

— Ce que Solomon ne pouvait te dire, à l'époque, continua Beaugrand, c'est que nous savions fort bien que la marque sur le front du jésuite était un message que le meurtrier avait voulu envoyer à l'*Opus*.

Beaugrand s'arrêta un moment et dévisagea Pierre, l'air grave.

— Or, Garnier était membre du *Gladius*, dit-il d'un ton entendu.

— Vous n'allez quand même pas me dire que quelqu'un d'autre est dans la course à l'*Argumentum* ? rétorqua aussitôt le jeune homme, incrédule et abasourdi.

— J'ai bien peur que si. Depuis longtemps déjà, l'*Opus* soupçonne qu'un autre joueur s'est immiscé dans la partie. Il s'agit de gens très habiles et prudents qui sont toujours demeurés dans l'ombre, aussi insaisissables que des spectres. Au fil des siècles, ils ont laissé quelques traces ici et là, mais toujours trop ténues et vagues pour que nous puissions remonter jusqu'à eux. Selon la situation, ils se sont fait passer alternativement pour le *Gladius Dei* et l'*Opus Magnum*, dont ils semblent maîtriser tous les usages.

Le maire de Montréal se leva et se mit à marcher de long en large dans le petit temple.

— Le fait que Noël Garnier te suivait prouve que le *Gladius Dei* t'avait identifié comme l'héritier de la clé et qu'il avait décidé de t'éliminer. Comme son tueur avait été assassiné par quelqu'un d'autre que nous, nous avions enfin la certitude qu'une tierce partie était impliquée. Même si Julie ne savait rien de l'*Argumentum*, nos adversaires pouvaient l'utiliser pour te faire chanter. Ils auraient pu en faire autant avec ses parents. L'amour filial est plus fort que tout et même des descendants de Templiers ne sont pas infaillibles. Or, en contrôlant les Fontaine, l'ennemi aurait infiltré notre ordre et, sans le savoir, nous aurions tout simplement retrouvé l'*Argumentum* pour lui.

À cette mention, Émile Fontaine baissa les yeux, un peu honteux.

— Nous ne pouvions courir un tel risque et il nous a fallu réagir rapidement. J'ai décidé de mettre la famille Fontaine à l'abri dans une maison à l'extérieur de la ville. Une fois la tempête passée, ils seraient revenus chez eux comme si de rien n'était. Émile, lui, a eu une bien meilleure idée.

Il fit signe au notaire Fontaine de poursuivre lui-même le récit. Celui-ci se tritura les mains en regardant par terre, puis finit par parler.

— Eh bien, je me suis dit qu'avec un peu de créativité, nous pourrions faire sortir les rats de leur tanière, expliqua ce dernier avec un embarras palpable. Si Gertrude et moi étions assassinés, que Julie disparaissait et que tout avait l'air d'être un coup du *Gladius*, nos ennemis inconnus seraient déconcertés et deviendraient peut-être moins prudents. Ainsi, nous en apprendrions davantage sur eux.

— Nous avons donc décidé de faire un peu de théâtre et de disposer dans la maison des Fontaine deux cadavres, reprit Beaugrand. Nous avons pris soin de leur écorcher le visage pour les rendre méconnaissables.

Pierre le toisait, sidéré par ce qu'il entendait.

— Il a suffi d'un mendiant et d'une prostituée qui avaient l'âge et l'allure générale d'Émile et de Gertrude, de vêtements leur appartenant, d'un peu de teinture pour les cheveux, et le tour était joué, continua le maire.

— Grands dieux... Vous avez tué des innocents... fit Pierre, scandalisé.

— Avec la vie qu'ils menaient, ne sont-ils pas mieux là où ils sont? Crois-moi, depuis cinq siècles, ce n'est pas la première fois que des vies sont sacrifiées pour l'*Argumentum*. Nous avons dû apprendre à nous accommoder d'une morale élastique, car celle de nos adversaires l'est tout autant.

Beaugrand se remit à marcher, les mains dans le dos, la tête penchée.

— Comme nous devions discuter du meurtre du jésuite au temple, le soir même, Julie t'a donné rendez-vous après la rencontre en sachant que tu ne pourrais pas résister à l'envie de la voir. Nous nous en doutions, évidemment. Il nous a suffi de nous insinuer dans le cours normal des choses.

Pierre songea avec culpabilité aux plaisirs voluptueux que Julie lui avait laissé espérer avant qu'il ne la quitte en compagnie de son père, et dont il avait rêvé.

— Barthélémy et Solomon avaient mandat de te retenir assez longtemps au bar du temple pour que tout soit mis en place. Comme nous l'avions escompté, par la suite, les événements se sont accélérés. Le *Gladius Dei* est sorti de l'ombre. Il a pris des risques inhabituels en tentant de t'assassiner, la deuxième fois en pleine rue et au grand jour. Il a réagi beaucoup plus rapidement que prévu et nous a pris de court, je l'avoue.

— Bref, j'ai servi d'appât, persiffla Pierre, écœuré.

Le jeune homme aurait voulu être en colère, mais, pour la première fois depuis la disparition de Julie, il avait l'impression qu'on venait de retirer de ses épaules un poids énorme: sa fiancée était vivante.

— Je veux la voir. Tout de suite.

Beaugrand s'arrêta devant lui et ouvrit les mains, l'air désolé.

— Julie a été enlevée.

Pierre le dévisagea, incrédule. Il avait l'impression que la vie s'amusait à le tourmenter. Il venait à peine d'apprendre que l'enlèvement de sa fiancée n'avait été que du théâtre et qu'elle se trouvait en sécurité quelque part, et voilà qu'on ravivait aussitôt ses angoisses.

— Mais… Mais… Vous venez de… de dire que… que c'était vous… qui… qui… balbutia-t-il.

Le maire hocha la tête, une expression de commisération sur le visage, et leva la main pour lui demander un peu de patience.

— Gertrude et Julie ont quitté la maison peu après ton départ pour le temple avec Émile. Par précaution, tel que convenu, elles ont pris deux voitures séparées pour se rendre par des chemins différents là où toute la famille devait s'installer. Après la réunion, il était entendu qu'Émile irait les rejoindre. Que je sois tourné en bourrique si je sais comment, mais nos adversaires ont eu vent de notre plan. Seule la voiture de Gertrude est arrivée à destination. Celle de Julie n'a jamais réapparu. Le cocher était un de nos hommes. Il a été retrouvé égorgé dans une ruelle le lendemain matin.

— Le *Gladius*? s'enquit Pierre, la gorge serrée par l'angoisse.

— Tu as toi-même entendu Simard, répondit Beaugrand. Le *Gladius* ne kidnappe pas les membres de l'*Opus*. Il les tue dès qu'il est certain de leur identité. Ça vaut certainement aussi pour leurs enfants lorsque la situation l'exige.

Effectivement, le prêtre avait tout ignoré du sort de la jeune femme. « Où est Julie Fontaine ? » lui avait demandé Beaugrand. « La fille du notaire franc-maçon ? Comment le saurais-je ? avait-il répondu. Après presque six siècles à se guetter l'un l'autre comme des chiens de faïence, tu sais bien que le *Gladius* ne cherche plus à retrouver l'*Argumentum* depuis longtemps déjà. Nous nous contentons d'éliminer ceux qui en détiennent la clé. Dès que Moreau sera mort, plus personne ne pourra la récupérer et l'Église sera en sécurité. Pourquoi perdrions-nous notre temps à enlever des jeunes filles ingénues quand une balle dans la tête du fiancé suffirait ? » Un homme qui sait qu'il va mourir ne ment pas. Au pire, s'il tente de le faire, il y réussit mal. Simard avait dit la vérité, Pierre n'en doutait pas.

— Alors... qui? demanda-t-il en sachant déjà que la réponse ne pourrait rien avoir de bon. La tierce partie que vous avez évoquée tantôt?

Beaugrand laissa sortir un long soupir et secoua lentement la tête, manifestement soucieux. D'un pas pesant, il retourna s'asseoir.

— De toute évidence, ces gens se trouvent derrière le fait que toi et ton cousin avez été adoptés à l'hospice Saint-Joseph et ce sont eux qui ont monté la compagnie propriétaire des deux maisons familiales, ainsi que de Moreau & Moreau. Comme ni l'*Opus* ni le *Gladius* n'y sont impliqués, il en découle que ce sont aussi eux qui ont tué Garnier devant chez toi, qui ont enlevé Julie, qui ont laissé la note dans sa chambre et qui lui ont tranché un doigt.

— La question est de savoir pourquoi ils veulent l'*Argumentum*, intervint Ouimet, visiblement perplexe. Pour protéger l'Église, pour l'abattre ou pour autre chose? C'est ce que nous n'avons jamais pu éclaircir. Ce que nous savons, par contre, c'est que nous devons rester très alertes, car nous faisons face non pas à un, mais à deux adversaires dont les fins s'opposent. L'un te veut mort et l'autre te veut en vie, mais seulement pour le moment.

— Voilà qui est réjouissant... grommela Pierre.

Sur la droite, Perreault consulta sa montre.

— Il est passé quatre heures. Le jour va bientôt poindre, dit-il.

— Tu as raison, acquiesça le maire. Il vaut mieux nous retirer avant qu'on nous voie sortir de la douane. Nous devons nous reposer un peu.

Pierre bondit sur ses pieds, outré.

— Mais... Julie? insista-t-il. Je ne vais tout de même pas aller me reposer pendant qu'elle est prisonnière. Il faut retrouver cet *Argumentum* au plus vite!

— Maintenant que nous détenons le médaillon, ils n'ont d'autre choix que d'être patients. La pauvre fille restera en vie tant que ceux qui la détiennent auront espoir que tu leur rapportes ce qu'ils cherchent, rétorqua Beaugrand. Par contre, tu ne lui seras d'aucun secours si tu tombes de fatigue et que tu n'y vois plus clair. Tu dois dormir un peu. Nous aussi, d'ailleurs. Retrouvons-nous demain, à dix heures, au temple maçonnique.

Beaugrand fit un léger signal de la tête et tous se levèrent pour clore la rencontre dans les formes rituelles.

— Mon frère, demanda-t-il à Émile Fontaine, pourquoi cette commanderie est-elle réunie aujourd'hui en ce lieu secret?

— Pour travailler à l'avènement de la Vengeance.

— Qui vengerons-nous ainsi? demanda-t-il à Gertrude.

— Les innocents qui ont été torturés et sacrifiés injustement par ceux qu'ils désiraient protéger.

— Comment les vengerons-nous? s'enquit-il auprès de Perreault.

— En faisant tomber les ignorants, les tyrans et les fanatiques, et en les laissant pourrir dans leur propre fange, commandeur.

Beaugrand se leva à son tour.

— Mes frères, ma sœur, prouvez que vous avez été consacrés à la Vengeance.

Tous exhibèrent les cicatrices en angle droit sur leurs poignets.

— Formons la chaîne qui nous unit depuis le *dies terribilis*, ordonna le commandeur.

Ils s'avancèrent vers le centre de la pièce et croisèrent les bras sur la poitrine pour former une chaîne humaine. Une place resta libre à la gauche de Beaugrand et Pierre comprit qu'elle lui était destinée. Il s'y inséra et se joignit au groupe.

— *Nekam*, dit le maire.

— *Kadosh*, répondirent les autres en chœur.

— Ensemble, au nom de nos frères injustement sacrifiés!

— *Non nobis, Domine, non nobis, sed nomini, tuo da gloriam!* s'écrièrent-ils d'une seule voix. Vengeance! Vengeance! Vengeance!

— Je déclare close l'assemblée de cette commanderie de l'*Opus Magnum* en rappelant à chacun de vous les pénalités rattachées à l'indiscrétion et à la trahison. Que le seul vrai Dieu veille sur vous, pour toujours et à jamais.

Tous rompirent la chaîne symbolique et retirèrent leur robe noire pour la déposer sur le dossier de leur fauteuil. En silence, ils se dirigèrent vers la porte qui menait à l'escalier qu'ils allaient tous devoir gravir, jeunes comme vieux. Au passage, Émile Fontaine attrapa le bras de Pierre pour le retenir.

— Elle t'aime, Pierre, déclara-t-il avec ferveur. Malgré les circonstances et le fait que tu te sentes utilisé, tu dois me croire. Elle t'aime.

— Tu es tout pour elle, ajouta madame Fontaine. Elle ne parle que de toi. Tu la rends heureuse.

Pierre dévisagea longuement ceux dont la bonhommie, la chaleur et la simplicité engageante l'avaient si aisément trompé. Dans leurs yeux humides, il ne put lire qu'un désespoir sincère et une inquiétude palpable. Puis les souvenirs de Julie le frappèrent de plein fouet, s'entremêlant et se superposant. Les rires, les confidences, les plaisirs, les discussions, la volupté… L'amour ne pouvait être feint.

— Je vous crois, finit-il par décréter. Je l'aime aussi. Et quoi qu'il faille accomplir, je ne la laisserai pas mourir.

Pierre aperçut Beaugrand qui passait près de lui et l'empoigna par le bras pour l'arrêter.

— Le médaillon, dit-il sèchement en tendant la main.

— Il est plus prudent que nous le conservions jusqu'à demain, rétorqua le maire, pris de court.

— J'ai failli me faire tuer et j'ai tout perdu pour le récupérer. Il m'a été légué par mon père. Il m'appartient.

— Bien, je comprends. Tu as raison.

Beaugrand hésita un peu puis sortit l'objet de sa poche pour le lui donner.

— Le voici, mon frère.

Pierre remercia d'un hochement de tête et s'attarda un moment à contempler le médaillon qui lui avait coûté si cher. Il représentait sa seule chance de préserver ce qui lui restait encore. Julie.

4

J ULIE FONTAINE ÉTAIT SEULE. Elle était allongée sur un lit et, malgré les couvertures, elle avait froid. Par-dessus tout, elle avait atrocement mal. Elle avait l'impression de flotter entre deux mondes, désincarnée, trop amorphe et hébétée pour sentir la peur. Seulement la douleur lui confirmait la présence de son corps. Elle n'avait plus ni la force, ni la volonté de se lever. De toute façon, il n'y avait nulle part où aller. Il n'y avait qu'un désespoir immense, total, absolu.

Ses yeux étaient ouverts, mais cela ne changeait rien. Elle se trouvait dans un lieu inconnu et n'aurait pu dire depuis combien de temps. Dans le noir, les heures s'écoulaient sans point de référence. Le silence n'était rompu que par l'arrivée irrégulière de celui qui la soignait et la nourrissait. Elle ne le voyait jamais. Lorsqu'il entrouvrait la porte, aucune lumière n'entrait dans la pièce. Il disait toujours la même chose, sur un ton poli : « Voici votre repas, mademoiselle. » Il déposait un plateau par terre, juste assez près pour qu'elle puisse le prendre, puis refermait sans rien ajouter. La chaîne qui retenait le poignet droit de Julie à la tête du lit ne se rendait pas plus loin. De même, elle arrivait tout juste à atteindre le pot de chambre pour y faire ses besoins quand elle en avait la force.

Chaque jour, le même homme venait lui faire une injection dans le pli du coude. Elle le savait par la piqûre de l'aiguille dans son bras. « Voilà. Ça va calmer votre douleur, mademoiselle », disait-il. Il semblait attentionné et, dans son extrême solitude, elle éprouvait presque de l'affection pour son tortionnaire. Malgré ses soins, une douleur parcourait par pulsations violentes son bras gauche pour remonter jusqu'à son cœur. Chaque fois, elle en avait le souffle coupé. La seule parade était de ne pas bouger.

Julie fit un effort pour changer de position. Elle était fiévreuse et sa peau lui faisait mal. Sous elle, le matelas était moite de sueur. Sa robe et ses sous-vêtements étaient dans le même état. Quant à l'odeur de crasse, elle ne la sentait plus. Des souvenirs, confus et vagues, dérivaient dans sa tête sans ordre précis. De temps à autre, elle arrivait à en saisir un au passage, juste assez longtemps pour l'observer avec détachement, comme s'il appartenait à quelqu'un d'autre.

Elle se rappelait vaguement le fiacre qu'elle avait pris à la demande de ses parents. Il avait été attaqué. Trois hommes avaient fait irruption dans l'habitacle et s'étaient emparé d'elle. Une douleur fulgurante sur la nuque. Elle s'était réveillée dans cet endroit. C'était voilà deux jours ou peut-être une semaine. Elle ne le savait plus.

Comme dans un rêve, elle se revoyait sortir de cette pièce. C'était la seule fois qu'elle l'avait quittée. Elle était partie en compagnie d'un homme qu'elle rencontrait pour la première fois. Un barbu d'un certain âge en costume sombre qu'elle avait vu en double, comme ivre. Le reste n'était qu'une succession d'images saccadées et discontinues. Une voiture. Elle avait dormi pendant le voyage. Une église qu'elle aurait dû reconnaître, mais qu'elle n'arrivait pas à identifier. Elle marchait dans l'allée. Une voix familière. «Arrêtez cet homme!» Puis la course. Ses jambes étaient lourdes et lui obéissaient mal. Elle allait tomber. L'homme la soutenait par le bras pour ne pas qu'elle trébuche. La lumière lui faisait mal aux yeux. Un autre homme. Quelques mots échangés en vitesse. «Il n'a pas suivi les consignes. Il arrive.» Une langue qu'elle ne comprenait pas. Des mots prononcés sur un ton contrarié. La voiture qui partait en trombe. Puis plus rien.

D'un geste hésitant, presque à tâtons, Julie essuya la sueur qui lui mouillait le visage. Sa belle chevelure rousse était moite et plaquée sur son crâne. Elle haletait et avait tellement soif qu'elle aurait bu n'importe quoi.

Elle chercha sa salive et sa langue sèche se colla à son palais. Tout était confus. Les visages de son père, de sa mère et de Pierre dansaient devant ses yeux.

— Pierre, soupira-t-elle en tendant les bras pour le caresser.

La douleur, fulgurante, enflamma sa main gauche et lui traversa le bras pour éclater dans sa tête, aveuglante et paralysante. Seul son épuisement empêcha un cri d'animal blessé de se matérialiser dans sa bouche béante. Elle n'était que souffrance, désarroi et désespoir. Elle existait, mais ne vivait plus. Elle survivait. Pour le moment. Seule dans le noir. N'osant plus bouger, elle se concentra sur son fiancé, s'accrochant à son visage en attendant que la douleur s'estompe. Il était tout ce qui la retenait à la raison et, souvent, elle répétait son prénom comme un mantra réconfortant.

— Pierre… Pierre… Pierre… Pierre…

Son souffle emballé se calma peu à peu, son corps tout entier se couvrant d'une nouvelle couche de sueur à l'odeur acre.

Pierre. Il était si bon, si attentif. Simple et modeste, aussi. Elle l'aimait tant. Ses beaux yeux bleus… Son sourire franc… Ses cheveux blonds… Ils allaient se marier. Ils avaient hâte. Ils seraient heureux, elle n'en doutait pas. Le souvenir lui revint de leur nuit d'amour. Jamais elle n'avait soupçonné que le plaisir de la chair pût être si intense, si violent. Leur passion n'avait pas eu assez de mains et de lèvres pour s'exprimer dans toute sa plénitude. Elle se revoyait, chevauchant son fiancé à l'expression émerveillée, empalée sur lui, les reins cabrés par la jouissance, leurs hanches oscillant à l'unisson, ses lèvres cherchant ses seins. Elle sentait encore l'odeur musquée de l'intimité et du bonheur. Elle revoyait son visage contracté au-dessus du sien lorsqu'il avait cédé au plaisir. L'intensité mâle avec laquelle il avait craché son prénom au moment ultime en la regardant dans les yeux. Elle aurait voulu que le temps se fige pour toujours dans ce moment de perfection. Elle ne regrettait pas de s'être donnée à lui avant le mariage. Quand on aimait à ce point, les sacrements étaient superflus. Elle emporterait au moins ce souvenir dans la mort. Il était tout pour elle: son avenir, son univers, sa destinée, sa promesse de bonheur.

— Pierre… gémit-elle une nouvelle fois, plus fort, le son de sa voix la surprenant dans le vide où elle dépérissait.

Julie ne comprenait pas comment elle s'était retrouvée là, mais depuis, chaque instant était un calvaire. Maintenant, elle était seule avec sa souffrance, dans le noir. On la recherchait certainement. Elle se cramponnait frénétiquement à cet espoir comme on s'accroche à tout ce qui flotte pour ne pas couler. Mais Montréal était grande et la police n'avait pas la réputation d'être efficace. La retrouverait-on jamais? Mourrait-elle à petit feu dans ce trou à rats, torturée par ses ravisseurs, sans jamais avoir su ce qu'elle avait fait pour mériter un tel traitement? Peut-être sa mère avait-elle subi un sort semblable? Peut-être était-elle morte? Et son père? Et Pierre? Ils devaient être rongés par l'angoisse. Peut-être aussi Pierre croyait-il qu'elle l'avait abandonné? Un sanglot lui monta dans la gorge.

— Pierre… Je suis ici… pleurnicha-t-elle. Viens me chercher… Je t'en supplie. J'ai peur. J'ai mal.

———

Le raclement de la clé dans la serrure retentit dans le noir et la tira du sommeil tourmenté dans lequel elle avait sombré. La porte grinça en s'ouvrant. On lui apportait son repas. Elle n'avait pas faim, mais elle avait tellement soif. La seule pensée de l'eau qui coulait dans sa gorge lui remplit la bouche de salive. Elle attendit, anxieuse.

Des pas s'approchèrent.

— C'est l'heure de votre injection contre la douleur, made-moiselle, dit la voix profonde et chaude avec cette politesse qui ne se démentait jamais.

De loin, elle sentit la piqûre familière et, après quelques instants, une douce torpeur se répandit en elle, la laissant flotter quelque part entre la conscience et l'inconscience. Ses paupières se fermèrent et elle allait sombrer dans un sommeil lourd et sans rêves lorsqu'elle sentit qu'on lui secouait délicatement l'épaule.

— Ne vous endormez pas tout de suite, mademoiselle, plaida l'homme. Je vous en prie.

Au prix d'un grand effort, elle rouvrit les yeux. Des mains la prirent par les bras et, sans la secouer, on la mit debout. Dans sa confusion, elle eut l'impression qu'on relevait ses jupes. Ce ne fut que lorsqu'elle sentit qu'on lui retirait sa culotte en coton qu'elle se mit à s'agiter, la pudeur et l'honneur parvenant à franchir son hébétude.

— Ne craignez rien, mademoiselle, dit l'homme. Personne ne va vous faire de mal. Je vous donne ma parole. Nous ne sommes pas des dépravés.

Au son de cette voix à laquelle, étrangement, elle s'attachait malgré elle jusqu'à lui faire confiance, elle se rasséréna un peu. Même lorsqu'elle sentit quelque chose de dur et froid s'appuyer contre son sexe, elle broncha à peine.

— J'aimerais que vous uriniez un petit peu dans ce contenant, dit l'homme. Ça ne prendra qu'une seconde.

Confuse, Julie fronça les sourcils. Uriner? Devant un homme? À quelle fin? Dans son état normal, elle se fût insurgée et eût consacré la moindre once d'énergie à se défendre d'un tel outrage. Mais l'effet de l'injection se faisait de plus en plus sentir. Sa volonté ramollissait au même rythme que ses jambes et elle soupçonnait que quelque chose dans la drogue la rendait plus docile. Comme si elle s'observait elle-même à quelque distance de la scène, elle fut à peine surprise de réaliser qu'elle écartait les cuisses sans aucune pudeur et laissait sa vessie se relâcher. Une odeur d'urine chaude monta au rythme du glou-gloutement intime. Puis elle sentit qu'on retirait le contenant et qu'on remontait sa culotte.

— Voilà, fit l'homme. Merci mademoiselle. C'était nécessaire, je vous l'assure.

Il fit une pause embarrassée.

— Comme l'est ce que je dois maintenant vous infliger, ajouta-t-il d'une voix moins assurée.

À ces mots, sa torpeur la quitta un peu pour être remplacée par une profonde panique qui lui tritura aussitôt le ventre. Si sa vessie n'avait pas été vide, la terreur y aurait vu à cet instant précis.

On la ramena vers son lit et on l'y étendit sur le dos. Des mains lui empoignèrent les bras et les jambes et la maintinrent en place. Une fois, déjà, on l'avait traitée de cette façon et la douleur avait suivi. Puisant dans ses dernières forces, elle tenta de se débattre, mais elle était si faible. Son bras lui faisait mal.

— Non… Pas encore, geignit-elle.

— Du calme, mademoiselle, dit la voix. Je vais essayer de ne pas vous faire souffrir. Restez tranquille, je vous en prie. Ça ne prendra qu'une seconde.

Une main lui caressa doucement les cheveux en lui chuchotant des mots qui se voulaient rassurants, mais qui n'atteignirent pas sa raison. Elle sentit quelque chose de froid toucher sa main gauche et s'arrêter sur son auriculaire. Aussitôt, la souffrance lui explosa dans la tête et s'empara de tout son être, blanche lumière subordonnant toute pensée, plus forte encore que tout ce qu'elle avait enduré jusque-là. Un cri guttural monta du plus profond de son être et franchit le rempart de ses lèvres. Par instinct, son corps se raidit et se débattit frénétiquement.

Puis elle sombra dans le néant.

5

LES MEMBRES de l'*Opus Magnum*, incluant désormais Pierre Moreau, qui en était à la fois le plus récent et le plus légitime, émergèrent de la voûte bancaire et se retrouvèrent dans le hall de la douane. L'endroit était toujours désert et ils devaient sortir au plus vite car, le commerce n'attendant pas, il ouvrait tôt. Ils se regroupèrent devant la porte. Beaugrand consulta Demers du regard, puis les deux avisèrent Pierre, qui se demandait ce que cela signifiait.

— Il faudrait régler la question de la sécurité, dit l'inspecteur, l'air plus mort que vif, mais l'esprit encore alerte. Il est hors de question que Pierre retourne chez lui. Aussi bien engager une fanfare pour annoncer qu'il est prêt à se faire assassiner. Nous avons appris à nos dépens que même la police n'est plus sûre. Une chambre d'hôtel non plus.

— Le *Gladius* n'a certainement pas dit son dernier mot, pas plus que l'autre groupe, acquiesça Perreault. Nous sommes livrés à nous-mêmes et il n'y a rien de plus dangereux qu'un ennemi que l'on ne connaît pas.

— Dans l'état actuel des choses, mieux vaut rester en groupe, déclara Demers, sur le ton du policier expérimenté. Il serait imprudent de trop nous disperser. Je préfère savoir que tu n'es pas seul chez toi.

— Pierre dormira chez moi, annonça Solomon. Personne ne pensera à le chercher dans le quartier juif.

— Tu as aussi de la place pour Barthélémy? demanda Beaugrand.

— Bah, quand il y en a pour deux, il y en a pour trois. On s'arrangera.

— Bien. En tant que maire de Montréal, Honoré a son chauffeur privé, le même depuis des années, et on peut lui faire confiance. Il vous reconduira chez Solomon, puis ramènera Gédéon chez lui.

— Et toi, tu viendras chez moi, coupa sèchement Georges Belval d'un ton qui interdisait toute rebuffade. Je pourrai enfin te soigner correctement. Sinon, tu vas finir par tourner de l'œil et nous avons besoin de toi. Ma voiture nous attend à un coin de rue d'ici.

Demers fit un soupir contrarié, mais ne répliqua pas. Il avait atteint la limite de ses forces et savait qu'il devait se reposer. Ils franchirent les portes de l'édifice de la douane, que Solomon verrouilla derrière eux.

— Voilà, déclara-t-il. Ni vu, ni connu.

Tous se retrouvèrent sous le porche de l'édifice. À cette heure, les rues de Montréal étaient plus sombres et silencieuses que jamais, prélude à l'activité commerciale grouillante qui s'ébranlerait sous peu dans le quartier. Demers tira son arme de service de l'étui qu'il portait sous le bras et la tendit à Pierre d'une main tremblante.

— Prends, dit-il. Surtout, n'hésite pas à t'en servir au premier danger. Et au retour, prenez un fiacre pour vous rendre au temple.

— Merci, fit Pierre en glissant le révolver dans sa ceinture.

Subitement, il cligna des yeux et sa tête se mit à tourner tellement il était épuisé. L'espace d'un instant, il craignit de s'évanouir. Puis le malaise se dissipa.

Une voiture discrètement stationnée au coin de la rue s'ébranla et s'avança, tirée par deux chevaux, pour s'arrêter à leur hauteur. Ayant appris à ses dépens à se méfier des cochers, Pierre se raidit. Il se détendit en voyant l'homme, vêtu d'un habit sombre et cravaté, toucher poliment le rebord de son gibus et incliner la tête vers Beaugrand, comme s'il était tout à fait normal d'attendre son patron jusqu'au lever du jour.

— Monsieur le maire, dit-il avec une élégance étudiée.

Beaugrand ouvrit la portière de la voiture et allait donner la destination à son chauffeur lorsqu'il réalisa qu'il ne la connaissait pas. Il interrogea Solomon du regard et ce dernier déclina son adresse. Après avoir brièvement salué Demers et Belval, Pierre, Solomon, Barthélémy, Beaugrand et Ouimet montèrent dans le véhicule, qui se mit aussitôt en route.

Le trajet fut court, dénué d'événements et silencieux, tous étant trop épuisés ou ébranlés pour dire le moindre mot. Pierre dut somnoler un peu car le ralentissement de la voiture le réveilla en sursaut.

— Vous voilà arrivés, annonça Beaugrand. Solomon, inspecte toutes les pièces. Je vais attendre que vous me fassiez signe que tout va bien avant de repartir.

Ils descendirent et se retrouvèrent devant une boutique dont l'aube naissante rendait lisible l'enseigne défraîchie : « Wolofsky & Sons. Dry Goods. »

— Tu as un frère ? remarqua Pierre.

— Oui et non, rétorqua le marchand, l'air énigmatique.

Même dans la pénombre, le jeune homme pouvait voir que la bâtisse était délabrée, à l'image du petit marchand. Les vitrines étaient crasseuses et l'auvent qui les surmontait se creusait dangereusement au centre. Il comprit que, pour Solomon Wolofsky, l'exercice du commerce ne rimait pas nécessairement avec la prospérité.

— Donne-moi le révolver, demanda Solomon avec une moue un peu embarrassée. On ne sait jamais.

Pierre obtempéra.

— Attendez ici.

Le petit marchand juif tira une clé de sa poche et déverrouilla la porte de la boutique, puis entra en la laissant ouverte, l'arme au poing. Les autres l'attendirent pendant une bonne minute. Lorsqu'il reparut, il avait la mine soulagée.

— Tout est normal, annonça-t-il. Vous pouvez venir.

— À plus tard, dit Beaugrand. Essayez de vous reposer un peu. Les prochains jours seront longs.

— Et soyez prudents, ajouta Ouimet.

La voiture se remit en route, emmenant le maire de Montréal et l'ancien premier ministre de la province. Ils entrèrent. Solomon remit le révolver à Pierre, verrouilla derrière eux, alluma une lampe à huile et les guida entre des monceaux de tapis et de tissus qui atteignaient la hauteur de leurs yeux et même plus par endroits. La boutique était un véritable labyrinthe et Pierre se demanda comment Solomon pouvait s'y retrouver dans sa marchandise.

— Quel bazar, maugréa Perreault, derrière lui. Une chatte n'y retrouverait pas ses petits.

— Tant qu'un *Gladius* n'y retrouve pas un *Opus*, rétorqua Pierre.

Ils parvinrent au fond de la pièce, devant un escalier étroit et raide.

— C'est par ici, les informa Wolofsky. Attention à la quatrième marche. Elle est branlante et je ne trouve jamais le temps de la réparer.

— Pourquoi ne suis-je pas surpris ? grommela Perreault.

Le marchand s'engagea dans l'escalier. Les deux autres le suivirent, évitant soigneusement la marche dangereuse. Une fois sur le palier, Solomon ouvrit la porte et leur céda le passage.

— *Bagrisn*[1] ! Entrez, entrez, insista-t-il.

Ils s'exécutèrent et restèrent plantés sur le seuil, interdits. À l'image de la boutique, la moindre surface de la petite pièce était si encombrée de livres et d'objets divers qu'on voyait à peine les meubles. Avant qu'un cyclone ne le frappe, ce capharnaüm devait avoir été le salon et, de là, un couloir menait vers le reste de l'appartement.

---

1. Bienvenue.

— Je n'ai pas de chambre d'amis, dit Solomon, un peu embarrassé. Je reçois rarement. Mais les canapés sont à votre disposition.

— Quels canapés ? s'enquit Perreault, mi-figue, mi-raisin, en regardant tout autour.

Le marchand se dirigea vers un amas de livres qu'il se mit à déplacer pour les empiler par terre de façon fort précaire, là où la chose était encore possible. Pierre découvrit avec étonnement un divan aux coussins creusés par des décennies d'utilisation. Solomon répéta son manège de l'autre côté de la pièce et dévoila le second canapé.

— C'est peu, mais c'est offert de bon cœur, déclara-t-il.

— Ça fera parfaitement l'affaire, répondit Pierre qui, dans son état d'épuisement, voyait dans le meuble déglingué le plus moelleux des matelas.

— Je prends celui-ci, déclara Perreault en désignant le canapé de gauche, qui semblait un peu moins usé.

— Bien, fit Solomon en bâillant. Dormez. Je vous réveillerai dans quelques heures. *Laila Tov*[1], mes frères.

Il fit demi-tour et disparut dans le couloir. Pierre déposa son révolver sur une table près du canapé. Il tapota sa poche de pantalon pour s'assurer que le médaillon y était toujours, puis s'assit et s'enfonça dans les coussins. Il se pencha pour détacher ses chaussures, les retira et se laissa choir sur le dos. Non loin de lui, Perreault fit de même et éteignit la lampe. Dans le noir, la plainte des ressorts de son lit de fortune indiqua qu'il s'était étendu, lui aussi.

Pierre ferma les yeux et sombra aussitôt dans un profond sommeil.

---

1. Bonne nuit.

6

SISE AU SOMMET d'une colline, la demeure d'Abram dominait le modeste village d'Hébron et offrait une vue imprenable sur les environs. Assis sur un banc à l'ombre d'un olivier dans le jardin, le patriarche observait l'horizon, pleinement satisfait. Dans le soleil qui descendait entre deux dunes, un convoi s'éloignait.

Voilà très longtemps, encore jeune homme, Abram avait quitté la cité d'Ur, en Chaldée, en compagnie de son père Térach, de sa femme Sarah et de son neveu Lot. Il avait emporté le peu qu'il possédait pour chercher fortune dans le pays de Canaan, au Levant, dont on disait les terres riches et fertiles. Pendant un séjour en Égypte, Lot et lui avaient accumulé des brebis, des bœufs, des ânes, des serviteurs, des chameaux, de l'argent, de l'or et des esclaves. Ce furent des hommes riches qui repartirent pour Canaan en compagnie de leurs familles et de leurs biens.

En chemin, l'oncle et le neveu s'étaient séparés. Lot s'était installé dans la plaine du Jourdain et Abram avait planté ses tentes à Hébron. Là, il avait élevé un autel au tout-puissant El, père de tous les dieux, et fait couler un bœuf en or à son effigie. Lorsque ce fut fait, il avait offert en sacrifice un agneau et un veau. Leur sang avait mouillé la terre où s'enracinerait sa lignée, tel un arbre qui, espérait-il, ferait d'innombrables fruits. Ce pays serait celui de sa descendance, de sa semence.

Petit à petit, un village avait pris forme, sur lequel Abram régnait désormais paisiblement. Ayant maintenant dépassé sa soixantième année, le patriarche était encore un homme vigoureux et se considérait béni des dieux. Sa femme, Sarah, lui avait donné Isaac, et Agar, son esclave, lui avait donné Ismaël. Les deux hériteraient de ses terres et sauraient les faire fructifier encore davantage.

Abram se serait amplement contenté de ce qu'il avait, mais le sort en avait voulu autrement. Quelques semaines auparavant, Amraphel, roi de Schinéar, Aryoc, roi d'Ellasar, Kedor-Laomer, roi d'Élam, et Tidéal, roi de Goyim, avaient déclaré la guerre à Béra, roi de Sodome, Birsha, roi de Gomorrhe, Schinéab, roi d'Adma, Schémeéber, roi de Ceboyim, et Çoar, roi de Béla. Abram abhorrait la guerre. Il préférait laisser les autres se massacrer entre eux et ramasser ensuite ce qu'ils étaient trop faibles pour protéger. Malheureusement, plutôt que de se contenter de piller la ville voisine de Sodome, les agresseurs avaient capturé une partie de sa population dans l'espoir de la vendre à des marchands d'esclaves. Parmi ces malheureux se trouvait son neveu, Lot. Le patriarche était alors entré dans une terrible colère. Il arma aussitôt trois cent dix-huit de ses serviteurs et se dirigea vers Dan, où il écrasa Kedor-Laomer et les autres. Il les poursuivit ensuite jusqu'à Hoba, au nord de Damas, et leur reprit les prisonniers, y compris son neveu, ainsi que tous les biens volés.

Victorieux, Abram ramena les gens et les richesses à Sodome. Il refusa les présents qu'on lui offrit pour l'en remercier, se contentant du remboursement des dépenses qu'il avait encourues. Il préférait garder les autres seigneurs obligés envers lui. Un jour, cela lui serait utile. En attendant, son triomphe était complet et son prestige s'était beaucoup accru.

Toutefois, sans qu'Abram le sache, la bataille était devenue affaire d'État. La veille, en effet, un messager couvert de poussière s'était présenté à Hébron pour lui annoncer l'arrivée prochaine d'un émissaire du roi. Le patriarche en avait conçu une

grande peur, convaincu qu'il avait provoqué la colère du souverain pour avoir pris la loi entre ses propres mains et qu'il serait
puni en conséquence. Et ce matin, comme promis, un convoi
était bien entré dans le village, des soldats cuirassés de bronze et
montés sur des chameaux encadrant une chaise à porteurs. Ils
étaient suivis d'une dizaine de chars tirés par des ânes, dans
lesquels voyageaient quelques civils, et d'une centaine d'hommes
à pied, casqués et lourdement armés de lances et de boucliers.

Les soldats à pied s'arrêtèrent, en sueur, visiblement sou-
lagés de mettre fin à une longue marche en pleine chaleur, et
s'appuyèrent sur leurs longues lances pour se reposer. Le regard
d'Abram se fixa nerveusement sur la chaise à porteurs qu'on
venait de déposer sur le sol. De somptueuses tentures damassées
et brodées d'or masquaient l'intérieur. Un officier en écarta une
pour ouvrir le passage à l'occupant de l'habitacle, puis se mit au
garde-à-vous. Un pied chaussé d'une magnifique sandale de cuir
cousu de fil d'or se posa dans le sable chaud, faisant lever un fin
nuage de poussière, puis un second. Abram réprima un frisson
d'appréhension.

L'instant d'après, un homme se tenait debout. Mince, presque
délicat, il portait une somptueuse tunique blanche qui lui descendait jusqu'aux pieds et, par-dessus, un manteau indigo riche-
ment brodé qu'il avait rejeté sur l'épaule gauche. Dans sa large
ceinture de cuir était passé un poignard d'apparat au manche
ouvragé et serti de joyaux. À elle seule, l'arme valait sans doute
davantage que tout ce qu'Abram possédait. Sa longue barbe noire
était méticuleusement frisée, ses cheveux épais savamment huilés
et lissés vers l'arrière. Ses yeux perçants détaillaient les environs
avec un mépris qu'il ne cherchait pas à cacher.

— Je cherche Abram d'Ur, déclara-t-il sèchement.

— Je suis celui-là, rétorqua le patriarche en inclinant poliment la tête.

— Je suis Enna, scribe du divin Hammourabi, roi de Babylone,
d'Élam, de Larsa, de Sumer, d'Eshnunna, de Mari, de Canaan

et d'Assur, déclara gravement le nouveau venu. À travers moi, c'est ton Seigneur qui se tient devant toi.

Abram se laissa choir lourdement à genoux, indifférent à la douleur que cela causait à ses vieux os, et se prosterna, face contre terre et tremblant de tous ses membres. Derrière lui, les habitants d'Hébron qui s'étaient attroupés par curiosité en firent autant.

— Seigneur Enna… parvint-il à balbutier, les lèvres dans la poussière. C'est un très grand honneur de te recevoir dans ce modeste village. Sois le bienvenu. Ce qui est à moi est à toi.

Enna fit un geste à la fois élégant et impatient d'une main aux doigts décorés de somptueuses bagues, comme s'il cherchait à chasser un moustique agaçant.

— Relève-toi, dit-il sèchement, augmentant encore la crainte d'Abram.

Le patriarche obtempéra et resta là, les mains croisées sur le ventre, les yeux au sol, dans une attitude d'entière soumission. Derrière lui, les habitants d'Hébron étaient toujours prosternés.

— Conduis-moi à ta demeure, ordonna l'émissaire. Nous avons à parler.

— Oui… bien sûr, balbutia Abram.

Enna fit un signe de la tête à deux des membres du convoi, vêtus de simples robes blanches, qui s'en détachèrent aussitôt. Le premier pressait contre sa poitrine un objet rectangulaire enveloppé dans un morceau de tissu. L'autre portait un grand panier d'osier. Les deux emboîtèrent le pas à leur maître en maintenant une distance respectueuse.

— Ainsi donc, voici le village d'Hébron, dit l'envoyé du roi, ses lèvres formant une moue dédaigneuse. Je l'avais imaginé plus… impressionnant.

— Je suis un homme modeste, ô Seigneur, rétorqua Abram. Je me contente de peu et je serai heureux de léguer ce que je possède à mes fils, qui le transmettront ensuite à leurs héritiers. La descendance n'est-elle pas la seule vraie richesse d'un homme ?

— Tout modeste que tu sois, on rapporte que tu peux compter sur une armée efficace, contra Enna d'un ton froid et détaché, sans daigner se retourner vers lui. Plus de trois cents hommes bien armés, cela ne s'obtient pas sans quelques moyens.

— Dieu m'a béni d'une famille nombreuse et je lui en rends grâce, Seigneur.

Abram savait quand se taire et n'en dit pas davantage. L'émissaire venait de lui confirmer que la bataille livrée contre les agresseurs de Sodome était bien la raison de sa présence à Hébron. Ce fut donc dans un silence lourd qu'ils parcoururent le reste du chemin.

Une fois devant sa demeure en torchis, aussi modeste que toutes les autres, ils trouvèrent Sarah sur le seuil en compagnie d'un jeune homme de près de vingt ans et d'un garçon qui n'en avait pas encore cinq.

— Voici ma femme, Sarah, ainsi que mes fils, Ismaël et Isaac.

Il adressa un regard qui se voulait éloquent aux membres de sa famille.

— Prosternez-vous devant le scribe Enna, représentant du divin Hammourabi, ordonna-t-il.

La surprise se lisant sur leurs visages, les trois se précipitèrent aussitôt face contre le sol, mais le regard d'Enna glissa sur eux avec une souveraine indifférence, comme s'ils n'avaient été que des chiens errants. Le Babylonien les contourna et entra dans la maison comme s'il s'agissait de la sienne, suivi d'Abram. Médusés, Sarah, Ismaël et Isaac restèrent dehors. Les deux esclaves de l'émissaire, pour leur part, se postèrent dans l'embrasure de la porte, raides comme des lances.

Du regard, Enna fit le tour de la pièce sombre et basse qui, sans être dénuée de confort, ne trahissait pas la fortune de son propriétaire.

— Pourquoi as-tu refusé les récompenses que t'offraient les rois dont tu as protégé les terres? demanda le scribe à brûle-pourpoint. Quel intérêt avais-tu à agir ainsi?

Le patriarche sut que son avenir et celui de sa race se jouerait dans les prochaines minutes et qu'il dépendait grandement des mots qu'il prononcerait.

— Si mon épée a frappé les méchants, c'est que mon neveu était au nombre des habitants enlevés par Kedor-Laomer, expliqua-t-il. Je ne pouvais permettre qu'il soit réduit à l'esclavage. Tout homme honorable aurait fait la même chose.

Le scribe s'assit sur un des luxueux tapis qui ornaient le sol en terre battue et, d'un geste, invita son hôte à en faire autant. Il frappa dans ses mains, et aussitôt un des esclaves s'approcha, déposa le panier sur le sol et en sortit une cruche, deux coupes et deux assiettes. Puis il en tira des pains plats qu'il posa sur les assiettes et un petit contenant d'huile d'olive. Il brisa le sceau de cire de la cruche et remplit les coupes avant de se retirer en marchant à reculons, profondément incliné. L'envoyé prit le vin, le huma avec un contentement évident et le porta à ses lèvres.

— Ton Seigneur, Hammourabi, roi des rois, t'offre ce vin en gage de sa reconnaissance, dit-il. Il provient des meilleures vignes du royaume. Bois.

Pendant quelques instants, Abram eut le souffle coupé et fut trop abasourdi pour bouger. Le puissant roi de Babylone, Seigneur de ces terres, lui envoyait un présent à lui, petit patriarche d'un village insignifiant du pays de Canaan. Il se reprit et parvint à faire glisser un peu de liquide dans sa gorge serrée par l'anxiété. Le vin était un véritable nectar dont le raisin semblait avoir emprisonné toute la chaleur du soleil. Son gosier se détendit un peu et sa bouche cessa d'être sèche.

— Le roi dit parfois qu'il voudrait que ce vin fût une femme, déclara Enna en savourant sa gorgée.

Il prit un morceau de pain et le trempa dans l'huile, puis fit signe à Abram de se servir. Ils mangèrent en silence pendant quelques minutes. Lorsqu'il fut satisfait, Enna appuya ses coudes sur ses cuisses et se pencha vers l'avant, ses yeux foncés fouillant ceux de son hôte.

— Revenons à la façon dont tu as rétabli l'ordre dans le pays de Canaan, Abram d'Ur. Ton Seigneur, Hammourabi, en est fort impressionné. Et inquiet, aussi.

— Inquiet? Je ne comprends pas, rétorqua le vieil homme, dont l'incertitude avait aussitôt resserré le gosier. Je lui suis entièrement fidèle.

— Réfléchis. À la place du roi, ne serais-tu pas préoccupé, toi aussi, si tu savais qu'un de tes sujets a la capacité de mener une action aussi décisive avec une telle facilité? Ne craindrais-tu pas qu'il finisse par se retourner contre toi pour devenir ton ennemi? Qu'il rallie des petits seigneurs du royaume et prenne leur tête pour te déposer?

— Je… Je t'assure que jamais je ne ferais une telle chose… bredouilla le patriarche. Hammourabi est mon unique maître et je suis le plus loyal de ses sujets.

Enna le dévisagea sans pudeur pendant ce qui lui parut être la plus longue minute de toute sa vie.

— Rassure-toi, ton Seigneur sait cela, Abram d'Ur. Il m'a dépêché pour te transmettre une proposition.

Abram sentit un frisson glacial mêlé d'expectative lui remonter le long du dos.

— Une… proposition? Pour moi?

L'émissaire avala une gorgée, posa sa coupe sur le sol et se leva. Il fit signe au patriarche d'en faire autant et l'entraîna jusqu'au porche de la demeure. Là, il désigna d'un grand geste le paysage qui s'étendait à perte de vue dans le soleil couchant.

— Vois ces terres qui s'étendent à perte de vue, Abram d'Ur, déclara-t-il d'un ton solennel. À compter de ce jour et à jamais, elles sont à toi et à ta postérité. Dans son infinie générosité, Hammourabi te donne en possession perpétuelle tout le pays de Canaan, du Nil à l'Euphrate. Tu règneras sur les Qénites, les Qenizzites, les Qadmozites, les Hittites, les Périzzites, les Rephaïm, les Amorites, les Cananéens, les Girgashites et les Jébuséens. Tu gouverneras en son nom et il sera ton bouclier. En échange, toi et ta race maintiendrez cette alliance pour toutes les générations.

Soulagé au-delà des mots, Abram demeura muet et figé. Enna rentra à l'intérieur et il secoua sa torpeur pour le suivre.

— Ton Seigneur considère qu'il est plus sage de te céder ces territoires pour que tu les protèges pour lui que de lutter pour les conserver, expliqua l'envoyé après avoir repris place sur son tapis. La présence d'un allié solide et fidèle dans cette région assurera la sûreté des routes commerciales vers l'Égypte. Tu y trouveras ton compte en levant des taxes dont tu conserveras ta juste part et Hammourabi trouvera le sien dans la prospérité de son royaume. Acceptes-tu sa proposition?

Abram était abasourdi. Ce qu'il venait d'entendre dépassait ses rêves les plus fous et il avait du mal à y croire. Gouverneur du pays de Canaan tout entier, lui, un Chaldéen de naissance, un étranger? Il se prosterna aux pieds du représentant de son souverain.

— Gloire au Seigneur, le divin Hammourabi, bredouilla-t-il. Gloire à lui et à sa descendance pour les siècles des siècles. Qu'El le bénisse pour toujours et à jamais.

— Je suis heureux de te voir si reconnaissant et soumis, et je lui transmettrai tes remerciements, coupa impatiemment Enna. Relève-toi.

L'émissaire se retourna vers le serviteur qui n'avait pas bougé de l'entrée et lui fit signe de s'approcher. L'homme lui tendit le paquet qu'il avait tenu depuis son arrivée, puis retourna prendre sa place. Enna défit le tissu et en tira une tablette d'argile qu'il tendit au patriarche.

— Voici l'acte de donation du pays de Canaan rédigé en akkadien selon les instructions personnelles du roi, dit-il en suivant les signes tracés par un scribe. Toutes les conditions que je viens d'énumérer s'y trouvent. L'autre copie est déposée dans les archives du palais.

Abram enveloppa soigneusement la tablette dans le tissu et la déposa près de lui. D'un seul coup, il se retrouvait à la tête d'un vaste territoire sur lequel sa semence pourrait fleurir et fructifier.

Cela s'était passé voilà plusieurs heures déjà. L'émissaire était reparti sans lui accorder une seconde de plus, le laissant à jamais transformé. Il était plus que temps de rendre grâce pour une telle faveur. Il se leva et, seul, quitta le village pour se rendre à l'autel qu'il avait érigé jadis. Le Tout-Puissant avait guidé ses pas jusqu'ici. Il en avait maintenant la preuve irréfutable. Dans ses bras, il tenait un chevreau, premier né de sa mère. Il l'offrirait en sacrifice et passerait la nuit entière en action de grâce. Au matin, il entreprendrait sa nouvelle vie de seigneur de Canaan.

7

PIERRE SE TENAIT *au carrefour de deux rues. Il faisait nuit noire et la lumière des lampadaires au gaz se reflétait dans le crachin un peu triste qui tombait. Les pavés humides luisaient comme des miroirs. Un brouillard épais flottait dans l'air. Tout cela créait une atmosphère irréelle qui rappelait Londres. Pierre se demanda fugitivement comment il avait pu se faire cette remarque, lui qui n'avait jamais vu Londres.*

Les mains dans les poches de son pantalon, il frissonna dans l'humidité qui pénétrait ses vêtements. Il se demanda brièvement comment il était arrivé là, mais se désintéressa aussitôt de la question. Les rêves étaient comme ça. Il ne fallait pas chercher à les comprendre. Il lui fallut un moment pour réaliser qu'il se trouvait dans la rue Saint-Paul. Du regard, il chercha la boutique familiale et la repéra. « Moreau & Moreau, importateurs de vins fins et spiritueux, 1859 », disait le lettrage doré de l'enseigne dans la vitrine. Elle était abandonnée, et il se rappela qu'elle n'avait été qu'une façade, puisque son père et son oncle Xavier étaient en réalité des étrangers. Puisque lui-même n'était pas Pierre Moreau. Une vague de tristesse le submergea avant de se dissiper aussi vite qu'elle était venue.

Il tira sa montre de gousset pour voir quelle heure il était, mais constata qu'elle était dépourvue d'aiguilles. Il la rangea, perplexe. Un curieux sentiment d'urgence l'habitait. Il ne devait pas s'attarder trop longtemps à cet endroit. On le réveillerait bientôt pour aller au temple. Le temps pressait. Il avait à faire. Julie était toujours prisonnière de ceux qui voulaient s'emparer de l'Argumentum. Il devait percer le secret du médaillon au plus vite. Sinon, on lui ferait encore du mal.

Un raclement de chaussures sur les pavés attira son attention et il tourna la tête dans la direction d'où était venu le bruit. Le brouillard s'ouvrit et il aperçut une silhouette. Un homme se tenait là où, l'instant d'avant, il n'y avait personne. Il portait un long manteau noir et un chapeau qui masquait son visage. Même à cette distance, Pierre sentit le regard intense que le nouveau venu braquait sur lui. L'individu lui adressa un signe de la tête, fit demi-tour et se mit à marcher sans l'attendre, ses talons résonnant sur les pavés dans la rue déserte. Pierre hésita, mais son instinct lui criait qu'il devait le suivre. Cet homme était la raison de sa présence ici. Il lui emboîta le pas.

Sans que la distance qui les séparait se réduise, ils parcoururent plusieurs pâtés de maisons dans Saint-Paul, jusqu'à l'intersection d'une rue que Pierre ne connaissait pas et qui n'aurait pas dû se trouver là. L'homme s'y engagea sans hésiter, s'arrêta devant un immeuble délabré, tourna la tête pour s'assurer que le jeune homme l'avait vu, puis monta sur le perron et entra.

Pierre parvint à son tour devant l'édifice et l'examina un moment. Il s'agissait d'une demeure à deux étages qui, jadis, avait dû être fort belle, mais qui semblait abandonnée depuis un bon moment. La brique brune était noircie par la fumée des usines et la toiture mansardée avait perdu plusieurs de ses bardeaux. Quelques volets s'accrochaient encore de leur mieux aux fenêtres. La peinture du déclin de bois pelait par endroits. Il réalisa sans grand étonnement qu'il s'agissait de la maison dans laquelle il avait grandi. Elle aurait dû se trouver rue Saint-Denis et être en bien meilleur état. Pourtant, elle était là. Il émit un grognement de contrariété. Il n'aimait pas revenir dans cet endroit. Toute sa vie, on lui avait menti entre ces murs. La dernière fois qu'il l'avait fait, une tempête s'était enclenchée qui, en quelques jours à peine, avait balayé toute sa vie. Son père et son oncle s'étaient volatilisés après avoir précipitamment fermé leur commerce. Et lui-même avait perdu son identité.

Il gravit les quelques marches. Sur le perron, la porte grinça sur ses gonds lorsqu'il la poussa. Dans le hall d'entrée qu'il connaissait bien, un plafonnier au gaz diffusait une faible lumière. Le papier peint pendait en lambeaux et une odeur de moisissure lui monta aux narines. Il allait avancer lorsqu'un gros rat traversa la pièce en couinant. Un frisson remonta le long de son échine. Il détestait ces bestioles qui n'apportaient que saleté et maladie.

Surmontant son dégoût, il fit quelques pas et jeta un coup d'œil dans les pièces du rez-de-chaussée. Personne. De toute évidence, le salon dans lequel il avait bu un scotch avec celui qu'il croyait être son père, voilà quelques semaines à peine, était abandonné depuis des décennies. Les quelques meubles qui restaient étaient cassés et recouverts d'une épaisse couche de poussière, tout comme les tentures.

Il ne jugea pas nécessaire d'aller dans la cuisine, sachant déjà qu'il la trouverait dans le même état. Il s'engagea dans l'escalier dont les marches émirent d'inquiétants craquements. Une fois à l'étage, il frissonna d'appréhension en réalisant que seule sa chambre d'enfant était éclairée. Il s'y dirigea et entra. Du décor de sa jeunesse, il ne restait rien. La pièce avait été remeublée et brillait comme un sou neuf. Il aurait pu s'agir de n'importe quel endroit.

L'homme était assis dans un fauteuil à haut dossier, la jambe droite croisée sur la gauche, les mains sur le genou. Il posait sur lui un regard intense et le salua dignement de la tête. Pierre se sentit soudain rempli de joie et sourit à pleines dents, comme il avait dû le faire quand il était encore tout petit garçon. Avant que son existence ne soit à jamais changée.

— Père, dit-il en laissant un vaste sourire d'enfant s'épanouir sur son visage.

Jean-Baptiste-Michel Leclair était exactement comme sur le portrait qu'on lui avait révélé dans le refuge de l'Opus Magnum. Les mêmes cheveux blonds, les mêmes yeux bleus, le même costume *sombre, la même carrure, le même regard franc, le même air volon-taire. Pierre avait l'impression de se regarder dans un miroir. Il sentit toute méfiance le quitter aussitôt. Pour la première fois depuis deux décennies, il était là où il devait être. Avec son père.*

— Bernard, dit Baptiste d'une voix empreinte d'une affection toute paternelle, en le détaillant de la tête aux pieds avec une émotion sincère. Quel plaisir de te revoir. La dernière fois, tu n'avais pas deux ans. Tu es devenu un homme. Nous avons pratiquement le même âge.

Il désigna de la main un second fauteuil, tout près du sien.

— Assieds-toi, mon fils. Nous avons à parler et peu de temps pour le faire. Les rêves semblent longs, mais ils ne durent jamais.

Pierre prit place. Mille questions se bousculaient dans sa tête. Il voulait s'entendre raconter sa tendre enfance, ses premiers pas, ses premiers mots. Il rêvait de tout savoir sur sa vraie mère, dont il n'avait aucun souvenir. Comment était-elle ? Aimait-elle son fils ? Que lui disait-elle ? Lui chantait-elle des berceuses ? Comment jouait-elle avec lui ? Et son père ? Qui était-il vraiment ? Quel avait été son métier ? Et surtout, que pouvait-il lui dire de la malédiction que portaient les Leclair ? Ne sachant pas où commencer, il préféra se taire et attendre. Baptiste hésita un moment et une moue de dépit se forma sur ses lèvres.

— Je t'ai causé bien des tourments, soupira-t-il. Je m'en excuse. Mais comme tu le réalises maintenant, c'était nécessaire. J'aurais voulu avoir le temps de t'apprendre ton rôle, de te mener moi-même à l'autel de l'ordre pour que tu y prêtes serment, comme tous les pères des familles templières l'ont fait avec leur fils premier-né depuis le dies terribilis. *C'eût été un grand honneur pour moi. Malheureuse-ment, le* Gladius *m'a retrouvé. J'ai fait la seule chose possible : je t'ai abandonné en laissant le médaillon à ton cou, en espérant qu'on te trouverait et qu'un jour tu en perces le secret pour perpétuer notre mission. Le sang qui coule dans nos veines porte en lui une lourde responsabilité. Chaque homme est la somme de ses ancêtres et les nôtres ont eu une destinée unique. Maintenant que tu sais, tu dois aller jusqu'au bout.*

— Je le ferai, papa, dit Pierre, la gorge serrée. Mais pas pour une cause qui ne me concerne pas. Pour Julie.

— Elle ne serait pas la première innocente à mourir pour la cause, tu sais, rétorqua Baptiste sur un ton plus brusque.

Il vrilla son regard dans celui de son fils.

— Sois très prudent, Bernard. Méfie-toi. Rien n'est comme il y paraît. Il y a l'Opus Magnum, il y a le Gladius Dei, et il y a les autres. Ceux-là sont plus que mystérieux. Depuis toujours, ils s'immiscent entre les deux, prenant l'apparence de l'un et de l'autre au gré de la situation. Ils sont aussi insaisissables que des couleuvres.

— Beaugrand et les autres pensent la même chose. Qui sont-ils ?

— Personne ne le sait, dit son père en haussant les épaules en signe d'impuissance. Ils n'ont jamais été plus qu'une ombre, mais ils existent. Ils sont très habiles et encore plus dangereux.

Un cri perçant retentit et fit sursauter Pierre, qui regarda tout autour de lui sans apercevoir qui que ce soit.

— Solomon ! Solomon !

— Je dois partir, dit précipitamment son père. Sois prudent.

L'instant d'après, le fauteuil où Jean-Baptiste-Michel Leclair avait pris place était vide. Pierre eut à peine le temps de se retourner vers la porte qu'une créature de cauchemar surgissait dans la pièce. Le vieillard, édenté et chauve, avait la peau couverte d'ulcères purulents et si ridée qu'elle semblait avoir fondu comme de la cire chaude sur sa charpente. Ses yeux crevés étaient blancs et malfaisants. Ses mains noueuses, aux ongles longs comme des griffes, se tendaient vers lui. Avec une vitesse et une agilité surnaturelles, le vieux se jeta sur lui et, avant qu'il puisse réagir, se mit à lui labourer le visage. Pierre sentit sa chair se déchirer et le sang couler sur ses joues. La douleur était atroce. Il essaya de crier mais le vieux lui fourra une main dans la bouche. Il se débattit comme un fou, mais la force lui manquait. Il ne pouvait plus respirer.

— Solomon ! hurlait le vieillard. Solomon !

Pierre s'éveilla en sursaut. Le vieillard était là, son affreux visage à quelques pouces du sien, ses mains lui parcourant le visage.

— Solomon! Solomon! criait-il d'une voix aiguë et grinçante.

Pierre cria à son tour.

8

ÉGARÉ À MI-CHEMIN entre le sommeil et l'éveil, Pierre luttait avec l'énergie du désespoir, mais ses gestes étaient maladroits. La créature semblait l'avoir suivi hors de son rêve et lui palpait sans gêne le visage en le regardant de ses yeux morts. Il pouvait sentir son haleine aigre et l'odeur un peu grasse qui émanait de sa peau. Il l'empoigna une fois de plus pour le repousser, mais le vieux résistait avec une force étonnante.

— Solomon! Solomon! s'égosillait-il d'une voix nasillarde et stridente, le visage levé vers le plafond. Quelqu'un est entré chez nous! *Gevald*[1] ! Solomon!

Alors que Pierre retrouvait graduellement ses esprits et que Perreault se réveillait enfin, battant des bras et des jambes comme s'il était en train de se noyer, Wolofsky surgit dans le salon. Les cheveux en broussaille, sa chemise boutonnée en jalouse retombant par-dessus un pantalon vite enfilé, il enjamba les objets empilés un peu partout et s'approcha du vieil homme. Avec une douceur toute filiale, il le prit par les épaules et le tira vers l'arrière pour dégager un peu Pierre, auquel il adressa une mine contrite.

— Je suis là, *tateh*[2], chantonna-t-il de ce ton rassurant qu'on utilise pour calmer un enfant. N'aie pas peur. Ces gens sont mes amis.

---

1. À l'aide.
2. Papa.

— Tes amis? fit le vieux en se redressant, l'air perplexe et un peu perdu. Depuis quand tu as des amis, toi?

— Je les ai invités à dormir ici. Ce sont des *choshever mentsh*[1]. Ils ne nous veulent aucun mal, je te l'assure. Comme je suis rentré très tard et que tu dormais, je n'ai pas pu te prévenir de leur présence. Allons, calme-toi, *tateh*, calme-toi. Tout va bien.

L'air hébété, le vieillard se détendit et lâcha Pierre, qui s'assit, ébranlé et l'esprit confus, son cauchemar lui collant encore à la peau. Sur l'autre canapé, Barthélémy était encore blême de peur et avait posé la main droite sur son cœur qui battait à toute allure.

— Bon Dieu, soupira-t-il, quelle idée de réveiller quelqu'un en hurlant comme ça… J'ai vieilli de dix ans au moins.

— Je vous demande pardon, dit Solomon, mal à l'aise. J'aurais dû vous avertir que mon père se lève tôt.

— Ou simplement nous informer de son existence, maugréa l'avocat, son souffle retrouvant peu à peu son rythme normal.

— Pierre Moreau, Barthélémy Perreault, je vous présente mon père, Eleizer Wolofsky.

— Euh… Enchanté, monsieur, fit Pierre.

— Pareillement, ajouta Perreault, sur un ton qui permettait de soupçonner un tout autre état d'esprit.

Pierre observa Wolofsky père, qui grommela quelque chose d'incompréhensible, sans doute en guise de mot de bienvenue. Il avait franchi le cap des quatre-vingts ans, peut-être même plus. Chacune de ces années était profondément inscrite sur son visage et son dos voûté, orné d'une spectaculaire bosse, semblait en porter le fardeau. Le crâne presque complètement chauve, la face ridée parsemée de touffes de barbe blanche, la peau flasque couverte de taches de vieillesses, il était aveugle. Ses iris à la couleur indéfinie étaient à peine visibles à travers la membrane blanchâtre qui les recouvrait. Édenté, il se mâchonnait sans cesse la lèvre inférieure en marmottant. Les présentations faites, il avisa Pierre.

---

1. Hommes respectables.

— Je suis désolé de t'avoir fait peur, *goy*[1], ricana-t-il. Je ne m'attendais pas à trouver des intrus dans la maison. Lève-toi, s'il te plaît, que je puisse te voir.

Pierre obtempéra, interdit. Sans la moindre gêne, le vieillard se mit à lui tâter le visage dans ses moindres recoins, laissant ses doigts agiles parcourir, effleurer et palper les courbes de ses lèvres, de ses pommettes, de son menton, de son nez, de ses yeux, de ses oreilles. Inconfortable d'être touché si intimement par un inconnu, le jeune homme se laissa faire cependant, comprenant qu'il s'agissait là de la seule manière qui restait à Wolofsky père de se construire une image mentale des gens que ses yeux ne pouvaient plus voir. Soudain, l'homme s'arrêta, les sourcils froncés et une moue songeuse sur les lèvres.

— Tu es très tendu, *goy*, déclara-t-il en se mâchonnant les gencives. Ça se sent à la façon dont tu crispes la mâchoire. Et tes paupières sont plissées, comme si tu essayais de regarder très loin, au lieu de là où tu es maintenant. Pourquoi es-tu si anxieux et malheureux?

— Je…

— Pierre a eu quelques difficultés, récemment, intervint Solomon. Il a… perdu beaucoup en peu de temps.

— Ça se sent, dit le vieux en posant sa main à plat sur la joue de Pierre. Tu es figé entre le passé et l'avenir.

— Vous ne croyez pas si bien dire, admit Pierre, ébranlé par la clairvoyance insoupçonnée de l'aveugle.

— *Ei!* Notre Créateur nous impose des choix et des obstacles, mon garçon. Nos décisions et nos actes font de nous ce que nous sommes. Tu devras faire de ton mieux, comme chacun de nous, et accepter le jugement à ta mort. *Alaichem sholom*[2], mon garçon.

— Euh… Oui, je… euh, bredouilla Pierre, ne sachant que dire.

Solomon passa son bras sous celui de son père et lui tapota la main.

---

1. Non-juif.
2. Sois en paix.

— Viens, dit-il avec tendresse, je vais te préparer du *kasheh*[1]. Je reviens, ajouta-t-il à l'intention de ses compagnons.

Perreault attendit que le père et le fils aient disparu dans le couloir avant de parler.

— Voilà un personnage… particulier, remarqua-t-il en cachant mal un amusement peu charitable. Ils sont aussi bizarres l'un que l'autre.

— Tu ne savais pas que Solomon habitait avec son père?

— Je ne savais même pas qu'il en avait un. Notre frère Wolofsky est un homme très discret. Je le fréquente en loge depuis plus de quinze ans, mais jamais dans le monde profane. Je sais de lui qu'il est sympathique, qu'il maîtrise parfaitement le rituel maçonnique, qu'il agit avec droiture et rectitude, comme le veut notre ordre, qu'il parle plusieurs langues, qu'il n'est pas marié, qu'il ne dédaigne pas un verre de scotch après les réunions, qu'il a un drôle de sens de l'humour, qu'il affectionne les vêtements fripés et qu'il est marchand de tissus. Au cours des dernières heures, j'ai aussi appris qu'il ne manquait pas de courage. Pour le reste, tu le connais aussi bien que moi.

L'avocat jeta un coup d'œil anxieux vers le corridor, puis il consulta sa montre.

— Presque huit heures, maugréa-t-il. Je suppose que trois heures de sommeil valent mieux qu'aucune.

Son estomac émit un gargouillement sonore qui le surprit lui même.

— Tu crois qu'il va nous offrir quelque chose à manger? se lamenta-t-il. Je crève de faim. Je ne me souviens même pas de la dernière fois que j'ai avalé quelque chose. J'ai l'impression que je ne pourrais pas faire vingt pas sans m'évanouir comme une dame en pâmoison.

— Tu n'as qu'à penser au cadavre de mère Marie-Marthe, rétorqua sombrement Pierre. Je t'assure que l'appétit te passera. Je crois que l'odeur me restera dans les narines jusqu'à ma mort.

---

1. Gruau.

Comme s'il n'avait attendu que cela, Solomon réapparut avec deux bols fumants dans lesquels étaient plantées des cuillères, et des vêtements sur les avant-bras.

— Vous devez avoir faim, dit-il. Mangez, mes amis, mangez. Ensuite, changez-vous. Vous êtes crottés. J'ai apporté des choses qui devraient vous aller, au moins en attendant mieux.

Il déposa les vêtements près de chacun d'eux puis jeta un coup d'œil sur sa montre.

— N'oubliez pas que nous devons être au temple maçonnique dans deux heures. Je vais aller m'assurer que papa a bien vidé son bol.

Il disparut de nouveau. Pierre et Barthélémy se regardèrent, interdits, puis s'assirent sur les canapés qui leur avaient tenu lieu de lits et se jetèrent sur le gruau. Affamés, ils le dévorèrent même si l'épaisse mixture était fade et trop cuite. Puis ils se mirent en frais de se changer. Pour chacun d'eux, Solomon avait prévu un costume sombre et une chemise blanche, qui s'avérèrent un peu trop petits pour Perreault et un peu trop grands pour Pierre.

— Tu as l'air d'un rabbin qui n'a pas mangé depuis trois semaines, fit l'avocat en détaillant le jeune homme.

— Et toi, d'un jeune garçon qui a grandi trop vite, rétorqua Pierre en nouant sa propre cravate.

— Ces vêtements appartenaient à mon frère Samuel, dit tristement Solomon, que personne n'avait entendu revenir. Je ne l'ai pas vu depuis vingt ans.

— Il est à l'étranger?

— C'est une façon de présenter la chose, oui. Parfois, je me dis qu'il aurait été préférable qu'il meure de la variole, l'an dernier.

Solomon se tut sans rien ajouter. N'osant pas insister, ni Pierre, ni Barthélémy ne savaient quoi dire. Un grand fracas les en dispensa. Les trois hommes se raidirent en même temps.

— Ça venait d'en bas! s'écria Perreault.

9

PIERRE SAISIT EN VITESSE le révolver de Maurice Demers, qui traînait sur la table, et le glissa dans sa ceinture. Comme un seul homme, les trois se précipitèrent dans l'escalier. Dès qu'ils arrivèrent au rez-de-chaussée, ils aperçurent la vitrine fracassée, un vaste trou en son centre se prolongeant en craquelures qui partaient dans tous les sens.

Ils traversèrent la boutique en courant et le cœur de Pierre se serra. Près d'une brique, parmi les éclats de verre qui jonchaient le plancher, gisait une enveloppe en papier brun identique à celle qu'on avait glissée sous la porte de la chambre d'hôtel. Il n'avait pas besoin de l'ouvrir pour savoir ce qu'elle contenait. Julie… On lui avait encore fait du mal. Et lui était là, toujours impuissant, avec pour seule piste un stupide médaillon d'étain dans sa poche, qu'il avait été assez fou pour sortir d'une tombe et auquel il ne comprenait absolument rien.

Solomon se précipita vers la porte pour la déverrouiller et, ensemble, ils surgirent sur le trottoir et regardèrent fébrilement de tous les côtés.

— Là! s'écria Perreault en pointant vers sa droite.

Du regard, Pierre suivit la direction indiquée. À quelques centaines de pieds d'eux, un homme vêtu et coiffé sombrement, la moustache élégante et frisée, se tenait un peu trop raide et marchait un peu trop vite, écartant au passage les rares piétons qui arpentaient la rue Saint-Laurent. Surtout, parmi tous les badauds, il était le seul à ne montrer aucun intérêt ni curiosité pour la vitrine fraîchement brisée.

Pierre sentit une colère brûlante lui envahir le ventre et lui embrouiller la cervelle. Sans attendre les autres, il s'élança à la poursuite de l'inconnu. Les yeux rivés sur sa proie, il bouscula sans ménagement tous ceux qui se trouvaient sur son chemin, fonçant droit devant. Dans l'état d'épuisement qui était le sien, et que les quelques heures de sommeil n'avaient pas soulagé, il atteignit vite la limite de ses forces. Les muscles de ses jambes prirent feu et devinrent lourds, son souffle se raccourcit et son cœur se mit à battre dans sa poitrine comme un marteau sur l'enclume. Cela n'avait pas d'importance. Rien ne le ferait céder. Il mourrait en courant plutôt que de laisser échapper la chance de retrouver Julie. Cet homme savait quelque chose et, s'il le fallait, Pierre lui arracherait les yeux pour le découvrir.

Les poings fermés, les dents serrées, il puisa au plus profond de lui-même la force d'accélérer encore un peu, évitant de justesse une vieille femme coiffée d'un fichu noir et emmitouflée dans un châle. Il avait gagné une centaine de pieds sur l'homme lorsque ce dernier, sentant sa présence, se retourna. Surpris d'apercevoir quelqu'un qui filait vers lui avec des intentions manifestement agressives, il écarquilla les yeux et se mit à courir. Pierre laissa échapper un hurlement de rage qui lui donna un peu d'énergie et il accrut encore la cadence.

L'inconnu bifurqua subitement à droite dans une ruelle. Pierre le suivit et tourna si brusquement qu'il glissa sur les pavés et perdit pied. Son genou percuta durement le sol et la douleur lui remonta jusqu'à la hanche. Il se releva tant bien que mal et, faisant fi des élancements, se remit à courir en boitillant. Il émergea dans la rue Saint-Dominique et aperçut l'autre qui fuyait sur la gauche. Il s'élança de nouveau, malgré les points noirs qui dansaient maintenant devant ses yeux. Il n'était plus qu'à une vingtaine de pieds de sa proie. Déjà, il anticipait la satisfaction sauvage de bondir sur l'homme et de lui faire cracher ce qu'il savait.

Sans avertissement, le fuyard s'engouffra entre deux édifices. Conscient qu'il pouvait s'agir d'un piège, Pierre tira le révolver de sa ceinture, le tendit devant lui et s'engouffra dans l'espace étroit entre deux murs de brique. Il tuerait sans hésitation quiconque tenterait de l'empêcher de retrouver Julie.

Il aboutit dans une cour arrière sombre, fermée par une haute clôture en bois. L'homme était adossé dans le coin le plus éloigné et lui faisait face, à bout de souffle lui aussi. La jeune quarantaine, un visage à la peau olivâtre, de fines pattes d'oie au coin de ses yeux sombres, la moustache frisée et finement taillée, et les cheveux lissés vers l'arrière, l'élégante veste noire, sa chemise d'un blanc immaculé, la cravate de qualité et les chaussures vernies, il avait tout du bourgeois aisé de Montréal. Il aurait aussi bien pu être banquier, financier, avocat, notaire ou médecin. Pourtant, il venait de jeter une brique à travers la vitrine d'une boutique.

Pour la première fois, Pierre pouvait mettre un visage sur les tortionnaires de Julie et celui qu'il voyait ne cadrait pas avec l'image qu'il s'en était fait. Il avait devant lui la preuve vivante de l'existence de la tierce partie que l'*Opus* avait toujours soupçonnée, comme le lui avait appris Honoré Beaugrand quelques heures plus tôt.

Tenant à peine sur ses jambes, il brandit son arme et mit en joue l'homme qu'il voyait en double.

— Les mains en l'air! haleta-t-il.

À sa surprise, l'inconnu n'eut aucune réaction. Même coincé dans un cul-de-sac, il semblait serein, presque résigné. Les yeux qui détaillaient Pierre étaient exempts de peur.

— J'ai dit les mains en l'air, sacrement! hurla le jeune homme.

— Un franc-maçon agressif? railla l'inconnu. Allons, tu trahis l'esprit de ton ordre, Joseph-Bernard-Mathieu Leclair. Mais évidemment, tu n'es encore qu'un apprenti.

Le jeune homme reçut comme une gifle la mention du nom auquel il était encore incapable de s'associer et le fait que cet homme connaissait son initiation récente dans la loge.

— Comment… Comment sais-tu ? balbutia-t-il.

— Je serais bête de te le dire, non ? répondit calmement l'autre.

— Où est Julie ? explosa Pierre en brandissant son arme de façon menaçante.

L'homme le toisa sans aucune émotion.

— Tue-moi si tu veux. Ça ne changera rien à ta position.

— Qui es-tu ?

— « Légion est mon nom, car nous sommes beaucoup[1]. » C'est bien ce que dit le démon de l'apôtre Marc, non ? Tu devrais pourtant être familier de ces choses, toi, un bon petit catholique.

Incroyablement, l'inconnu ricana un peu, alors qu'il aurait dû trembler de peur.

— Pour sauver la demoiselle Fontaine, tu dois toujours retrouver l'*Argumentum* et nous le donner, reprit-il en reprenant son sérieux. Il n'y a aucune autre possibilité.

Pierre sentit le désespoir et l'impuissance monter en lui.

— Je voudrais bien, cracha-t-il, mais comment le trouverai-je ? Je n'ai rien à voir avec cette histoire de Templiers et de Vengeance. Je me fiche des origines de l'Église. Par quel bout dois-je commencer ?

L'autre rit de nouveau, comme s'il s'agissait d'une banale conversation en société, et haussa les épaules en signe d'impuissance.

— Si nous le savions, aurions-nous besoin de toi ?

— Vous n'êtes ni le *Gladius Dei*, ni l'*Opus Magnum*, déclara le jeune homme.

— Non.

— Alors qui ?

— Cela n'a aucune importance.

— Pourquoi tenez-vous à ce point à l'*Argumentum* ?

— Quand tu en connaîtras la valeur, tu comprendras.

— Je sais qu'il met en péril l'Église, dit Pierre, espérant que l'autre saisisse la perche qu'il lui tendait.

---

1. *Marc* 5,9.

— Pour qui sait s'en servir à son plein potentiel, il peut faire beaucoup plus que cela, ricana l'homme.

Pierre tira le médaillon de sa poche et le tendit à son interlocuteur.

— Je peux vous donner ceci dès à présent, plaida-t-il. Prenez-le. Je m'en fiche. Tout ce que je demande en échange, c'est qu'on me rende Julie.

L'homme toisa l'objet et haussa les épaules.

— Il nous faut l'*Argumentum*. En lui-même, le médaillon n'est rien de plus qu'un bout d'étain. Ton père t'a légué les moyens de le comprendre. À ta place, je me mettrais au travail sans tarder, avant que la demoiselle Fontaine ne perde trop de morceaux. Et ne va pas croire que le *Gladius* a dit son dernier mot. Sois sur tes gardes. Sinon, tu ne te rendras pas très loin. Quant à moi...

D'un geste lent, l'inconnu ouvrit sa veste et en tira un pistolet plus petit et au canon plus court que celui que braquait Pierre. Il le releva lentement, sans viser Pierre.

— Tu voudras bien me pardonner cette grossièreté, jeune homme, mais mon travail a été accompli plus vite que je ne l'avais anticipé et je dois te quitter, déclara-t-il calmement.

Au bord de la panique, Pierre réalisait qu'il allait devoir se défendre et risquer de tuer l'homme qui pouvait le mettre sur la piste de Julie.

— Lâchez cette arme! s'écria-t-il.

Il abaissa son révolver pour viser les jambes. S'il l'atteignait à la cuisse ou lui faisait sauter un genou, l'homme ne mourrait pas et il pourrait l'interroger. Le torturer, au besoin. Mais il n'était pas habile avec une arme à feu et il risquait de passer à côté.

Lorsqu'il releva les yeux, l'autre avait retourné son pistolet vers son visage. Il prit une grande inspiration, laissa son souffle ressortir, puis ferma les yeux.

— *Aieth gadol leolam adonaï*[1], murmura-t-il.

---

1. Le Seigneur est grand pour toute l'éternité.

Sans la moindre hésitation, il fourra le canon dans sa bouche et appuya sur la gâchette. Sous le regard horrifié de Pierre, la détonation se répercuta sur les murs de brique des bâtisses environnantes alors que l'arrière de sa tête explosait en un obscène nuage rose. Un mélange de sang, d'os et de matière grise éclaboussa la clôture. Les yeux vitreux posés sur le jeune homme, il vacilla un moment, déjà mort, puis tomba à la renverse et s'écrasa lourdement, assis comme un pantin désarticulé, le dos contre les planches.

Abasourdi, son arme toujours pointée, Pierre regardait fixement la scène, en proie à une fascination morbide, lorsque Perreault et Wolofsky firent irruption dans la cour.

— Tu es là! s'écria Barthélémy en haletant comme un cheval qui venait de galoper sur plusieurs milles. Tu es parti si vite. Nous t'avions perdu. Tu...

Ses mots restèrent coincés dans sa gorge dès qu'il avisa le corps inerte qui baignait dans son sang.

— Bon Dieu... fit-il en ravalant, le dégoût peint sur son visage ruisselant de sueur. Tu l'as... ?

— Non, répondit Pierre d'une voix éteinte. Il... s'est fait sauter la cervelle sous mes yeux plutôt que de se trahir.

À ses côtés, Solomon, blême et l'air catastrophé, ne dit rien, se contentant de reculer d'un pas comme s'il avait été frappé dans l'estomac. Puis il se retourna brusquement, courut près du mur et vomit tout le gruau qu'il avait avalé.

Pierre secoua sa torpeur et, d'un pas incertain, s'avança vers le cadavre. Il s'accroupit en évitant de tacher les genoux de son pantalon dans la flaque de sang, ouvrit la veste souillée du mort et fouilla ses poches. À part une pipe et une boîte d'allumettes, elles ne contenaient ni pièces d'identité, ni objet personnel qui eût pu l'identifier. À toutes fins utiles, l'homme qui venait de se suicider sous ses yeux n'était personne. D'un geste sec, Pierre ouvrit la chemise en faisant sauter ses boutons pour découvrir la poitrine et les épaules du mort. Il eut beau observer chaque pouce carré de peau, il ne trouva aucun tatouage, comme cela avait été le cas pour Damase Thériault et ses deux sbires. La conclusion était claire et confirmait les soupçons de l'*Opus Magnum* : cet homme ne faisait pas partie du *Gladius Dei*.

Le jeune homme se releva, aussi furieux que découragé. La piste de Julie avait été tangible pendant un bref moment avant de lui glisser entre les doigts.

— Partons, suggéra Perreault sur un ton préoccupé. Le coup de feu a certainement alerté les alentours. Si la police s'en mêle, nous aurons des tracasseries et des embêtements qui nous retarderont. Sans compter qu'on ne sait plus sur qui on peut compter.

L'avocat avait raison, évidemment. La police avait déjà amplement démontré qu'elle était infiltrée par le *Gladius*. Sa rencontre avec Damase Thériault, en route vers l'asile, l'attentat à la sortie du couvent des Sœurs Grises, et l'attaque de l'abbé Simard dans la crypte étaient encore frais dans sa mémoire. Trois fois, Pierre avait failli y laisser sa peau et le pauvre Adrien, lui, n'avait pas eu cette chance.

— Viens, Pierre, insista Perreault, qui s'était approché de lui pour le prendre par le bras. Il ne faut pas rester ici.

Au passage, Solomon, blême, en sueur et haletant, se joignit à eux. Lorsqu'ils furent dans la rue Saint-Dominique, un attroupement commençait à se former, les gens se demandant mutuellement ce qu'avait pu être le bruit sec qu'ils venaient d'entendre. Ils s'éloignèrent en essayant d'avoir l'air de rien.

— Prenez un fiacre et rendez-vous tout de suite au temple, suggéra Solomon. Vous y serez en sécurité.

— Et toi ? demanda Perreault.

— Je vais retourner ramasser l'enveloppe, répondit le marchand. Nous devons savoir ce qu'elle contient. Je vais aussi placarder la vitrine. Quelques planches feront l'affaire. Sinon, ce soir, la boutique aura été vidée. Je vous retrouve là-bas dans environ une heure.

Après s'être assuré que personne ne le regardait, Pierre lui tendit discrètement le révolver.

— Prends-le. On ne sait jamais.

Le marchand accepta l'arme avec un hochement de tête reconnaissant, la glissa sous sa veste et s'éloigna. Quelques minutes plus tard, Pierre et Barthélémy prenaient place dans une voiture qui les menait vers le temple maçonnique.

10

MALGRÉ L'HEURE MATINALE, dès que Pierre et Barthélémy eurent résumé leur mésaventure aux autres, on leur servit un double brandy qu'ils avaient avalé d'un seul trait pour calmer leurs nerfs à vif. Aussitôt, ils en demandèrent un deuxième, qui subit pratiquement le même sort.

Comme promis, Solomon les avait rejoints au temple après avoir mis sa boutique en sécurité. Il avait ramassé l'enveloppe sans l'ouvrir. Dès son arrivée, il avait rendu le révolver à Maurice Demers qui, malgré son bras gauche toujours en écharpe, avait un peu meilleure mine. Les trois prenaient maintenant place à la table longue, dans la salle attenante à la loge Les Cœurs réunis, là même où Pierre était venu avec son futur beau-père pour être initié. C'était voilà si peu de temps, et pourtant une vie entière s'était effondrée. Se trouvaient aussi là, hormis Demers, Honoré Beaugrand, Georges Belval, Gédéon Ouimet, Émile Fontaine et Gertrude Normand.

— Tu n'as pas laissé ton père chez toi, j'espère? s'enquit Beaugrand.

— Je l'ai conduit chez des amis, où il sera en sécurité, expliqua le marchand. Les juifs ont appris à s'entraider pour ne pas être exterminés. Les pogroms et les bûchers ont ça de bon.

À titre de commandeur de l'*Opus Magnum*, ce fut Beaugrand qui dut prendre son courage à deux mains pour ouvrir l'enveloppe puis la retourner et en faire sortir ce qu'elle contenait. Sans

que personne n'en fût véritablement surpris, un doigt ensanglanté roula sur la table. Un auriculaire. Autour, on avait noué
une mèche de cheveux roux, ceux-là mêmes que Pierre avait
saisis à pleines mains au sommet de la passion et dans lesquels
il avait enfoui son visage pour gémir de plaisir. Une note pliée
en quatre tomba tout près.

Même froids et endurcis comme ils l'étaient, tous les membres
de l'*Opus Magnum* restèrent pétrifiés d'horreur. Puis Gertrude
Fontaine laissa échapper une longue et déchirante plainte qui se
mua rapidement en sanglots. Son teint devint cireux et ses mains
se mirent à trembler violemment.

Plusieurs minutes après, elle pleurait toujours à chaudes larmes,
mais en silence. Son mari, pâle comme un mort, les lèvres serrées,
mais néanmoins stoïque, l'avait entraînée un peu à l'écart pour
la blottir contre lui. Il la consolait de son mieux en lui tapotant
le dos, même s'il n'en menait pourtant pas beaucoup plus large
qu'elle depuis qu'il avait vu de ses propres yeux un doigt tranché
de sa fille.

— Émile, qu'avons-nous fait ? répétait-elle. Ma petite Julie…
Mon enfant… Ma petite fille…

— Nous l'avons toujours tenue à l'écart, ma chérie, ne cessait
de dire monsieur Fontaine en la cajolant. Elle ne savait rien.
Comment aurions-nous pu prévoir que les choses tourneraient
comme ça ? Le plan semblait si sûr…

— On lui coupe des doigts ! hurla-t-elle en empoignant son
mari par les revers de sa veste. On mutile ma fille !

— Il n'est pas trop tard. Nous la retrouverons.

— Et si elle meurt ? Que deviendrions-nous sans elle ?

Pierre, lui, rageait intérieurement. L'image de sa fiancée,
souffrante aux mains de gens qui n'hésitaient pas à la martyriser
pour parvenir à leurs fins, lui faisait bouillir le sang. Elle lui avait
dit mille fois qu'il était son homme. Qu'elle était à lui seul.
Pourtant, il était là, assis bêtement autour d'une table à chercher
une piste introuvable, incapable de la protéger comme il était
tenu de le faire. Il ne s'agissait même pas d'une question de

devoir. Il en allait de sa vie, de son équilibre mental. Sans Julie, il ne serait plus rien. Il préférait mourir là, tout de suite, parmi les membres de l'*Opus Magnum*.

Solomon dut comprendre le sens des deux poings fermés, aux jointures blanches et tremblants de colère, qu'il avait posés sur la table, car il lui mit une main fraternelle sur l'épaule et la tapota un peu.

— Ne perds pas espoir, mon frère, murmura-t-il avec compassion. Elle est toujours vivante. Deux doigts en moins, au fond, c'est peu de chose, non? Surtout si elle est droitière?

Pierre le toisa, hésitant entre des envies contradictoires de pleurer, de rire, de le frapper ou de l'étrangler. Beaugrand tira un mouchoir à monogramme élégamment brodé et l'utilisa pour saisir l'auriculaire qu'il remit dans l'enveloppe en ayant la délicatesse de ne pas faire trop paraître son dégoût.

— Venez vous asseoir, suggéra-t-il doucement au couple Fontaine, toujours debout au fond de la pièce.

Les parents éplorés obtempérèrent en se soutenant mutuellement et prirent place, madame Fontaine essuyant ses yeux bouffis avec un mouchoir en dentelle.

— Que dit la note? s'enquit Perreault, autant par souci d'efficacité que pour changer de sujet.

Le maire de Montréal la déplia, prit connaissance de son contenu et émit un petit ricanement de dépit.

— Je te le donne en mille, répondit-il en jetant le morceau de papier devant l'avocat.

Perreault le prit et le lut à son tour, puis l'inclina vers Pierre et Solomon. Effectivement, il ne s'y trouvait aucune surprise. Le message était le même que les deux fois précédentes et avait été écrit de la même main élégante.

L'Argumentum contre la vie de Julie Fontaine.

Maurice Demers tendit sa main valide et Perreault lui donna la note. Il l'examina et s'assombrit distinctement.

— Cette fois-ci, point de Christ en croix sur un glaive et aucune référence au *Gladius*, nota-t-il après un moment.

— L'homme qui s'est fait sauter la tête ne portait pas le tatouage qu'avaient Thériault et les deux autres, ajouta Pierre.

— La conclusion qui en découle me plaît assez, soupira l'inspecteur en faisant la moue.

Tous ceux qui étaient autour de la table se regardèrent, interdits. Ce fut Belval qui finit par énoncer à voix haute ce que tous avaient compris.

— Nos adversaires inconnus savent qu'ils sont démasqués et qu'il ne sert plus à rien de jouer la comédie, dit-il d'une voix morne.

— Forcément, intervint Demers, cela signifie qu'ils sont au courant du fait que le prêtre a admis que le *Gladius* n'avait rien à voir avec l'enlèvement.

— Mais comment auraient-ils pu l'apprendre aussi vite? demanda Barthélémy.

— Soit ils ont un mouchard au sein même du *Gladius*... répondit l'inspecteur.

Il releva la tête et toisa longuement tous les membres présents, y compris le couple Fontaine, qui se tenait toujours un peu à l'écart.

— ... Soit ils en ont un dans l'*Opus*, ajouta-t-il avec l'air suspicieux du policier qui cherche à mettre le doigt sur ce qui lui échappe.

— En tout cas, intervint Solomon, il est clair que celui qui a fracassé ma vitrine n'était pas du *Gladius*. Sinon, il aurait abattu Pierre plutôt que de se faire sauter la tête.

Pendant un long moment d'inconfort, personne ne dit rien, tous retournant dans leur tête ces informations inquiétantes. Ce fut Gédéon Ouimet qui, d'une voix enrouée, rompit le silence en abattant sèchement sa paume sur la table.

— En attendant, ma sœur, mes frères, notre situation demeure la même: nous devons récupérer l'*Argumentum* avant que d'autres n'y parviennent. Cela reste la seule manière de sauver la fille de

Gertrude et d'Émile. Nous avons une longueur d'avance ; assurons-nous de ne pas la perdre.

— Vous accepteriez de céder l'*Argumentum* contre la vie de Julie ? s'enquit soudain Pierre.

Un silence embarrassé tomba autour de la table et les membres de l'*Opus* échangèrent un regard lourd de sens.

— Non, répondit avec franchise Beaugrand. Pas au sens strict du terme, en tout cas. Depuis le *dies terribilis*, sans égard aux circonstances particulières, la préservation de l'*Argumentum* a primé sur toute autre considération. Aucune exception n'est permise, pas même pour sauver la vie de nos propres enfants. Gertrude et Émile en sont conscients.

Pierre leva les yeux sur ses futurs beaux-parents et monsieur Fontaine acquiesça faiblement de la tête, consterné. Sa femme se remit à pleurer de plus belle.

— Ceci dit, ajouta le maire de Montréal, Julie Fontaine est le fruit de deux lignées templières, ce qui est une rareté. Elle a donc une valeur particulière à nos yeux et hormis le fait qu'elle est l'enfant d'amis très chers, ne serait-ce que pour cet héritage, je te jure sur l'honneur que nous tenterons tout en notre pouvoir pour la sauver.

Il tendit la main vers Pierre, qui se trouvait devant lui.

— Montre-moi le médaillon.

Déconfit, le jeune homme fouilla dans sa poche et le lui remit. Les sourcils froncés par la concentration, Beaugrand le retourna entre ses doigts, examinant soigneusement ses deux faces, et finit par hocher la tête en pinçant les lèvres de frustration. Sans rien dire, il le passa à Belval, qui fit de même. L'objet voyagea ainsi de main en main et se retrouva de nouveau entre celles de Pierre.

— Cet objet est sensé indiquer le chemin vers l'endroit où est conservé l'*Argumentum*, dit le maire. Quelqu'un a-t-il quelque chose à suggérer ?

Tous hochèrent négativement la tête, résignés.

— Et toi ? demanda Beaugrand. Ça te dit quelque chose ?

Pierre n'entendit pas. Soudain, il était très loin. L'espace d'un instant, les personnages et la composition gravés sur l'objet lui avaient semblé familiers. Les yeux rivés sur la scène, il essayait désespérément de rattraper le souvenir fugace qui venait de lui traverser l'esprit. Où avait-il donc vu quelque chose de semblable?

Il se revit, jeune étudiant au Collège de Montréal, allongé sur son lit dans le dortoir après les heures d'étude, feuilletant tranquillement à la lumière d'une lampe à huile un livre que lui avait prêté son professeur d'art. Un livre rare et couteux dans lequel les plus célèbres tableaux étaient reproduits en noir et blanc. Il se rappelait du plaisir qu'il avait ressenti en tournant lentement les pages pour découvrir chaque fois une nouvelle source d'émerveillement, s'arrêtant sur les images qui retenaient son attention pour consulter les textes qui les accompagnaient, rêvassant en laissant courir ses doigts sur les images. Il se souvenait qu'il y avait rencontré les grands noms de diverses époques: Dürer, Raphaël, Botticelli, Rembrandt, Rubens, Turner, Monet et combien d'autres encore. Il avait admiré leur capacité presque surnaturelle à créer sur le canevas l'illusion de la réalité, mais aussi le courage de certains de la réinterpréter, de la réinventer.

Il lui semblait vaguement s'être arrêté sur une scène semblable à celle qui ornait le médaillon. Le souvenir se perdait dans le

brouillard de sa mémoire. Peut-être même n'était-il que le produit d'une imagination désespérée. Mais c'était ce qu'il avait de
mieux. S'il voyait juste, il tenait peut-être le commencement
d'une piste.

Il fourra le médaillon dans sa poche et se leva si brusquement
que sa chaise bascula à la renverse, le vacarme faisant sursauter
les autres. Il se tourna vers Barthélémy et Solomon.

— Venez!

— Où ça? rétorqua l'avocat, interdit.

— À la bibliothèque de l'Art Association of Montreal!

Le temps qu'ils se soient levés, il avait déjà franchi la porte de
la salle, laissant derrière lui les autres, pantois.

11

Bersabée, Terre de Canaan, 1719 avant notre ère

SUR SA COUCHE, dans la maison de ses vieux jours, Abram sentait suinter par les pores de sa peau le peu de vie qui lui restait. Il devinait l'approche de la mort dans la lourdeur de ses membres, dans le froid qui s'était lové au plus creux de son corps, jusque dans ses os douloureux, et dans la brume qui s'insinuait peu à peu dans son esprit et le ralentissait. Il n'en avait plus pour longtemps et cela était bien. Sa vie entière avait été consacrée à honorer l'alliance avec le Seigneur d'Israël et, avec le recul, il y était assez bien arrivé. Sous sa férule, sa famille était demeurée unie, s'était multipliée et enrichie. Le pays de Canaan avait prospéré au-delà de toutes ses espérances.

Abimélek, roi de Guérar, et son général, Pikol, l'entouraient. Au fil des ans, les deux Philistins avaient été de fidèles alliés et étaient devenus ses amis. Lorsque la nouvelle de son agonie leur était parvenue, ils s'étaient empressés à son chevet. Le roi, lui-même un vieil homme aux cheveux blancs et à la peau ravinée, lui tenait la main gauche, visiblement atterré. Sans doute voyait-il en Abram le sort qui l'attendait bientôt. Pikol, lui, se tenait en retrait, son air stoïque n'empêchant pas des larmes de mouiller son épaisse barbe grise.

À la droite d'Abram se trouvait Isaac. Le visage peiné qui se penchait sur lui, et qu'il n'apercevait plus qu'à travers le brouillard de sa mort imminente, lui était si cher. Malgré son grand âge,

Sarah lui avait donné ce fils inespéré. Pour assurer la transmission légitime de ses biens, il avait été jusqu'à chasser son autre fils, Ismaël, et sa mère, l'esclave Agar l'Égyptienne. Isaac serait son seul héritier.

Pourtant, voilà déjà longtemps, lorsque le Seigneur avait exigé de lui qu'il prouvât sa loyauté en sacrifiant son fils encore enfant, il avait accepté de le mettre à mort.

— Prends ton fils, ton unique que tu chéris, Isaac, lui avait ordonné Hammourabi par la bouche d'un messager arrivé à brûle-pourpoint, et va-t-en au pays de Moriah. Là, tu l'offriras en holocauste sur une montagne que je t'indiquerai[1].

Le cœur lourd, conscient du fait que la pérennité de sa descendance dépendait de son obéissance, il avait obéi. Il se voyait encore prendre la route sur son âne avec le petit, qui n'avait pas six ans, et deux serviteurs. Après trois jours, quand il avait aperçu à l'horizon l'endroit indiqué, il s'y était dirigé en tenant Isaac par la main. Une fois au sommet, il avait trouvé le Seigneur qui l'attendait. Voyant pour la première fois en personne le roi qui lui avait donné jadis le pays de Canaan, il s'était aussitôt prosterné, plein de crainte et d'appréhension.

Sur l'ordre d'Hammourabi, il avait érigé de ses propres mains un autel et, en pleurant, y avait lié l'enfant dont il n'oublierait jamais le regard éperdu et les couinements apeurés. Dans ses yeux, il avait pu lire l'incompréhension et le sentiment d'une profonde trahison. Puis il avait levé la main tremblante qui tenait le poignard, bien décidé à l'enfoncer dans le petit cœur malgré les larmes qui lui embrouillaient la vue, puisque telle était la volonté de son Seigneur. Heureusement, le roi avait été clément et avait interrompu son geste au dernier moment.

— N'étends pas la main contre l'enfant! s'était-il écrié. Ne lui fais aucun mal! Je sais maintenant que tu me crains[2]. Parce que tu as fait cela, que tu ne m'as pas refusé ton fils, je te comblerai

---

1. *Genèse* 22,2.
2. *Genèse* 22,12.

de bénédictions, je rendrai ta postérité aussi nombreuse que les étoiles du ciel et que le sable qui est sur le bord de la mer, et ta postérité conquerra la porte de ses ennemis[1].

Son Seigneur lui avait alors fourni un bélier et Abram avait offert cet animal en sacrifice, scellant de nouveau, et pour toujours, l'alliance conclue jadis avec le scribe Enna. Par attachement aux biens de la terre et par calcul politique, Abram avait été disposé à sacrifier son propre fils. Ce geste, il en avait eu honte et il en emporterait l'amer regret dans la tombe. Mais, grâce à Dieu et à la magnanimité du Seigneur Hammourabi, Isaac avait survécu pour devenir un homme juste et honorable. Il avait épousé Rébecca, fille de Bétuel l'Araméen, qui lui avait donné deux fils : Jacob et Ésaü. Ainsi, la descendance d'Abram était assurée et l'héritage serait transmis.

El-Schaddaï, celui qui est, créateur de toute chose et dieu de tous les dieux, accueillerait certainement Abram auprès de lui, et les seigneurs de Babylone continueraient à veiller sur les siens. L'alliance était solide. Le patriarche pouvait mourir en paix. Bientôt viendrait la délivrance. Auparavant, toutefois, il devait parler une dernière fois. Au prix d'un grand effort, il sortit de la nuit qui se refermait sur son esprit et ouvrit les yeux. Abimélek, Pikol et Isaac étaient toujours là, silencieux et consternés. Personne ne disait mot, attendant ceux que le patriarche allait prononcer.

Abram tapota la main d'Abimélek, qui n'avait pas lâché la sienne.

— Va en paix, vieil ami, murmura-t-il d'une voix pareille à un souffle. Longue vie et paix à toi et aux tiens. Maintiens l'amitié entre nos peuples. Maintenant, laisse-moi avec mon fils.

Le roi de Guérar se pencha et posa un baiser sur le front du mourant.

— Je prierai Dagôn, mon dieu, pour le bien de ton âme, dit-il d'une voix étranglée. Bientôt, je serai de nouveau à tes côtés et nous pourrons nous remémorer nos batailles.

---

1. *Genèse* 22,16-17.

Il se releva avec difficulté, ses vieilles jambes le faisant souffrir, et laissa errer un ultime regard attristé et nostalgique sur Abram. Puis, son général sur ses pas, il sortit. Le patriarche tourna la tête vers Isaac, dont le visage ne lui apparaissait plus que comme une forme floue. Dans les jours précédents, il avait fait les cadeaux d'usage aux fils de ses concubines. Il ne lui restait qu'à confirmer le legs de l'Alliance. Ensuite, il pourrait lâcher prise et s'endormir pour toujours.

Il tendit vers une table basse une main décharnée et tremblante à laquelle l'âge avait donné des allures de serre d'aigle. Comprenant ce que son père désignait maladroitement, Isaac étira le bras et y prit un paquet en cuir lié par un cordon.

— Ouvre-le, souffla Abram.

Isaac savait déjà ce qu'il y trouverait. Maintes fois, son père lui avait fait lire la tablette, lui apprenant à déchiffrer l'étrange écriture en forme de clous qu'utilisaient les Babyloniens et le forçant à en connaître le texte par cœur. Il la sortit et fit mine de la remettre à son père, mais ce dernier l'arrêta d'un geste tremblant en hochant la tête.

— Elle est à toi, maintenant, mon fils, haleta le patriarche en toussotant. Je te lègue la terre de Canaan, que m'a donnée le Seigneur Hammourabi pour que je la gouverne en son nom. Fais-la prospérer et enracines-y notre peuple tel un olivier aux fruits abondants et aux racines s'étendant dans toutes les directions jusqu'aux quatre coins du monde. Honore l'Alliance que scelle cette tablette.

— Je le promets, père, dit Isaac d'une voix rendue grasse par les sanglots qu'il refoulait avec difficulté.

Abram inspira sèchement et se cabra. Ses yeux, qui ne voyaient déjà plus, s'écarquillèrent. Il se releva à moitié et empoigna des deux mains la tunique de son fils, comme s'il cherchait à s'accrocher pendant un ultime instant à la vie. Son visage se crispa, la bouche grande ouverte, puis se détendit. Un vague sourire se dessina sur ses lèvres minces, comme s'il apercevait quelque chose de magnifique qui l'apaisait tout entier. Il expira sans rien dire d'autre, ne laissant derrière lui qu'un vieux corps émacié et vide.

Ravalant ses larmes, Isaac déposa tendrement son père sur sa couche et lui ferma les yeux. Puis il se releva, déchira sa tunique et retira ses sandales, comme le voulait la tradition. Pieds nus, il ramassa un peu de terre sur le sol et la répandit sur sa tête pour exprimer son deuil, avant de se frapper la poitrine à plusieurs reprises et de lâcher un long et déchirant hurlement de douleur.

Lorsqu'il eut rendu cet ultime hommage à son père, Isaac reprit le contrôle de ses émotions et appela d'une voix forte. Trois esclaves entrèrent et, sans mot dire, entreprirent de préparer le corps selon les exigences de la tradition. Elles le déshabillèrent et le lavèrent, l'enduisirent d'huiles, d'aromates, de myrrhe et d'aloès, lui lièrent les pieds et les mains avec des bandelettes de lin, puis l'enveloppèrent dans un linceul d'un blanc immaculé qui avait été tissé spécialement à cette fin.

Une fois le rituel terminé, Isaac fit entrer ses fils, Jacob et Ésaü, qui attendaient à l'extérieur. À tour de rôle, ils s'agenouillè-rent et embrassèrent le patriarche sur la bouche en signe de respect. Puis Isaac plaça un suaire blanc sur le visage raviné de son père, sur lequel il pouvait enfin lire la paix. Vinrent ensuite quelques hommes de la tribu qui portaient le cercueil en bois qu'Abram, toujours prévoyant et lucide, avait fait fabriquer des années auparavant en prévision de ce jour. Ensemble, ils y déposèrent le corps. Puis ils allumèrent les parfums qui avaient été déposés là la veille.

La triste nouvelle s'était répandue à la vitesse du vent, comme le démontraient les cris de douleur et les hululements aigus des pleureuses qui montaient au-dehors. Avant la tombée du jour, la dépouille du patriarche serait transportée dans le caveau qu'il avait fait creuser pour lui et ses descendants. Abram d'Ur, qui avait quitté sa terre natale voilà si longtemps, serait enseveli loin de ses pères. Il resterait pour toujours sur la terre de Canaan, qui était devenue la sienne et qu'il léguait à ses descendants.

Isaac ramassa la précieuse tablette de l'Alliance, l'enveloppa dans son sac de cuir et la pressa contre sa poitrine. L'avenir du peuple hébreu tout entier dépendait désormais de lui et déjà, la responsabilité pesait lourd sur ses épaules. Avec l'aide d'El-Schaddaï, la semence d'Abram se multiplierait et la terre de Canaan lui appartiendrait pour les siècles des siècles.

12

L A JOURNÉE S'ANNONÇAIT belle et ensoleillée. Déjà, la chaleur printanière, si agréable après l'hiver, imprégnait l'air. Mais Pierre n'en avait que faire. Plusieurs fiacres attendaient des clients autour de la place d'Armes, leurs cochers sur les banquettes se chauffant au soleil. Barthélémy et Solomon sautèrent dans le plus proche. Pierre, lui, s'arrêta devant la porte ouverte.

— Je n'ai plus un sou, dit-il.

— On s'en fiche, rétorqua impatiemment Perreault en tapotant sa veste à la hauteur du cœur, où il gardait un porte-monnaie bien garni. Allez, monte.

Pierre ne bougea pas. Le souvenir d'un être qu'il avait oublié dans la folie des derniers jours lui revint en tête et il se sentit horriblement coupable.

— Dans les circonstances, je déteste demander ça, mais ça vous dérangerait si nous passions d'abord chez moi? Mon chat n'a pas mangé depuis des jours. La pauvre bête va crever de faim. Et puis, je pourrais me laver en vitesse et prendre des vêtements à ma taille. De toute façon, je viens de me rappeler que la bibliothèque du musée n'ouvre qu'à midi.

Dès que le jeune homme fut dans l'habitacle, le véhicule se mit en route. Le trajet était en ligne droite dans Saint-Urbain et ne prendrait pas quinze minutes. Une fois à l'intersection de

Guilbault, il suffirait de tourner à droite pour rejoindre le coin de Saint-Laurent.

— Bon, j'aimerais bien savoir ce que tu as en tête. Tu nous éclaires? s'informa Perreault avec une pointe d'impatience.

Barthélémy et Solomon étaient épuisés, eux aussi. Il suffisait de voir les cernes sous leurs yeux, leurs traits tirés et la barbe de deux jours de l'avocat pour s'en rendre compte. Ils souffraient de toute cette histoire autant que lui. Pierre passa nerveusement les doigts dans ses cheveux blonds. Lorsqu'il les retira, il constata avec dégoût combien ils étaient gras et sales. Durant les derniers jours, le savon était devenu un luxe.

— Lorsque je regardais le médaillon, tantôt, expliqua-t-il, j'ai soudain eu l'impression que j'avais déjà vu cette scène.

— Tu en es certain? demanda Solomon.

— Bien sûr que non. Ce n'est qu'un vague souvenir. Tu sais, ces images qui surgissent parfois et dont on se demande d'où elles sortent? C'était dans un livre sur l'art, je crois. Quand j'étais encore étudiant au collège.

— Alors la scène représente un tableau?

— Je crois que oui. Peut-être que j'ai tout imaginé, avoua Pierre. Mais c'est la seule piste que j'ai.

Perreault et Wolofsky échangèrent un coup d'œil entendu, masquant mal leur inquiétude.

— Je sais! Je sais! éclata Pierre. L'*Argumentum*! Pour vous et tous les autres, c'est tout ce qui compte! Mais que ça vous plaise ou non, moi, je m'en fiche! Je le donnerai volontiers à celui qui pourra me rendre ma fiancée en vie et sans d'autres morceaux manquants! Si l'*Opus* ne peut pas me garantir ça, il devra se passer de son joujou et tant pis pour sa Vengeance! Les Templiers n'existent plus depuis cinq cents ans et, que je sache, le monde continue de tourner! Il serait temps que vous vous fassiez à l'idée!

— Nous ne pouvons pas permettre cela, Pierre, dit calmement Barthélémy lorsqu'il fut certain que la tirade était terminée. Tu le sais très bien.

Pierre le dévisagea, sa méfiance du début lui revenant soudain. Les membres de l'*Opus Magnum* avaient une mission séculaire qui primait sur les individus. Étaient-ils en train de l'utiliser, sans égard pour Julie ? Le laisseraient-ils tomber dès qu'il aurait retrouvé leur maudit *Argumentum* – en admettant qu'il y parvienne ? C'était tout à fait possible. Après tout, que savait-il des gens qui composaient l'ordre ? À part les Fontaine, il ne les connaissait même pas depuis un mois. Soupçonnant qu'il était l'héritier de la clé, ils avaient manigancé pour l'attirer dans la loge Les Cœurs réunis. Cela, il le savait déjà. Au fond, ils l'avaient manipulé autant qu'ils l'avaient aidé, non par solidarité, mais pour qu'il retrouve le médaillon. Rien d'autre. Et puis, derrière leurs sourires fraternels et leur chaleur humaine, n'étaient-ils pas des tueurs de sang-froid ? Ne menaient-ils pas tous une double vie ? Leur accorder une confiance aveugle relevait de l'inconscience. D'un autre côté, seul, il n'arriverait à rien et sur qui d'autre pouvait-il compter pour sauver Julie ?

— « Je jure sur la tête de ceux qui ont été torturés injustement que, dès à présent et pour toujours, je consacrerai ma vie entière à protéger l'*Argumentum* et à préparer la Vengeance », récita Solomon pour lui rappeler son serment. « Je m'engage à obéir en tout aux ordres de l'*Opus Magnum*. »

— Et si je refuse ? s'entêta Pierre.

Wolofsky haussa les épaules et fit une petite moue gênée avant de poursuivre.

— « Je déclare que, le moment venu, ma main sera sûre et que je frapperai le pape et son Église de toute ma force ; que je ne trahirai pas le secret qui m'a été confié, fût-ce pour sauver ma vie ou celle des miens ; que j'ai conscience que si je le faisais, ceux que j'ai voulu protéger paieraient de leur vie. »

Le sang se glaça dans les veines de Pierre.

— Bref, dit-il, vous êtes en train de me dire que si je fais passer la vie de Julie avant l'*Argumentum*, elle mourra de toute façon, et moi de même.

— Tu fais partie de l'*Opus,* Pierre, répondit Barthélémy, et l'ordre a ses règles. C'est grâce à elles qu'il a survécu pendant des siècles. Tu es le fils d'un des nôtres. Tu es soumis aux mêmes contraintes que les autres. Mais si l'ordre t'avait voulu du mal, tu sais bien qu'il y a longtemps que tu aurais cessé de respirer.

— Quelle assurance ai-je que ce n'est pas exactement ce qui se passera dès que vous aurez l'*Argumentum*?

— Le fait qu'Émile et Gertrude désirent retrouver leur fille autant que toi, rétorqua Perreault sans hésitation. Crois-tu que nous sommes insensibles au sort de cette petite? Certains de nous la connaissent depuis qu'elle est enfant. Personne parmi nous ne souhaite la voir mourir. Et puis, comme te l'a expliqué Beaugrand, elle est porteuse de deux lignées.

— Fais confiance à Honoré, ajouta Solomon. Il n'est pas homme à laisser tomber ses amis.

— Encore faut-il en être... fit Pierre.

Il se frotta énergiquement le visage avec ses mains. Il était si fatigué qu'il avait l'impression de perdre la tête. Objectivement, les deux hommes qui l'accompagnaient avaient tout fait pour lui. Ils l'avaient soutenu dans son malheur et ne lui avaient montré que compassion et loyauté. Ils avaient exhumé un cadavre et bravé la mort en sa compagnie, sans rechigner. Leur mission était de retrouver l'*Argumentum*. Ils ne s'en cachaient pas. Être pour leur cause n'équivalait pas nécessairement à être contre Pierre Moreau. Il devait se reprendre avant de s'aliéner les seuls alliés qu'il avait.

— Pardonnez-moi. Je suis crevé, soupira-t-il avec lassitude.

Il se retourna vers Wolofsky.

— Beaugrand... Il a un plan, tu crois?

— Le connaissant, assurément, répondit Solomon avec conviction. S'il existe un moyen d'avoir le beurre et l'argent du beurre, même tordu, il le trouvera. Après tout, il fait de la politique et ces gens-là sont tous de fieffés menteurs!

— Nous voulons en finir autant que toi, Pierre, l'assura Barthélémy. Cette histoire a déjà trop duré. Personne ne veut voir Julie coupée en morceaux. La seule chose à faire est de retrouver l'*Argumentum* au plus vite et, ensuite, nous verrons comment procéder. Qu'en dis-tu?

Pierre allait acquiescer lorsque le fiacre tourna à droite. Pendant que le cocher négociait le virage, il entrevit par la fenêtre un attroupement au coin de Guilbault et Saint-Laurent. Aussitôt, tous ses sens furent en alerte. Sous le regard interloqué des deux autres, il ouvrit brusquement la portière du véhicule en marche et sortit la tête.

— Arrêtez-vous! ordonna-t-il sèchement au cocher.

Dès qu'ils furent immobilisés, il se précipita à l'extérieur.

— Venez vite! ordonna-t-il à ses compagnons étonnés.

— Qu'est-ce qui te prend? s'enquit l'avocat une fois dehors.

— Regarde, répondit sombrement Pierre en désignant le bout de la rue Guilbault.

Barthélémy et Solomon suivirent son regard et aperçurent les dizaines de personnes massées devant les ruines fumantes d'un édifice.

— Ils sont devant chez moi.

Perreault se retourna vers le cocher.

— Attendez-nous, ordonna-t-il sèchement. Que je ne vous voie pas bouger d'un poil.

Ils se mirent en marche le plus discrètement possible, adoptant le pas lent de badauds et longeant les édifices. Une fois à l'intersection de Saint-Charles-Borromée, à mi-chemin entre le fiacre et la foule, ils s'arrêtèrent.

— Bon Dieu… murmura Pierre, atterré.

Le dernier étage de l'édifice avait flambé. L'étage où se trouvait sa chambre. Les briques étaient noires de suie et les fenêtres avaient éclaté sous l'effet de la chaleur. La tête lui tournait. Certes, il n'avait jamais possédé grand-chose, mais il réalisait soudain qu'il venait de perdre le peu qu'il avait. Hormis ses sous-vêtements et ses chaussures, même ce qu'il portait ne lui appartenait pas.

— Je crois que tu n'as plus à t'inquiéter de ton chat… soupira Solomon en lui posant une main sur l'épaule. Il est parti, soit dans la ruelle, soit pour un monde meilleur.

Incapable de répondre, Pierre ravala sa salive. Ils avancèrent encore un peu et se blottirent en retrait près d'une maison de chambres, à une centaine de pieds de distance. Le jeune homme laissa errer son regard sur la foule et il ne lui fallut pas longtemps pour repérer, devant l'édifice, sa logeuse en pleurs.

Le chignon gris de madame Simoneau s'était effondré. Pour une fois, la loi de la gravité avait prévalu. Les gros sanglots qui la secouaient faisaient flageoler le gras qui l'enrobait. Elle tenait un petit mouchoir plaqué sur son nez et sa bouche et, près d'elle, quelques voisins qu'il connaissait vaguement tentaient de la réconforter. La pauvre femme réalisait sans doute que l'incendie risquait de la priver de son emploi, elle qui avait pris un soin jaloux de la bâtisse et de ses pensionnaires. Pierre eut un pincement au cœur. Certes, elle était trop curieuse, insupportablement bavarde et suante à souhait, mais quand même sympathique et bien intentionnée. Elle ne méritait pas d'être privée de revenu simplement parce qu'il habitait une chambre dans la pension qu'elle dirigeait.

Pierre, Barthélémy et Solomon attendirent de longues minutes sans rien dire. Peu à peu, la foule commença à se désintéresser du sinistre et se dispersa. Plusieurs remontèrent la rue Guilbault. Ils interceptèrent deux ouvriers en bleu de travail qui venaient en sens inverse.

— Pardonnez-moi, messieurs. Que s'est-il passé? demanda Perreault, prenant l'air d'un simple badaud curieux, en désignant l'édifice partiellement détruit.

— Le feu a pris à l'étage à l'aube, expliqua l'un d'eux en rajustant sa casquette sur le coin de son crâne dégarni. Les pompiers ont réussi à éteindre assez vite pour protéger les autres étages et les bâtisses voisines.

— Sait-on comment le feu a commencé?

— Bof, dit l'autre homme en lissant son épaisse moustache. On ne sait jamais vraiment comment ça arrive. Mais la logeuse dit qu'elle est chanceuse d'être en vie. Paraît qu'un prêtre l'a sauvée.

— Un prêtre? fit Pierre, soudain tendu.

— Ouais, elle l'a croisé dans l'escalier. Il était accompagné d'un type qui avait l'air d'un boxeur. Quand elle lui a demandé si elle pouvait l'aider, le curé l'a bénie et lui a recommandé de sortir au plus vite de la bâtisse. Faut croire que Dieu l'avait prévenu que le feu allait prendre! Bizarre, non?

— La Providence a de ces travers, oui, fit Perreault, sceptique.

Les deux hommes reprirent leur chemin, indifférents à la portée de ce qu'ils venaient de relater. Pierre, Solomon et Barthélémy les regardèrent s'éloigner, puis échangèrent un regard entendu.

— Un prêtre et un taupin… fit l'avocat. Vraisemblablement un policier.

— Et un incendie qui naît à l'étage où se trouve la chambre de Pierre, ajouta Solomon. *Gladius Dei*?

— Qui d'autre?

— Mais pourquoi incendier ma chambre? ajouta Pierre, désemparé.

Perreault fit la moue en réfléchissant.

— Qui sait? dit-il en haussant les épaules. Peut-être espéraient-ils que tu sois dedans et que tu grilles une fois pour toutes. Après tout, ce qu'ils souhaitent, c'est ta mort, ne l'oublie pas.

— Ou alors, ils voulaient envoyer un message pour montrer qu'ils sont toujours dans le coup et qu'ils te guettent, suggéra Solomon. Simard est mort, mais nous ignorons la place qu'il occupait au sein du *Gladius*.

— Nous serions imprudents de croire qu'ils ont abdiqué, conclut Perreault.

Pierre était blême comme s'il avait vu la mort en personne. Solomon reprit la parole.

— Tu te rends compte, je suppose, que si le *Gladius* retrouve l'*Argumentum* avant nous, la tierce partie ne l'obtiendra jamais et Julie Fontaine sera *de facto* condamnée. Sa survie dépend directement de la tienne.

Sonné, Pierre hocha lentement la tête pour signifier qu'il comprenait. L'avocat tira sa montre de sa poche.

— Il est onze heures quarante, déclara-t-il.

— Nous ferions mieux d'y aller au plus vite, alors, renchérit Solomon d'une voix tendue en désignant la rue de la tête. Nous avons de la compagnie.

Les deux autres suivirent son regard méfiant. À l'intersection de Guilbault et Saint-Laurent se tenait un prêtre en soutane noire. Il s'était sans doute trouvé là depuis le début, mais la foule avait masqué sa présence. Pourtant, il était difficile à manquer. Les épaules larges, le cou semblable à celui d'un bœuf, le crâne entièrement chauve, il était bâti comme un débardeur du port. Son visage était traversé de l'œil droit jusqu'à la pointe du menton par une balafre qui lui déformait les lèvres.

— Bon Dieu, il est prêtre ou lutteur ? fit Perreault.

— Quel *bilvan*[1], renchérit Wolofsky.

Quand le prêtre fut certain qu'ils l'avaient vu, il leur adressa un sourire carnassier puis leva le bras droit pour tracer le signe de la croix. Devant cette obscène parodie de sacerdoce, Pierre sentit une main froide lui serrer les entrailles.

— Maudite chiure… chuchota-t-il à travers ses dents serrées.

Il savait que la main qui bénissait n'hésiterait pas à tuer. Il fut saisi d'une envie primale de s'élancer à toutes jambes pour fracasser le crâne du prêtre contre un mur. Puis il se raisonna. Si le *Gladius* demeurait un adversaire à surveiller, il n'était plus sa priorité. Ce n'était pas lui qui détenait Julie.

Sans doute satisfait de son effet, l'ecclésiastique les salua galamment du chef, fit demi-tour, tourna le coin et disparut dans Saint-Laurent. Jamais de sa vie Pierre n'aurait pu imaginer le jour

---

1. Colosse, brute.

où la simple vue d'un prêtre lui inspirerait de tels sentiments de méfiance et de haine. L'*Opus Magnum* était loin d'être sans taches. En un demi-siècle, il avait tué plus que sa part d'adversaires. L'Église ne valait pas mieux. Elle assassinait, elle aussi, et dans son cas, cela relevait du sacrilège. Ne se posait-elle pas en arbitre de la morale ? Ne prêchait-elle pas la charité, l'amour du prochain et la soumission à Dieu ? Malgré ses beaux discours, tout cela n'était qu'une façade derrière laquelle était tapie une bête sanguinaire qui ne reculait devant rien pour préserver le pouvoir temporel d'une institution qui dominait la société depuis près de deux millénaires et qui voulait conserver son statut. Le mensonge, la fourberie, l'incendie criminel, l'assassinat, tous les coups étaient permis sous le couvert du bon droit et dans la dignité de la soutane.

Pierre secoua la tête pour chasser sa frustration. Ses priorités étaient ailleurs. Chaque instant passé à détester le mauvais ennemi, même s'il le méritait entièrement, augmentait d'autant le risque que courait Julie. Il ne la sauverait pas en restant planté là, les poings serrés sur les cuisses, à rager.

— Venez, dit-il d'un ton déterminé. Balafré ou pas, nous avons une image à retrouver et le plus tôt sera le mieux.

D'un pas pressé, ils retournèrent au fiacre, que le cocher avait gardé sagement à sa place.

— Square Phillips, ordonna Pierre au cocher.

Ébranlés, ils remontèrent dans le véhicule et se mirent en route vers la seule piste qu'ils possédaient, et qui leur paraissait soudain encore plus ténue.

13

Chaque fois que Pierre mettait les pieds dans le bâtiment de l'Art Gallery, l'intérieur l'impressionnait. L'urgence de la situation actuelle n'y changeait rien. Le plafond haut, la salle vaste et luxueuse, avec ses boiseries d'acajou, son plancher de bois franc au vernis lustré et son majestueux escalier de marbre incitaient immédiatement au recueillement et au respect. Il n'avait jamais vu les musées d'Europe, mais dans son esprit, c'était ce dont ils devaient avoir l'air.

Une pointe de nostalgie le frappa de plein fouet. Il était souvent venu dans cet endroit avec Adrien pour s'émerveiller devant quelque tableau, et avec ses élèves pour les mettre en contact avec les trésors insoupçonnés qu'avait accumulés l'Art Association of Montreal en un quart de siècle d'existence. Dans ce qui lui semblait être une autre vie, avant d'apprendre qui il était vraiment, il avait été enseignant et en avait été comblé. Plus jamais il ne connaîtrait la satisfaction de former de belles têtes bien faites, de voir la lumière s'allumer dans les jeunes yeux passionnés. S'il parvenait à s'extirper de ce cauchemar, il n'avait aucune idée de ce qu'il ferait ensuite. Ni même de qui il serait.

Il s'immobilisa dans le grand hall. Du plancher au plafond, les murs étaient couverts de tableaux soigneusement alignés en rangées superposées. Il avait toujours particulièrement aimé les aquarelles de Charles Jones Way et les toiles de Cornelius Krieghoff, William Berczy et Théophile Hamel, dont l'institution était riche et qui représentaient des scènes traditionnelles que l'historien qu'il était savait apprécier. Il s'y trouvait aussi des œuvres de grands maîtres européens des quinzième, seizième et dix-septième siècles, léguées par des mécènes locaux. En tout, on y exposait en permanence plus de trois cent cinquante tableaux.

— Je n'étais jamais entré ici, fit Solomon, les yeux écarquillés comme un enfant dans une boutique de jouets. C'est… magnifique.

— Tu joueras à l'amateur d'art une autre fois, rétorqua sèchement Pierre.

Marchant avec précaution, comme dans une église, ils s'engagèrent dans l'escalier, dont les murs étaient aussi chargés d'art que ceux du rez-de-chaussée. Laissant leurs mains courir sur le garde-fou de bois massif et ouvragé, ils arrivèrent à l'étage. Pierre pénétra sans hésiter dans la première salle, à droite. Elle était vaste et luxueuse. Là aussi, les murs étaient couverts de trois rangées d'œuvres de toutes dimensions. Ils se prolongeaient en une courbe gracieuse qui créait un effet de voûte et allaient rejoindre la verrière qui formait le plafond. Par ces fenêtres, la lumière du jour éclairait les tableaux. Au centre, des bancs de bois aux pieds de fer forgé attendaient les amateurs pris par l'envie de se recueillir devant les merveilles et les trésors de l'art.

Ils traversèrent la salle sans s'arrêter, malgré les exclamations d'admiration et de surprise de Solomon, puis entrèrent dans une autre, beaucoup plus petite. Cette fois, les murs disparaissaient sous les photographies alignées du plancher au plafond. Au centre, des sculptures sur bois ou en bronze trônaient sur des socles presque aussi raffinés. Pierre réalisa qu'il s'était trompé, soupira d'impatience et fit demi-tour pour ressortir.

— Tu sais où tu vas? s'enquit Perreault.

— Je connais bien les salles d'exposition, mais je ne suis jamais allé à la bibliothèque, grommela le jeune homme.

Il repéra un gardien en uniforme qui se tenait dans le coin du vestibule et se dirigea vers lui.

— Excusez-moi, monsieur, je cherche la bibliothèque, expliqua-t-il au gardien.

Les joues couvertes d'une épaisse moustache grise et frisée aux extrémités, l'homme le toisa comme s'il avait la lèpre et le détailla de la tête aux pieds sans tenter de masquer son dédain.

— La bibliothèque, répéta Pierre, un peu plus fort, prenant pour acquis que l'homme était dur d'oreille ou pauvre d'esprit.

À part un haussement du sourcil et un pincement des lèvres, le gardien ne broncha pas. Solomon vint se planter à côté de Pierre.

— *We're looking for the library, sir*[1], dit-il dans un anglais aussi fortement accentué que son français.

— *Ah, the library!* rétorqua l'homme avec une certaine impatience. *Why didn't you say so in a language everyone understands? Right over there, second door on the left*[2].

— *Thank you, sir.*

Ils se dirigèrent vers la pièce indiquée.

— Tu parles anglais, toi? demanda Pierre, étonné.

— Je suis juif, répondit le marchand avec son haussement d'épaules caractéristique. Parler la langue du pays est une question de survie. Et même cela n'empêche pas les *goyim*[3] de nous persécuter chaque fois que le cœur leur en dit.

— Dire que certains trouvent le moyen de douter que la nation canadienne-française doive s'émanciper, grommela Perreault. Le plus grand musée de Montréal et pas moyen d'y parler français. Vive Sa Majesté Victoria et son Dominion...

— Nous sommes à l'Art Association of Montreal, pas à l'Association des Arts de Montréal, rétorqua Pierre, impatienté. Il appartient aux Anglais. Fais-toi à l'idée. Personnellement, si

---

1. Nous cherchons la bibliothèque, monsieur.
2. Ah! La bibliothèque! Pourquoi ne l'avez-vous pas dit dans une langue que tout le monde comprend? Juste là, deuxième porte à gauche.
3. Non juifs. Gentils.

ça peut m'aider à retrouver Julie, je veux bien parler arabe ou russe, et danser une gigue en prime.

Ils pénétrèrent dans une pièce où se déployaient de hauts rayons chargés de livres et quelques tables de consultation. Au fond, un homme dans la soixantaine prenait place derrière un énorme bureau couvert de livres et de piles de chemises débordant de papiers. Des lunettes rondes sur le bout de son long nez, le crâne à la chevelure blanche et rare, le cou sanglé dans un col de chemise rigide, maigre à faire peur, il était en manches de chemise et consultait un énorme livre en prenant des notes dans un cahier. Il leva la tête et parut surpris d'avoir des visiteurs.

— *Yes, gentlemen? Can I help you*[1]*?* s'enquit-il.

— Un autre qui ne s'abaisse pas à parler français, marmotta Perreault, près de Pierre. Décidément…

Solomon s'avança et expliqua de son mieux au bibliothécaire ce qu'ils cherchaient : des informations concernant un tableau qu'il ne connaissait pas, sur lequel une femme et trois hommes vêtus de toges antiques se tenaient autour d'un monument rectangulaire et bas. Ils regardaient tous la structure et deux des hommes la désignaient de l'index. Derrière, on pouvait apercevoir quelques arbres et un paysage montagneux.

Le bibliothécaire le laissa terminer puis le regarda avec amusement.

— *Sir*, déclara-t-il en riant de bon cœur, *you've just described half the classical paintings created in the seventeenth century. You'll have to be a bit more precise than that, I'm afraid*[2].

Pierre fourra la main dans sa poche pour en tirer le médaillon et lui montrer l'image, mais Perreault l'interrompit en lui prenant discrètement l'avant-bras.

— Il pourrait reconnaître la scène et nous diriger vers le bon tableau, chuchota le jeune homme. Nous gagnerions du temps.

---

1. Oui, messieurs ? Que puis-je faire pour vous ?
2. Monsieur, vous venez de décrire la moitié des tableaux classiques produits au dix-septième siècle. Vous allez devoir être plus précis, je le crains.

— Vrai, mais on ne sait pas qui, ensuite, lui demandera ce qu'il y avait sur le médaillon, chuchota Barthélémy. Nos ennemis nous suivent à la trace. Évitons au moins de les aider.

— *Classical paintings?* fit Solomon. *Have you got a book about that*[1]*?*

— *Of course. We have a complete illustrated encyclopaedia. Will that do?*

— *I think so.*

— *Have a seat then, gentlemen. I'll bring it to you*[2].

Ils s'installèrent pendant que l'homme s'affairait entre deux rayons. Ils n'eurent pas à attendre longtemps pour le voir revenir les bras chargés d'une douzaine de gros volumes à reliure de cuir qu'il posa sur la table.

— *There*, dit-il en cherchant un peu son souffle. *It's rather dated but still very complete. And it's written in French which, I take it, will be more practical for you. If you need anything else, don't hesitate*[3].

— *Thank you, sir*, dit poliment Solomon.

Le bibliothécaire s'en retourna à sa place et reprit ses lectures, crayon en main. Découragés, Pierre, Solomon et Barthélémy regardèrent la pile de gros livres qui reposait devant eux. L'avocat siffla doucement.

— J'ignorais qu'on pouvait écrire autant sur l'art, remarqua-t-il.

— Partageons-nous le travail, suggéra Pierre.

Ils répartirent l'encyclopédie en trois piles de quatre tomes et chacun d'eux en prit une. Après s'être assuré que le bibliothécaire de l'Art Association ne regardait pas, Pierre sortit discrètement

---

1. Les tableaux classiques? Avez-vous un livre sur ce sujet?
2. Bien sûr. Nous avons une encyclopédie illustrée complète. Ça fera l'affaire? Je crois, oui.
   Assoyez-vous, messieurs. Je vais vous l'apporter.
3. Voilà. Elle date un peu, mais elle demeure très complète. Et elle est en français, ce qui, je crois, sera plus pratique pour vous. S'il vous faut quoi que ce soit d'autres, n'hésitez pas.

le médaillon et le mit sur la table, là où les trois hommes pouvaient aisément s'y référer sans qu'il y paraisse.

Ils se mirent au travail, tournant les pages et les détaillant attentivement dans l'espoir d'y trouver l'image qu'ils cherchaient. Seuls les tableaux les plus connus étant reproduits, ils devaient aussi lire en diagonale tous les articles qui décrivaient ceux qui ne l'étaient pas.

Ils peinaient depuis deux bonnes heures et leurs yeux commençaient à brûler lorsque la voix de Perreault brisa le silence.

— Je l'ai! chuchota-t-il d'un ton agité en donnant un solide coup de coude au bras de Wolofsky, qui grimaça de douleur.

Les deux autres abandonnèrent aussitôt le volume qu'ils feuilletaient pour se pencher sur celui de l'avocat. Pierre sentit son cœur bondir dans sa poitrine. Toute prudence lancée aux orties, il empoigna le médaillon sur la table et le plaça à côté de l'image, sur le livre, puis en compara fébrilement les éléments, la composition, les proportions et les détails. Une conclusion évidente s'imposa d'elle-même : la clé de l'*Argumentum*, léguée par son père Jean-Baptiste-Michel Leclair, avait eu un modèle. Il avait été peint par Nicolas Poussin et s'intitulait *Les bergers d'Arcadie*.

Source : Wikimedia

— Aucun doute, c'est le même, parvint-il à déclarer d'une voix étranglée en se permettant pour la première fois un soupçon d'espoir.

Pris de frénésie, il arracha presque le volume des mains de Perreault pour consulter la notice. Barthélémy et Solomon se collèrent contre lui et étirèrent le cou pour lire par-dessus son épaule.

Les bergers d'Arcadie
Nicolas Poussin (Les Andelys, France, 1594 – Rome, Italie, 1665)
Huile sur toile
1638

Nicolas Poussin figure avantageusement parmi les peintres de style classique du dix-septième siècle, dont il maîtrise les formes et les symboles. L'essentiel de sa carrière artistique se déroule à Rome, à l'exception d'un séjour en France où, à l'invitation du cardinal de Richelieu, principal ministre de Louis XIII, il occupe le poste de premier peintre du roi de 1640 à 1642.

Les bergers d'Arcadie est aussi connu sous le titre *Et in Arcadia Ego* en référence à l'inscription qui figure sur le tombeau situé au centre de la composition. Les historiens de l'art ne s'accordent pas sur le sens de cette phrase.

Le thème de la mort, prédominant dans toute l'œuvre de Poussin, est particulièrement palpable dans ce tableau dominé par le tombeau, lieu du dernier repos, mais aussi de la décomposition de la chair. L'ombre formée par le bras d'un des bergers évoque aussi distinctement la faux, instrument avec lequel la mort égalise toute chose vivante. De même, la phrase qu'il porte, «même à Arcadie, j'existe», fait référence au pays du bonheur de l'Antiquité et rappelle indirectement la brièveté de l'existence humaine que contemplent les personnages songeurs.

Le tableau fut peint à Rome en 1638, à la demande d'un mécène inconnu. On le retrouve d'abord dans la collection d'un certain chevalier d'Avice, puis dans celle de Louis XIV en 1685. Il est maintenant conservé au musée du Louvre, à Paris.

Pierre avait du mal à contenir son excitation. «Leclair n'est que l'évolution de Saint-Clair, de la famille du prince Henry, celui qui a érigé la première Arcadie pour y abriter l'*Argumentum* », avait expliqué l'abbé Simard.

— L'Arcadie du prince Henry Sinclair... chuchota Perreault, qui avait manifestement pensé à la même chose.

Pierre prit le médaillon pour examiner une fois de plus son revers.

— *Dominus pascit me*... « Le Seigneur est mon berger », murmura-t-il. Et le titre du tableau fait référence à des bergers.

Pierre tourna la page, mais la suivante traitait d'un autre tableau.

— Il n'y a rien de plus, constata-t-il, déçu.

— Le lien est clair, dit Perreault. Il faudrait pouvoir montrer cette image aux autres et prendre le temps de se pencher dessus en groupe. Plusieurs têtes valent mieux qu'une.

— Je ne crois pas qu'il soit possible d'emprunter le livre, remarqua Pierre.

— Qui te parle d'emprunter ?

Perreault jeta un regard en direction du bibliothécaire, qui était toujours penché sur son livre, puis se tourna vers Solomon.

— Tousse, ordonna-t-il.

— Pardon ? rétorqua le marchand.

— Tousse. Fort. Étouffe-toi jusqu'à en être tout rouge. Et penche-toi vers l'avant.

— Pourquoi ?

— Fais-le, dit Perreault entre ses dents serrées. Maintenant.

Intimidé par l'attitude de l'avocat, Solomon s'exécuta, produisant une quinte de toux violente et bruyante qui lui fit monter les larmes aux yeux. Simultanément, comme s'il cherchait son souffle, il se plia en deux, les mains appuyées sur la table, masquant de son corps le volume de l'encyclopédie. Profitant de la diversion, Perreault empoigna la page, la déchira d'un geste vif, la plia en quatre et la fourra dans la poche intérieure de sa veste avec la dextérité d'un magicien.

— *Do you need water, sir*[1] ? s'enquit le bibliothécaire en levant de son livre des yeux inquiets.

— *No, thank you,* répondit Solomon, avec un embarras qui n'était pas entièrement factice. *It must be the dust*[2].

Perreault feignit de lire encore une minute. Puis, l'air de rien, il referma le volume qu'il venait de vandaliser, le posa sur une des piles, se leva et fit discrètement signe aux autres d'en faire autant.

— *Did you find what you were looking for, gentlemen*[3] ? s'enquit le bibliothécaire.

— *Yes, thank you very much,* répondit Solomon. *You were very helpful*[4].

— *It's always a pleasure to help art lovers,* dit l'homme en souriant pour la première fois. *Hope to see you again*[5].

Ils se firent violence pour marcher lentement vers la porte, prirent le temps de saluer le bibliothécaire de la tête et sortirent.

— Grands dieux, soupira Perreault, livide, lorsqu'ils parvinrent au sommet de l'escalier. Me voilà réduit à piller les bibliothèques. Moi, un membre du Barreau de la province.

---

1. Vous avez besoin d'eau, monsieur ?
2. Non, merci. Ça doit être la poussière.
3. Avez-vous trouvé ce que vous cherchiez, messieurs ?
4. Oui, merci, vous avez été d'un grand secours.
5. C'est toujours un plaisir d'aider des amateurs d'art. En espérant vous revoir.

— Tu es aussi membre de l'*Opus Magnum*, lui rappela solennellement Solomon.

— Je sais, grommela l'avocat.

Anxieux de retourner au temple pour présenter leur découverte aux autres, ils se dirigèrent vers l'escalier. Tout en essayant de ne pas entretenir d'espoirs démesurés, Pierre avait l'impression que, pour la première fois depuis le début de cette folle aventure, il avait fait des progrès tangibles et qu'il détenait ne fût-ce qu'un début de contrôle sur les événements. Il avait enfin une piste à suivre.

La phrase lue dans l'encyclopédie lui tournait sans cesse dans la cervelle. *Et in Arcadia Ego*… «Même à Arcadie, j'existe». Elle ne pouvait faire référence qu'à l'*Argumentum* qui, selon le vingt-neuvième degré de la franc-maçonnerie et la légende transmise par Beaugrand, avait été déposé par les Templiers rescapés dans une colonie secrète nommée Arcadie. Une colonie créée par celui qu'on lui avait présenté comme son ancêtre : le prince Henry Sinclair. Saint-Clair… Leclair… Son propre ancêtre, dont il n'avait jamais rien su. Par contre, en raison de l'année de réalisation du tableau, 1638, l'Arcadie à laquelle il faisait référence ne pouvait être celle de Sinclair, mais bien Ville-Marie, fondée quatre ans plus tard.

Les choses étaient loin d'être claires, mais le tableau de Poussin menait fatalement quelque part. Avec un peu de chance, et l'aide des membres de l'*Opus Magnum*, il en percerait le mystère et parviendrait à sauver Julie.

Les trois hommes n'avaient pas descendu deux marches lorsque Solomon et Barthélémy s'arrêtèrent si brusquement que Pierre, perdu dans ses pensées, leur heurta le dos et faillit les envoyer choir dans l'escalier. Il releva la tête et sentit le sang quitter son visage.

Devant la porte du musée, droit comme un chêne et immense dans sa soutane, le balafré, la tête un peu penchée vers l'avant, avait des airs de loup enragé reniflant pour repérer sa proie. Et si l'on se fiait au révolver qu'il avait dans la main, il ne se préoccupait guère des conséquences de ses gestes. Cette fois, il ne prévoyait pas bénir ceux qu'il croiserait.

14

PERREAULT EMPOIGNA Solomon par la manche et se retourna pour repousser Pierre vers le sommet de l'escalier. Sur la pointe des pieds, ils remontèrent à reculons. Dès qu'ils furent sur le palier, ils tournèrent le coin et se blottirent contre le mur.

— Vous croyez qu'il nous a vus ? haleta Pierre, soudain terrifié.

— Il ne regardait pas vers l'escalier, répondit Perreault, aussi tendu que lui. En principe, non. Mais il va vite nous trouver.

L'avocat tendit l'oreille, puis il sortit un peu la tête pour observer l'escalier. Personne n'y montait.

— Il est toujours en bas.

— Qu'est-ce qu'il fait ici, ce *paskudnik*[1] ? grommela Solomon.

— Il nous a suivis, déclara Perreault, contrarié. Après tout, notre fiacre n'était pas particulièrement discret.

— Ou alors, il savait déjà où nous allions.

Sidérés, Pierre et Barthélémy dévisagèrent le petit marchand barbu comme s'il venait de mettre le doigt sur une évidence qui avait échappé à tout le monde.

— Quoi ? fit-il, dérouté.

— Ce que tu suggères impliquerait que le *Gladius* connaît déjà le lien entre l'*Argumentum* et le tableau de Poussin, dit l'avocat, perplexe.

---

1. Laid, révoltant.

— Mais qu'il n'en a pas percé le sens, compléta Pierre. Sinon, il serait passé voilà longtemps.

Solomon hocha la tête en réfléchissant.

— Non, le *Gladius* se fiche de l'*Argumentum*, finit-il par dire. Depuis longtemps déjà, il se concentre sur l'élimination des détenteurs de la clé. Mais peut-être en sait-il plus que nous le pensions.

— En tout cas, ajouta l'avocat pour Pierre, l'intention du gros balafré ne fait aucun doute. Il aimerait certainement te mettre un peu de plomb dans la tête.

— Un prêtre assassin… soupira le jeune homme. Bon Dieu, réveillez-moi quelqu'un…

— Et Simard? Et Garnier? Ils étaient quoi, selon toi? rétorqua Wolofsky. Des enfants de chœur qui servent votre messe catholique? Les deux portaient la soutane et n'avaient qu'un objectif: te voir mort.

Pierre allait rétorquer que personne n'était assez fou pour commettre un assassinat en plein jour, sous le nez des passants, qu'il serait écroué en moins d'une heure. Puis le souvenir lui revint de l'attentat, au sortir de l'hospice Saint-Joseph. La police elle-même avait essayé de le tuer sans chercher à se cacher, sous le regard bienveillant de l'abbé Paul-Aimé Simard. Quelque chose lui disait que le balafré pourrait lui faire sauter la cervelle devant une armée de témoins, puis attendre tranquillement les agents de la paix avec son arme fumante à la main et qu'il ne verrait pourtant jamais l'intérieur d'une cellule.

— Il ne restera pas éternellement au rez-de-chaussée. Qu'est-ce qu'on fait? s'enquit-il, déboussolé.

Comme si le prêtre l'avait entendu, des pas lents et réguliers comme un sinistre métronome commencèrent à gravir les marches.

— On fiche le camp au plus vite, rétorqua Solomon en ravalant sa salive.

— L'idée est louable, mais on fait ça comment? fit Perreault en dardant des regards nerveux en direction de l'escalier.

— Comme s'il y avait le feu, dit Solomon.

Le marchand avisa le gardien qui les observait avec une suspicion croissante, l'air de se demander ce que pouvaient bien avoir ces trois-là à chuchoter comme des conspirateurs au lieu de s'en aller.

— *Is there another exit*[1] ? s'enquit-il.

L'air contrarié, sa grosse moustache frémissante d'indignation, l'homme s'avança vers eux, visiblement décidé à apostropher ces inconnus qui ne savaient pas se tenir dans un musée. Dès qu'il fut visible de l'escalier, un coup de feu éclata. La balle lui frôla la tête et se logea dans le mur. Il se jeta au sol, blanc comme un drap.

— *What the hell*[2] ? cracha-t-il, toute sa superbe aussitôt évaporée, en rampant vers les trois visiteurs, la terreur dans les yeux.

Solomon répéta sa question qui, cette fois, fut prise avec le plus grand sérieux.

— *There's a fire exit at the back of the last exhibition room*[3], balbutia le gardien à la vitesse de l'éclair, la voix tremblante de peur.

— *Hide*[4] ! lui ordonna fermement Solomon.

Ils abandonnèrent le gardien tapi dans le coin le plus éloigné de l'escalier et, pliés en deux, s'élancèrent aussi vite qu'ils le purent vers la salle indiquée. Ils avaient à peine traversé le vestibule que deux autres coups de feu retentirent. Tout juste derrière eux, le plâtre d'un mur éclata et ses morceaux se répandirent sur le plancher de bois. Des pas rapides montèrent.

Les trois hommes foncèrent à toutes jambes parmi les tableaux de la première salle et se retrouvèrent dans la seconde, parsemée de socles surmontés de sculptures diverses. Pierre se maudissait de ne pas avoir conservé l'arme de service de Demers.

---

1. Y a-t-il une autre sortie ?
2. Que se passe-t-il ?
3. Il y a une sortie de secours au fond de la dernière salle d'exposition.
4. Cachez-vous !

— C'est complètement insensé, grommela-t-il en courant. Je me fais tirer dessus par un jésuite dans un musée… J'aurais voulu inventer ça que j'aurais manqué d'imagination.

— Là! s'écria Perreault en désignant une porte peinte du même blanc que le mur.

Solomon l'atteignit le premier et tourna la poignée. Puis il se mit à la secouer violemment, comme s'il espérait qu'elle s'arrache de ses gonds.

— *Got in himmel*[1]! Elle est verrouillée! dit-il, l'air d'un animal pris au piège, en regardant nerveusement vers l'entrée de la salle.

— Écarte-toi! s'écria Pierre.

Il prit un élan de quelques pas et abattit son pied près de la serrure. Après un coup de plus, le bois du cadre éclata et la porte s'ouvrit brusquement sur un petit porche de métal. Derrière eux, des pas lourds résonnèrent. Le balafré ne marchait plus, il courait.

— Dehors, vite! cria Pierre.

Wolofsky et Perreault sortirent en trombe et s'engagèrent à toutes jambes dans l'escalier métallique branlant, descendant les marches deux par deux. Pierre allait les suivre lorsque ses mains, comme animées d'une volonté qui leur était propre, empoignèrent le cadre de la porte jusqu'à y enfoncer les ongles. Il s'arrêta net.

Tout ce qu'il avait subi depuis des semaines remonta en lui d'un seul coup. La peur qu'il avait ressentie une seconde aupa-ravant s'était mystérieusement muée en une colère froide et meurtrière comme l'acier d'une lame. Sans réfléchir, presque possédé, il fit demi-tour et retourna vers l'entrée de la salle. Il se sentait alerte, maître de lui-même. Au passage, il saisit par la tête une statuette de bronze d'une valeur sans doute inestimable représentant la liberté brandissant son flambeau. Le thème était approprié, songea-t-il distraitement. Il courut se plaquer contre le mur, près de la porte, brandit son arme de fortune comme

---

1. Dieu du ciel!

une batte et demeura immobile, aux aguets. Son cœur battait régulièrement. Son souffle était égal. Il allait enfin se venger.

Deux ou trois secondes plus tard, le balafré fit irruption dans la salle. Le révolver tendu devant lui, il inspecta les lieux avec le calme de celui qui est habitué à traquer sa proie. Ses yeux se fixèrent sur la porte de secours béante au fond de la salle et se plissèrent. Un grognement de frustration lui monta dans la gorge. Pierre banda ses muscles.

— Pssssst! fit-il.

Par réflexe, le prêtre se retourna et réalisa aussitôt qu'il venait de tomber dans un piège. De toutes ses forces, Pierre lui balança la statuette en travers du visage. Sous le choc sec, la peau de la joue éclata et quelques dents volèrent. Du sang gicla sur le mur. Le balafré laissa tomber son arme et s'effondra sur le dos, sonné et grimaçant, tenant sa face encore plus amochée qu'avant.

Une grimace haineuse lui déformant les lèvres, Pierre tendit l'oreille pour s'assurer que le prêtre était seul, puis s'approcha lentement de lui et le toisa avec mépris. Malgré sa condition et le sang qui s'écoulait de son visage, l'autre soutint son regard. L'arrogance qui transparaissait dans les yeux sombres fit faire un tour au sang du jeune homme, qui lui balança un violent coup de pied dans le ventre. Le prêtre se recroquevilla en râlant.

— Alors, *Gladius Dei*? cracha le jeune homme. Tu veux toujours m'abattre comme un chien? Vas-y. Qu'attends-tu? Où te sens-tu soudain moins fort?

Son pied s'enfonça de nouveau dans le creux de l'estomac du prêtre.

— Ça, c'était pour mon poste au collège, dit-il avec un calme désarmant. J'aimais beaucoup enseigner et à cause du *Gladius*, je ne le ferai plus.

Il le contourna et le frappa sauvagement à la hauteur des reins. Le balafré se cabra, la bouche béante, dans un hurlement muet.

— Ça, c'était pour l'identité que je n'ai plus. J'aimais beaucoup être Pierre Moreau et à cause du *Gladius*, je ne le serai plus.

Il frappa encore.

— Ça, c'était pour l'enfance qu'on m'a volée. J'aimais bien la plupart de mes souvenirs et à cause du *Gladius*, ils ne valent plus rien.

Il revint devant le prêtre maintenant à peine conscient et lui écrasa sauvagement le nez avec son talon. Il ne put réprimer un sourire en entendant le craquement, presque immédiatement suivi d'un nouveau flot de sang vermeil.

— Ça, c'était pour Julie. J'aime cette femme de tout mon cœur et à cause du *Gladius*, elle va peut-être mourir.

Il se déplaça un peu, prit un bon élan et lui lança un coup de pied de toutes ses forces entre les jambes. Le balafré émit un gémissement piteux alors que ses yeux s'exorbitaient et son visage prenait une teinte terreuse.

— Ça, c'était pour Adrien. Je l'aimais comme un frère, mon cousin, et à cause du *Gladius*, il est mort.

Il sourit en voyant le prêtre se tenir les parties intimes à deux mains.

— Je suis heureux de constater que tu as des couilles, espèce d'ordure, ricana-t-il. Je n'aurais pas cru.

Il posa un genou à terre et abattit plusieurs coups de poing sur le visage déjà défait, ne s'arrêtant qu'une fois hors d'haleine.

— Et ça, c'était simplement parce que je n'aime pas ta sale gueule de tueur, souffla-t-il.

Sachant déjà ce qu'il allait trouver, Pierre ouvrit la soutane en en faisant sauter les boutons. Au-dessus du sein gauche se trouvait bien le Christ crucifié sur le glaive.

Qu'avait dit l'homme, le matin même, avant de se faire sauter la cervelle? «Ne va pas croire que le *Gladius* a dit son dernier mot. Sois sur tes gardes. Sinon, tu ne te rendras pas très loin.» De toute évidence, il avait souhaité que Pierre réussisse à trouver l'*Argumentum* et son avertissement était sincère. Il avait aussi vu juste. Il n'avait fallu que quelques heures pour qu'on tente de nouveau de le tuer.

Soudain, toute sa haine se concentra sur le symbole tatoué. Sans le quitter des yeux, il tâtonna et trouva le révolver échappé, qui traînait près de là. Il le ramassa et l'appuya sur le sein gauche du prêtre. Son index se referma sur la gâchette et la pressa imperceptiblement. Il lui suffisait d'un geste pour faire éclater l'image et le cœur qui se trouvait dessous. Il essaya de toutes ses forces de tuer, mais son doigt refusa de lui obéir. Malgré l'envie primale et violente, sa nature profonde l'en empêchait.

Frustré, il abattit le canon de l'arme sur la tête du prêtre, y ouvrant une plaie profonde qui se mit à saigner à son tour et qui lui procura un peu de satisfaction. Il l'empoigna par le devant de sa soutane et le souleva du sol pour le regarder en face.

— Par Dieu, je voudrais tant être capable de tuer pour le plaisir, fulmina-t-il, les dents serrées.

— Dieu? marmotta le balafré à travers ses lèvres enflées. Sais-tu même de qui tu parles, pauvre fou?

Avant qu'il puisse le battre encore, des pas résonnèrent dans l'escalier de secours, à l'autre bout de la pièce. Pierre pivota sur lui-même, l'arme brandie devant lui, prêt à faire feu pour se défendre, même s'il était incapable de tuer.

— *Ei!* s'exclama Solomon en levant les mains. C'est nous!

— Tout va bien? demanda Perreault, qui venait de surgir derrière Wolofsky.

Il regarda le prêtre qui gisait sur le sol.

— Tu l'as bien amoché. Il est…?

— Non, répondit sèchement Pierre. Malheureusement.

Un bruit de pas leur parvint du fond de la première salle. Plusieurs personnes accouraient.

— *They went in there*[1] *!* s'écria la voix tendue du gardien.

Solomon, Barthélémy et Pierre échangèrent un regard.

— S'il a prévenu la police, mieux vaut ne pas nous trouver ici, dit l'avocat. Même en admettant qu'il ne s'agisse pas d'agents du *Gladius*, tu viens quand même de tabasser un curé, ce qui est passablement mal vu de la bonne société catholique.

Comme un seul homme, ils s'élancèrent dans l'escalier de secours qu'ils dévalèrent en quelques instants. Ils aboutirent dans la rue Mayor, qui n'était en réalité qu'une modeste ruelle, ce qui leur convenait parfaitement.

Alors que le gardien et les hommes qu'il guidait faisaient irruption sur le petit balcon métallique, ils tournaient au coin de Bleury et hélaient un fiacre.

---

1. Ils sont entrés là !

15

JACOB NAQUIT d'Isaac et de Rébecca. Désigné chef des Israélites par son père, au détriment de son frère Ésaü, il hérita des terres familiales. À l'exemple d'Abram, son grand-père, il renouvela l'Alliance.

— Je suis avec toi, je te garderai partout où tu iras et te ramènerai en ce pays, car je ne t'abandonnerai pas, que je n'aie accompli ce que je t'ai promis, avait solennellement déclaré Samsu-Iluna, roi de Babylone. Le pays donné à Abram et à Isaac, je te le donne, et à ta postérité après toi je donnerai ce pays[1].

Jacob érigea une stèle à Beth-El, dont le nom signifiait «la Maison du Puissant», et de là, il régna sur le pays de Canaan. Il s'y enrichit et devint encore plus puissant que son père et son grand-père. De Rachel, il eut deux fils: Joseph et Benjamin. De Léa, il eut Ruben, Siméon, Levi, Juda, Issachar et Zabulon, et une fille, Dina. De Zilpa, il eut Gad et Asher. De Bilha, il eut Dan et Nephtali.

Le temps érode les résolutions les plus nobles. La jalousie, l'envie ou simplement les animosités personnelles finissent toujours par s'insinuer dans un clan et l'affaiblir. Si Isaac avait réussi à garder unie la semence d'Abram, il fallut moins de deux

---

1. *Genèse* 28,15, et 35,12.

siècles pour que, malgré les efforts de Jacob, elle se divisât d'une manière cruelle qui lui causerait bien des torts.

D'entre tous ses enfants, Jacob préférait Joseph, son onzième fils. Pour le distinguer parmi les autres, il lui avait fait confectionner une magnifique tunique ornée et le destinait à régner sur ses frères, ce qui suscitait chez ceux-ci une grande amertume. Aussi complotèrent-ils pour se débarrasser de lui alors qu'il était encore jeune. Usant de ruse, ils le vendirent comme esclave à un marchand ismaélite de passage, puis firent croire à leur père qu'il était mort, ce qui causa une grande peine à Jacob.

Le marchand emmena Joseph en Égypte, et là, il le revendit à Potiphar, eunuque du pharaon Salatis et commandant de ses gardes. À son tour, celui-ci le céda à un Égyptien qui remarqua ses nombreux talents et son esprit fin, et qui en fit son majordome. Joseph avait toujours eu un don pour interpréter les rêves. D'instinct, il comprenait ce que les dieux tentaient de révéler aux hommes en se glissant dans leurs songes et ses déclarations s'avéraient toujours justes. Ce rare talent finit par être bien connu et son propriétaire en fit un commerce qui l'enrichit considérablement.

Il advint que le pharaon eut un rêve qui l'effraya plus que de coutume, dans lequel il voyait sortir du Nil sept vaches grasses, puis sept vaches maigres qui dévoraient les grasses. L'habileté de l'esclave israélite étant venue à ses oreilles, il le fit mander pour qu'il l'interprétât. Joseph en écouta attentivement le récit et, après avoir médité, prophétisa que la terre d'Égypte serait frappée de sept années de grande prospérité, suivies de sept années de terrible famine. Il recommanda à Salatis d'accumuler autant de réserves qu'il le pourrait pendant les années d'abondance en taxant les récoltes au cinquième, afin que son royaume survive aux jours mauvais qui suivraient. Impressionné par tant de sagesse, le pharaon décida que cet esclave était utile et qu'il ne le quitterait plus. Devant toute sa cour, il enleva de son doigt un anneau d'or pour le passer à celui de Joseph, le fit revêtir d'une robe de lin fin et lui mit un collier d'or au cou.

— C'est toi qui seras mon maître de palais, déclara-t-il solennellement, et tout mon peuple se conformera à tes ordres, je ne te dépasserai que par le trône. Je t'établis sur tout le pays d'Égypte[1].

C'est ainsi que l'esclave Joseph fut affranchi par le pharaon. Fils de Jacob, petit-fils d'Isaac et arrière-petit-fils d'Abram, chassé du pays de Canaan par ses frères, il se retrouva à régner sur toute l'Égypte par l'autorité et l'affection de son roi. Il prit pour femme Asnat, fille du grand prêtre d'Osiris, et celle-ci lui donna deux fils : Manassé et Éphraïm. Accumulant les richesses et les honneurs, il devint un homme puissant. Mais jamais il n'oublia la terre de Canaan, dont son père lui avait promis la tête.

Salatis suivit les conseils de Joseph et le chargea de voir à ce que soit mis de côté tout le blé disponible, ce qu'il fit sans relâche pendant sept ans, de sorte que, dans tout le pays, les greniers débordaient. Aussi, lorsque vint la famine qu'il avait prédite, il y eut du pain pour tous et la population d'Égypte survécut.

La famine frappa tout aussi durement le pays de Canaan. Le patriarche Jacob ayant entendu dire qu'il y avait du grain à vendre en Égypte, il y dépêcha les onze fils qui lui restaient avec ordre d'en acheter autant qu'ils le pourraient. Le hasard – ou peut-être était-ce la volonté d'El-Schaddaï – fit le reste.

La rumeur d'Israélites allant d'une ville à l'autre en quête de blé à acheter parvint jusqu'à lui et, porté par la curiosité, Joseph se rendit à leur rencontre. Lorsqu'il réalisa que ceux qui se tenaient devant lui étaient ses frères, il se fit connaître d'eux. À sa vue, ils éclatèrent tous en sanglots sincères et, exprimant leur remords pour ce qu'ils avaient fait, implorèrent son pardon. Il le leur accorda de bonne grâce.

Sa vie était en Égypte, où il était puissant, riche et respecté. Il ne souhaitait pas réclamer son bien et assumer la succession de son père. Mais il détestait l'idée que les siens souffrent sur la Terre promise. Il demanda donc à ses frères de retourner à Canaan et

---

1. *Genèse* 41,40-41.

de ramener en Égypte leur père et leurs familles, afin que la semence d'Abram puisse survivre aux cinq années restantes de disette.

Dès que les Hébreux furent de retour avec tous leurs biens et leurs animaux, Joseph les installa dans la terre de Goshen et le pharaon Salatis en choisit plusieurs comme régisseurs de ses propres troupeaux. Autour du Nil, la famille de Jacob se multiplia et devint prospère, à un point tel qu'elle en oublia le pays de Canaan.

Le jour vint où Jacob fut à l'article de la mort. Comme l'avaient fait son père et son grand-père avant lui, il fit venir près de lui ses fils pour leur donner sa bénédiction. Au fil des ans, il avait eu amplement le temps de réfléchir à la meilleure façon d'assurer le maintien de l'Alliance malgré les faiblesses humaines. Aussi, aux deux fils de Joseph, à dix de ses fils et à leur descendance, promit-il une part de Canaan en héritage. Mais à Levi et ses fils, au lieu de terres, il confia plutôt une lourde responsabilité.

— Les lévites ne posséderont point d'héritage au milieu des Israélites[1], dit-il. Lorsque les descendants d'Abram retourneront dans la Terre promise, les descendants de Levi seront ceux qui, seuls, veilleront sur l'Alliance. Ils en seront les gardiens et les prêtres pour toujours. Ils la défendront au prix de leur vie s'il le faut car elle est le bien exclusif de leur nation.

Après la mort de son père, Joseph fit fabriquer par les artisans les plus habiles d'Égypte un coffre en bois d'ébène incrusté de douze émeraudes symbolisant les douze tribus. Dans cet écrin fastueux serait désormais abritée la Table de l'Alliance.

Joseph devint le patriarche des Israélites exilés dans le pays de Goshen. Le temps n'était pas encore venu de retourner dans les terres ancestrales, mais il viendrait. Il ne pouvait en être autrement. À soixante-six ans, il ne verrait jamais ce jour. Il était maintenant entouré de ses frères et de ses fils pour leur faire part de ses dernières volontés.

---

1. *Nombres* 18,21-23.

— Dieu vous visitera et vous fera remonter de ce pays dans le pays qu'il a promis par serment à Abram, Isaac et Jacob, déclara-t-il. Quand Dieu vous visitera, vous emporterez d'ici mes ossements[1].

Puis il confia l'Alliance à son frère Levi, conformément à ce qu'avait jadis ordonné leur père, Jacob.

— Rien ne doit jamais menacer la Table de la Loi, mon frère, déclara-t-il d'une voix qui faiblissait, en lui serrant l'avant-bras avec ses dernières forces.

— Il en sera fait selon la volonté de notre père, répondit gravement Levi en serrant le coffre d'ébène sur son cœur. J'en fais le serment.

Le lendemain, à l'aube, Joseph mourut. La première chose que fit Levi fut de réunir tous les hommes de sa famille et de leur faire prêter un serment solennel, sur leur vie et leur âme, qu'à compter de ce jour et pour les siècles des siècles, ils consacreraient leur vie entière au service et à la protection de l'Alliance.

---

1. *Genèse* 50,24-25.

16

L E COMMERCE DE VÊTEMENTS de la rue Saint-Paul n'avait rien de remarquable. Il n'était ni luxueux, ni de bas étage. Il s'agissait d'un de ces magasins comme il s'en trouvait des dizaines, du genre où les petits bourgeois montréalais trouvaient à prix abordable les chemises et les cols en carton pressé, les cravates, les pantalons, les vestes, les chaussures, les chapeaux melon et les gibus indispensables à la vie en bonne société. La famille qui en était propriétaire depuis des décennies se faisait un point d'honneur de connaître par leurs noms les clients toujours chaleureusement accueillis. C'était la clé de sa prospérité, que les fluctuations de l'économie ne semblaient jamais trop affecter.

Dans l'arrière-boutique, trois hommes prenaient place autour d'une table. Une théière était posée au centre et chacun avait devant lui une tasse. Le plus vieux se tenait raide sur sa chaise. Celui qui était assis à sa droite avait à peine atteint la trentaine, mais son visage grave, surmonté d'une chevelure d'un noir corbeau, reflétait une expérience et une sagesse qui transcendaient de beaucoup le nombre des années. Ses gestes précis et mesurés, ses manières réservées renforçaient cette impression et lui valaient le respect de ses pairs. Le troisième, en face du vieillard, avait autour de cinquante ans, mais son épaisse moustache poivre et sel, élégamment frisée aux extrémités, ses joues roses et son ventre rebondi lui conféraient une bonhommie trompeuse. Ils attendaient que l'aîné se décide à parler.

— Le jeune homme me surprend agréablement, dit-il d'une voix grinçante en caressant distraitement le rebord de sa tasse de ses doigts noueux. Pour un petit professeur d'histoire étranger à tout cela, il s'avère plein de ressources. Le seul fait d'avoir retrouvé la clé de l'*Argumentum* est déjà un remarquable accomplissement. Un peu plus et je croirais qu'il a toujours fait partie de l'*Opus Magnum*.

Celui qui prenait place en face du vieillard avala une gorgée et hocha la tête.

— Il l'a dans le sang, ne l'oublions pas, dit le plus jeune avec l'air d'avoir mordu dans un citron.

— Tu dis vrai, acquiesça le cinquantenaire, contrarié. Malheureusement, le revers de son succès est qu'il connaît maintenant notre existence. En niant que le *Gladius* détenait la demoiselle Fontaine, l'abbé Simard s'en est assuré. Un ultime cadeau empoisonné de sa part, en quelque sorte.

— C'était inévitable, rétorqua le vieil homme avec philosophie. Il ne faut pas trop s'en faire. Mais hormis le fait qu'un autre groupe, dont il ignore tout, est à la recherche de l'*Argumentum*, que sait vraiment l'*Opus*? Il se doute de notre existence depuis des siècles et n'est jamais arrivé à rien. Tout comme le *Gladius*, d'ailleurs. Au pire, nos interventions récentes auront confirmé leurs soupçons, sans plus.

— Quand même, rétorqua le quinquagénaire, à compter de maintenant, ils seront beaucoup plus prudents. Notre tâche pourrait s'en trouver complexifiée.

— Et après? dit le plus jeune. Si Moreau retrouve l'*Argumentum*, nous serons à ses côtés. De toute façon, s'il veut vraiment retrouver sa fiancée, il nous obéira.

Le vieil homme saisit l'anse de sa tasse et l'agita impatiemment devant lui. Servile, le deuxième homme prit aussitôt la théière et la remplit à ras bord. Puis il en fit autant pour celle de l'autre participant avant de finir avec la sienne. Une agréable odeur de menthe chaude bien infusée monta dans la pièce.

— Notre avantage réside dans le fait que l'*Opus* ne soupçonne pas notre position, déclara-t-il après avoir pris une gorgée et claqué la langue de satisfaction. À nous de ne pas relâcher notre prudence. Quant au *Gladius*, il n'a jamais été qu'un moucheron agaçant.

— Un moucheron qui pourrait encore éliminer celui qui représente notre dernière chance de retrouver l'*Argumentum*, corrigea le plus jeune, songeur. Les prêtres n'abandonneront pas. Ils ne peuvent pas se le permettre. Ils traqueront Moreau sans relâche.

— Certes, mais le jeune homme est bien entouré, rétorqua le vieux. Les gens de l'*Opus* sont loin d'être des idiots et ils n'hésitent pas à frapper quand il le faut. Jusqu'à maintenant, ils l'ont bien protégé. Quant au *Gladius*, je crois bien que, pour le moment, il n'en reste plus grand-chose à Montréal. Il va devoir envoyer des forces fraîches.

D'un air entendu, le jeune homme désigna de la tête une trappe dans le plancher.

— Si j'étais Moreau et que je recevais ma fiancée en petits morceaux, dit-il, je jetterais toute retenue aux orties.

En regardant droit devant, le vieillard but une gorgée de thé et posa la tasse dans sa soucoupe.

— Comment est-elle? s'enquit-il après un moment.

— Dans les circonstances, répondit le jeune homme, elle se porte aussi bien que faire se peut. Je lui applique un antiseptique plusieurs fois par jour et elle ne montre aucun signe d'infection. Pour le reste, le laudanum fait son effet et elle n'est pas tout à fait consciente de ce qui se passe.

— Heureusement pour elle, soupira le quinquagénaire.

— Tu as fait ce qu'il fallait? demanda le vieillard.

Soudain pris de gêne, le jeune homme acquiesça.

— Quel est le résultat? s'enquit le vieillard, son visage ridé se crispant un peu.

— Tel que nous l'avions anticipé.

Songeur, le vieil homme hocha la tête.

— Alors, il était vraiment moins une, dit-il. Nous sommes intervenus juste à temps.

Une fugitive moue de dégoût passa sur ses lèvres et il laissa échapper un long soupir de lassitude.

— Payer des couples pour qu'ils adoptent les deux garçons en espérant que l'un d'eux soit le descendant Leclair et qu'on lui ait laissé la clé de l'*Argumentum*, puis leur fournir des maisons et un bon commerce; défrayer l'internement d'Hermine Lafrance; colporter l'appartenance du jeune Moreau à la franc-maçonnerie pour lui faire perdre son poste et précipiter les événements; égorger un jésuite du *Gladius* à la manière de l'*Opus* pour le forcer à sortir de sa tanière; exposer la demoiselle Fontaine dans la basilique pour prouver notre sérieux; tout ça est relativement insignifiant. Mais torturer la pauvre innocente et lui couper des morceaux alors que son seul crime est d'avoir été utilisée par ces mécréants, tout cela me dégoûte au plus haut point. Hormis le fait qu'elle est le fruit de deux lignées de l'*Opus*, elle n'a rien à voir avec tout ça, et pourtant c'est elle qui paie le prix le plus élevé.

— Sans l'incitatif qu'elle représente, Moreau ne serait pas si motivé, remarqua le moustachu. Après tout, quel avantage personnel aurait-il à aller au fond de cette histoire? La curiosité pour ses propres origines ne suffirait certainement pas à le pousser jusqu'au bout.

— La réception d'un deuxième doigt de sa bien-aimée, ce matin, a certainement soufflé sur le feu, remarqua l'aîné.

Les deux autres hommes se consultèrent du regard, visiblement mal à l'aise. Un lourd silence tomba dans l'arrière-boutique.

— À ce sujet… hésita le quinquagénaire.

— Quoi? demanda le vieillard. Que se passe-t-il?

— Eh bien, euh… hésita le plus jeune.

— Parlez! exigea le vieux. Que se passe-t-il?

Le quinquagénaire prit le relais.

— Le paquet est bien arrivé. Un doigt, une mèche de cheveux et la note. Daniel l'a lancé dans la vitrine de la boutique tôt ce matin, comme prévu.

— Je sais, insista le vieillard inquiet. Alors ?

— Les choses ont mal tourné. Moreau l'a aperçu et s'est lancé à sa poursuite. Il était fou furieux. Il l'a coincé dans un cul-de-sac. Daniel a… fait ce qu'il devait pour nous préserver.

Ébranlé, le vieillard ferma les yeux et secoua lentement la tête, les lèvres serrées contre la douleur.

— Il n'est ni le premier ni le dernier à donner sa vie pour la cause, finit-il par murmurer avec résignation. Son sacrifice ne sera pas oublié.

— Et la fille ? demanda le plus jeune.

— Dans quelques jours, si rien n'a changé, coupe-lui un autre doigt.

— Pourquoi moi ? protesta l'homme. Je suis médecin, pas bourreau.

— Si Abram a accepté de sacrifier son fils lorsque le Seigneur le lui ordonna, lui reprocha doucement le vieillard, tu peux en faire autant. En comparaison, ce qu'on te demande est bien peu.

L'autre inclina humblement la tête.

— Je ferai ce qu'il faut.

Le vieil homme se leva, signifiant ainsi la fin de la rencontre.

— Bien, conclut-il. Demeurons aux aguets. Après tout ce temps et tous ces sacrifices, le dénouement approche. Bientôt, le Mal sera vaincu.

17

SOLOMON ET BARTHÉLÉMY semblaient affectés par la scène qui s'était déroulée dans la salle d'exposition du musée. Ils avaient fait le trajet le regard vague, perdus dans leur mutisme derrière les volets qu'ils avaient refermés sur les fenêtres du fiacre. La situation venait de prendre une nouvelle tournure. La préoccupation et la tension se lisaient sur leurs visages fermés, accentuées par l'épuisement.

À l'opposé, depuis qu'il était sorti de l'Art Association, Pierre se sentait étrangement fébrile et vivant. Pour la première fois depuis que la tempête avait ruiné sa vie, il avait l'impression de détenir une part de contrôle, même modeste, sur la suite des choses.

Un changement s'était opéré en lui. Jamais auparavant il n'avait eu volontairement recours à la violence, hormis celle, contrôlée et dénuée d'intention, de l'entraînement de boxe avec Adrien. Or, à sa grande surprise, il avait goûté le plaisir viscéral de causer la douleur par simple désir de vengeance. Même les jointures enflées de ses mains lui procuraient une agréable sensation de puissance. Défoncer à coups de poing le visage de ce maudit prêtre du *Gladius*, lui réduire les reins en bouillie avec ses pieds, lui écraser l'entrejambe au point de le paralyser de douleur, tout cela l'avait profondément satisfait. C'était mille fois mieux que la boxe.

Il avait déjà découvert qu'il n'était pas celui qu'il croyait être. Cela s'étendait-il à sa personnalité? Était-il en train de devenir quelqu'un d'autre? Quelqu'un qui n'avait plus rien à voir avec Pierre Moreau? Joseph-Bernard-Mathieu Leclair serait-il une brute sans scrupules, capable de battre et, éventuellement, de tuer sans arrière-pensées? Une bête sauvage dormant profondément dans le sang de Templier dont il était porteur s'était-elle réveillée après un très long sommeil? Si oui, pour sauver Julie, elle lui serait très utile. Il décida de ne pas la renier, mais plutôt de l'accueillir à bras ouverts en espérant pouvoir s'en débarrasser lorsqu'il le faudrait.

Ils arrivèrent devant le temple maçonnique, au coin de la place d'Armes et de Notre-Dame, et entrèrent sans hésiter. Dans la salle attenante à la loge Les Cœurs réunis, ils retrouvèrent tous les membres de l'*Opus* qui, sous couvert d'une réunion administrative visant à préparer la prochaine tenue, qui se produirait d'ici quelques jours, les avaient attendus dans l'anxiété. Les hommes étaient en bras de chemise et avaient depuis longtemps retiré leur cravate. Gertrude Fontaine, pour sa part, avait les yeux bouffis de celle qui a beaucoup pleuré et, pour la première fois, Pierre la voyait décoiffée. Tous avaient l'air tendu et fatigué.

Les trois hommes prirent place sur les chaises libres. Au centre de la table était posée une grande cafetière, d'où montait un fumet alléchant, et un plateau de sandwichs au jambon que madame Fontaine, anxieuse de s'activer pour ne pas devenir folle, avait préparés pour tout le monde. Pierre se servit un café noir et brûlant dont il avala aussitôt quelques gorgées revigorantes. Puis il prit un sandwich dont la saveur lui rappela qu'il n'avait pas mangé depuis la veille, et finit par en avaler deux. Barthélémy l'imita alors que Solomon refusa avec emphase la viande de porc, se contentant de café et de restes de pain.

Le maire de Montréal avisa les jointures enflées du jeune homme et rompit le silence tendu qui avait marqué l'entrée des trois hommes.

— Tu as renoué avec la boxe? s'enquit-il, mi-figue, mi-raisin, en relevant un sourcil étonné.

— En quelque sorte, répondit-il. On dirait que je ne peux plus mettre les pieds quelque part sans qu'on se fasse exploser la cervelle devant moi ou qu'on essaie de faire sauter la mienne.

— Notre jeune ami s'est amusé à tabasser un prêtre un peu trop porté sur le tir au pistolet dans les lieux publics, précisa Perreault en prenant place.

— Je vous conseille de ne pas indisposer notre jeune frère, ajouta Solomon, qui venait de s'asseoir. Le visage du balafré ressemblait à de la viande hachée et je crois bien qu'il ne marchera pas normalement avant quelques jours au moins.

— Un *Gladius*? demanda Demers pour la forme, connaissant déjà la réponse.

Pierre acquiesça de la tête.

— Il portait le même tatouage que Thériault et ses hommes, confirma-t-il sans pouvoir s'empêcher d'esquisser un sourire à donner des frissons dans le dos.

— Tout ce beau monde est vivant et c'est tant mieux, s'impatienta monsieur Fontaine. Mais Julie est toujours prisonnière et l'*Argumentum* reste introuvable. Alors? Vous avez découvert quelque chose à la bibliothèque?

Perreault hocha affirmativement la tête, enfouit la main à l'intérieur de sa veste et en tira la page qu'il avait arrachée à l'encyclopédie. Il la déplia, la posa à plat sur la table et la lissa.

— Il semble bien que Pierre avait vu juste, déclara-t-il.

Pierre sortit le médaillon de sa poche pour le déposer sur la table, près de l'image des *Bergers d'Arcadie*.

— Comme vous voyez, les deux images sont identiques, déclara-t-il.

Les membres de l'*Opus* se rapprochèrent pour comparer la reproduction du tableau avec le médaillon. Après quelques instants, Gédéon Ouimet se dirigea vers une petite table dans le coin de la pièce. Il tira une loupe d'un tiroir, revint, saisit le médaillon et se mit à l'examiner, Beaugrand regardant par-dessus son épaule, tandis que les autres attendaient son verdict en silence. Il finit par relever la tête et tous restèrent suspendus à ses lèvres.

— Pas de doute, décréta l'ancien premier ministre, sur un ton solennel. Le médaillon reproduit le tableau dans ses moindres détails.

— Grands dieux, soupira Beaugrand. J'ai du mal à croire que nous avons enfin fait de réels progrès. Mon garçon, tu es un génie.

— J'ai bonne mémoire, comme tous les historiens, rétorqua modestement Pierre.

Le maire de Montréal soupira et laissa un regard grave errer autour de la table.

— Bon, dit-il. Nous tenons un début de piste, mais encore faut-il comprendre où elle mène.

— Par où commencer ? fit Belval, un peu découragé, en se servant un café.

Pierre l'imita et remplit de nouveau les tasses de Barthélémy et de Solomon.

— Que dit l'encyclopédie ? s'enquit Maurice Demers.

Perreault ramassa la page déchirée et relut l'article. Puis il en résuma les points saillants qui les avaient frappés en cours de route.

— Premièrement, le tableau s'intitule *Les bergers d'Arcadie*, ce qui est significatif pour des raisons évidentes, expliqua-t-il. Le médaillon fait aussi référence à un berger, dit-il. *Dominus pascit me* : « Le Seigneur est mon berger ».

— Psaume 23, verset 1, compléta Solomon. Celui que l'on appelle le Psaume du roi David.

— Tu connais le reste ? demanda Beaugrand.

Le marchand ferma les yeux et se mit à réciter.

— « L'Éternel est mon berger. Je ne manquerai de rien. Il me fait reposer dans de verts pâturages. Il me dirige près des eaux paisibles. Il restaure mon âme. Il me conduit dans les sentiers de la justice, à cause de son nom. Quand je marche dans la vallée de l'ombre de la mort, je ne crains aucun mal, car tu es avec moi. Ta houlette et ton bâton me rassurent. Tu dresses devant moi une table, en face de mes adversaires. Tu oins d'huile ma tête et ma coupe déborde. Oui, le bonheur et la grâce m'accompagneront tous les jours de ma vie et j'habiterai dans la maison de l'Éternel jusqu'à la fin de mes jours. » Pour certains, il s'agit d'un poème dans lequel le roi David exprime sa confiance dans le fait que Dieu l'aidera à guider le peuple d'Israël. Pour d'autres, c'est une référence aux Israélites que Dieu guida jusqu'à la Terre promise.

— Bon, nous avons donc deux mentions de bergers, résuma Demers. Une dans le titre du tableau, l'autre sur le médaillon. Quoi d'autre ?

Perreault reprit son résumé.

— L'œuvre a été peinte en 1638 par un dénommé Nicolas Poussin, que l'on associe au style classique du dix-septième siècle.

Il leva les yeux vers les autres.

— Voici le plus intéressant. *Les bergers d'Arcadie* est aussi connu sous le titre *Et in Arcadia Ego*, en raison de l'inscription qui figure au centre du tombeau, annonça-t-il. Les experts ne s'entendent pas sur le sens à donner à cette phrase, mais semblent croire qu'elle fait référence au pays du bonheur de l'Antiquité.

Autour de la table, tous échangèrent un regard chargé. Cette phrase, ils la comprenaient parfaitement. Arcadie, le lieu où reposait l'*Argumentum* depuis 1398, était la raison d'être de l'*Opus Magnum* et, pour eux, sa mention sur le tableau confirmait que la piste était la bonne. Ouimet reprit sa loupe et tendit la main pour que Barthélémy lui remette le papier. Il se pencha dessus, les sourcils froncés et son nez touchant presque la surface.

— On la voit à peine, mais l'inscription est bien là au centre du monument en pierre, finit-il par confirmer en rendant la feuille à Perreault. Elle m'avait échappé. Les deux bergers la désignent même du doigt.

L'avocat termina son résumé.

— Selon l'encyclopédie, le thème de la mort domine l'œuvre, d'abord en raison du tombeau, puis de l'ombre formée par le bras d'un des bergers, qui rappelle une faux. On dit aussi que l'inscription sur le tombeau rappelle la brièveté de la vie humaine et que c'est ce que contemplent les personnages.

Il replaça la feuille sur la table pour que tous puissent voir le tableau.

— Voilà, déclara-t-il. C'est tout.

Belval fit glisser l'image devant lui pour l'examiner.

— Effectivement, quand on la regarde sous cet angle, l'ombre a la forme d'une lame de faux, admit-il. Comme si la mort rôdait autour des personnages.

— Ou qu'ils l'apportaient avec eux, ajouta Solomon.

— Donc, la mort est là, près d'un tombeau, dit madame Fontaine avec une impatience mal contenue. Et après? Tout ça ne nous avance à rien.

Son époux lui tapota affectueusement la main et n'eut pas besoin de mots pour lui faire comprendre qu'elle devait être stoïque. Demers tendit la main et le médecin lui passa le papier, qu'il observa un moment en faisant la moue.

— Le peintre n'a pas inclus cette inscription par hasard, déclara-t-il, songeur, le limier en lui prenant le dessus. Il a utilisé un langage codé. Mais qu'a-t-il voulu dire? Mon latin est un peu rouillé.

— *Et in Arcadia Ego* signifie «même à Arcadie, j'existe», traduisit Ouimet. Ou quelque chose qui s'en approche: «je suis aussi à Arcadie», «et à Arcadie je suis» ou «et moi aussi j'ai vécu à Arcadie».

— Par je ne sais quel moyen, c'était sans doute vers ce tableau que les Leclair et les Aumont devaient orienter l'*Opus Magnum* lorsque viendrait le temps de révéler l'existence de l'*Argumentum*, résuma Demers. Un message verbal? Un document? Un objet? Qui sait? Les dirigeants de l'ordre détiennent sans doute l'autre partie de la solution.

— Alors, maintenant que nous savons où chercher, il faudrait la leur demander, dit sèchement Pierre, sans chercher à masquer son amertume.

— Si c'était possible, nous le ferions, rétorqua Honoré Beaugrand. Malheureusement, personne ne nous viendra en aide.

Dès que Beaugrand avait mentionné un nouvel obstacle entre Julie et lui, Pierre s'était raidi sur sa chaise et, sans s'en rendre compte, avait serré les poings.

— Comment ça, personne ne nous viendra en aide? demanda-t-il, les dents serrées.

Le maire de Montréal lui adressa une grimace contrite.

— Tu dois comprendre que nous faisons partie de l'*Opus* depuis le jour de nos seize ans, expliqua-t-il en jouant avec ses doigts. Nous avons eu tout le temps d'en apprendre les rouages et les développements récents. Depuis quelques semaines, les événements se sont bousculés et je n'ai pas eu le loisir de te communiquer toutes ces choses. Ta formation a été, disons, accélérée.

— Bien, fit Pierre, le visage dur et fermé. Alors, j'écoute.

Le maire de Montréal se rembrunit et soupira longuement avant de parler.

— Si nous voulions consulter les autorités de l'*Opus*, dit-il enfin, dans le meilleur des cas, il faudrait que l'un de nous porte un message en France, puis revienne avec la réponse, et il est évident que nous n'avons pas deux ou trois mois devant nous. Ne serait-ce que pour cela, l'option est inaccessible.

— J'en déduis qu'il y a plus? s'impatienta le jeune homme.

— En effet, reconnut Beaugrand. Comme tu le sais, depuis 1642, deux lignées étaient chargées de la clé qui mène vers l'*Argumentum*: les Aumont et les Leclair. Or, Julien-Basile-Matthieu Aumont a été tué en 1760, à la veille de la reddition de Montréal. Dès lors, aucun des remplaçants envoyés de France par l'ordre n'a réussi à poser le pied à Montréal. Tous ont été assassinés avant le départ ou en mer.

— Jusqu'à preuve du contraire, compléta Ouimet, nous sommes isolés et ne pouvons compter sur aucune aide. Nous devrons nous débrouiller par nous-mêmes pour retrouver l'*Argumentum*.

Ébranlé par cette nouvelle information, Pierre resta coi. Combien d'autres choses ignorait-il encore? Lui révélait-on la vérité au compte-gouttes, en fonction des circonstances? L'impression d'être manipulé lui revint, aussi forte qu'auparavant.

— Je suis désolé, dit Beaugrand. Tu devras nous faire confiance.

— Je n'ai guère le choix, rétorqua le jeune homme, désabusé.

Le malaise fut rompu par Émile Fontaine, qui n'avait pas prêté attention à la conversation et consultait à son tour la page de l'encyclopédie.

— L'inscription n'a certainement pas été apposée là au hasard, suggéra-t-il en fronçant les sourcils. Si le tableau a été réalisé sous la direction de l'*Opus*, comme ça semble être le cas, c'est forcément que l'ordre voulait indiquer que le tombeau qui y figure se trouve à Arcadie. C'est à dire ici, à Montréal. Et le fait que tous les personnages y concentrent leur attention et que deux des hommes le pointent du doigt n'est sans doute pas un hasard.

— Où veux-tu en venir, Émile? l'encouragea Belval.

— Que c'est dans ce tombeau que se trouve l'*Argumentum*, compléta Fontaine. Ce serait logique, non?

— Oui… fit Beaugrand, le regard vague, en lissant distraitement sa moustache frisée. Tout à fait…

Le policier considéra brièvement l'hypothèse en hochant la tête, puis se tourna vers Pierre.

— Tu es professeur d'histoire. As-tu connaissance d'un tombeau semblable quelque part à Montréal?

Le jeune homme réfléchit un moment, fouillant ses souvenirs.

— Difficile à dire. Il faudrait d'abord avoir la certitude qu'il s'agit bien d'un tombeau.

— C'est ce qu'affirme l'encyclopédie, contra Perreault.

— Et après? Observez ses dimensions, dit Pierre en posant l'index sur l'image. En proportion des personnages, il semble trop étroit et trop court pour accueillir une dépouille. À moins que ce ne soit celle de quelqu'un de très petite taille. Il pourrait aussi bien s'agir de la base d'une statue ou d'un monument.

— Le paysage, alors ? insista l'inspecteur. Il rappelle quelque chose à quelqu'un ?

La page de l'encyclopédie circula autour de la table et, l'un après l'autre, tous les membres de l'*Opus* hochèrent négativement la tête.

— Il n'y a aucun endroit désertique comme celui-ci autour de Montréal, résuma Ouimet. Et, que je sache, il n'y en a jamais eu.

— Bon, dit Maurice Demers en maîtrisant mal sa frustration, nous avons une référence à l'Arcadie inscrite sur un tombeau qui pourrait contenir l'*Argumentum*, mais qui n'est peut-être pas un tombeau, au milieu d'un paysage qui n'est pas d'ici, résuma-t-il. Quoi d'autre ?

— La réponse se trouve forcément quelque part, insista Solomon. Peut-être abordons-nous le problème sous un mauvais angle. Je crois que ce sont les indices laissés par Leclair sur le médaillon qui peuvent permettre de percer le secret du tableau.

— Ce serait logique, dit Belval.

L'inspecteur prit le médaillon sur la table, le retourna dans le creux de sa main et énuméra tout ce qui se trouvait sur l'avers et le revers.

— Nous savons déjà ce que signifie *Dominus pascit me*, déclara-t-il. La mention du berger lie le médaillon au titre du tableau. Il reste les formes : un carré moins un triangle pointant vers le haut égale un triangle vers le bas. Il y a aussi une étoile et la phrase *Pulvis es et in pulverem reverteris*. Ça dit quelque chose à quelqu'un ?

— La citation provient de l'Ancien Testament, dit Solomon. «Tu es poussière et tu retourneras dans la poussière». Genèse, chapitre 3, verset 19.

— Une référence de plus à la mort, plus précisément à la brièveté de la vie et à la décomposition du corps, nota Belval.

Que la structure sur le tableau soit un tombeau ou autre chose, la notion est omniprésente.

— Autre chose? insista Demers. Ces figures géométriques ne sont certainement pas là comme simples décorations. Que veulent-elles dire? Et les quatre personnages sur le tableau? Pourquoi sont-ils là? Pourquoi quatre plutôt que six ou trois? Pourquoi une femme et trois hommes? Réfléchissez!

Perdus dans leurs pensées, certains se frottaient la barbe ou la moustache, d'autres fronçaient les sourcils ou jouaient avec leur tasse de café froid. Soudain, Solomon Wolofsky se crispa et frappa la table avec sa main. Il déboutonna frénétiquement la manchette de sa chemise, puis tira la manche jusqu'au coude.

— Quoi? fit Demers, aux aguets.

Le marchand regardait fixement les marques sur ses poignets.

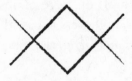

Il saisit le bras droit de Perreault, défit sa manchette, la retroussa et serra sa main dans la sienne. Les marques sur leurs poignets respectifs se joignirent.

— Qu'avez-vous dit lorsque vous m'avez appliqué les marques? s'enquit-il à Beaugrand.

— «Ce signe se compose des deux angles de quatre-vingt-dix degrés que nous portons tous, récita le maire. Leur opposition symbolise Dieu dans sa totalité, soit le mâle qui tend vers le haut, et la femelle qui l'accueille en elle, déclara-t-il à Paul. Ces deux contraires forment El, le dieu d'Abraham. Par ce signe, nous rappelons à nos ennemis que nous veillons sans relâche. C'est aussi par ce signe que nous nous reconnaissons entre nous, car il ne devient complet que lorsque s'unissent les mains de deux frères de la Vengeance. » Et alors ? fit Beaugrand, médusé.

— La solution est là, devant nous !

— Continue, l'encouragea l'inspecteur.

— Ne voyez-vous donc pas ? s'écria Solomon. Le médaillon porte un triangle mâle et un triangle femelle ! Comme tous les membres de l'*Opus Magnum* depuis le *dies terribilis* !

— Mais bien sûr !

Pierre se leva si brusquement que les autres sursautèrent.

— Quatre côtés et trois côtés ! s'écria-t-il, le regard fiévreux. Quatre moins trois donne un !

— Je ne te suis pas, mon garçon, maugréa Ouimet.

— Le triangle soustrait du carré, insista Pierre. Si je retire trois personnages des quatre personnages, j'en obtiens un seul, que symbolise le triangle inversé ! La femme ! La clé, c'est elle !

— Mais qui est-elle ? demanda Demers.

Pierre demeura figé sur place, les idées et les possibilités se bousculant dans sa tête. Puis la réponse lui vint. Il posa les yeux sur le maire de Montréal.

— Si je vous le disais, vous ne me croiriez pas…

— Essaie toujours ?

— Pas tout de suite. Je dois d'abord revoir le portrait de mon père.

18

L'ÉDIFICE DE LA DOUANE canadienne était situé à dix minutes de marche du temple maçonnique, mais, au vu des événements récents, y aller à pied avait été jugé trop risqué. Honoré Beaugrand, Maurice Demers, Barthélémy Perreault, Solomon Wolofsky et Pierre avaient donc pris place dans la voiture du maire. Gédéon Ouimet était resté avec Belval et les Fontaine, qui n'étaient pas en état d'affronter une situation tendue.

— Bon, tu daignes nous expliquer ? s'enquit l'avocat, avec une pointe d'impatience, pendant que le fiacre roulait dans la rue Saint-François-Xavier.

— Pas tout de suite, répliqua Pierre, qui avait manifestement la tête ailleurs. Je me trompe peut-être. Je dois d'abord voir le tableau.

— J'espère que tu sais ce que tu fais, intervint Beaugrand, parce que descendre à Hérédom en plein jour sans attirer l'attention ne sera pas facile.

— Si j'ai raison, vous me remercierez.

Demers adressa un regard à Perreault.

— Tu as ce qu'il faut ? s'enquit-il.

L'avocat se contenta de hocher la tête.

Ils atteignirent leur destination et descendirent du véhicule dès qu'il fut immobilisé. Sur un signe de Beaugrand, le cocher s'éloigna pour aller se stationner un peu plus loin et attendre son employeur. Ils ne s'attardèrent pas à considérer l'édifice triangulaire en granit, orné d'une tour, de colonnades et de créneaux, qui se dressait à la jonction des rues de la Commune et De Callière. Au milieu de l'après-midi, avec des hommes d'affaires pressés qui y entraient et en sortaient sans cesse, il paraissait beaucoup moins menaçant à Pierre que la nuit précédente.

— Je préférerais tout de même attendre la nuit, grommela Beaugrand. Si quelqu'un réalisait que nous ne ressortons pas de la voûte…

— Alors, vous expliquerez vous-même à monsieur et madame Fontaine que leur fille est morte parce que vous vouliez être prudent, cracha Pierre avec une impatience teintée de mépris. Si vous voulez votre maudit *Argumentum*, trouvez un moyen d'entrer.

— J'en ai un, dit Demers. Honoré, suis-moi.

Il se dirigea avec détermination vers le bâtiment et gravit l'escalier. Les autres lui emboîtèrent le pas. De son bras valide, il ouvrit la lourde porte en bois massif et entra. Le pas assuré, il se rendit au guichet le plus proche, le maire de Montréal à ses côtés. L'air officiel, il brandit sa carte d'identité et adressa quelques mots au commis en désignant Beaugrand de la tête. L'homme se raidit en blêmissant et balbutia quelque chose avant de s'éloigner, presque au pas de course, pour disparaître dans un bureau. Quelques secondes plus tard, il revint en compagnie d'un moustachu au ventre prospère, sanglé dans un costume élégant. Visiblement tendu, l'homme s'entretint avec Demers en faisant l'important, puis leva la main et appela un employé. Il lui donna des instructions aussi brèves que nerveuses. Obséquieux à l'extrême, l'autre invita le maire et l'inspecteur de police à le suivre.

Pierre, Barthélémy et Solomon les rejoignirent et, subtilement, ils laissèrent le commis intimidé prendre quelques pas d'avance.

— Qu'est-ce que vous leur avez dit? demanda Pierre à l'inspecteur.

— Seulement que la police avait eu vent de malversations douanières commises au détriment de la ville de Montréal et que je désirais consulter les registres en présence de son honneur le maire et de trois témoins, dont l'un est avocat, pour m'assurer qu'il y avait erreur, répondit Demers, réprimant un sourire coquin. La douane ne peut se permettre de voir sa réputation entachée et rien ne plaît davantage à ses dirigeants que la discrétion.

— On dirait qu'ils ont vu un revenant.

— Plutôt le spectre du scandale.

Comme la nuit précédente, ils traversèrent le grand hall, s'engagèrent dans le couloir et franchirent la même porte au fond. Ils descendirent l'escalier pour se retrouver à la cave. En plein jour, elle était éclairée par des becs de gaz qui diffusaient une lumière jaunâtre.

— Celle-là, dit Demers en désignant la voûte par laquelle ils étaient descendus dans le temple d'Hérédom.

Le commis s'approcha, sortit de sa poche un papier qu'il consulta consciencieusement avant de faire tourner les roulettes chiffrées, puis abaissa la poignée de métal. Rien ne se produisit.

— C'est curieux, on dirait que la combinaison a été changée, expliqua-t-il perplexe.

— Essayez encore, ordonna Demers.

Pendant que le jeune homme s'exécutait, Demers adressa à Perreault un signe presque imperceptible de la tête. L'avocat mit la main dans sa veste pour en tirer un stylet à la longue lame mince et effilée. Il fit deux pas silencieux et, avec une froideur à faire frémir, empoigna la chevelure du commis et le plaqua solidement contre la porte de métal. D'un geste sec et précis, il lui enfonça la lame à la base du crâne jusqu'à la garde. L'homme fut traversé par un spasme puis devint mou comme du chiffon et tomba à la renverse dans les bras de l'avocat, qui l'attrapa sous les aisselles pour le retenir. Beaugrand se pencha aussitôt sur la porte et composa une combinaison. Un déclic sec retentit.

— Aide-moi, ordonna-t-il à Pierre.

Horrifié par le meurtre gratuit dont il venait d'être témoin, et qui lui rappelait cruellement que ceux qui l'accompagnaient avaient un double visage, le jeune homme resta figé sur place.

— Grouille-toi, mon garçon, avant qu'on nous surprenne, insista le maire en jetant un coup d'œil vers l'escalier.

Pierre se secoua de son mieux et, tel un automate, s'avança pour saisir la poignée. Ensemble, ils tirèrent la lourde porte jusqu'à ce qu'elle soit suffisamment ouverte pour permettre l'entrée dans la voûte. Ils s'écartèrent pour laisser passer Barthélémy, qui traînait le cadavre du pauvre innocent. Demers y pénétra à son tour, puis Pierre et Beaugrand firent de même.

Lorsqu'ils furent tous à l'intérieur, le maire craqua une allumette et embrasa la torche que Solomon avait utilisée quelques heures plus tôt, alors qu'ils revenaient de la crypte des Sœurs Grises, couverts de la terre d'une tombe et ramenant avec eux un prêtre inconscient. Avec Pierre, il referma la porte de la voûte et défit la combinaison. Perreault laissa le mort choir lourdement sur le plancher et, avec sa manche, essuya la sueur qui perlait sur son front.

— Mais… Pourquoi…? Il était innocent, balbutia le jeune homme en observant le cadavre, dont la poignée du stylet émergeait sinistrement de la nuque. Une ancienne tablette vaut-elle cela?

— Nous aurions fait quoi une fois dans la voûte? rétorqua sèchement Demers. Lui demander gentiment de bien vouloir garder pour lui le fait qu'elle est fausse?

— Vous auriez pu l'assommer, dit Pierre.

— Certes, mais une fois réveillé, il aurait tout raconté, intervint Beaugrand.

— Vous êtes tous fous. Complètement fous.

Pierre regardait Perreault comme s'il voyait pour la première fois sa vraie nature. Il n'était pas un amateur. Il avait déjà tué et savait comment le faire avec calme et méthode.

— Pas fous, non. Mais très conscients de l'importance de l'enjeu, dit Solomon avec un fond de tristesse. Tu dois accepter que tout soit subordonné à l'*Argumentum* et à la Vengeance. Cela justifie l'emploi de tous les moyens.

Il jeta un regard sur le cadavre qui gisait dans la voûte.

— Vous ne savez même pas ce que contient votre maudit *Argumentum*, répliqua Pierre. On n'assassine pas froidement, juste parce qu'on a espoir que ça vaille la peine !

— Nos ancêtres ont été injustement marqués d'infamie par un pape prêt à tout pour protéger son Église, comme un roi craignant de se retrouver sans royaume, cracha Beaugrand, du fiel dans la voix. Il a fait fi de leur honneur, de leur sens du devoir, de leur fidélité. Il a condamné à mort des centaines d'hommes nobles et à une vie clandestine et honteuse des milliers d'autres. Il a trahi, trompé, menti, floué. Et ses successeurs ont continué de le faire. Alors, si l'*Argumentum* permet d'étaler au grand jour la vraie nature de l'Église, cela nous suffit amplement. Et il serait sage que cela te satisfasse aussi.

Pierre dévisagea le maire de Montréal. C'était la première fois qu'il le voyait s'emporter ainsi. Il saisissait aussi fort bien la menace à peine voilée. Il devait s'accommoder des circonstances s'il voulait survivre une fois l'*Argumentum* retrouvé et son utilité échue. Sinon, non seulement y perdrait-il sa vie, mais celle de Julie aussi. La seule porte de sortie était de retrouver l'*Argumentum*. Il verrait au reste après – si reste il y avait. Il fit un effort pour maîtriser les émotions qui le mettaient en péril.

— Je... Tout ceci m'est étranger, dit-il en regardant à son tour le cadavre. Dans le monde où je vis, on ne tue pas des innocents.

— Je comprends. Mais justement, tu as changé de monde, mon garçon, et tu dois l'accepter, lui rappela Ouimet. Les choses que tu sais sont ignorées de presque tous, et pourtant elles ont conditionné les deux derniers millénaires. L'Église qui domine notre société survivra ou disparaîtra en fonction d'elles. Le monde que tu connaissais n'est qu'une illusion. Un vernis apposé sur la réalité.

— Et je ne pourrai jamais m'en échapper, c'est ça ?

En guise d'acquiescement, Gédéon Ouimet haussa les épaules, laissant planer une vérité non dite que Pierre saisit parfaitement : on ne quittait pas l'*Opus Magnum*.

— Sur ces belles paroles, messieurs, je suggère que nous procédions, trancha Beaugrand.

Abandonnant dans la voûte le cadavre du pauvre commis qui avait eu la malchance de se trouver au mauvais endroit au mauvais moment, ils s'engagèrent en file indienne dans l'escalier en colimaçon, Beaugrand brandissant la torche pour éclairer les marches inégales et glissantes. Ils aboutirent devant l'épaisse porte ferrée. Cette fois, personne ne frappa trois coups solennels et aucun gardien menaçant n'ouvrit en brandissant un révolver. Le maire de Montréal se contenta de pénétrer dans le temple d'Hérédom sans autre forme de cérémonie. Pierre, Demers, Perreault et Solomon le suivirent.

Le maire fit rapidement le tour de la petite pièce carrée pour allumer les chandeliers à plusieurs branches qui longeaient les murs, puis logea la torche dans un anneau de métal. Le regard de Pierre s'attarda sur le petit autel rectangulaire, dont la nappe portait désormais les traces du sang séché de l'abbé Simard, et où les deux crânes humains enchâssés dans une base en or, au-dessus desquels ses plaies avaient coulé pendant qu'il prêtait serment, reposaient toujours. Sur les fauteuils traînaient encore les robes et les cagoules. Le fait que, voilà moins de vingt-quatre heures, un prêtre avait été assassiné dans cet endroit lui semblait irréel.

Beaugrand traversa la pièce et passa derrière le fauteuil du commandeur. Il empoigna le cordon et le tira vers le bas. Comme la nuit précédente, les lourdes tentures pourpres s'ouvrirent pour dévoiler le tableau dont la vue avait frappé Pierre en pleine poitrine.

— Voilà, dit le maire.

— La solution se trouve quelque part dans la composition, songea Pierre à haute voix.

Il s'approcha lentement en faisant un immense effort pour garder la tête froide. Cette fois-ci, il devait faire abstraction de ses émotions et regarder le portrait avec les yeux de la raison; observer les détails de l'œuvre, en examiner le contenu et tenter d'en percer le sens caché. Le temps pressait. Dieu seul savait quand on lui ferait parvenir un nouveau morceau de sa fiancée.

Il s'immobilisa à quelques pieds du tableau pour en avoir une bonne vue d'ensemble et laissa son regard errer brièvement sur son père. Jean-Baptiste-Michel Leclair paraissait toujours le dévisager. Les cheveux blonds, les yeux bleus, le corps élancé mais solide, il aurait pu être son jumeau. Ou celui du pauvre Adrien. Il était confortablement assis dans son fauteuil au dossier orné de l'équerre et du compas entrecroisés. Près de lui, le guéridon portant les deux papiers qui figuraient les tablettes anciennes. Sur ses genoux, il tenait le fils qu'il avait à peine connu – le fils auquel il avait légué le fardeau qui venait avec son sang. L'enfant serrait le médaillon dans sa menotte.

Malgré les émotions qui montaient de nouveau en lui, dans les circonstances, rien de cela n'intéressait Pierre et il fit un effort pour s'en détacher. Si son hypothèse s'avérait juste, la représentation de son père naturel avait pour seule fonction d'établir la relation entre lui, son fils, et le médaillon qui unissait leurs destinées. Le sens des symboles en tête des papiers était déjà clair. L'équerre et le compas soulignaient la relation entre la franc-maçonnerie et l'*Opus Magnum*. La piste qui menait à l'*Argumentum*, si elle existait, ne pouvait se trouver que dans Montréal, puisque c'était là qu'on l'avait apporté en 1642. De son mieux, il fit le vide pour concentrer toute son attention sur la fenêtre et le décor que l'on pouvait y entrevoir. L'artiste n'avait certainement pas représenté cette vue de la ville au hasard.

Pierre se déplaça un peu vers la gauche et laissa son regard errer sur la vue, se laissant pénétrer par la scène comme s'il se trouvait sur le trottoir. En vingt ans, la rue Saint-Paul n'avait pas beaucoup changé. On l'avait représentée en direction ouest, à peu près depuis l'intersection de Saint-Jean-Baptiste. Sur le côté droit de la rue, il pouvait reconnaître la quincaillerie MacDonnell & Holmes, les entrepôts de Louis-Joseph Béliveau, de Marie-Joséphine Brault-Pomminville et de la famille Masson, les boutiques d'un chapelier et d'un marchand de tabac. De l'autre côté se trouvaient les entrepôts de Narcisse Desmarteaux et des frères Tiffin, l'étude du notaire Archambault, l'épicerie de Joseph Hudon, les locaux d'un importateur de vins et quelques autres bâtisses qui lui étaient familières, mais dont il ignorait l'usage exact.

Pour autant qu'il le sût, tous ces bâtiments remontaient aux années 1840, 1850 et 1860, et aucun n'avait quoi que ce soit d'exceptionnel. La scène représentait ce qu'on aurait vu d'une fenêtre à cette époque, sans aucune surprise. Plus loin, sur la droite, derrière un mur de pierre bas qui fermait son enclos, s'élevait l'Hôtel-Dieu de Montréal, reconnaissable à la façade à trois portes de sa chapelle et aux ailes en pierre de taille qui se dressaient sur trois étages surmontés d'un toit de tôle parsemé de lucarnes. Le vaste bâtiment occupait tout l'espace entre Saint-Dizier et Saint-Sulpice.

Pierre se mit à se tapoter distraitement les lèvres avec le bout de son index. Quelque chose clochait dans la scène, mais il n'arrivait pas à mettre le doigt dessus.

— Qu'est-ce que tu cherches ? s'enquit Solomon.

— Chut ! fit Pierre en agitant impatiemment la main pour faire taire le petit marchand.

Il fixa la rue Saint-Paul à s'en arracher les yeux, laissant ses souvenirs et ses connaissances d'historien s'entremêler en espérant qu'il en sorte quelque chose de significatif. Autour de lui, les autres attendaient en retenant leur souffle, tendus comme les cordes d'un violon. Il était si concentré que les autres auraient pu s'enflammer spontanément près de lui sans qu'il s'en aperçoive.

Soudain, il porta sa main à son front.

— Bon Dieu… murmura-t-il en écarquillant les yeux.

Il s'approcha du tableau jusqu'à avoir le nez presque collé sur le canevas et posa la main sur la scène visible par la fenêtre, comme pour s'assurer qu'elle était bien réelle.

— Quoi ? fit Beaugrand, anxieux. Qu'as-tu trouvé ?

— Mon père a été assassiné en 1866, c'est bien ça ? demanda-t-il sans quitter le tableau des yeux.

— Oui et alors?

— J'ai été adopté quand j'avais environ deux ans, poursuivit Pierre pour lui-même, comme s'il n'avait pas entendu. Sur le tableau, je dois avoir un an. Il a donc été peint vers 1865.

Pierre posa le doigt sur les bâtiments de l'Hôtel-Dieu et se tourna vers Beaugrand, l'air grave.

— Donc, ces bâtiments…

— Qu'est-ce qu'ils ont? demanda Demers en s'approchant.

— Ils ne devraient pas être là, expliqua le jeune homme. Les Religieuses Hospitalières de Saint-Joseph ont fait construire l'Hôtel-Dieu et leur monastère actuel, dans l'avenue des Pins, en 1860. Elles ont quitté les bâtiments qui figurent sur le tableau en janvier 1861. Par la suite, elles les ont rasés pour les remplacer par les immeubles commerciaux qui s'y trouvent aujourd'hui. En 1865, c'est eux que le peintre aurait vus dans la rue Saint-Paul.

— Et pourtant, ils s'y trouvent, fit Perreault en fronçant les sourcils. Où veux-tu en venir?

Le professeur d'histoire fit une pause.

— Le tableau de Poussin montre bien un tombeau, déclara-t-il. Et je crois que je sais où il se trouve et qui y repose.

19

Ville-Marie, 18 juin 1673

A SSISE SUR LE PETIT LIT ÉTROIT dans sa cellule, Jeanne regardait pensivement les cicatrices sur ses poignets. Elle les avait reçues voilà longtemps, mais se rappelait comme si c'était hier la transformation ressentie cette nuit-là. Le couteau avait non seulement marqué sa chair, mais aussi son âme. La jeune femme qui était ressortie du temple était différente, sûre d'elle et convaincue du sens que venait de prendre sa vie. Jamais elle n'avait douté. Depuis le jour de ses seize ans, elle n'avait pas faibli et elle en était fière. La mission qu'on lui avait confiée avait été terriblement exigeante, mais elle en avait payé le prix sans faillir.

Elle avait toujours été d'une discipline rigoureuse. C'était pour cette raison qu'elle avait été choisie pour la mission de Ville-Marie, la plus importante de l'histoire de l'*Opus Magnum*. Cette tâche, elle l'avait accueillie à bras ouverts et s'était engagée à la mener à terme, faisant honneur à sa lignée. Elle avait vieilli dans ce pays perdu sans la perdre de vue. Elle avait été un instrument aussi modeste que fiable. Tout cela en sachant que jamais elle ne saurait tout.

Le secret de l'*Argumentum* n'était pas pour elle. On lui avait précisé dès le départ qu'elle n'en connaîtrait jamais les détails. Même si le précieux objet avait été à sa portée, elle s'était bien gardée de poser les yeux dessus. Elle ignorait même de quoi il avait l'air. Ainsi l'avait voulu l'ordre auquel elle avait juré d'obéir.

Elle laissa son regard errer sur les murs blanchis à la chaux et dépouillés de décorations. Elle avait toujours aimé l'austérité de sa cellule, qui lui rappelait que sa vie était consacrée à une cause qui transcendait les biens de ce monde. Elle n'existait que pour contribuer à ce qu'advienne le grand jour où les fourbes seraient démasqués et jugés publiquement, et les menteurs châtiés.

Paul lui manquait. Sa mission terminée, il était reparti en France voilà des années. Jeanne, elle, était restée et avait consacré le reste de sa vie au soin des malades. Puis, son bras infirme lui imposant des limites, elle s'était concentrée sur l'administration de l'hôpital. Elle laisserait une institution en bon état et les sœurs de Brésoles, Macé et Maillet n'avaient plus besoin d'elle pour la faire fonctionner. Elles sauraient affronter les difficultés qui surgiraient. Jeanne pouvait partir en paix.

Tout était prêt. L'*Argumentum* était en sécurité. Étienne l'avait scellé là où il reposerait jusqu'à ce que les autorités de l'*Opus* en décident autrement. Une fois sa tâche complétée, il avait prouvé sa loyauté en s'ouvrant lui-même la gorge, tel que l'exigeaient ses ordres. Chaque fois qu'elle y songeait, Jeanne ne pouvait réprimer un frisson d'horreur mêlée d'admiration. Car un jour, ce serait elle qui devrait démontrer sa fidélité à l'ordre et elle souhaitait avoir autant de force. Dès lors, aucun être vivant à Ville-Marie, y compris Paul et Jeanne, n'avait plus connu l'emplacement de l'*Argumentum*. Ainsi, même sous la torture, aucun d'eux ne pourrait trahir ce qu'il ignorait.

Antoine et Jacques, eux, avaient pris connaissance des plis cachetés avec lesquels ils avaient quitté la France puis les avaient brûlés. Ils transmettraient de bouche à oreille à leur fils premier-né les indices menant à la cache. Il en irait ainsi jusqu'au jour de la Vengeance.

Maintenant, l'*Argumentum* n'attendait qu'elle. À soixante-sept ans, elle avait atteint le bout de sa route. Il ne lui restait qu'une étape à franchir et tout serait terminé. Elle pourrait enfin se reposer, l'esprit en paix. Pourtant, elle avait repoussé le moment jusqu'à la limite de ses forces. Elle avait peur.

— Tu te rendras en Canada avec Paul, lui avait déclaré un émissaire de l'ordre, qu'elle ne connaissait pas, mais qui s'était identifié par la poignée de main rituelle et l'échange des mots de passe. Là, tu l'aideras à mettre l'*Argumentum* en sécurité. Il a été avisé de la manière dont il devait le faire. Ensuite, tu mèneras une vie exemplaire jusqu'au jour de ta mort, que tu choisiras. Alors, commencera ta véritable mission : tu veilleras sur l'*Argumentum* jusqu'au jour de la Vengeance. Paul a reçu les instructions et les transmettra afin qu'elles soient exécutées. Tu n'as à te préoccuper que d'une chose : mourir dans ton lit.

Puis l'homme lui avait remis une petite fiole contenant un liquide clair. Il n'avait pas eu besoin d'en expliquer la nature ou l'usage. Jeanne avait compris. Elle l'avait mise dans la poche de son tablier et, loyale malgré le frisson d'appréhension qui lui parcourait l'échine, s'en était allée sans poser de question.

Et voilà qu'au moment suprême le doute la tenaillait. Et si on lui avait menti ? Si tout était faux ? Si, au bout du compte, Dieu était le même pour tout le monde, quels que soient les habits dont on le revêtait ? Si, en agissant selon sa conscience et son sang, elle avait damné son âme éternelle ? La Vengeance valait-elle que l'on brûlât pour l'éternité dans les flammes de l'enfer ?

Elle inspira profondément pour se calmer. Elle devait être forte et loyale jusqu'au bout. D'une main tremblante, elle prit la fiole sur sa table de chevet et la déboucha. Puis, dans la lumière de la chandelle, elle en observa pensivement le contenu. Quelques gorgées. C'était tout ce qui la séparait de l'éternité. Bientôt, elle saurait la vérité. Avec un peu de chance, elle regarderait Dieu en face.

— *Non nobis, Domine, non nobis, sed nomini, tuo da gloriam*, murmura-t-elle.

Jeanne renversa la tête en arrière et, d'un coup, avala le poison. Voilà. C'était fait. Elle reposa la fiole sur la table et s'étendit, les mains croisées sur le ventre. Au matin, on la trouverait et la suite des choses s'enclencherait. Tout était prévu.

Elle sentit une douce et chaude torpeur envahir ses membres fatigués et s'y abandonna. Sa véritable mission commençait. D'outre-tombe, elle serait le guide de ceux qui suivraient.

Ville-Marie, 19 juin 1673

Depuis plusieurs heures déjà, la colonie dormait. Dans la chapelle de l'Hôtel-Dieu, seul le cierge permanent fournissait un peu de lumière. Juste assez pour avancer sans se frapper les tibias sur les bancs. Mais les deux hommes savaient exactement où ils allaient. Ce moment avait été planifié depuis des décennies. Le temps était venu de compléter le travail amorcé par Étienne voilà si longtemps, au prix de sa vie.

— Que faites-vous ici à cette heure?

Ils sursautèrent malgré eux et se retournèrent, les bras chargés de lourds fardeaux, en s'efforçant de ne pas avoir l'air de bandits pris sur le fait. La voix, sèche et autoritaire, était celle de mère Catherine Macé. Ancienne supérieure de la communauté des Religieuses Hospitalières de Saint-Joseph, la vieille sœur était maintenant l'économe du couvent. D'un naturel sévère, elle était reconnue pour sa rigueur et sa méfiance – qualités indispensables à une femme exerçant ses responsabilités. Elle était surtout accoutumée à ce qu'on lui obéisse au doigt et à l'œil, ne tolérant ni l'oisiveté, ni la réplique. À la mi-cinquantaine, elle était encore alerte et abattait des journées de travail, qui suscitaient l'admiration de tous.

Malgré cela, le décès de mademoiselle Mance, la veille, avait profondément ébranlé mère Macé. Durant les modestes funérailles, tenues voilà quelques heures, les Montréalistes étonnés l'avaient vue verser des larmes, elle qu'ils croyaient faite d'acier trempé. Tous savaient que les sœurs de Brésoles, Macé et Maillet, arrivées à Ville-Marie en 1659 pour prêter main-forte à la fondatrice de l'hôpital, lui vouaient une admiration et une affection sans limite.

— Nous sommes venus poser la pierre tombale de mademoiselle Mance, tel que convenu, ma mère, expliqua Joseph-Basile-Maturin Aumont en désignant sans hésitation le modeste monument qu'il tenait à deux mains.

D'un pas assuré et rapide, les mains dans ses manches, la religieuse s'avança dans l'allée centrale, entre les bancs, et vint les rejoindre devant le chœur.

— En pleine nuit? demanda-t-elle avec suspicion.

— Nous serions venus plus tôt, mais je viens à peine de terminer mon tour de garde, expliqua-t-il. Depuis quelques jours, on voit des Iroquois partout.

— Nous voulions que mademoiselle Mance ait un monument décent le plus tôt possible. Elle aurait certainement mérité quelque chose de mieux, mais notre talent est limité, ajouta Joffre-Bonaventure-Magloire Leclair avec un air désolé pour amadouer la religieuse.

Lorsque les travaux des champs et la garde de la colonie leur en laissaient le temps, Joffre et Maturin taillaient la pierre. C'était le métier qu'ils avaient emporté avec eux de France, voilà plus de trente années, et ils le pratiquaient encore fort habilement. On faisait souvent appel à eux pour construire des fondations, des murs, des cheminées ou des fours à pain. De temps à autre, on leur demandait un monument funéraire – plus souvent, en fait, qu'on ne l'aurait souhaité. Il allait de soi que ce serait à eux qu'on confierait la tâche de préparer celui de la demoiselle Mance. C'était ce qui avait été prévu par l'*Opus*.

La sœur inspecta les pierres qu'ils tenaient.

— Je suis sûre que mademoiselle Jeanne aurait été touchée que vous ayez travaillé aussi vite pour elle. Et puis, ma foi, cela m'a l'air fort joli. Mais, dis-moi, Joffre, pourquoi la base est-elle plus ouvragée que la pierre tombale elle-même? Ne devrait-ce pas être l'inverse?

— La base sera bien visible, ma mère, expliqua Joffre. La pierre reposera dessus. Vous verrez, ce sera seyant.

— Je n'en doute pas.

Elle laissa son regard errer vers l'escalier qui menait à la cave, là où l'on enterrait la plupart des morts de la colonie. Au passage, elle remarqua un gros sac de toile bien rempli, posé près du chœur.

— Et ça? Qu'est-ce que c'est? s'enquit-elle.

— Mes outils, ma mère, expliqua Maturin.

— Bien, j'allais me recueillir sur la tombe de notre chère disparue, mais il se fait tard. Je vais vous laisser travailler.

— Merci, ma mère, dit Maturin en s'assurant de ne pas laisser poindre son soulagement. Et bonne nuit.

— Bonne nuit à vous, messieurs. Ne travaillez pas trop tard.

— Mademoiselle Mance mérite bien quelques heures de veille.

Sœur Macé lui adressa un sourire un peu pincé, inclina légèrement la tête et fit demi-tour. Une minute plus tard, les deux tailleurs de pierre étaient seuls.

— Tu savais qu'elle était là? demanda Joffre.

— Nenni. Cette femme est pire qu'un mauvais esprit. Parfois, je jurerais qu'elle surgit des fentes du plancher, grommela Maturin. Et en plus, rien ne lui échappe. Allez, au travail.

Ils contournèrent le chœur et se dirigèrent vers l'escalier. Maturin tira une chandelle de sa besace et l'alluma à un des cierges, puis ils descendirent.

La cave était basse et un peu oppressante. Çà et là, sur le sol en terre battue, des plaquettes de bois peintes en blanc indiquaient l'identité des morts qui y reposaient. Dans le coin le plus éloigné, qui donnait rue Saint-Paul, la terre fraîchement remuée indiquait l'endroit où la demoiselle Mance était inhumée. Une pelle était même toujours appuyée contre la fondation.

Les deux hommes s'approchèrent et déposèrent la pierre tombale et sa base. Puis Joffre remonta dans la chapelle pour redescendre quelques instants plus tard en portant le sac sur son épaule. Il le jeta sur le sol et regarda la tombe.

— Pauvre Jeanne, soupira-t-il en hochant tristement la tête.

— Elle a respecté son serment, comme nous devrons bientôt le faire, rétorqua sèchement Maturin. Allons, mon frère. Nous avons beaucoup de travail.

Joffre acquiesça de la tête, les lèvres serrées, empoigna la pelle et se mit à creuser. Maturin alluma quelques chandelles de plus et sortit de sa besace une truelle, un petit contenant de mortier déjà délayé et un niveau. Avec la truelle, il dégagea d'abord une petite cavité à la tête de la tombe. Avant d'y installer la base soigneusement ouvragée, il la retourna une dernière fois pour lire le message qu'il y avait lui-même inscrit en suivant méticuleusement les directives reçues avant son départ de La Rochelle, et qu'il avait soigneusement mémorisées. Il conduirait vers l'*Argumentum* celui qui saurait le comprendre. Lui-même et Joffre ignoraient où se trouvait le précieux objet. Seul Étienne Perreault l'avait su et, conformément aux ordres reçus, il avait emporté le secret dans la mort qu'il s'était lui-même donnée. Comme Jeanne. Comme eux, bientôt.

Maturin réprima un frisson d'appréhension. La mort imminente, même acceptée sereinement, n'était pas chose facile à envisager. Une fois la base posée, il utilisa le niveau pour s'assurer qu'elle était bien droite et tapota un peu les coins avec le manche de la truelle jusqu'à ce que tout soit parfait. Puis il enduisit de mortier le pied de la pierre tombale et la déposa sur la base. Il s'assura que tout le monument soit d'équerre.

Lorsqu'il eut terminé, il considéra son travail et en fut satisfait. C'était son dernier et il devait être parfait. Le monument était plus que modeste, certes, mais tout à fait acceptable. Il servirait sa fonction.

Un bruit sourd retentit dans la chapelle.

— J'ai atteint le cercueil, annonça Joffre.

— Alors, faisons ce qui doit être fait, soupira Maturin.

Il se releva et se plaça en face de son compagnon, à l'autre extrémité de la fosse qui avait été rouverte. Au fond, un modeste cercueil de planches était visible. Ensemble, ils retirèrent le couvercle pour le déposer sur la terre battue.

La mort était la pire des indignités. Déjà, la femme exceptionnelle qu'ils avaient connue et admirée n'était plus que chair froide et nauséabonde. Çà et là, des taches sombres maculaient sa peau et indiquaient qu'elle avait commencé à pourrir. De la terre était tombée sur son visage quand ils avaient enlevé le couvercle du cercueil, menaçant de glisser entre ses lèvres et ses paupières. Malgré cela, les mains sur la poitrine, Jeanne semblait presque dormir paisiblement. En fait, elle avait l'air plus serein que dans la vie, elle dont le visage avait été parsemé de rides de soucis et de fatigue.

Maturin et Joffre se penchèrent pour saisir la morte sous les aisselles et aux chevilles. Ils la sortirent du cercueil et la déposèrent doucement sur le sol, un peu plus loin. Puis ils se rendirent au sac de toile, l'ouvrirent et en tirèrent le corps d'une Sauvagesse qu'ils avaient assassinée en prévision de ce moment, dès que Jeanne les avait avertis qu'elle s'apprêtait à boire le poison. La jeune femme aux cheveux noirs ne ressemblait en rien à leur sœur défunte, mais elle était d'aussi petite taille. Par mesure de précaution, ils lui avaient même brisé le bras droit, comme celui de Jeanne, jadis. Si on s'avisait un jour d'exhumer le cadavre, il ne resterait que les os et personne ne pourrait faire la différence. Une fois décomposés, tous les corps sont pareils.

— Ce qu'elle pue, la bougresse, maugréa Joffre.

— Tu sentiras bientôt la même chose, rétorqua sombrement Maturin.

— Ne me le rappelle pas, dit Joffre d'une voix qui tremblait un peu.

— *Non nobis, Domine, non nobis, sed nomini, tuo da gloriam*, mon frère. Tu as prononcé le serment, comme nous tous.

— Je sais.

Ils empoignèrent le cadavre de l'inconnue et le jetèrent sur le dos, sans autre forme de cérémonie, dans le cercueil ouvert. Ils replacèrent le couvercle et, empoignant la pelle, Joffre s'attaqua à la terre qu'il devait remettre en place.

Lorsqu'il eut fini, avec le plus grand respect possible dans les circonstances, ils glissèrent le corps de Jeanne dans le sac et le refermèrent. Maturin jeta un dernier coup d'œil à la pierre tombale, ramassa son niveau et sa truelle, souffla toutes les chandelles sauf une qu'il garda en main et mit le tout dans sa besace. Joffre chargea le corps de la demoiselle sur son épaule et ils remontèrent dans la chapelle.

Ni l'un ni l'autre n'avait vu l'endroit où ils devaient déposer la morte, mais voilà longtemps, avant de s'enlever la vie, Étienne leur avait laissé les instructions requises pour le trouver. Joffre et Maturin en emporteraient le secret dans la tombe.

20

Montréal, 4 mai 1886

L A DÉCLARATION DE PIERRE, pleine d'une assurance qui le surprenait lui-même, fut accueillie par un silence anxieux.

— Nous t'écoutons, mon garçon, finit par dire Honoré Beaugrand, la moustache frémissante, en agitant nerveusement les mains pour l'inciter à poursuivre. Où est ce tombeau et qui est dedans ? Si tu as trouvé quelque chose, parle ! Je n'ai pas à te rappeler que le temps presse !

Pierre dut faire un effort conscient pour interrompre les raisonnements qui tempêtaient dans sa tête. Il se rendit à l'autel, sortit la page de l'encyclopédie, qu'il avait mise dans sa poche avant de quitter le temple, la déplia, la mit sur le meuble et la lissa soigneusement, trop fébrile pour s'arrêter aux taches de sang qu'il avait ainsi recouvertes. Puis il tira le médaillon de son autre poche et le déposa à côté. Les autres s'approchèrent, Perreault attrapant au passage un chandelier qu'il posa près du meuble pour mieux les éclairer. Tous attendirent docilement que Pierre se décide à s'expliquer, ce qu'il fit après quelques secondes.

— De toute évidence, la solution réside dans l'association de tous les indices : ceux du tableau de Poussin, du portrait de mon père, du médaillon et même du serment de l'ordre, dit-il en contrôlant mal son excitation.

— Explique ? fit Solomon.

— Dans *Les bergers d'Arcadie,* récapitula le jeune homme, qui retrouvait ses habitudes de professeur d'histoire aux explications structurées et précises, Poussin a peint quatre personnages regardant le tombeau : trois hommes et une femme. Sans doute l'a-t-il fait en suivant les directives de l'*Opus Magnum.*

Il désigna le tout de l'index, qu'il fit ensuite glisser sur le médaillon avant de poursuivre.

— Posons l'hypothèse que les figures géométriques indiquent bien qu'en soustrayant les trois hommes des quatre figurants, on obtient la femme, désignée par le triangle inversé. Le serment que prononcent les nouveaux initiés de l'*Opus Magnum* présente clairement ce triangle comme un symbole féminin : « Tous les membres de l'*Opus Magnum* portent deux angles de quatre-vingt-dix degrés. Leur opposition symbolise Dieu dans sa totalité, soit le mâle qui tend vers le haut et la femelle qui l'accueille en elle. » La piste vers l'*Argumentum* passe donc par le personnage féminin.

— Et quel rôle jouerait le portrait de ton père dans cette histoire ? s'enquit Perreault en contenant difficilement son impatience.

Tel un comédien conscient de son effet dramatique, Pierre releva la tête et dévisagea gravement l'avocat, puis les autres.

— Je crois qu'il permet d'établir l'identité de la femme, affirma-t-il enfin.

— Cesse de nous faire languir ! explosa Solomon.

— Patience. J'y arrive.

Il se tourna vers Honoré Beaugrand.

— La tradition que vous m'avez transmise la nuit dernière, celle qui relate le transport de l'*Argumentum* depuis la colonie abandonnée d'Arcadie jusqu'à celle, encore naissante, de Ville-Marie, puis la façon dont il y a été caché. J'imagine qu'il s'agit d'un texte qui n'a pas beaucoup varié depuis cinq siècles ?

— C'est exact.

— Vous le connaissez par cœur ?

— Bien sûr, rétorqua-t-il, un peu piqué. Comme tous les commandeurs de l'ordre.

— Récitez-le, je vous prie.

Surmontant son irritation de voir Pierre donner des ordres au commandeur de l'*Opus* au vu et au su de ses membres, le maire de Montréal ferma les yeux quelques secondes pour ramasser ses souvenirs et se mit à réciter.

— «Dans le plus grand secret, l'*Argumentum* fut sorti de la commanderie de Paris avant l'assaut par les troupes du roi pour être emporté en Écosse. De là, en 1398, on l'emporta à Arcadie, pour le déposer dans une tour dont les ruines se trouvent toujours à Newport, Rhode Island. Mais l'Arcadie fut détruite et l'*Argumentum* fut abandonné là où on l'avait mis. Puis, en 1642, sous couvert de fonder Ville-Marie, l'*Opus* dépêcha Paul de Chomedey, Jeanne Mance et quelques autres dans le Nouveau Monde pour y récupérer l'*Argumentum* et le mettre de nouveau en sécurité. Cette fois, des mesures extraordinaires furent prises pour que jamais un des nôtres ne puisse être contraint à révéler son emplacement. Deux familles templières furent choisies pour veiller sur les clés qui y menaient: les Aumont et les Leclair.»

De l'index, Pierre désigna un à un les personnages masculins des *Bergers d'Arcadie* et du médaillon.

— Paul de Chomedey, Aumont et Leclair, déclara-t-il d'un ton triomphant. Ils sont tous là, sur le tableau.

— Alors la femme serait... fit Perreault, interdit.

— Jeanne Mance. Elle est la seule femme envoyée par l'*Opus* en 1642 et une seule femme figure sur le tableau. Le fait que mon père ait pris la peine de faire représenter sur son portrait l'Hôtel-Dieu original alors que les bâtiments ne se trouvaient plus dans la rue Saint-Paul depuis quelques années déjà, mène tout droit vers elle. Il s'agissait forcément d'un anachronisme volontaire de sa part pour attirer l'attention sur l'institution qu'elle a fondée à cet endroit précis en 1642 et, par ricochet, sur elle.

Demers fronça les sourcils, tiraillé entre l'excitation de voir un mystère résolu sous ses yeux et les implications de la solution.

— Alors, si je suis ton raisonnement, dit-il, les sourcils froncés, sans chercher à masquer son incrédulité, le tombeau qui figure sur *Les bergers d'Arcadie* serait celui de Jeanne Mance et l'*Argumentum* se trouverait à l'intérieur?

— En toute logique.

— La solution est élégante et se tient, remarqua Beaugrand.

— Es-tu en train de me dire qu'il y a une nouvelle tombe à profaner? geignit Solomon, le visage défait.

— Je viderai un cimetière entier à la petite cuillère s'il le faut! intervint Beaugrand, un éclair d'exaltation traversant ses yeux. Mais il faut d'abord découvrir où se trouve le tombeau.

— Le tableau n'indique pas l'emplacement de l'ancien Hôtel-Dieu pour rien, suggéra Perreault. La tombe doit encore se trouver quelque part sur le terrain.

— En théorie, intervint Pierre, son corps se trouve dans la crypte de la chapelle du nouvel Hôtel-Dieu.

Les autres attendirent la suite. Pierre fit de son mieux pour se remémorer tout ce qu'il savait sur le sujet.

— À sa mort, en 1673, comme beaucoup d'autres colons à cette époque, Jeanne Mance a été enterrée dans la chapelle de l'Hôtel-Dieu, rue Saint-Paul, expliqua-t-il. On raconte que son cœur a été longtemps conservé dans le sanctuaire et qu'il aurait été consumé par l'incendie qui a rasé l'Hôtel-Dieu et le monastère en 1695. La tombe, elle, serait demeurée intacte. La chapelle a été reconstruite au-dessus en 1702. Rien d'autre ne s'est passé pendant un siècle et demi. En 1861, lorsque les Hospitalières ont quitté le vieil Hôtel-Dieu pour celui de l'avenue des Pins, elles ont tout emporté, même les dépouilles des cent soixante-dix-huit sœurs et des trois laïques enterrées sous la chapelle.

— Y compris Jeanne Mance, je suppose, fit Solomon.

— Oui, tous les restes ont été inhumés dans la crypte, sous la nouvelle chapelle, où ils reposent toujours.

— Alors, c'est là qu'il faut chercher, s'enthousiasma Perreault.

— Je ne crois pas, rétorqua Pierre. Quand on a inhumé les restes dans la nouvelle crypte, il ne restait plus grand-chose des anciens. Alors, on les a mis ensemble dans des cercueils communs. Les ossements de Jeanne Mance sont certainement là, mais ils sont mêlés à ceux des premières sœurs Hospitalières de Saint-Joseph.

— Sans blague? Et il n'y a aucun moyen de savoir lesquels sont lesquels? demanda Solomon, ahuri.

— Non, aucun.

— Les chrétiens me surprendront toujours, cracha le marchand, dégoûté, en secouant la tête. Enterrer des morts en groupe, sans aucun respect…

Pierre ne fit aucun cas du marchand et reporta son attention sur le portrait.

— De toute façon, je ne crois pas que la piste mène vers le cadavre de Jeanne, mais vers son tombeau. Une telle structure n'a certainement pas été déplacée.

— Alors, elle se trouve encore forcément là où elle a été érigée: dans l'ancienne crypte, sous les entrepôts, compléta Demers.

— C'est aussi mon avis, confirma le jeune professeur.

Le regard d'Honoré Beaugrand se perdit dans le lointain. Il se frotta le visage, aux prises avec un tourbillon d'émotions qu'il tentait visiblement de contrôler.

— L'*Argumentum*… chuchota-t-il pour lui-même. À quelques rues d'ici… Depuis tout ce temps…

Il fit un effort tangible pour rétablir son emprise sur lui-même et appuya les mains sur le rebord de l'autel, l'air résolu.

— Mes frères, nous devons nous y rendre dès cette nuit, décréta-t-il, pendant que nous détenons une avance, si mince soit-elle, sur nos adversaires.

— Ça ne devrait pas poser trop de problèmes, intervint Demers. Il vaut mieux attendre la fermeture de la douane avant de sortir d'ici. Nous avons quelques heures devant nous pour nous préparer.

Tous oublièrent instantanément la fatigue et se mirent à planifier l'intrusion. Pierre les observait avec un détachement froid. Si, dans quelques heures, l'*Argumentum* était retrouvé, comme il osait à peine l'espérer, il les trahirait sans aucun scrupule pour sauver Julie.

21

I L ÉTAIT PASSÉ vingt-trois heures lorsqu'ils quittèrent le temple d'Hérédom. À défaut d'un pied-de-biche, ils avaient cassé les branches et le pied d'un des chandeliers en métal pour en conserver le tronc. Au besoin, ils pourraient l'utiliser comme levier pour s'introduire dans l'édifice commercial de la rue Saint-Paul. Ils avaient aussi fait provision de chandelles. Par ailleurs, ils n'auraient pas besoin de pelles puisqu'ils cherchaient un tombeau en pierre, et non un cercueil enseveli.

Ils remontèrent jusqu'à la voûte, dans laquelle le cadavre du commis traînait toujours.

— Emportons-le, suggéra Demers, dont la tête froide ne se démentait jamais. Nous l'abandonnerons dans un endroit discret.

— En espérant que sa femme ou ses parents n'aient pas trop de peine quand on le retrouvera, ironisa Pierre.

Personne ne releva le commentaire acerbe. Une fois encore, ce fut Barthélémy Perreault qui, après avoir retiré le stylet qui dépassait toujours de la base du crâne du mort, puis l'avoir essuyé sur sa manche et rangé dans sa veste, s'en occupa en le chargeant sur son épaule, comme il l'avait fait la veille avec l'abbé Simard.

— Attends, je vais t'aider, offrit Solomon.

— Ça va, ça va, grommela l'avocat entre deux grognements d'efforts. Je commence à avoir l'habitude de transporter des assommés et des morts. Lorsque je serai radié du Barreau, ce qui ne saurait tarder, je pourrai toujours me recycler en débardeur au port.

À la file indienne, ils sortirent de la voûte et attendirent que Solomon et Beaugrand en aient refermé la porte avec force efforts. Dès que le maire eut fait tourner la roulette pour défaire la combinaison et vérifié la poignée, ils s'engagèrent dans l'escalier, éclairés par la torche que tenait Demers. Parvenu au rez-de-chaussée, l'inspecteur s'arrêta, tendit le luminaire à Pierre et mit le doigt sur ses lèvres pour leur imposer le silence. Il entrouvrit la porte et tendit l'oreille.

Il ne fallut pas longtemps pour que le son de pas, lents et réguliers comme un métronome sur le plancher, leur parvienne. L'inspecteur referma doucement.

— Un gardien de nuit, chuchota-t-il, une expression contrariée sur le visage.

— Depuis quand? Il n'y en a jamais eu avant, s'étonna Beaugrand.

— Ce n'est pas si surprenant que ça, quand on sait qu'un de leurs commis a disparu cet après-midi, suggéra Solomon. Qu'est-ce qu'on fait?

— Le stylet est dans ma poche, grogna Perreault, qui peinait à soutenir le poids du cadavre.

— Pas besoin, ajouta Demers en tirant son révolver de sa veste.

— Non! dit sèchement Pierre. Il y a déjà eu trop de morts inutiles.

Avant que quiconque puisse réagir, il transféra la torche à Beaugrand et gravit les quelques marches qui le séparaient du palier.

— Attendez-moi.

Avant que les autres protestent, il ouvrit la porte en remerciant le ciel qu'elle ne grince pas et se glissa dans le couloir. À pas de loup, posant chaque pied par terre avec une infinie prudence, les sens aux aguets, il se dirigea lentement vers le grand hall. À peine quelques heures plus tôt, l'endroit avait été grouillant d'hommes d'affaires anxieux de faire dédouaner les marchandises qu'ils importaient et dont il leur tardait de prendre livraison dans le port pour les revendre à profit. Il était maintenant plongé dans les ténèbres et désert, ce qui amplifierait le moindre bruit.

Pierre avança en longeant le mur, s'immobilisant fréquemment pour tendre l'oreille. S'il ne l'avait pas entendu plus tôt, jamais il n'aurait su qu'un gardien faisait sa ronde. Non loin des comptoirs, il observa de nouveau et, cette fois, entrevit une silhouette de l'autre côté, parmi les bureaux où les courtiers remplissaient chaque jour des montagnes de paperasse. Le rayon de lune qui pénétrait par une haute fenêtre lui révéla un individu qui déambulait lentement, le bruit de ses pas réguliers à peine audible.

Accroupi, il se glissa au bout du comptoir pour se retrouver à son tour parmi les bureaux. Au passage, il ramassa un presse-papier en verre qui traînait sur l'un d'eux et le soupesa. L'objet lourd et massif lui remplissait bien la main. Si besoin était, il ferait amplement l'affaire. Il lui suffirait d'assommer le gardien pour que tout le monde puisse sortir de la douane. Quand il se réveillerait, il trouverait l'endroit vide et ne comprendrait rien.

Espérant de tout son être que le gardien ne se retourne pas au dernier instant, il franchit la distance qui les séparait, le bras levé, prêt à frapper. Il n'était plus qu'à deux pas lorsque l'inévitable se produisit. Une planche grinça sous ses pas.

L'homme se retourna avec une vivacité étonnante pour un simple gardien de nuit. Sa main droite émergeait de sa veste et Pierre comprit instantanément qu'il faisait face à la mort. Le reste se déroula comme si le temps s'était mis à tourner dans la mélasse. Il vit le révolver que brandissait l'homme et sut qu'à cette distance, il n'avait aucune chance de survie. Sa main droite qui, jusqu'à récemment, n'avait rien utilisé de plus dangereux qu'une craie sur le tableau noir, s'abattit avec force. Le presse-papier sembla s'animer par lui-même et s'écrasa sur la tête du gardien au moment même où la détonation éclatait. L'homme tomba sur les genoux. Pierre sentit un vent chaud lui effleurer la joue et il frappa de nouveau, plusieurs fois, jusqu'à ce que l'autre s'effondre lourdement sur le sol.

Presque aussitôt, le bruit d'une porte heurtant un mur retentit dans l'immense salle vide, suivi de celui de plusieurs hommes au pas de course. Une lumière se rapprocha. L'instant d'après, Demers, l'arme au poing, Beaugrand, torche en main, et Solomon étaient là, l'expression inquiète. Quelques secondes de plus et Perreault apparaissait à son tour, haletant et suant, le cadavre toujours sur l'épaule. Tous avisèrent l'homme étendu aux pieds de Pierre.

— Tu es blessé ? s'enquit le maire.

— Je… Je ne crois pas, non, balbutia le jeune homme, ébranlé.

Il se tâta la joue et n'y trouva aucune blessure. La balle l'avait manqué d'un cheveu.

— Je l'ai frappé quand il a sorti une arme, expliqua-t-il d'une voix mal assurée.

— Et tu ne l'as pas raté, observa Demers en avisant l'homme. Il a le côté de la tête enfoncé comme si un cheval l'avait frappé en ruant.

D'un geste expérimenté du pied, il écarta le révolver qui traînait sur le plancher, puis s'agenouilla, et posa son index et son majeur sur la jugulaire du gardien. Après quelques secondes, il les retira et se tourna vers Pierre.

— Il est mort, annonça-t-il sans émotion particulière. Pour quelqu'un qui voulait éviter de tuer un innocent, tu t'y prends drôlement.

— Si tu avais pris le temps de réfléchir, lui reprocha Beaugrand, tu te serais demandé pourquoi ce type patrouillait dans le noir et pourquoi il faisait si peu de bruit s'il se croyait seul. Mais non. Il fallait que tu fasses à ta tête. Tu y es presque resté.

Demers allait se relever, mais s'interrompit, les sourcils froncés.

— Quoi ? fit Beaugrand.

— Approche un peu la torche, dit l'inspecteur en ponctuant l'ordre d'un geste pressé de la main.

Le maire obtempéra et se pencha pour bien éclairer le visage déjà pâlissant du mort. Comme Demers l'avait noté, son crâne était singulièrement enfoncé au niveau de la tempe gauche, d'où s'écoulait un filet de sang qui commençait à former une flaque sur le plancher. Les yeux fixes, la bouche entrouverte dans une expression de surprise, il n'était pas beau à voir. Pierre détourna le regard et lutta contre une soudaine envie de vomir. Encore une fois, il venait de tuer. Tout ce délire était en train de le transformer en monstre. Il sentit des sueurs froides lui descendre dans le dos et coller sa chemise sur sa peau. Pour cacher les tremblements de ses mains, il les enfouit dans ses poches.

Demers empoigna le menton du cadavre et lui fit pivoter la tête pour mieux voir son visage. Puis il laissa la tête du mort retomber mollement sur le côté et, d'un coup sec, fit sauter les boutons de la chemise pour dénuder l'épaule gauche. Sans surprise, il y trouva, tatoué, le Christ en croix sur un glaive.

Demers se releva, l'air sombre.

— Tu le connais ? demanda Beaugrand.

— On peut dire ça, oui, grommela l'inspecteur en frottant distraitement sa moustache en tablier de sapeur. C'est un policier. Pas plus tard que le mois passé, j'ai moi-même menacé de le congédier parce qu'il était trop porté sur la bouteille.

Il laissa son regard errer sur le hall de la douane puis confirma les craintes que tous partageaient en silence.

— Le *Gladius* nous a sans doute suivis jusqu'ici, déclara-t-il après avoir claqué la langue. La direction de la douane a dû rapporter la disparition de son commis à la police en racontant qu'il n'est pas ressorti de la cave. Les curés auront saisi l'occasion pour poster un de leurs hommes, au cas où nous nous montrerions.

— Alors le *Gladius* connaît l'existence du temple, fit Beaugrand, alarmé.

— Pas nécessairement, mais il sait qu'il se passe quelque chose sous la douane, rétorqua l'inspecteur en haussant les épaules. Dans l'immédiat, il serait plus prudent de ne pas y revenir.

Il avisa Perreault.

— Barthélémy, tu peux laisser tomber ton macchabée.

L'avocat ne se fit pas prïer et, sans cérémonie, laissa choir le corps sur le plancher, non loin du gardien.

— Donne-moi le stylet, ordonna le policier.

Dès qu'il eut l'arme en main, il la mit dans la main du gardien, dont il replia les doigts sur le manche. Il prit ensuite le presse-papier, le plaça dans la main du commis et procéda à la même manœuvre. Il ramassa enfin le révolver et le tendit à Solomon.

— Au matin, on les trouvera, expliqua-t-il en admirant sa mise en scène. Avec un peu de chance, on croira que le commis s'était caché quelque part pour commettre un vol après les heures d'ouverture, que le policier l'a pris sur le fait et qu'ils se sont entretués. Maintenant, fichons le camp au plus vite.

Après avoir prudemment observé l'extérieur par la fenêtre et n'avoir rien aperçu de suspect, ils se décidèrent à sortir, Solomon s'occupant de verrouiller la porte derrière eux.

La voiture de Beaugrand était toujours stationnée au même endroit et ils s'y dirigèrent au pas de course.

— En route, Raoul! s'écria le maire. Nous allons prendre Saint-Pierre et revenir par Notre-Dame jusqu'à Saint-Sulpice.

Il se retourna vers les autres.

— Comme ça, nous arriverons à l'arrière des entrepôts, expliqua-t-il. Ce sera quand même plus discret que de défoncer la porte avant.

Ils allaient monter à l'intérieur lorsque Demers s'immobilisa en observant le cocher. Il fit un signe de la tête à Perreault, qui grimpa aussitôt sur le banc.

— Il ne nous conduira nulle part, annonça l'avocat d'une voix éteinte après avoir examiné hâtivement le cocher. On lui a tranché la gorge. Le faux gardien s'était assuré de ne pas être pris.

Un grondement de roues sur les pavés monta et tous se retournèrent pour apercevoir une grosse voiture sombre tirée par deux chevaux qui venait de se mettre en branle au coin de la rue des Commissaires et qui se dirigeait lentement vers eux. Dès qu'elle passa sous un lampadaire, Pierre sentit son sang se glacer dans ses veines.

— Montez tous! ordonna Demers en les poussant vers l'habitacle. Barthélémy, en route! Vite!

22

Montréal, 5 mai 1886

L A VOITURE CONDUITE par Perreault, qui n'avait pas l'habitude de prendre place sur la banquette du cocher, roulait vite et tanguait dangereusement à la moindre bosse dans les pavés.

— C'était la diligence dans laquelle on a emporté le cadavre du jésuite devant chez moi, dit Pierre après qu'ils se furent mis en route. J'en mettrais ma main au feu.

— C'est une voiture de la police, grogna Demers, mécontent. Ces maudits curés contrôlent si bien le département qu'ils ne prennent même plus la peine de le cacher. Ils se montrent au grand jour.

Il se retourna vers Solomon.

— Tiens-moi bien, ordonna-t-il en lui tendant la main de son bras valide.

Le marchand la saisit fermement et s'arc-bouta de l'autre main contre le cadre. L'inspecteur ouvrit la portière, qui se mit à battre dans le vent, et s'avança le torse dans le vide. Suspendu au-dessus des pavés, il leva la tête vers Perreault.

— Accélère et continue jusqu'à McGill, puis prends à droite! cria-t-il pour couvrir le vacarme des roues. Dès que tu auras tourné le coin, ralentis autant que tu le pourras et saute! Nous ferons la même chose!

— Rien que ça? Je vais me casser le cou! protesta l'avocat à tue-tête.

— Ce sera toujours mieux que ce que va te faire le *Gladius* s'il l'attrape, ton cou!

Le fiacre accéléra pendant que Solomon tirait Demers à l'intérieur.

— Messieurs, annonça l'inspecteur, préparez-vous à descendre en catastrophe.

— *Bist meshigeh*[1] ? balbutia Solomon, blanc comme un linceul. Je suis marchand de tissus, pas acrobate.

Tous se levèrent et s'agrippèrent de leur mieux pour ne pas succomber aux chocs qui secouaient la voiture. Pierre s'empara de la barre de fer qu'ils avaient prise au temple. Le fiacre vira à droite sur les chapeaux de roues et tous les passagers se retrouvèrent entassés les uns sur les autres du même côté de la cabine. Lorsqu'il eût tourné le coin, Perreault ralentit un peu, mais définitivement pas assez au goût de Pierre.

— Sautez! s'écria Demers avant de donner l'exemple en se lançant dans le vide.

Il atterrit sur ses pieds et, entraîné par son élan, courut pendant plusieurs enjambées plus ou moins désarticulées avant de réussir à s'arrêter contre un mur. Son épaule blessée encaissa une partie du choc et il grimaça en serrant les dents. À sa suite, Pierre, Solomon et Beaugrand sautèrent à leur tour. Tous chutèrent lourdement et firent plusieurs tonneaux involontaires sur les pavés. Sous le choc, Pierre échappa la barre de fer, qui tournoya dangereusement dans les airs et frôla l'oreille de Solomon avant de rebondir par terre.

La voiture reprenait déjà de la vitesse lorsque Perreault sauta à son tour de la banquette du cocher. Il plana un moment dans l'air, s'écrasa sur le sol et fit des culbutes avant que sa course ne s'interrompe enfin. Il resta étendu, visiblement sonné, face contre terre. Pierre et Solomon se relevèrent en grimaçant pour se précipiter à sa rescousse.

— Tu n'as rien de cassé? s'enquit le marchand.

---

1. Tu es fou?

— Je… je ne sais pas encore, grogna l'avocat, sonné.

Privés de conducteur, les chevaux s'emballèrent et foncèrent à toute allure dans la rue McGill.

— Debout, vite! ordonna Demers en entraînant Beaugrand avec lui.

Solomon et Pierre aidèrent Barthélémy à se remettre sur pied, puis le soutinrent sous les aisselles pour l'aider à suivre l'inspecteur et le maire.

— Là! fit le policier en indiquant le coin de l'édifice le plus proche.

Ils coururent aussi vite qu'ils le pouvaient et se blottirent contre le mur de brique. Ils y étaient à peine arrivés quand la voiture qui les avait suivis passa en trombe, à la poursuite de leur fiacre abandonné. En quelques secondes, elle disparut à son tour dans McGill et la nuit redevint silencieuse.

— Nous les avons semés, soupira Beaugrand en se frottant le coude gauche, sa chevelure toujours soigneusement lissée vers l'arrière transformée en broussaille.

— Tout le monde est encore en un seul morceau? demanda Solomon, une bosse lui fermant à moitié l'œil gauche.

— Ça ira, maugréa Perreault en se frottant l'occiput. Par contre, le costume de ton frère est fichu.

Pierre se frictionna le genou, déjà endolori depuis sa poursuite du lévite, et d'où une douleur vive lui venait par pulsations, et constata que son pantalon était déchiré. Mais l'inconfort était tolérable et il aurait bien le temps de se lamenter. Il aperçut la barre de fer non loin de lui et alla la chercher. Il la soupesa, songeur. Tout à coup, il se sentait beaucoup plus à l'aise avec une arme de fortune dans les mains.

Demers chercha ses repères.

— Nous sommes au coin d'Youville, annonça-t-il. En rejoignant la rue des Commissaires, nous serons aux entrepôts en cinq minutes. Surtout, restons discrets. Ils finiront bien par s'apercevoir qu'ils poursuivent une voiture vide et leur premier réflexe sera de repasser par ici.

Ils se mirent en marche en longeant les murs comme des cambrioleurs, Perreault boitillant un peu, les autres endurant tous un échantillon de douleurs. Avec leurs vêtements sales et déchirés, ils auraient aisément pu passer pour des vagabonds ou des bourgeois décadents un peu trop portés sur la fête.

Après quelques minutes, ils avaient pris la rue Saint-Pierre et tournaient au coin de la rue des Commissaires, lorsque leur parvint le bruit de roues qui s'approchaient sur les pavés.

— Les revoilà! Tout le monde par terre! ordonna Demers.

Comme un seul homme, ils se jetèrent aussitôt ventre contre terre et retinrent leur souffle. Un instant plus tard, la voiture de police s'engagea à son tour dans la rue des Commissaires. Cette fois, elle avançait très lentement. Perché sur son siège, le cocher regardait d'un côté et de l'autre, manifestement à la recherche de ses proies.

Le véhicule arriva devant eux et Pierre sentit une main se poser sur son bras.

— Tu vois la même chose que moi? murmura Perreault.

Relevant prudemment la tête, il examina la voiture et comprit vite à quoi l'avocat faisait allusion. Le crâne chauve, l'allure d'un lutteur de mauvaise humeur, l'épaisse cicatrice qui le traversait de l'œil au menton… Le visage qu'il entrevoyait dans l'habitacle, à peine visible dans la faible lumière d'un lampadaire distant, il l'aurait reconnu entre mille. Le balafré. Il ne put s'empêcher de ressentir un plaisir un peu sadique en constatant que le visage du prêtre était abondamment tuméfié d'un côté et que ses lèvres avaient doublé de volume. Il se dit que ses côtes et son entre-jambe devaient sans doute être dans un état pire encore et il sourit malgré lui.

— Tu l'as vraiment bien arrangé, chuchota Perreault d'un ton franchement admiratif.

— J'ai fait de mon mieux.

Un coup de feu retentit et, au-dessus de leurs têtes, des éclats de brique volèrent dans les airs. Tous sursautèrent et se couvrirent de leurs mains.

La voiture du balafré s'était immobilisée et le cocher, révolver au poing, se tenait debout pour avoir un meilleur point de vue.

— Ils nous ont repérés! chuchota Beaugrand.

Près de lui, Pierre aperçut Demers qui tirait maladroitement son révolver de sa veste. Le policier arma le chien, visa et fit feu, mais rata sa cible de plusieurs pieds.

— Bordel du diable! ragea-t-il. Je suis gaucher! Je ne le toucherais pas à six pouces de distance!

À sa droite, Pierre entendit un sifflement aigu. Le cocher fut projeté dans les airs, retomba lourdement sur le dos dans la rue et ne bougea plus. Il tourna la tête vers Perreault, qu'il trouva agenouillé, et comprit qu'il venait de lancer un autre de ses stylets avec une habileté insoupçonnée.

Un autre révolver tonna à deux reprises sur sa gauche, si près de sa tête que son oreille se boucha sous la force de l'explosion. Cette fois, les balles se logèrent dans la cabine du fiacre, à quelques pouces à peine de la fenêtre. La tête du balafré disparut subitement alors qu'il se jetait au fond de l'habitacle pour se protéger. Autour du prêtre, Pierre put entrevoir d'autres silhouettes qui en faisaient autant.

Une autre détonation retentit. La balle frappa un des chevaux à la fesse. La pauvre bête blessée hennit bruyamment et se cabra sous l'effet de la douleur et de la peur. Sans cocher pour la retenir, elle fut prise de panique et s'élança droit devant elle, entraînant l'autre. La voiture hors de contrôle fonça dans la rue des Commissaires en tanguant comme un navire en pleine tempête, puis disparut.

— *A klog tzi meine sonim*[1] *!* grommela Solomon en se relevant, le révolver fumant du gardien de nuit dans sa main et le visage déformé par une expression haineuse que Pierre ne lui connaissait pas. J'espère qu'ils se casseront la gueule.

Les coups de feu avaient réveillé des dormeurs et déjà, un peu partout, des fenêtres s'illuminaient aux étages.

---

1. Malédiction sur mes ennemis!

— Fichons le camp, ordonna Beaugrand. S'il fallait qu'on surprenne le maire de Montréal en pleine fusillade...

Comme des voleurs, ils s'enfuirent avant d'être vus. Ils avaient une tombe à retrouver dans un cimetière oublié.

23

ILS PASSÈRENT d'une cour arrière à une autre. À deux reprises, ils entendirent le bruit caractéristique des roues de la voiture qui circulait à proximité.

— Le balafré a remplacé son cocher, on dirait, déclara Perreault.

Ils traversèrent discrètement la rue Saint-Sulpice et aboutirent derrière les entrepôts qui avaient remplacé l'ancien Hôtel-Dieu de Montréal. Après s'être assurés que tout était tranquille, ils franchirent furtivement la cour. La porte arrière était verrouillée par un simple cadenas.

— Ça ne devrait pas être très difficile à forcer, remarqua Pierre.

Il glissa le bout de la barre de fer entre la porte et le cadre, s'arc-bouta et poussa. Le cadre de bois grinça et se lamenta avant d'émettre un craquement. Après un effort supplémentaire, la ferrure sauta et la porte s'ouvrit brutalement, frôlant le nez de Demers. Ils entrèrent et refermèrent derrière eux. Une allumette craqua et Beaugrand alluma une chandelle. Les autres en firent autant.

L'entrepôt était une aire ouverte ponctuée de solides colonnes qui soutenaient l'étage du dessus. Partout, des caisses s'empilaient en hauteur pour former des parois entre lesquelles les ouvriers pouvaient circuler. Pierre prit quelques secondes pour s'orienter.

— La façade donne rue Saint-Paul, mais l'ancienne chapelle était beaucoup plus petite, dit-il. Elle devait donc se trouver dans la partie avant. Ses fondations sont probablement encore sous le plancher.

— Si les sœurs ont emmené toutes leurs mortes, elles n'avaient aucune raison de préserver un cimetière abandonné. Les lieux ont peut-être simplement été comblés, nota Perreault.

— Remplir l'ancienne cave aurait coûté plus cher, intervint Solomon. Et puis, c'est un espace utilisable pour entreposer des marchandises.

— Nous cherchons une trappe ou un escalier, dit Pierre. Séparons-nous. Le premier qui trouve quelque chose appelle les autres.

Ils prirent chacun une direction différente et, chandelle au poing, arpentèrent l'entrepôt en examinant le plancher. Après de longues minutes de recherches infructueuses, la voix de Demers retentit.

— Par ici!

Pierre, Beaugrand, Wolofsky et Perreault accoururent et le trouvèrent dans le coin ouest de la façade. Tous baissèrent les yeux vers le plancher, mais n'y virent ni escalier, ni trappe, ni poignée.

— Tu te trouves drôle? grommela Perreault.

Il donna quelques coups de talon sur les planches. Le plancher semblait solide. Puis il se déplaça de quelques pieds et répéta le même manège.

— Ça sonne creux, constata Beaugrand, encouragé.

Pierre empoigna la barre de fer et se mit à frapper avec enthousiasme sur le coin d'une planche, jusqu'à ce qu'il finisse par se fendre. Il retira l'éclisse, enfouit son instrument dans l'espace laissé libre, puis appuya de tout son poids. L'épaisse planche se souleva un peu, mais résista. Barthélémy et Solomon le rejoignirent et, à trois, ils eurent tôt fait de la soulever en faisant grincer les clous qui la retenaient. Beaugrand la prit, acheva de l'arracher et la lança sur le côté. Puis il s'agenouilla et mit sa chandelle dans l'ouverture.

— Il y a un escalier dessous! s'exclama-t-il en se relevant. Il semble descendre assez profondément.

Oubliant leurs multiples douleurs et courbatures, Pierre, Barthélémy et Solomon s'attaquèrent à deux autres planches pour élargir l'ouverture. À la lumière de leurs chandelles, indifférents à l'odeur de renfermé qui montait vers eux, ils s'approchèrent tous pour examiner l'escalier, en bois, étroit et passablement à pic, qui s'enfonçait dans les profondeurs sombres.

Pierre se sentait fébrile. Comme il l'avait supposé, la piste de l'*Argumentum* se trouvait probablement au bas de cet escalier oublié. La vie de Julie pouvait être sauvée. Il tendit sa chandelle à Solomon, passa les pieds dans l'ouverture étroite et se laissa tomber. Une fois les pieds bien plantés sur une marche, il reprit la chandelle, la brandit devant lui et se mit à descendre.

— Suivez-moi, ordonna-t-il aux autres sans les attendre.

L'escalier était plus court qu'il l'avait imaginé. Après une quinzaine de marches, il aboutit dans une salle au plafond bas et au plancher de terre battue, où l'humidité stagnante était étouffante. Les murs de pierre qui avaient formé les fondations de l'ancienne chapelle de l'Hôtel-Dieu semblaient encore en bon état, même si le mortier s'effritait ici et là et que de l'eau s'y était infiltrée, transformant la terre en boue par endroits. Sur toute sa surface, le sol était parsemé de trous rectangulaires jouxtés de monticules de terre.

Pierre attendit que les autres le rejoignent.

— Alors? s'enquit Beaugrand.

— Nous sommes au bon endroit, répondit-il en désignant la scène qui se déployait devant eux. Voyez vous-mêmes. Les sépultures exhumées lors du transfert des restes vers l'avenue des Pins sont bien là.

— Elles ont vraiment déterré tout le monde, fit Perreault, incrédule.

Demers laissa son regard errer sur le cimetière abandonné.

— Je ne vois pas de tombeau semblable à celui du tableau, nota-t-il, la déception perçant dans sa voix.

— Moi non plus, rétorqua Pierre.

— C'eût été trop facile, ronchonna Beaugrand. Pourtant, ton raisonnement semblait juste, mon garçon. Si le portrait de ton père renvoie à cet endroit, il doit y avoir une raison. Nous avons la nuit devant nous. Examinons tout. Nous verrons bien où ça nous mène.

Le maire de Montréal donna l'exemple et se mit à circuler entre les sépultures ouvertes. Perreault et Demers l'imitèrent, fouillant du bout du pied la terre dans l'espoir d'y trouver un quelconque indice. Pierre allait se mettre au travail, lui aussi, lorsqu'il remarqua que Solomon n'avait pas bougé. Sa chandelle en main, planté au pied de l'escalier, il avait l'air momifié tant il était raide et blême.

— Qu'est-ce que tu as? demanda-t-il avec impatience.

— La chair morte est impure, balbutia-t-il.

— Et après? Il n'y a plus aucun cadavre ici.

— Peut-être, mais toutes ces sépultures de *goyim*... Je suis juif, moi.

Pierre allait lui servir une réplique désagréable lorsque la voix de Beaugrand l'interrompit dans sa lancée.

— Pierre?

— Quoi?

— Viens ici.

Le jeune homme laissa Solomon à ses scrupules et s'en fut rejoindre le commandeur de l'*Opus*, qui s'était accroupi près d'une des fosses vides et tenait dans ses mains une petite plaque de bois. Les autres les rejoignirent.

— Regarde, dit Beaugrand en lui montrant l'objet. J'ai trouvé ça en fouillant un peu la terre.

Pierre la prit et la retourna pendant que Perreault l'éclairait avec sa chandelle. Quelques traces de peinture montraient qu'elle avait jadis été blanche. Sur le dessus, on avait écrit en noir une inscription dont il ne restait plus qu'une partie.

> ## ne Macé
> ## réal, 1698 A.D.

— C'est une plaque tombale, déclara-t-il. On dirait celle de mère Catherine Macé, la deuxième supérieure des Hospitalières de Saint-Joseph. Elle a été emportée lors du déménagement, elle aussi.

— Si cette tombe était identifiée de cette façon, alors… fit Demers.

— Celle de Jeanne Mance devrait l'être aussi, compléta Perreault.

D'un commun accord, ils se remirent à fouiller frénétiquement les tas de terre et à retourner le sol autour des trous. Même Solomon finit par faire fi de sa crainte superstitieuse pour se joindre à eux. Les mains enfoncées dans la terre, ils retrouvèrent plusieurs plaques, certaines entières, la plupart dans un état variable de pourrissement. Les noms qu'on lisait à voix haute étaient ceux des colons qui avaient créé Ville-Marie à force de persévérance, de courage et de piété. Hormis les membres de l'*Opus*, aucun d'eux ne s'était douté que la pieuse entreprise de la Société de Notre-Dame de Montréal pour la conversion des Sauvages de la Nouvelle-France avait servi de paravent à des descendants des Templiers assoiffés de vengeance.

Ils fouillèrent longtemps. Leurs chandelles durent être remplacées par de nouvelles. Pierre était agenouillé près d'une ouverture lorsque ses doigts touchèrent quelque chose de dur. Il s'empressa de balayer la terre qui recouvrait l'objet.

Pendant une seconde, il refusa de croire ce que ses yeux voyaient. Pourtant, l'inscription était bien là, finement sculptée sur une petite pierre tombale dont la qualité n'avait rien de commun avec les plaques en bois des religieuses.

Dᴸᴸᴱ Jeanne Mance
Langres, ☐1612 ▲.D. ▼ Ville-Marie, 1673 A.D.

— Je... Je l'ai, balbutia-t-il d'une voix tremblante.

Ses compagnons accoururent et se penchèrent sur l'objet incrusté dans le sol. Au-delà des lettres et des nombres, les trois formes géométriques sautaient aux yeux.

— Le carré et les deux triangles, remarqua Solomon, toute crainte oubliée. Comme sur le médaillon.

— Tu avais raison, mon garçon! ajouta Beaugrand en lui tapotant l'épaule de sa main crasseuse.

Pierre balaya anxieusement la pierre pour la révéler entièrement. Elle était petite, mesurant tout au plus un pied de largeur, et un peu moins en hauteur et en épaisseur. Mais il eut beau l'inspecter avec le plus grand soin, il ne vit rien de plus.

— Le tableau nous a menés jusqu'ici. Il faut qu'il y ait autre chose, maugréa-t-il.

Il descendit dans la sépulture vide où avait reposé Jeanne Mance et se mit à la fouiller, sarclant la terre avec ses doigts, tâtant, creusant. Barthélémy et Solomon en firent autant dans le tas qu'on en avait sorti.

— Rien! ragea le jeune homme après avoir remué le moindre pouce de sol. Même pas un os d'orteil!

— Ici non plus, fit Perreault, découragé. Rien que des cailloux et des racines. Tu as une idée, Maurice?

Demers ne répondit pas. Il fixait la petite pierre tombale, les sourcils froncés et les traits tendus par une intense réflexion.

— Quoi? demanda Beaugrand.

— Elle n'est pas alignée sur la sépulture, répondit l'inspecteur, le regard alerte.

— Oui, et après?

— Une pierre tombale repose toujours sur une base. Elle a dû tomber.

Il se pencha pour inspecter l'objet.

— Voyez, dit-il. Il y a encore du mortier sur le pied. Elle était fixée à quelque chose.

Comprenant où l'inspecteur voulait en venir, Pierre et Barthélémy se jetèrent sur le monument et se mirent à creuser autour. Ils dégagèrent rapidement une base en granit rectangulaire, à peine plus large que la pierre et la balayèrent entièrement.

La base était aussi ouvragée que la pierre tombale était sobre. Toute sa surface était ornée de feuilles d'acanthe et de vigne finement sculptées par un artisan de grand talent.

— Pourquoi utiliser une base si raffinée pour soutenir une pierre tombale toute simple? s'interrogea Beaugrand.

— Parce que c'est elle qui importe vraiment, répondit Pierre.

Il tenta de l'arracher du sol, mais en vain. La pierre était enchâssée dans la terre depuis longtemps et refusait de céder.

— La barre de fer! ordonna-t-il.

Solomon traversa la crypte abandonnée au pas de course, remonta l'escalier et empoigna l'instrument qu'ils avaient laissé là après avoir ouvert le plancher. Il redescendit en trombe et la donna à Pierre, qui l'utilisa comme levier pour soulever ce qui s'avéra être une petite dalle qu'il examina. Elle avait environ deux pouces d'épaisseur et était magnifiquement réalisée, mais ne semblait porter aucun renseignement additionnel. Puis il la retourna pour inspecter l'envers.

Tous restèrent sans voix. Là, encore parfaitement lisible, sous la marque familière, se trouvait un message qui ne pouvait avoir été adressé qu'aux membres de l'*Opus Magnum* par leurs prédécesseurs voilà plus de deux siècles. Celui-là même qui avait été inscrit par Nicolas Poussin dans *Les bergers d'Arcadie*. Au-dessous, on avait poinçonné dans la pierre une série de points qui formaient une silhouette.

ET IN ARCADIA EGO

Avant qu'ils puissent se réjouir, un craquement au rez-de-chaussée les fit tous sursauter.

24

Dans la cave de l'ancienne chapelle, Pierre et ses compagnons se pétrifièrent et échangèrent des regards interrogateurs. Au-dessus de leur tête, des pas lents et mesurés faisaient grincer les planches.

— Ils ont dû faire le tour des cours arrière et remarquer que le cadenas avait sauté, chuchota Demers en dégainant son révolver.

Solomon l'imita.

— Ils vont vite trouver l'escalier et il n'y a aucune autre sortie, ragea Beaugrand. Nous sommes coincés comme des rats.

Demers parcourut la crypte du regard, cherchant furieusement une autre solution.

— Éteignez les chandelles et cachez-vous, ordonna-t-il.

— Où ça? s'enquit Perreault.

— Dans les tombes. À moins que tu aies une meilleure idée.

Une fois de plus, Solomon blanchit en avisant le trou le plus proche, l'idée de se blottir dans l'espace jadis occupé par la dépouille d'un *goy* lui répugnant, mais l'urgence de la situation fit qu'il se garda d'exprimer ses sentiments. Pierre ramassa à la hâte le petit monument funéraire et sa base. Tous se firent violence, s'accroupirent dans une tombe vide et soufflèrent leur chandelle.

Tendus, Demers et Wolofsky pointèrent leur arme vers l'escalier.

— Solomon, attends qu'ils soient tous là avant de tirer, murmura le policier dans le noir. Les autres, restez cachés. Pierre, tu as les morceaux du monument?

— Oui.

— Arrange-toi pour ne pas les perdre. Nous les retiendrons aussi longtemps que nous le pourrons. Si l'occasion se présente, file dans l'escalier et sauve-toi. Rejoins Belval, Ouimet et les Fontaine. Ils sauront t'aider.

— Mais... et vous?

— Maurice a raison, trancha Beaugrand avec autorité. Le *Gladius* ne doit pas s'emparer de ces pierres. L'*Argumentum* passe avant nous.

— Mais...

— Rappelle-toi ton serment! gronda le commandeur de l'ordre. Nous l'avons tous fait! Obéis!

Pierre se tut. Le cas échéant, se retrouver seul à posséder l'*Argumentum* lui convenait tout à fait. Il serait libre de le troquer contre Julie. Tendu comme une corde de violon, se sentant comme un animal traqué par un prédateur, il se cala derrière le tas de terre qui avait été retiré lors de l'exhumation de Jeanne Mance. Près de lui se trouvaient la pierre tombale de la demoiselle et la base qui portait le message de l'*Opus*. Dans sa main, il serrait la barre de fer, dont il savait qu'elle ne lui serait d'aucune utilité devant des armes à feu, mais dont le poids lui procurait néanmoins un semblant de sentiment de sécurité.

Au rez-de-chaussée, les pas résonnaient toujours. Ceux qui étaient entrés dans l'entrepôt étaient prudents. Ils avançaient lentement et s'arrêtaient fréquemment, sans doute pour inspecter chaque recoin. Au son, ils étaient trois ou quatre. Si le balafré et ses hommes étaient moins nombreux que ceux qu'ils cherchaient, ils étaient certainement tous bien armés et avaient l'avantage de leur position.

Dans le noir, Pierre entendit Solomon qui marmottait doucement, non loin de lui.

— Que soit exalté le Dieu de mon salut, le Dieu qui me donne les vengeances, qui abat pour moi des peuples, qui me soustrait à mes ennemis, psalmodiait-il. Tu m'exaltes par-dessus mes agresseurs, tu me libères de l'homme de violence[1].

Tel que prévu, les pas s'arrêtèrent au sommet de l'escalier. Pierre crut entendre des murmures. Une lumière fut allumée, plus vive que celle d'une chandelle, et éclaira les marches. Sur sa droite, il vit Demers appuyer son poing sur le monticule de terre pour raffermir sa prise maladroite sur son arme. Un peu plus loin, Solomon tenait son révolver à deux mains, prêt à faire feu.

Les minutes passèrent, aussi longues que des siècles. Soupçonnant qu'ils étaient fermement attendus, les intrus ne descendaient pas. Pierre sentit le découragement l'envahir. Beaugrand avait raison : ils étaient pris au piège.

— Jetez vos armes au pied de l'escalier et montez un par un, les mains en l'air ! cria un homme du haut de l'escalier.

Pierre frissonna en reconnaissant la voix rauque et profonde du balafré. L'espace d'un instant, il se maudit de ne pas l'avoir achevé quand il en avait eu l'occasion. Il lui eût suffi d'appuyer un peu plus fort sur la satanée gâchette et ils ne seraient pas dans cette situation. Ils auraient simplement retrouvé la tombe de Jeanne Mance et seraient repartis avec les pierres. Mais il ne servait à rien de revenir sur le passé.

Demers chuchota à tout le monde de ne pas répondre. Il désirait sans doute gagner du temps en espérant qu'une échappatoire se présente.

— Jetez vos armes et montez, les mains en l'air ! Je ne le dirai pas une troisième fois ! cria le balafré.

Personne ne bougea.

— Très bien, ricana le prêtre. Puisque c'est comme ça…

Une lampe s'écrasa au pied des marches et éclata en morceaux sur la terre battue. L'huile s'enflamma et une épaisse fumée acre

---

1. *2 Samuel* 22,47-49.

monta dans la cave. Les larmes aux yeux, la gorge brûlante, Pierre se mit à tousser. Autour de lui, les autres en firent autant.

— Tiens, vous êtes là? ironisa le balafré avant de s'esclaffer. Ne vous gênez pas pour sortir si vous le désirez. Sinon, nous attendrons que vous étouffiez. Nous avons toute la nuit et encore plusieurs lampes.

Comme pour appuyer ses dires, une deuxième lampe se brisa sur le sol et les flammes enflèrent jusqu'à produire une chaleur presque insoutenable. Tapis dans les tombes, Wolofsky, Perreault, Demers, Beaugrand et Pierre toussaient de plus en plus, incapables de reprendre leur souffle tant la fumée au goût acide devenait épaisse. Dans la lumière dansante des flammes, ils se consultèrent mutuellement d'un regard embrouillé par les larmes. Ils réalisaient tous que, s'ils mouraient dans cette cave oubliée, l'*Argumentum* échapperait pour de bon à l'*Opus Magnum*. Tôt ou tard, la dalle de Jeanne Mance guiderait le *Gladius* vers lui. Ils devaient vivre pour avoir une chance de préserver le secret.

À travers la fumée de plus en plus épaisse, Beaugrand hésita en se mordillant les lèvres, puis hocha sèchement la tête avant de se lever et de se diriger vers l'escalier. Il s'arrêta à quelques pieds des flammes en se protégeant le visage avec ses mains.

— Ça va! hurla-t-il entre deux quintes de toux creuse. Nous sortons!

Il fit signe aux autres de le rejoindre. Vaincus, Wolofsky, Demers, Perreault et Pierre se levèrent et titubèrent vers le commandeur de l'ordre. Toussant comme des pestiférés, ils attendirent que les flammes s'éteignent un peu et montèrent à la file indienne dans l'escalier noirci. Un à un, ils se glissèrent dans l'ouverture étroite qu'ils avaient pratiquée dans le plancher et furent accueillis par le balafré et trois de ses hommes. Tour à tour, ils furent violemment frappés et projetés sur le sol, où les membres du *Gladius* les tinrent en joue.

Pierre fut le dernier à émerger, la plaque et la dalle dans les mains. Il resta planté là, les yeux remplis de larmes, toussant à se cracher les poumons. Devant lui, le prêtre se dressait de toute sa hauteur. Toujours sanglé dans sa soutane noire, les épaules massives, la tête chauve inclinée vers l'avant, la moitié du visage bleue et enflée, il affichait un sourire carnassier que la déformation de ses lèvres gonflées rendait encore plus menaçant.

— Ah! s'exclama-t-il d'un ton théâtral en ouvrant grand les bras. Le jeune Leclair! C'est un réel plaisir de te revoir!

— Le plaisir n'est pas partagé, rétorqua Pierre en observant de près le résultat du traitement qu'il lui avait infligé. On dirait que tu as passé un mauvais quart d'heure. Un paroissien mécontent?

Sans avertissement, le balafré lui abattit sur le côté de la tête un poing aussi lourd qu'une enclume. Tenant toujours les objets, Pierre vacilla et recula d'un pas, sonné, mais par fierté, refusa de tomber.

— Je continuerais avec joie, crois-moi, gronda le prêtre, mais certaines choses sont plus pressantes que d'autres.

Il porta son regard sur les objets que Pierre tenait.

— C'est donc à ceci que vous a menés le tableau de Poussin? fit-il avec ironie, tout sourire.

Il laissa son regard traîner sur la mine ahurie de Pierre.

— Quoi? Tu croyais que je ne le savais pas? s'esclaffa-t-il. Allons donc. Après votre départ du musée, nos amis de la police ont vite réalisé qu'une page avait été arrachée dans l'encyclopédie que vous aviez consultée. Il a suffi de demander laquelle. *Et in Arcadia Ego*… L'inscription sur le tombeau nous est familière. De toute évidence, vous avez découvert avec quoi elle devait être mise en relation. Mes félicitations. Tes collègues et toi êtes aussi perspicaces que persévérants.

Il tendit sa grosse main calleuse vers Pierre.

— Donne-les-moi, lui intima-t-il en redevenant sérieux et menaçant.

Instinctivement, Pierre fit un pas vers l'arrière, désespéré. En remettant les deux parties du monument au *Gladius Dei*, il condamnait Julie. Il préférait mourir le premier.

— Si tu les veux, viens les chercher, rétorqua-t-il.

Le balafré se tourna calmement vers l'homme qui tenait Demers en joue et lui fit un signe de la tête. Sachant ce qui allait suivre, l'inspecteur se redressa sur un coude. Sans hésiter, l'individu pressa la gâchette. La tête de Demers fut violemment projetée vers l'arrière et il retomba sur le dos, un trou rond au milieu du front, la bouche entrouverte, les yeux fixés au plafond.

— Non! hurla Pierre, désemparé.

— Donnes-les-moi, redit le prêtre en s'approchant de lui, bien décidé à lui arracher la dalle des mains.

D'un geste désespéré, Pierre fit remonter la dalle de toutes ses forces et atteignit l'homme sous la mâchoire. Le balafré n'eut même pas le temps d'être surpris et vacilla, le menton fendu. Profitant de son déséquilibre, le jeune homme le frappa sur la tête avec la pierre tombale. Le choc produisit un bruit sourd. Fort comme un bœuf, le prêtre finit par tomber à genoux, encore à demi-conscient. Un ultime coup, donné avec la force que seule engendre la colère, l'envoya au pays des rêves.

Autour de lui, les autres profitèrent de la distraction pour réagir. Beaugrand écrasa son pied sur le genou de celui qui le surveillait. La jambe émit un craquement sinistre et plia à l'envers. L'homme hurla comme une bête et s'écroula en gémissant. Au même instant, Solomon et Perreault se jetèrent sur un autre des membres du *Gladius*. L'avocat lui enfonça l'épaule dans le ventre et le plaqua au sol. Aussitôt, Solomon lui appliqua un sauvage coup de pied sur la tempe qui le laissa inconscient.

Pris de court, le dernier homme mit un moment à réagir. Il pointa son arme vers Beaugrand. Sur son visage, l'intention était bien arrêtée: il les abattrait tous. Pierre fit la seule chose qui était en son pouvoir. Il lui lança la dalle de Jeanne Mance en plein visage. La bouche et le nez en sang, l'assassin s'effondra comme un pantin désarticulé.

À bout de souffle, les yeux bouffis, échevelés, les vêtements déchirés et couverts de terre, Pierre, Wolofsky, Perreault et Beaugrand regardèrent le corps inerte de Maurice Demers. Le premier, Pierre se dirigea vers lui et s'agenouilla. Retenant ses larmes, il lui ferma les paupières.

Dès lors, plus rien n'importa que la vengeance, sauvage et froide comme du métal. Il ramassa le révolver, se releva et se dirigea lentement vers le balafré qui, déjà, commençait à remuer sur le plancher. Il lui asséna un coup de pied dans les côtes pour le ramener entièrement à lui. L'homme se retourna péniblement sur le dos et, haletant, finit par comprendre qu'une arme était braquée sur lui. Dès qu'il eut retrouvé ses esprits, il comprit que sa dernière heure était arrivée.

— *Sit nomen Domini benedictum a sæculo et usque in sæculum, quia sapientia et fortitudo eius sunt*[1], récita-t-il avec défiance.

Pierre ne broncha pas. Sa main était ferme et le canon du révolver était pointé entre les yeux du prêtre.

— Tu peux me tuer. Nous ne cesserons jamais de vous poursuivre.

— Peut-être, mais toi, tu n'y seras pas, ordure.

Leurs regards se croisèrent, la haine et le mépris passant entre eux tel un fluide invisible. Pierre comprit pleinement que si le *Gladius Dei* était dénué de scrupules, l'*Opus Magnum* devait l'être tout autant. Froidement, il appuya sur la gâchette. La détonation fut assourdissante. Le balafré exhala une dernière fois et resta là, sans vie, un petit trou sombre au milieu du front et l'arrière de la tête en bouillie.

Le jeune professeur ne put s'empêcher de lui cracher au visage, mélangeant sa salive au sang. Puis il glissa le révolver dans la taille de son pantalon déchiré.

— Je regrette seulement de ne pas avoir de couteau pour lui appliquer notre marque et le décapiter, se désola Beaugrand, soufflant comme un taureau, les dents serrées par la colère.

Pendant que Pierre récupérait les deux parties du monument de Jeanne Mance, des coups de feu éclatèrent. Tous se retournè-

---

1. Que le nom de Dieu soit béni de siècle en siècle, car à lui la sagesse et la force. *Daniel* 2,20.

rent pour constater que Solomon venait d'abattre les trois hommes d'une balle dans la nuque.

— *Danken Got*[1], trois *drek*[2] de moins, ragea le petit marchand, l'arme au poing.

Le maire de Montréal passa nerveusement une main dans ses cheveux ébouriffés et laissa échapper un profond soupir de lassitude. Il considéra le corps de Demers.

— Maurice… Quel gâchis, murmura-t-il.

Perreault s'approcha de lui.

— Enterrons-le dans la cave, à la place de Jeanne Mance, suggéra-t-il. Au moins, il sera dans la fosse d'une sœur.

— Et eux? s'enquit Wolofsky.

— Ils peuvent pourrir en plein air, cracha Beaugrand. Tous ceux qui connaissent le *Gladius* sont familiers de l'odeur.

---

1. Dieu merci.
2. Excréments humains.

25

L E SORT FAVORABLE des Israélites en Égypte n'avait tenu qu'à l'influence de Joseph et à la bonne volonté du pharaon Salatis. Une fois les deux hommes disparus, les descendants d'Abram avaient vite perdu leur faveur, car leur nombre toujours croissant inquiétait. Petit à petit, on les avait opprimés en leur imposant des corvées toujours plus lourdes, notamment la fabrication de grandes quantités de briques avec de la paille hachée et de l'argile dont ils devaient livrer chaque jour une quantité établie, sous peine de lourdes pénalités. Sans être esclaves, ils en étaient venus à être considérés comme inférieurs.

Parmi les Israélites, à Goshen, Levi eut Qehat, qui eut Amram, qui eut Aaron et Moïse. Entre les mains de ce dernier, le moment venu, la tablette de l'Alliance fut remise, dans son coffre d'ébène incrusté de douze émeraudes.

Un temps vint où les exactions qu'exerçaient les Égyptiens contre les Israélites furent telles que Moïse ne put en supporter la vue. En effet, le nouveau pharaon, Thoutmosis II, époux de la reine Hatshepsout, était un homme méfiant et autoritaire qui n'avait pas hésité à étouffer dans la violence et le sang une rébellion au pays de Koush. Craignant que le grand nombre des Israélites ne les pousse à se révolter à leur tour, il les asservit en leur rendant la vie encore plus difficile que ne l'avaient fait ses prédécesseurs. Il refusa désormais de leur fournir de la paille hachée, sans pour autant réduire la quantité quotidienne de briques qu'il exigeait d'eux, ce qui les contraignait à consacrer de nombreuses heures à trouver eux-mêmes la paille et allongeait d'autant leurs journées de travail.

Constatant que l'amertume des Israélites augmentait et sachant bien que, s'ils se soulevaient, ils seraient massacrés, Moïse pria longuement El, son dieu. Après avoir consulté Aaron, qui était du même avis que lui, il décida que le temps était venu de ramener son peuple dans le pays que le Seigneur, roi de Babylone, avait confié jadis à Abram, à Isaac puis à Jacob. En compagnie de son frère, il obtint une audience auprès de Thoutmosis et lui annonça son intention. Craignant de perdre d'un seul coup une main-d'œuvre à si bon marché, Pharaon refusa et menaça Moïse de représailles s'il mettait son plan à exécution.

Il se trouva qu'à cette époque, plusieurs fléaux frappèrent l'Égypte. L'eau du Nil devint rouge et imbuvable, et les poissons crevèrent en grand nombre, empuantissant l'air. Des grenouilles, des moustiques et des taons envahirent le pays. Puis de terribles tempêtes de grêle brisèrent les arbres et dévastèrent les récoltes. Une nuée de sauterelles acheva de détruire ce qui restait encore, de sorte que rien de vert ne poussa plus dans tout le pays. Une peste frappa les chevaux, les ânes, les chameaux, les bœufs et le petit bétail qui n'étaient pas encore morts de faim. Une autre affecta le peuple, dont la peau se couvrit d'ulcères, et tous les premiers-nés en moururent. Enfin, pendant trois jours et trois nuits, le royaume fut plongé dans les ténèbres. Croyant que les dieux avaient fait s'abattre toutes ces calamités sur son royaume en raison de son refus d'accéder à la demande de Moïse et d'Aaron, Pharaon se résigna à autoriser les Israélites à quitter l'Égypte.

Moïse annonça à son peuple que l'heure avait sonné pour lui de retourner dans le pays de leurs pères. La nouvelle fut accueillie avec un mélange de soulagement et d'appréhension. Toutefois, la plupart, n'ayant rien à perdre, acceptèrent de le suivre. Il les prévint que le voyage serait long et difficile, mais qu'avec la protection d'El, les plus jeunes d'entre eux verraient de leurs propres yeux la Terre promise. Puis il nomma Josué, de la tribu d'Éphraïm, chef militaire des Israélites et lui confia la protection de son peuple.

Au jour du départ, les dizaines de milliers d'Israélites qui avaient décidé d'entreprendre le périple se mirent en marche, formant un interminable convoi et emportant avec eux tout ce qu'ils possédaient, leurs troupeaux et leurs esclaves. Marchant à leur tête, Moïse emportait, dans le chariot contenant ses biens, les ossements de Joseph, comme celui-ci l'avait demandé long-temps auparavant, et la tablette de l'Alliance. Profitant de la sécheresse qui affectait le royaume depuis le passage des fléaux, les Israélites purent traverser à pied la mer Rouge. Lorsqu'il fut sur l'autre rive, Moïse regarda une dernière fois l'Égypte où il était né et qu'il ne reverrait plus. Comme les autres, il la quittait pour une terre qu'il n'avait jamais vue.

Pendant des années, les Israélites marchèrent comme des exilés, se nourrissant de la manne que la nature leur procurait. En chemin, Josué dut combattre les Amalécites et il les vainquit. Puis ils atteignirent le désert du Sinaï. Là, Moïse fut accueilli par une ambassade du roi Kashtiliash IV de Babylone, qui avait eu vent de ce vaste peuple qui se dirigeait vers Canaan et dont, après toutes ces années d'exil, il ignorait tout. Lorsque le patriarche présenta la tablette de l'Alliance, l'ambassadeur envoya aussitôt des messagers jusqu'à Babylone pour en informer le roi et com-manda aux Israélites d'attendre.

Pendant des mois, c'est ce qu'ils firent, leurs tentes s'étendant à perte de vue tant elles étaient nombreuses. Puis un jour, Kashtiliash lui-même se présenta entouré d'une vaste armée. Au son des trompettes, il fit appeler Moïse. Après avoir pris connais-sance de la tablette remise jadis à Abram par son prédécesseur, Hammourabi, le roi se leva brusquement, prit un objet de forme arrondie enveloppé dans du cuir d'agneau et lui fit signe de le suivre.

Ensemble, ils quittèrent le campement des Babyloniens et gravirent le mont Sinaï. Une fois au sommet, Kashtiliash ouvrit la boîte d'ébène et en tira la tablette. Alors, seulement, il lui adressa la parole.

— Agenouille-toi, Moïse de Goshen, chef des tribus d'Israël venues d'Abram, et renouvelle l'engagement que ton ancêtre a pris devant mon prédécesseur, ordonna-t-il.

Moïse obéit et posa à terre son genou dénudé en courbant la nuque.

— Par ma bouche, la nation d'Abram, mon aïeul, jure fidélité au roi de Babylone, Kashtiliash, maintenant et à jamais, déclara-t-il. Je promets de veiller en ton nom sur le pays de Canaan, que mes ancêtres ont été forcés de quitter, mais sur lequel nous rétablirons notre empire.

Satisfait et désormais souriant, son Seigneur lui offrit une main pour l'aider à se relever. Puis il déballa avec application l'objet qu'il avait apporté, révélant une tablette semblable à celle, déjà ancienne, de l'Alliance.

— Je renouvelle notre Alliance aux mêmes conditions, dit-il. Que la semence d'Abram, jadis bénie par Hammourabi de Babylone, se répande sur la terre de Canaan et la rende fertile. Que ses racines s'y enfoncent pour parcourir les quatre coins de la terre et que ses branches y fleurissent en abondance jusqu'à atteindre la voûte du ciel.

Il tendit la tablette à Moïse, qui l'accepta en s'inclinant. « Moi, Kashtiliash IV de Babylone, je confirme par décret royal la faveur jadis conférée par mon prédécesseur, le grand Hammourabi, au peuple de Moïse de Goshen, venu d'Égypte », y était-il simplement écrit. Puis le Seigneur lui ordonna de faire fabriquer par ses plus habiles artisans de la nation une arche à nulle autre pareille, composée uniquement des matériaux les plus précieux, qui pût être reconnue entre toutes et dans laquelle seraient conservées à jamais les deux Tables de l'Alliance.

— Ils feront en bois d'acacia une arche longue de deux coudées et demie, large d'une coudée et demie. Tu la plaqueras d'or pur, au-dedans et au-dehors, et tu feras sur elle une moulure d'or, tout autour. Tu fondras pour elle quatre anneaux d'or, et tu les mettras à ses quatre pieds. Tu feras aussi des barres en bois d'acacia; tu les plaqueras d'or, et tu engageras dans les anneaux fixés sur les côtés de l'arche les barres qui serviront à la porter[1].

Tels deux frères, ils redescendirent ensemble de la montagne et, après s'être adressé les meilleurs souhaits, se quittèrent pour retourner dans leur camp respectif. Le lendemain, Kashtiliash repartit vers Babylone.

Sans tarder, Moïse fit venir Beçaléel et lui ordonna de façonner une Arche d'Alliance selon les exigences énoncées par le Seigneur. Lorsqu'elle fut achevée, il y déposa les deux tablettes dont dépendait l'avenir de son peuple. Puis il en confia la garde à Aaron et à son fils, Éléazar. Pour les siècles des siècles, leurs descendants seraient chargés de la protection du trésor et consacrés au service divin dû à El pour les faveurs dont il couvrait les Israélites.

Sachant qu'il lui restait encore à reconquérir par les armes la terre qui venait d'être donnée aux siens une seconde fois, Moïse envoya des éclaireurs dans le pays de Canaan pour en évaluer l'état et les défenses. Après quarante jours, ils revinrent et lui firent un rapport préoccupant.

— En vérité, déclara leur chef, le pays ruisselle de lait et de miel. Toutefois, le peuple qui l'habite est puissant; les villes sont fortifiées, très grandes. Les Amalécites occupent la région du Negeb; les Hittites, les Amorites et les Jésubéens, la montagne; les Cananéens, le bord de la mer et les rives du Jourdain[2].

Moïse ne tergiversa pas longtemps avant d'annoncer que les Israélites, conduits par Josué, allaient marcher contre ceux qui occupaient les terres d'Abram. Car ce pays était le leur et dans l'Arche d'Alliance reposaient les documents qui le prouvaient.

---

1. *Exode* 25,10-14.
2. *Nombres* 13,27-29.

Plus déterminées que jamais à l'idée qu'ils approchaient de la Terre promise, les troupes se mirent en marche. Les Israélites traversèrent le désert de Çîn, s'arrêtèrent à Cadès pour se préparer, puis s'emparèrent d'Arad après une furieuse bataille et y laissèrent des armées d'occupation. Ils contournèrent ensuite le territoire de Moab, sur lequel on leur avait refusé le passage pacifique, et prirent les villes de Sihôn, roi des Amorites, et y laissèrent de nouveau des hommes. De là, ils se dirigèrent vers le pays de Bashân et s'en rendirent maîtres après avoir vaincu son roi, Og. Les Israélites établirent enfin leur domination sur les Madianites en tuant les cinq rois du pays et tous les mâles, en capturant toutes les femmes et en s'appropriant tous les troupeaux.

Il avait fallu quarante longues années pour atteindre la terre de Canaan. Quarante années de privation, d'espoir, de persévérance et de foi. Maintenant, le pays des Israélites était là, sur l'autre rive du Jourdain. Moïse se tenait près de l'eau. Tout au long du périple, il avait réussi à garder vivante et unie cette multitude, descendante des douze fils de Jacob. Il avait passé le plus clair de sa vie d'adulte en chemin, à voir à l'approvisionnement, à régler les conflits et à ordonner des batailles. En cours de route, il était devenu un vieil homme et il avait maintenant atteint l'ultime limite de ses forces. Sa vie s'achevait. Bientôt, les Israélites seraient de nouveau maîtres du pays donné à Abram, mais il savait que lui-même n'y poserait pas le pied. Cela n'avait pas d'importance. Il avait accompli son destin et ramené le peuple d'Abram jusqu'au lieu de l'Alliance.

Autour de lui étaient réunis les chefs des tribus de Juda, de Gad, de Ruben, de Siméon, de Benjamin, de Dan, de Manassé, d'Éphraïm, de Zabulon, d'Issachar, d'Asher, de Nephtali et de Levi. Il les avait fait venir pour leur donner ses ultimes directives.

— Vous posséderez ce pays et vous y demeurerez, déclara-t-il. Vous le partagerez au sort entre vos clans. À celui qui est nombreux vous ferez une plus grande part d'héritage. Là où le sort tombera pour chacun, là sera son domaine. Vous ferez le partage dans vos tribus[1]. À même cet héritage, vous donnerez aux lévites des villes pour qu'ils y demeurent et des pâturages autour des villes. Et le chef-lieu de ces villes sera Yerushalayim. Là, les lévites veilleront sur l'Alliance entre notre peuple et son Seigneur.

Moïse mourut dans le pays de Moab. Les Israélites lui érigèrent un tombeau à sa mesure, puis entrèrent dans le pays de leurs ancêtres. Devant eux, l'Arche d'Alliance, scintillante dans les rayons du soleil, ouvrait la voie.

---

1. *Nombres* 33,53-54.

26

UNE HEURE PLUS TARD, Beaugrand, Perreault, Wolofsky et Pierre quittaient l'entrepôt de la rue Saint-Paul, tristes, sales et à l'ultime limite de l'épuisement. À regret, ils abandonnaient le corps de Maurice Demers, qu'ils avaient enseveli de leur mieux, avec tout le respect qu'il méritait, dans la tombe jadis occupée par la dépouille de Jeanne Mance. Ils se consolaient en songeant qu'au moins, il était juste qu'un valeureux membre de l'*Opus Magnum* en remplaçât une autre.

Ils laissèrent le balafré et ses sbires là où ils les avaient abattus. Au matin, les ouvriers de l'entrepôt les trouveraient et alerte-raient la police. En découvrant trois collègues et un prêtre, celle-ci s'empresserait sans doute d'étouffer l'affaire sous l'in-fluence du *Gladius Dei*.

Les événements de la nuit avaient prouvé que le temple d'Hérédom n'était plus un refuge sûr. Le temple maçonnique était surveillé, lui aussi. La chambre de Pierre n'existait plus, détruite par l'incendie allumé par le balafré et ses hommes. La boutique de Solomon avait déjà été attaquée. Retourner dans l'un ou l'autre de ces endroits eût équivalu à agiter un chiffon rouge devant un taureau enragé. Beaugrand avait donc eu l'idée d'utiliser la maison qui aurait dû servir de refuge temporaire à la famille Fontaine. Il avait dépêché Barthélémy Perreault au temple maçonnique, d'où il devrait ramener avec le plus de discrétion possible Émile, Gertrude, Belval et Ouimet. Un fiacre étant une rareté en pleine nuit, ils durent se résoudre à marcher, même si leur destination était éloignée et que leurs jambes les portaient à peine.

Ils auraient dû se réjouir. Ils tenaient enfin une piste concrète qui, de toute évidence, menait à l'*Argumentum*. Il ne restait qu'à en percer le sens. S'ils y arrivaient, pour les membres de l'*Opus*, cela signifiait que le secret serait préservé. Pour Pierre, c'était le moyen de sauver la vie de Julie. L'espoir était enfin permis. Pourtant, l'atmosphère n'était pas à la réjouissance. La perte de Maurice Demers pesait lourd sur leur conscience.

Ils marchèrent longtemps, le pas aussi las que leur esprit. Tout au long du chemin, Pierre serra la dalle contre sa poitrine comme si le fait de la garder sur son cœur assurait qu'elle était bien réelle. Solomon, lui, avait pris charge de la pierre tombale. Restant dans l'ombre autant qu'ils le pouvaient, se vautrant entre deux édifices dès qu'ils apercevaient un ouvrier fatigué sortant de son quart de travail, ils remontèrent jusqu'à Dorchester, puis descendirent jusqu'à De Lorimier. De là, ils empruntèrent Sainte-Catherine et parcoururent un coin de rue avant de tourner à gauche dans Fullum.

Le refuge de l'*Opus* se trouvait dans la rue Sainte-Élizabeth, non loin de la prison des femmes. Sans être délabré, l'immeuble en brique brune de trois étages manquait d'entretien, mais le quartier ouvrier était anonyme et, à court terme, personne ne penserait à les chercher là. Pour le moment, au moins, ils étaient en sécurité. Le temps de faire le point, de se remettre de leurs émotions et de se reposer.

— L'appartement est au rez-de-chaussée, annonça Beaugrand d'une voix traînante.

Solomon et Pierre le suivirent sans un mot et entrèrent dans l'édifice. Ils traversèrent le couloir sombre et silencieux jusqu'à la dernière porte à droite. Le maire se pencha et observa attentivement le bas de la porte. L'air satisfait, il retira quelque chose, se releva et le montra à Pierre.

— Un cheveu collé avec de la salive au montant et sur la porte, expliqua-t-il. Si quelqu'un était entré, il serait tombé.

Il tira une clé de sa poche et déverrouilla. Une fois à l'intérieur, il s'écarta pour les laisser entrer et referma. Pierre ne fut pas étonné outre mesure de constater que la porte était équipée de deux loquets, en bas et en haut, et de deux solides serrures. Le maire verrouilla soigneusement le tout et se dirigea vers un petit salon.

— Il y a deux chambres et une cuisine, dit-il en allumant plusieurs lampes à huile. Ce n'est pas le grand confort, mais c'est sécuritaire et discret.

Il tira les rideaux sur une fenêtre pourvue de barreaux de fer.

— Assoyez-vous avant de tomber morts, dit le maire en désignant un vieux canapé et deux fauteuils qui n'étaient guère en meilleur état. Les Fontaine, Georges et Gédéon ne devraient pas tarder.

Pierre ne se fit pas prier. Il posa la dalle sur une petite table basse et se laissa choir dans le fauteuil le plus proche alors que Solomon choisit le canapé après s'être délesté du petit monument funéraire. Beaugrand fit quelques pas jusqu'à un guéridon, devant la fenêtre, où se trouvaient une bouteille de scotch et des verres. Sans les consulter, il prépara trois amples portions de liquide ambré et les servit. Puis il prit place près de Solomon. Personne ne parla. Aucun n'en avait la force. Pierre considéra le marchand. Il avait l'air d'un vagabond tant il était sale. Ou d'un pilleur de tombe. Après tout, n'était-ce pas ce qu'ils étaient tous, depuis quelque temps? D'abord, la sépulture de mère Marie-Marthe Théberge, et maintenant, celle de nulle autre que Jeanne Mance. Tout cela tenait du délire.

Pierre avala deux grandes gorgées et laissa l'alcool descendre en lui brûlant la gorge puis l'estomac. Devant lui, les deux autres en firent autant, leur regard perdu quelque part dans le vague, le visage hagard et les paupières lourdes. En observant distraitement ce salon, il ressentit une puissante vague de mélancolie le submerger. Si Julie était parvenue dans cet endroit au lieu d'être enlevée en chemin, en ce moment même, il la tiendrait dans ses bras. Il lui dirait combien il l'aimait jusqu'à en perdre le souffle. Il la couvrirait de baisers. Il caresserait sa magnifique chevelure rousse et y enfouirait le nez, comme il aimait tant le faire. Il sentirait les courbes gracieuses et chaudes de son corps se presser contre le sien et le désir monter en lui. Il l'embrasserait, passion-nément et profondément, goûtant sa bouche jusqu'à s'y perdre. Malgré la gravité des circonstances, il se prit à rêver de ce moment d'infini où se mêlent l'extase et l'agonie, cette petite mort dans laquelle les corps s'unissent dans le ravissement.

Il examina les deux parties du monument funéraire de Jeanne Mance. Il savait qu'ils auraient tous dû se jeter sur ces objets pour tenter d'en percer immédiatement le mystère, mais il ne s'en sentait pas la force. Il avait l'impression d'être vidé de toute énergie, de toute volonté. En face de lui, Wolofsky et Beaugrand n'en menaient pas plus large. Le regard vague, la bouche entrou-verte, ils semblaient absents. Il avala une nouvelle gorgée de scotch et, au-delà de la lassitude, se passa la main sur le visage. Il y trouva une barbe drue et réalisa, avec une indifférence qu'il n'aurait jamais imaginée quelques jours auparavant, qu'il ne se souvenait pas de la dernière fois qu'il s'était rasé.

Il se cala dans le fauteuil et ses paupières se firent lourdes. Il ferma les yeux. Juste une seconde.

Pierre ne se souvenait pas de la manière dont il était arrivé là. Une porte venait d'être refermée brusquement derrière lui, l'écho de son claquement se répercutant sur les murs. Étrangement, il n'avait pas sursauté. À l'extérieur, il put entendre des pas qui s'éloignaient. Il se trouvait dans le noir, mais n'avait pas peur. Était-il prisonnier? Il n'en avait pas l'impression. Son instinct lui disait que quelqu'un voulait qu'il voie quelque chose.

Une allumette craqua et une chandelle fut allumée. Son halo enveloppa Jean-Baptiste-Michel Leclair. Pierre ne fut pas vraiment étonné de trouver là son père, une fois de plus. Il lui semblait le voir souvent en songe depuis que le portrait lui avait rendu son visage. Autour de lui, la pièce était dénuée de meubles et de décorations, hormis le guéridon sur lequel son père avait posé le bougeoir.

L'air grave, l'homme mort vingt ans auparavant posait sur lui un regard compatissant. Il se leva et lui tendit la main. Instinctivement, Pierre la prit.

— Nekam, dit le père.

— Kadosh, répondit le fils.

— Nos marques se joignent pour former Dieu dans sa totalité, mon fils.

Les mains se séparèrent et les deux hommes se dévisagèrent, tellement pareils l'un à l'autre.

— Tu fais honneur à tes ancêtres, dit Baptiste.

— Je me contrefiche d'eux, de l'ordre du Temple et de l'Argumentum, rétorqua Pierre sans chercher à masquer ses véritables sentiments.

— Néanmoins, ils seraient fiers de toi. On ne choisit pas le sang qui coule dans nos veines et il ne ment jamais. Admettons-le, la profanation va à l'encontre de la nature humaine. Pour fouiller deux tombes en quelques jours, il faut beaucoup de courage. Tu es bien le fils de tes prédécesseurs.

Leclair franchit la distance qui les séparait et lui posa la main sur l'épaule, comme tout père affectueux l'aurait fait avec son fils, puis la retira et se frotta dédaigneusement les doigts. Pierre se souvint alors combien il était crasseux.

— Tu as décodé la piste que j'avais laissée pour toi, déclara son père avec une fierté non dissimulée.

— Et elle ne m'a conduit qu'à un mystère de plus, cracha Pierre. Je ne sais pas où ces maudits Templiers voulaient en venir, mais j'en ai plus qu'assez de leurs énigmes. J'en suis rendu à tuer pour voler des pierres tombales! Pendant ce temps, quelqu'un s'amuse à découper Julie.

Leclair père émit un petit rire sardonique et, redevenant sérieux, vrilla ses yeux dans ceux de son fils.

— *Ta pauvre mère a payé de sa vie le fait que je détenais la clé,* ajouta-t-il d'un ton amer. *Elle non plus ne savait rien de l'Opus Magnum ni de l'Argumentum. La Vengeance a toujours eu comme prix la vie d'innocents.*

Pierre se surprit lui-même en agrippant les revers de la veste paternelle pour le secouer comme un fétu de paille. Il n'avait nullement l'impression de transgresser un tabou en s'attaquant ainsi à l'homme qui l'avait engendré, mais qu'il n'avait pas connu. Conciliant, Baptiste Leclair se laissa faire.

— *Votre cause, je ne l'ai pas choisie,* gronda le jeune homme. *Je n'ai pas demandé de me retrouver pris dans cette histoire. Si je cherche l'Argumentum, c'est pour le marchander contre la vie de Julie, rien d'autre. L'Église peut s'effondrer ou durer encore mille ans, je n'en ai rien à faire. Alors, dites-moi où il se trouve!*

— *Si je le savais, crois-moi, je te le dirais,* répliqua le père en *détachant patiemment de sa personne les mains de son fils. Ma tâche était de transmettre la clé à mon descendant à défaut de la révéler si l'Opus en faisait la demande. J'ai accompli ce qu'on attendait de moi. Je n'ai rien d'autre à t'offrir.*

— *Vous ne m'avez apporté que la mort et des tas de problèmes,* lui reprocha Pierre.

Baptiste hocha la tête, admettant ce qu'il venait de lui déclarer, et se mit à marcher lentement de long en large, les mains dans le dos.

Le jeune homme savait qu'il était en plein rêve. Les défunts ne revenaient pas vraiment de là où ils étaient pour visiter les vivants en songe. Ce père qui se tenait devant lui n'était que l'expression de sa propre conscience qui peinait pour y voir clair pendant qu'il dormait. Il n'avait rien à perdre en tentant de s'en servir. Peut-être verrait-il quelque chose qu'il aurait dû considérer pour démêler l'écheveau dans lequel il était empêtré. Il fit un effort pour se calmer, puis reprit.

— *Beaugrand et les autres disent que tous ceux qui ont été désignés pour vous remplacer après votre mort ont été tués et que les liens sont coupés avec la tête de l'ordre. Ils ne font plus confiance à personne.*

Son père s'arrêta et lui fit face en haussant les épaules.

*— C'était après mon temps. J'ignore ce qui a pu se produire depuis mon... départ. Par contre, si les choses ont changé à ce point, il vaut mieux être très prudent. Tu dois coûte que coûte retrouver l'*Argumentum. *Sinon, tout ce qu'a fait l'*Opus *depuis le* dies terribilis *aura été vain.*

On frappa des coups à la porte. Deux coups rapprochés, suivis d'un autre. Pierre sursauta.

— On vient me chercher, expliqua Baptiste en désignant la porte de la tête. Je dois y aller.

— Où ça ?

— Euh... Là où vont les morts, je suppose. Je... Je ne sais pas vraiment. Je verrai bien.

Pierre le regarda ouvrir la porte. De l'autre côté, il découvrit Adrien et Maurice Demers. Les deux lui adressèrent un sourire serein. Soulagé, il les salua et ils lui répondirent par un hochement de la tête. Son père passa la porte pour les rejoindre et les deux lui enveloppèrent les épaules de leurs bras. Ensemble, ils firent demi-tour et marchèrent vers un endroit que Pierre ne pouvait voir.

Il sentit des larmes couler sur ses joues.

———

Pierre s'éveilla en pleurs. Des coups à la porte le ramenèrent à la réalité. Deux coups rapprochés, suivis d'un autre. Sur le canapé, en face de lui, Beaugrand et Solomon sursautèrent, aussi égarés que lui. Visiblement, l'épuisement avait eu raison d'eux aussi.

Par mesure de précaution, Pierre s'empara des deux parties du monument et les déposa par terre, le long du mur. Cachés par son fauteuil, ils ne seraient pas visibles de la porte d'entrée si ceux qui se trouvaient de l'autre côté n'étaient pas les bienvenus. Il tira le révolver de sa ceinture et arma le chien, prêt à tout. En face de lui, Solomon en fit autant.

Le maire secoua la tête et se précipita vers la porte, mais n'ouvrit pas.

— Qui ose déranger les travaux de cette loge d'Hérédom ? s'enquit-il dans un chuchotement.

Pierre comprit que le commandeur de l'*Opus* utilisait le rituel de réception du vingt-neuvième degré de la franc-maçonnerie pour démasquer un éventuel imposteur.

— Un pauvre pèlerin qui s'est égaré sur le chemin qui mène à la Terre sainte et qui demande à être admis pour se reposer un peu, répondit la voix de Georges Belval, sur le même ton, de l'autre côté de la porte.

— Et pourquoi cherche-t-il ce chemin ?

— Parce qu'il souhaite mettre son bras au service des Pauvres Chevaliers du Temple.

— Pouvons-nous lui faire confiance ?

— Je l'ai interrogé et je m'en porte garant.

Beaugrand fit glisser les deux loquets, puis déverrouilla les serrures et ouvrit la porte. Pierre aperçut alors Barthélémy Perreault, appuyé au cadre, le visage ensanglanté.

27

L E VISAGE PÂLE traversé par des stries sanglantes, Barthélémy roulait les yeux, au bord de l'inconscience, et s'agrippait à deux mains au cadre de la porte. À sa vue, Solomon et Pierre restèrent figés sur place.

— *Gotteniu*[1] ! ronchonna le marchand.

La vue de Georges Belval, de Gédéon Ouimet, puis de Gertrude et d'Émile Fontaine, qui avaient tous l'air hagard, secoua leur torpeur. À l'unisson, ils rengainèrent leur arme, se précipitèrent vers l'entrée et aidèrent à soutenir l'avocat, qui marmonnait des choses inintelligibles, la bouche molle.

— Allongez-le sur le canapé, ordonna sèchement Belval.

Ils firent ce que le médecin leur demandait et s'écartèrent pour le laisser travailler. Belval se mit à inspecter méthodiquement la tête du blessé.

— Il a une bonne éraflure, rien de plus, annonça-t-il enfin, visiblement soulagé. Je craignais qu'il ait une balle dans la tête. Les blessures au cuir chevelu saignent toujours comme si on avait égorgé un cochon. Quelqu'un peut-il m'apporter ma trousse ? Je l'ai laissée quelque part dans l'entrée.

Solomon retourna près de la porte, où le sac avait été abandonné, et le lui rapporta.

---

1. Oh, Dieu !

— Que s'est-il passé? interrogea impatiemment Beaugrand pendant que Belval préparait le nécessaire pour faire des sutures. Mais dites quelque chose, que diable!

Monsieur Fontaine s'assit sur le bras du canapé et frotta à deux mains son visage aux traits tirés. Il était pâle et ses mains tremblaient un peu. Pierre nota que, depuis la disparition de sa fille, il avait maigri et que ses rides s'étaient distinctement creusées. Il semblait avoir vieilli de vingt ans au cours des derniers jours. L'espace d'un instant, le jeune homme crut que le notaire apportait de terribles nouvelles au sujet de Julie et les jambes lui manquèrent presque.

— Nous étions au temple, à vous attendre, comme convenu, expliqua le notaire d'une voix frêle et tremblante. De toute façon, où aurions-nous pu aller? Barthélémy a surgi en coup de vent pour nous annoncer que vous aviez trouvé quelque chose. Il était crasseux comme un clochard et surexcité. Il nous a ordonné de le suivre au plus vite. Nous sommes sortis et…

Il remarqua avec envie la bouteille de scotch sur la table.

— Bon Dieu… soupira-t-il. J'ai besoin d'un verre.

Pierre s'empressa d'en remplir un à ras bord et de le lui tendre. Contrairement à ses habitudes de connaisseur, son futur beau-père avala le scotch d'un trait, sans la moindre distinction et grimaça en sentant la morsure de l'alcool dans sa gorge. Debout près du fauteuil où Gertrude Fontaine s'était laissé choir, Ouimet lui fit signe qu'il apprécierait une rasade, lui aussi, et parut infiniment reconnaissant lorsqu'il l'obtint.

— Et? supplia presque Solomon. Continue, Émile.

— Dès que nous avons mis le pied sur le trottoir, on nous a tiré dessus, reprit Fontaine. De toute évidence, quelqu'un de bien informé nous attendait sur la place d'Armes, caché parmi les arbres. Une des balles a touché Barthélémy et il est tombé comme un sac de ciment. J'étais convaincu qu'il était mort. Nous nous sommes tous jetés à terre, sans savoir que faire. Nous étions coincés, trop loin de la porte pour trouver refuge à l'intérieur et incapables de nous enfuir.

— Je me sentais comme un chevreuil, soupira Ouimet en se frottant la barbe.

Émile Fontaine fit cul sec et, d'un geste insistant, invita Pierre à le servir de nouveau, ce qui fut fait sans délai. Le jeune homme s'avisa de sa femme, qui semblait avoir retrouvé une certaine maîtrise de ses émotions. D'un regard implorant, elle désigna la bouteille et montra l'épaisseur d'un doigt. Le jeune homme versa la quantité de scotch demandée et lui remit son verre, qu'elle reçut en remerciant avec un sourire triste.

— Une chose inattendue s'est produite, reprit le notaire, un peu calmé par l'alcool, en relevant la tête pour leur adresser un regard lourd de sens. Un fiacre a surgi à toute vitesse du coin de la rue et est passé entre nous et les tireurs. Nous avons entendu plusieurs coups de feu. La voiture a poursuivi son chemin sans s'arrêter et, après qu'elle eut disparu, il n'y avait plus que du silence. J'ai profité du calme pour m'assurer que Barthélémy n'était pas gravement blessé. Puis, après plusieurs minutes, je me suis approché de la place d'Armes. J'y ai trouvé trois hommes morts, leurs armes encore dans la main. Certainement ceux qui nous avaient tiré dessus. Nous avons ramassé Barthélémy et sauté dans le fiacre de Georges, qui était stationné de l'autre côté de la place. Et nous voilà.

Tous se consultèrent, perplexes.

— On dirait que nos adversaires inconnus ont décidé de nous protéger, remarqua Beaugrand en exprimant ce que les autres pensaient aussi.

— Ce n'est pas si étonnant, intervint Perreault, qui était revenu à lui.

L'avocat quitta avec quelque difficulté sa position allongée et s'assit sur le canapé en tâtant les sutures que Belval venait d'achever. Il grimaça un peu et reprit le fil de ses propos.

— Nous savons que ces gens cherchent l'*Argumentum* depuis au moins aussi longtemps que nous, poursuivit-il d'une voix traînante. Il est aussi très clair qu'ils ont besoin de nous pour le trouver. Sinon, ils ne nous auraient pas laissé agir librement pendant tout ce temps, sans intervenir. Ils attendent que nous le récupérions pour nous le prendre. Récemment, alors que nous commencions à progresser un peu, ils ont accru la pression en enlevant mademoiselle Julie. Leur intervention nous confirme qu'ils sont étonnamment bien informés. Soit ils nous suivent à la trace, aussi invisibles que des fantômes, soit quelqu'un les tient au courant de nos progrès.

Il tourna vers Émile et Gertrude Fontaine un regard accusateur.

— Or, qui aurait une meilleure motivation pour trahir l'*Opus* que des parents désirant sauver la vie de leur unique enfant ?

Le notaire Fontaine bondit sur ses pieds, outré, et brandit l'index à quelques pouces du nez de l'avocat.

— Je t'interdis de mettre en doute ma loyauté, ou celle de ma femme, Barthélémy Perreault ! s'écria-t-il, le visage cramoisi de colère et d'indignation. Nous avons prêté serment avec le sang de nos ancêtres, tout comme toi et tous les autres, et nous l'avons toujours respecté ! En récompense pour notre fidélité, nous risquons de perdre notre fille ! Peux-tu en dire autant ?

L'avocat écarta l'index d'un geste sec de la main et se leva pour lui faire face.

— Justement ! De nous tous, Gertrude et toi êtes ceux qui ont le plus à perdre ! rétorqua-t-il sur le même ton enragé. Qui nous dit que vous n'avez pas manigancé l'enlèvement de Julie avec nos ennemis ? Peut-être que l'interception de la voiture de votre fille n'était qu'une mise en scène arrangée par vous ? Et qui dit que les doigts que nous avons reçus sont bien les siens ? Et maintenant que j'y pense, où étiez-vous, chaque fois que nous risquions notre vie pour retrouver la piste de l'*Argumentum* ? Hein ? Où étiez-vous ? Au temple ! Sans trop de surveillance ! Libres de contacter qui bon vous semblait sans être inquiétés !

— Un instant, Barthélémy ! gronda Belval, en se levant à son tour. J'ai pratiquement toujours été avec eux. S'ils avaient contacté quiconque, je t'assure que je le saurais !

— Alors, c'est que tu es un traître, toi aussi ! cracha l'avocat.

— Donc, moi aussi, puisque j'étais avec eux? rugit Ouimet, le visage écarlate, en s'avançant à son tour.

Pierre regardait les membres de l'*Opus* s'entredéchirer sans savoir quoi dire. Jamais il n'avait envisagé ce que suggérait Perreault, mais soudain, aussi horrifiant que pût être l'hypothèse, il ne pouvait la considérer entièrement dénuée de sens. Il n'en avait pas le droit. Après tout, au départ, n'était-ce pas par l'entremise d'Émile Fontaine qu'il avait été entraîné dans cette histoire de fous? N'était-ce pas pendant qu'il était avec lui que Julie avait disparu? Et si les Fontaine n'avaient pas agi avec toute l'innocence qu'ils avaient prétendue? S'ils avaient été de mèche avec les ravisseurs? S'ils l'avaient manipulé depuis le début? Si la pauvre enfant elle-même avait été leur complice? Non, cela, il n'osait pas l'envisager. Pas Julie. Elle était la seule chose encore pure dans sa vie en ruines.

— Suffit! tonna Honoré Beaugrand d'une voix autoritaire.

La cacophonie d'accusations confuses mourut petit à petit.

— Barthélémy, mon pauvre ami, ta blessure te fait délirer! gronda-t-il. Reprends-toi, je te prie, et utilise cette tête qui n'a pas l'habitude de te faire défaut! Si Gertrude et Émile étaient passés à l'ennemi, ils n'auraient eu aucune raison logique d'arranger l'enlèvement de leur propre fille pour parvenir à leurs fins. Ils n'auraient eu qu'à rester blottis parmi nous à attendre tranquillement que nous retrouvions l'*Argumentum*. Il leur aurait alors suffi de s'en emparer et de le livrer à leurs complices.

— Mais si l'enlèvement de leur fille est réel, rétorqua Perreault, c'est peut-être exactement ce qu'ils font.

— Depuis la disparition de leur fille, ils n'ont jamais été seuls, Barthélémy, rétorqua patiemment Beaugrand. Ils n'auraient pas pu communiquer avec des complices sans que cela se sache.

Pierre n'osa pas rappeler au commandeur que, le soir où il avait retrouvé morts et décapités les cadavres qu'il avait pris pour ceux du notaire et de sa femme, monsieur Fontaine était parti seul, le laissant avec Perreault et Wolofsky au bar du temple. Si complices il y avait, ils avaient eu au moins une chance de les contacter. Pour le reste, quand on voulait passer des messages, il y avait toujours moyen, se dit Pierre, dégoûté par sa propre méfiance, mais incapable de la contrer entièrement.

Barthélémy baissa les yeux. Puis il les releva, honteux, pour les porter sur le couple Fontaine.

— Je... Je suis désolé. Veuillez m'excuser. Mon esprit dérive un peu et mes paroles dépassent ma pensée.

— Ce n'est rien, répondit le notaire en agitant la main pour l'apaiser. Nous avons tous les nerfs à fleur de peau, j'en ai peur.

La tension baissa de quelques crans. Un à un, les belligérants se rassirent.

— Bon, enchaîna Beaugrand, maintenant que tout le monde a repris ses esprits, réfléchissons ensemble. Plusieurs têtes valent mieux qu'une, que diable! Il est clair que nos deux adversaires ne sont pas des alliés. C'est une fort bonne chose. Dans certaines conditions, l'ennemi de nos ennemis peut être notre ami.

Perreault désigna la bouteille de la tête. Pierre le servit et, d'un geste, offrit le fond à Belval, qui l'accepta.

— Barthélémy nous a appris pour Maurice, déclara tristement le médecin. Se faire exécuter comme une bête à l'abattoir...

Un silence lourd de tristesse et de remords tomba dans la pièce. Beaugrand haussa les épaules avec fatalisme.

— Il est mort pour la cause, comme nous avons tous accepté de le faire s'il le fallait. Au moment de la Vengeance, j'en fais le serment, l'*Opus Magnum* se souviendra de son courage, comme de celui de tous ceux qui ont sacrifié leur vie. *Non nobis, Domine, non nobis, sed nomini, tuo da gloriam...*

Tous répétèrent la devise templière avec une conviction plus que limitée. Pierre, lui, se contenta de serrer les mâchoires.

— Ma sœur, mes frères, reprit le maire de Montréal, nos morts méritent nos hommages, mais nous devons d'abord penser aux vivants.

Il désigna la dalle et la pierre tombale que Pierre avait replacées sur la table.

— Nous avons du travail et peu de temps pour l'accomplir.

28

Julie Fontaine était prostrée sur sa couche, les genoux remontés vers la poitrine comme la petite fille apeurée qu'elle était redevenue. Elle n'aurait pu dire depuis combien de temps. Flottant entre le rêve et l'éveil, elle avait perdu toute notion d'heure et de jour. Dans cette pièce toute noire, le jour et la nuit se confondaient en une interminable succession de minutes toutes identiques. Enroulée tout habillée dans des couvertures mouillées de sueur, elle grelottait constamment. Elle se sentait malade, vivante sans exister. Si elle était encore Julie Fontaine, ce n'était plus que par moments et par bribes. Ses souvenirs, ses pensées, ses espoirs se confondaient, saccadés, et se désagrégeaient. Bientôt, ils ne seraient plus rien et elle lâcherait prise.

Sa main gauche, qu'elle gardait blottie entre ses seins, était le seul lien qu'il lui restait avec la réalité. Elle ne lui causait plus de douleur, hormis une pulsation sourde qui lui passait par le cœur pour remonter jusqu'à ses tempes. Quelque temps plus tôt, elle n'aurait su dire quand, l'homme lui avait fait une injection. La douleur avait disparu et elle avait dormi. Longtemps, ou peut-être un peu.

Chaque fois qu'elle changeait de position, le vieux matelas malodorant grinçait. Ces mouvements étaient tout ce qu'elle avait encore la force de faire. Même soulager ses besoins naturels était devenu trop difficile, au point où l'homme avait pris l'habitude de lui tenir le pot de chambre pour qu'elle n'ait pas à se lever.

Bizarrement, cet inconnu semblait compatir à ses souffrances. Souvent, il lui chuchotait des encouragements et exprimait ses regrets qui semblaient sincères. Parfois, il faisait même preuve d'une certaine tendresse. À certains égards, l'homme lui rappelait Pierre.

Pierre. Mais où était-il donc? Pourquoi ne venait-il pas la tirer de cet endroit? Ne l'aimait-il pas? L'avait-il abandonnée? Et ses parents? Était-elle délaissée de tous ceux qu'elle aimait? Non. C'était impossible. Elle ne devait pas douter de leur affection et de leur dévouement. Sinon, aussi bien cesser de vivre dès maintenant.

— Pierre... se lamenta-t-elle. Où es-tu?

Elle ravala bruyamment sa salive et sa langue épaisse et sèche se colla à son palais tout aussi sec. Elle avait soif. Le souvenir du vin bu avec Pierre, le soir où ils s'étaient enfin unis, au mépris des conventions et de la morale, lui revint en tête. Elle revit son sourire, puis son expression de petit garçon émerveillé lorsqu'il avait découvert ses seins, les avait caressés comme s'ils étaient plus fragiles que du verre, les avait embrassés et sucés comme s'il en était follement amoureux. Elle revit son visage crispé au moment de l'extase, alors qu'il était en elle et la remplissait merveilleusement, et l'amour dans ses yeux, profond, infini. Elle se remémora toutes les promesses faites depuis un an. Non. Pierre ne pouvait pas l'avoir abandonnée.

En entendant la clé tourner dans la serrure, elle émergea à moitié de sa dérive et se crispa. La plupart du temps, lorsqu'on entrait dans son cachot, c'était pour lui apporter à manger, la soigner ou la laver. Mais parfois, aussi, on lui faisait du mal. Beaucoup de mal. La porte s'ouvrit et un rayon de lumière éclaira les murs pelés de la pièce.

— Pierre? parvint-elle à demander avec un filet de voix rempli d'espoir. C'est toi?

Sa voix était rauque et, en l'entendant, elle la reconnut à peine. L'homme referma à moitié.

— Non, mademoiselle, dit-il doucement. Ce n'est que moi.

Il s'avança et Julie comprit qu'il n'était pas venu pour la nourrir ou la soigner, mais pour la faire souffrir de nouveau. Elle empoigna ses cheveux dans ses mains et se mit à les tirer en hurlant à pleins poumons, la folie qui la gagnait un peu plus à chaque instant s'exprimant soudain dans toute sa force. Elle se mit à secouer frénétiquement la tête.

— Non! Non! Non! répétait-elle sans cesse en sanglotant à travers ses cris jusqu'à ce que sa voix se casse complètement. Ne me faites plus mal! Je ne vous ai rien fait!

Elle se débattait comme une furie sur le lit, battant des mains et des pieds comme une possédée. Chaque coup qu'elle donnait avec son membre blessé rouvrait les plaies encore fraîches et lui causait des souffrances atroces qui aiguisaient encore sa terreur.

L'homme s'assit au pied du lit et ne tenta pas de l'immobiliser. Il se contenta de la regarder jusqu'à ce qu'elle commence à se fatiguer.

— Calmez-vous, mademoiselle, plaida-t-il enfin sans élever la voix, je vous en prie. Vous vous faites du mal pour rien.

Petit à petit, la crise de Julie s'apaisa, autant par épuisement que grâce aux réassurances qu'on lui faisait.

— Tenez, dit-il, je vous ai apporté de l'eau bien fraîche. Vous avez soif?

Julie hocha la tête comme un petit enfant. Dans la pénombre, l'homme lui souleva la nuque avec délicatesse et porta un verre à sa bouche.

— Lentement, dit-il. Ne vous étouffez pas. Comme ça.

L'eau avait un goût bizarre, mais cela n'avait aucune importance tant elle lui faisait du bien. Elle l'avala jusqu'à la dernière goutte.

— Voilà, dit l'homme d'un ton compatissant qui paraissait sincère, en lui redéposant doucement la tête sur l'oreiller crasseux. Vous vous sentirez vite beaucoup mieux.

Julie resta allongée, les yeux fermés. Sa respiration se faisait plus égale et elle avait l'impression que sa tête se clarifiait un peu.

Et avec un esprit plus alerte revenait par contre la douleur, lancinante, qui la faisait grincer des dents.

— Je suis venu vous annoncer une bonne nouvelle, déclara l'homme.

Julie ouvrit lentement les yeux pour les poser sur la silhouette assise au pied de son lit. Rien dans sa posture, sa voix ou son attitude, ne dégageait la moindre menace. C'était comme si cet homme ne l'avait torturée qu'à contrecœur pour s'empresser de la soulager aussitôt sa tâche achevée.

— Je vous écoute, grommela mollement la jeune fille sans s'autoriser à éprouver trop d'espoir.

— Eh bien, ne vous excitez pas trop car rien n'est encore certain, mais je crois bien que vos souffrances risquent fort d'être terminées, l'informa l'homme sans tenter de cacher son soulagement.

Soudain, Julie se sentit plus éveillée et eut l'impression que, dans sa poitrine, son cœur battait un peu plus fort.

— Que... Que voulez-vous dire? s'enquit-elle d'une voix empâtée.

— Je ne peux pas vous en révéler beaucoup plus, mais les choses se présentent très bien. Votre fiancé est un jeune homme plein de ressources, courageux et persévérant. S'il retrouve ce que nous cherchons, comme nous croyons qu'il le fera, nous pourrons vous relâcher. Avec un peu de chance, vous le reverrez bientôt et tout ceci ne sera plus qu'un mauvais souvenir.

Dans l'obscurité, l'homme qui était à la fois son tortionnaire et son ange gardien ne vit pas les larmes couler sur les joues de la jeune femme, qui s'étaient beaucoup creusées en quelques jours de captivité.

— J'ai besoin d'un peu de lumière pour vous examiner, ajouta-t-il. Me laisserez-vous vous bander les yeux, mademoiselle?

— Oui, soupira Julie avec indifférence, l'espoir soudain ravivé de revoir Pierre et ses parents.

— Très bien.

Il sortit un morceau de tissu de sa poche et le noua derrière la tête de la jeune fille puis vérifia qu'elle ne pouvait rien voir. Puis il se leva, sortit de la pièce et revint avec une lampe à huile qu'il suspendit à un clou piqué dans le mur. Dans son autre main, il tenait une trousse de médecin qu'il posa sur le sol, près du lit. Le matelas grinça quand il se rassit plus près d'elle.

— Laissez-moi voir votre main, je vous prie.

Docilement, la jeune femme tendit sa main douloureuse dont il entreprit de défaire les bandages avec des gestes compétents, sans lui faire trop mal. Lorsque ce fut fait, il examina les plaies qui avaient remplacé les deux doigts qu'il avait lui-même sectionnés, les palpa doucement et secoua la tête de dépit.

— Vous guérissez bien. Quel dommage, soupira-t-il. Une si jolie main. Elle vous fait très mal?

— Oui.

— Ça passera. En attendant, je vais vous appliquer de la pommade pour prévenir l'infection. Ensuite, je vous ferai une injection de laudanum pour réduire la douleur et vous faire dormir. Bientôt, avec un peu de chance, tout ceci ne sera plus qu'un mauvais souvenir.

Il se pencha et tira de sa trousse un pot qu'il mit sur le lit et l'ouvrit pour en tirer une motte de pommade qu'il appliqua généreusement sur les blessures.

— Vous savez, dit-il sur un ton de conversation pendant qu'il procédait, nous n'avons aucun désir de vous voir mourir, ni de vous faire du mal. Personnellement, les souffrances que nous vous avons causées me dégoûtent. J'aurais voulu pouvoir faire autrement. Malheureusement, la situation l'exige. Vous êtes prise au milieu d'un affrontement qui ne vous concerne pas. Un peu comme un villageois entre deux bataillons qui se tirent dessus.

— Qui ça, « nous »?

— Vous savez bien que je ne peux pas répondre à cette question, mademoiselle.

— Vous êtes médecin, n'est-ce pas?

Un long silence suivit la question.

— C'est sans importance, finit par répondre l'homme. Tout ce qui compte, c'est que vous ne souffriez pas plus que nécessaire.

Il rangea le pot de pommade et sortit de la trousse une seringue en verre remplie d'un liquide transparent. Il appuya sur le piston pour faire jaillir quelques gouttes vers le haut, puis saisit doucement le bras de Julie, y enfonça l'aiguille et injecta le médicament. Il frictionna légèrement l'endroit où il avait piqué.

— Dormez, mademoiselle, chuchota l'homme. Vous en avez besoin.

Déjà, la prisonnière sombrait dans cette torpeur qu'elle connaissait trop bien. Sa conscience se dissipait au rythme de la douleur dans sa main. Elle entendit son étrange bienfaiteur décrocher la lampe et s'éloigner vers la porte. Puis il revint et lui retira le bandeau des yeux avant de s'éloigner. Elle rouvrit les yeux et l'aperçut, à contre-jour, qui l'observait depuis le cadre de la porte.

— Vous savez, d'une certaine manière, nous vous protégeons, dit-il. Les apparences sont trompeuses. Nous ne sommes pas les méchants dans cette affaire. Un jour, peut-être, vous comprendrez que quelques doigts étaient un bien petit prix à payer.

Elle aurait voulu lui demander ce qu'il voulait dire par là, mais déjà ses idées s'éparpillaient et commençaient à lui échapper, glissant dans sa tête comme de l'eau entre ses doigts. Ses paupières se faisaient lourdes. Avant de les laisser retomber, elle vit l'homme la regarder un instant de plus, puis refermer la porte. La dernière chose qu'elle entendit fut le bruit de la clé qui tournait dans la serrure.

29

Honoré Beaugrand disparut dans la cuisine d'où montèrent des bruits et des tintements de vaisselle pendant de longues minutes. Durant son absence, Barthélémy, les Fontaine, Belval et Ouimet échangèrent des regards repentants et gênés accompagnés de force moues, grimaces et haussements d'épaules contrits.

— *Ei!* Allez, mes amis, finit par dire Wolofsky, que cette tension agaçait manifestement. Les chicanes se produisent dans les meilleures familles. Quand on s'aime, on se prend parfois aux cheveux. C'est normal. Moi, des frères qui ne s'engueulent pas de temps en temps, je me dis que ce ne sont pas vraiment des frères!

— Tu le faisais avec le tien? s'enquit Perreault.

Le juif se rembrunit un peu. Un sourire triste se forma sur ses lèvres tandis que son regard se perdait dans le lointain.

— Avec Samuel? Oh oui, ricana-t-il en secouant doucement la tête, comme s'il revivait des moments tendres. Tout le temps. Et c'est pour ça qu'il me manque tellement. On ne s'arrête pas aux petites choses jusqu'au jour où on ne les a plus.

Il s'attarda un peu sur l'intérieur de ses mains, laissa échapper un profond soupir de regret puis releva la tête et dévisagea gravement les membres de l'*Opus*, toute bonhommie disparue.

— Nous avons aussi perdu un frère, cette nuit, déclara-t-il.

Maurice était un *choshever mentsh*[1]. Ne l'oublions pas. Sa mort ne doit pas être vaine. Nous lui devons de réussir et ce n'est pas en nous entredéchirant comme des hyènes que nous y arriverons. Pire, c'est un affront à sa mémoire.

Un repentir embarrassé enveloppa le groupe. Les têtes se baissèrent, les lèvres se mâchonnèrent, les mains se tortillèrent. Quelques-uns forcèrent un sourire.

— Tu as raison, acquiesça finalement Perreault. Nous touchons au but et nous devons rester unis. Avec un peu de chance, nous récupérerons bientôt l'*Argumentum* et nous trouverons un moyen de sauver la pauvre Julie.

— À cet effet, j'ai peut-être une petite idée, fit Ouimet.

— Nous t'écoutons, Gédéon, fit la voix de Beaugrand, qui revenait dans le salon avec un plateau chargé d'une cafetière en porcelaine, de tasses, d'un sucrier et d'un pot de lait.

Il posa le tout sur la table, à côté de la base de la pierre tombale qui contenait tous leurs espoirs. Un fumet enivrant monta aussitôt.

— Mais auparavant, mes amis, poursuivit-il, si nous voulons percer le mystère de cet objet, permettez-moi de suggérer que le café nous sera plus utile que le scotch. Allez, servez-vous. Nous sommes tous épuisés et ça nous aidera à avoir les idées un peu plus claires.

La tempête qui avait traversé le groupe quelques minutes auparavant semblait définitivement apaisée. Tous se versèrent un café fumant et bien fort. Certains y versèrent de la crème et des morceaux de sucre.

— Bon! s'exclama le maire en prenant place dans un des fauteuils, sa tasse entre les mains.

Il prit une gorgée en aspirant bruyamment le café, puis désigna la pierre de la tête.

— En admettant que nous arrivions à déchiffrer cette chose, dit-il, qu'as-tu donc en tête, Gédéon?

---

1. Homme digne et de valeur.

Intéressé, Pierre avala une gorgée qui lui brûla agréablement la gorge.

— Eh bien, c'est assez simple, répondit l'ancien premier ministre de la province. Nous savons que l'Église souhaite que l'*Argumentum* ne soit jamais rendu public. Le *Gladius* souhaite le détruire ou, à défaut d'y parvenir, éliminer les porteurs de la clé, ce qu'il a presque accompli en tuant le père de Pierre. Dans l'état actuel des choses, il s'attaquera maintenant à quiconque le retrouvera. Nous sommes d'accord ?

Tous hochèrent la tête pour approuver ces évidences.

— Quant à cette mystérieuse autre faction, reprit Ouimet, nous ignorons pourquoi elle tient tant à l'*Argumentum* ou ce qu'elle espère en faire, mais cela n'a aucune importance pour l'instant.

Le politicien posa ses coudes sur ses cuisses et joignit les mains devant lui. Il adressa aux autres un regard intense.

— Bref, nos adversaires en savent probablement autant que nous à l'heure qu'il est, mais je serais le plus surpris des hommes s'ils en savaient davantage.

— Très bien, fit Belval avec une certaine impatience. Où veux-tu en venir ?

— À ceci : ils savent que l'*Argumentum* est une tablette ancienne, mais pas plus. Comment seront-ils certains que ce que nous leur remettons en échange de Julie est bien ce qu'ils désirent ? Si nous arrivons à le retrouver, il serait peut-être possible de leur refiler une imitation crédible. Selon toute vraisemblance, nos adversaires ne pourront jamais faire la différence. Ainsi, nous récupérerons mademoiselle Fontaine tout en conservant notre bien.

— Le beurre et l'argent du beurre, en quelque sorte, approuva Perreault, admiratif. Tu aurais dû faire moins de politique et plus de droit, cher confrère.

— J'ai quand même été bâtonnier du Barreau de Montréal et de la province, sans compter mes six ans comme procureur général du Québec, rétorqua Ouimet en riant. Je dois bien avoir quelque talent. Mais dans ce cas précis, j'ai bien peur que ce soit le politicien qui parle. Quiconque veut se faire élire apprend vite à ménager la chèvre et le chou. Le secret est de faire croire à tous qu'on leur donne exactement ce qu'ils souhaitent tout en ne donnant rien de précieux.

Songeur, Pierre les écoutait en se frottant le menton. L'idée de Ouimet le séduisait et, surtout, le soulageait. Elle lui confirmait que l'ordre souhaitait sincèrement sauver Julie plutôt que l'abandonner à son sort. Au bout du compte, peut-être n'aurait-il pas à trahir ceux qui prenaient place autour de la table.

— Encore faut-il d'abord le retrouver, ce maudit objet, finit-il par grommeler. Pour le moment, tout ce que nous possédons, c'est deux morceaux de pierre tombale.

À l'unisson, tous se penchèrent sur la pierre et sa base pour les détailler sans trop savoir par où commencer. Le maire de Montréal riva les yeux sur la base si bellement ouvragée, puis sur la pièce beaucoup plus terne qui l'avait surmontée. Il fit rouler nerveusement la pointe de sa moustache entre son pouce et son index.

— Alors, qu'avons-nous là ? Quelqu'un a-t-il une idée ?

Pierre fut le premier à parler. De l'index, il indiqua le triangle inversé qui, le premier, avait attiré son attention dans la crypte abandonnée.

D^{lle} Jeanne Mance
Langres, ☐1612 ▲.D. ▼ Ville-Marie, 1673 A.D.

Il ressortit le médaillon de sa poche et le posa à côté pour faciliter la comparaison. Un symbole à la fois, il opéra le parallèle entre les deux objets.

— Le carré, le triangle régulier et le triangle inversé sont les mêmes, remarqua-t-il. Tout sur le médaillon renvoyait à une sépulture de femme et c'est exactement ce que nous avons trouvé : la tombe de Jeanne Mance, avant que sa dépouille ne soit déménagée vers le nouvel Hôtel-Dieu. Ceci confirme que c'est bien elle qui figure sur l'image. La pierre tombale avait pour fonction d'identifier l'endroit pour ceux qui savaient voir. Mais c'est sur sa base que réside le message.

Tous considérèrent l'autre pierre, sur laquelle se trouvaient l'inscription, les deux équerres entrecroisées de l'ordre et la silhouette grossière d'une femme en robe longue.

ET IN ARCADIA EGO

Pierre prit une des lampes qu'il posa sur la table et retourna la pierre dans tous les sens, mais n'y vit rien de plus. Il la remit sur la table, perplexe.

— Nous connaissons déjà le sens du symbole et la phrase. Le message doit forcément se trouver dans la silhouette féminine, mais que je sois changé en cochon si j'y comprends quelque chose, soupira-t-il, frustré.

Solomon l'empoigna à son tour, saisit une cuillère dans le plateau de café et se mit à la tapoter avec.

— Que fais-tu, au juste? s'enquit Belval, irrité.

— On ne sait jamais, rétorqua le marchand, un peu gêné. Elle pourrait être creuse.

Beaugrand prit la dalle pour l'approcher à quelques pouces de son nez afin de mieux la voir. Puis il la recula et l'inclina avant de l'approcher de la lampe.

— La silhouette a été façonnée à coups de poinçon, les informa-t-il. Et elle n'a pas été bâclée. Chaque marque est à distance rigoureusement égale de la précédente. Quelqu'un s'est donné du mal pour qu'elle existe.

— Pour signifier que cette dame se trouve à Arcadie? suggéra Belval, exaspéré.

— Que Jeanne Mance repose à Arcadie? renchérit Gertrude Fontaine sans y croire davantage.

Ils avaient atteint un cul-de-sac. Belval et Perreault se servirent un second café. Beaugrand se leva pour marcher dans le salon. Pierre, lui, resta assis et adressa aux Fontaine un regard éperdu. Ils le lui retournèrent, les larmes remplissant les yeux de Gertrude. Le jeune homme sentit sa propre gorge se serrer. La mère et la fille se ressemblaient tant. Ces yeux bleus auraient aussi bien pu être ceux de Julie. Il se demanda fugitivement de quoi ils avaient l'air quand ils souffraient. Quand on coupait un doigt à sa bien-aimée. Quand on la torturait.

Une claque sur la table fit dangereusement sauter les tasses. Pierre sursauta et renversa une partie de la sienne sur son pantalon.

Heureusement, le café était tiède. Tous se retournèrent vers Solomon.

— La *Qabbala*… murmura le marchand, les yeux écarquillés, indifférent à la peur qu'il venait de leur faire.

— La quoi ? s'enquit Perreault.

— La kabbale, répéta Wolofsky, sur le même ton ébahi. C'est la discipline par laquelle les sages juifs essaient de percer la loi secrète que Yahvé a cachée dans la *Torah*.

— Euh… Ah ? fit Ouimet.

Comme hypnotisé, Wolofsky prit la base de la pierre tombale et laissa pensivement ses doigts errer sur la silhouette féminine.

— Une des façons de percer les volontés de Yahvé est d'associer un chiffre à chacune des vingt-deux lettres de l'alphabet hébreu, expliqua-t-il sans quitter l'objet des yeux. *Yod* vaut dix, *teth* vaut neuf, *resh* vaut deux cents, *gimel* vaut trois, et ainsi de suite. On traduit le texte de la *Torah* en nombres et, par toutes sortes d'opérations, on les réduit à des chiffres simples que l'on interprète ensuite en les reconvertissant en lettres. On appelle ce procédé la *gematria*.

— Et alors ? dit Fontaine. Je ne vois pas ce que…

— Quelqu'un a un papier et un crayon ? coupa le marchand, soudain fébrile comme un jeune marié avant sa nuit de noces. Vite ! Vite !

Réalisant qu'il était sérieux, Beaugrand se précipita vers la cuisine, d'où il revint aussitôt avec en main un crayon à mine de plomb et un calepin qu'il lui remit. Solomon posa la dalle et le bloc-notes côte à côte sur la table. Puis, avec la pointe du crayon, en commençant en haut, il se mit à compter le nombre de points sur chacune des lignes qui composaient la silhouette. Lorsqu'il eut terminé, une ligne de chiffres griffonnés à la hâte se déployait sur le papier :

3, 2, 1, 13, 14, 5, 6, 7, 8, 4, 11, 9, 12, 10

Il déchira la feuille et la déposa près de la dalle.

— Mais bon Dieu, qu'est-ce que tu fabriques, mon vieux? s'enquit Perreault.

— Veux-tu bien te taire? rétorqua impatiemment Solomon, les sourcils froncés par la concentration.

Il recopia l'inscription sur la feuille et en numérota chaque lettre.

ET IN ARCADIA EGO
1 2 3 4 5 6 7 8 9 10 11 12 13 14

Il détacha la feuille et la disposa à côté de la première.

— Bon Dieu... fit Belval, sidéré, en comprenant soudain où Solomon voulait en venir. Tu crois que c'est une anagramme.

La tension monta soudain de quelques crans et tous se penchèrent vers la table. La langue sortie entre les lèvres, Wolofsky poursuivit fébrilement sa démarche. Se reportant alternativement aux deux premières feuilles, il se mit à griffonner sur une troisième. En l'observant de près, Pierre saisit, lui aussi, son raisonnement : il replaçait les lettres de l'inscription dans l'ordre indiqué par la séquence de chiffres correspondant aux lignes pointillées qui composaient la silhouette féminine.

Lorsque Solomon eut terminé, il fit pivoter le calepin pour exhiber le résultat.

— Voilà, dit-il fièrement.

Sur la page était écrite, en grosses lettres carrées, une nouvelle phrase.

3 2 1 13 14 5 6 7 8 4 11 9 12 10
I TEGO ARCANA DEI

— Ce qui signifie? s'enquit Perreault.

— «Je cache le secret de Dieu».

30

Ashdod, pays des Philistins, 1089 avant notre ère

VÊTUS D'UN PAGNE descendant aux genoux et d'un manteau long, la tête enrubannée dans un turban dont ils utilisaient l'extrémité pour masquer leur visage, Abinadab et ses trois compagnons avaient réussi sans trop de mal à se faire passer pour des Philistins. Il leur avait suffi de se taire pour ne pas révéler leur accent. Ils avaient erré pendant plusieurs jours dans les rues d'Ashdod, épiant les conversations, fouillant la ville du regard, et avaient fini par apprendre que ce qu'ils cherchaient était conservé dans le temple du dieu Dagôn, où l'ennemi en avait fait une offrande.

Scandalisés par ce sacrilège, Abinadab et ses hommes avaient attendu la nuit et s'étaient approchés du temple. Tapis dans le noir de l'autre côté de la rue, ils avaient longuement observé l'endroit. Six soldats montaient la garde sur le parvis, devant la grande porte. Portant le pagne, la cuirasse et le casque orné d'une touffe de plumes qui distinguait les Philistins sur les champs de bataille, ils tenaient un bouclier rond et une lance, en plus de porter sur la hanche une épée courte. Abinadab se permit un hochement de tête satisfait. Leur présence confirmait que ce que ses compagnons et lui étaient venus reprendre se trouvait bien à l'intérieur. On ne gardait que ce qui était précieux et rien ne valait plus cher que l'or fin.

Il fit signe de la tête aux trois hommes qui l'accompagnaient. Mettant en pratique la ruse qu'ils avaient préalablement mise au point, ils se levèrent, se prirent les uns les autres par les épaules et s'engagèrent dans la rue en titubant. Parlant fort, chantant à tue-tête, bafouillant, riant bêtement, gesticulant, ils s'approchèrent du temple, sous le regard amusé des soldats. Ils atteignirent le pied du grand escalier.

— Circulez! ordonna l'officier en brandissant sa lance. On ne cuve pas son vin dans le temple!

Abinadab et ses hommes firent mine de ne pas avoir entendu et gravirent les marches en vacillant, manquant à maintes reprises de tomber vers l'arrière. Malgré eux, les gardes finirent par ricaner devant le spectacle un peu ridicule de ces hommes saouls et manifestement de fort bonne humeur.

Lorsqu'ils eurent atteint le parvis, l'officier s'approcha d'Abinadab et lui posa une main sur l'épaule.

— Bon, assez rigolé, dit-il. Allez dormir. Sinon nous devrons vous faire mettre en prison pour le reste de la nuit.

— Je ne crois pas, répliqua froidement Abinadab.

Pris de court par le fort accent étranger, l'officier eut à peine le temps de hausser le sourcil que l'épée lui transperçait le cœur. Autour de lui, les Israélites se jetèrent sur les autres gardes avec une redoutable efficacité et, dans un silence presque parfait, les tuèrent tous.

— Tirons-les dans le vestibule du temple, ordonna Abinadab. Ainsi, on ne les trouvera pas avant le matin. Et déshabillez-les.

Ils agirent avec empressement et, quelques minutes plus tard, Abinadab et ses hommes portaient le pagne, le plastron et le casque des soldats philistins. Pour réussir ce qu'ils allaient tenter, ils en auraient besoin.

L'épée et la lance au poing, ils se regroupèrent devant la porte qui menait dans le temple de Dagôn. Abinadab l'entrouvrit pour jeter un coup d'œil discret à l'intérieur. Même en pleine nuit, la lumière des lampes illumina le vestibule. Il se retourna vers ses compagnons et, d'un hochement de tête, le visage sévère, leur confirma que ce qu'ils cherchaient se trouvait bien là. Sur la pointe des pieds, ils entrèrent à la file indienne. Une fois à l'intérieur, l'un d'eux s'assura de bloquer la porte en plaçant une poutre en travers sur ses supports de fer. Puis ils se dirigèrent vers le fond du temple, où se trouvaient les prêtres.

Trois vieillards étaient agenouillés devant une idole en bronze figurant un homme barbu et casqué, au torse humain musclé et à la queue de poisson terminée par une nageoire. Dagôn, réalisa Abinadab avec une moue dégoûtée. Devant gisait un agneau fraîchement égorgé dont le sang avait été recueilli dans un grand bol de terre cuite posé à même le sol. En entendant les pas qui s'approchaient, les prêtres interrompirent leurs invocations et se retournèrent, l'air contrarié.

— Retournez monter la garde, soldats! ordonna sèchement le plus âgé des trois. Vous ne devez pas entrer ici!

Abinadab considéra l'idole avec mépris. Un autre faux dieu venu d'Ougarit. Celui-là s'occupait de fertilité, disait-on. Pourtant, les Philistins passaient le plus clair de leur temps à guerroyer pour s'emparer des récoltes des autres. Mais cela n'avait aucune importance, car, près de l'imposteur se trouvait le témoignage indiscutable du dieu qui avait choisi le peuple d'Abram, qui l'avait mené hors d'Égypte et qui lui avait donné la Terre promise.

— Non, rétorqua simplement Abinadab en renversant le bol d'un coup de pied.

Implorant Yahvé de guider son bras, il frappa le prêtre encore agenouillé et lui trancha la tête d'un seul coup, son sang se mêlant à celui de l'agneau. Ses compagnons fondirent sur les deux autres vieillards paralysés de terreur et les massacrèrent en un rien de temps.

Abinadab inspira profondément. Le temps était compté. Dans quelques heures, le soleil se lèverait, et ses hommes et lui devaient avoir quitté Ashdod bien avant cela. Il avisa l'Arche d'Alliance qui se trouvait devant lui. Couverte d'or fin qui faisait danser la lumière des lampes, elle était à la fois sobre et splendide. Il se laissa tomber à genoux en se voilant la face. Ses compagnons firent de même et tous rendirent grâce à Yahvé. Depuis la sortie d'Égypte, le dieu d'Israël résidait dans cette arche construite sur l'ordre de Moïse. Jamais, depuis la conquête de la Terre promise, elle n'avait quitté la vue du peuple de Dieu. Elle avait été là quand Josué avait conquis Jéricho et à chaque victoire. Jusqu'à ce que Yahvé se détourne de son peuple pour le punir de ses péchés et qu'il permette que les Philistins lui infligent une terrible défaite à Afek. L'ennemi avait emporté l'Arche, et depuis Israël errait dans les ténèbres.

La tribu de Levi n'avait eu de cesse de retrouver l'objet dont Jacob lui avait confié la charge voilà cinq siècles. Lorsque, sept mois après sa disparition, des espions avaient rapporté que l'Arche avait été transportée d'Ében-ha-Ézèr à Ashdod, et qu'elle était exhibée dans le temple de Dagôn, Abinadab avait été délégué pour la récupérer et la ramener à Qiryat-Yéarim.

Maintenant, il avait retrouvé la demeure de Yahvé. Il ne restait plus qu'à sortir de la ville, ce qui risquait de ne pas être une mince affaire. Ils avaient laissé un chariot attelé à l'extérieur, à quelque distance des murs. Vêtus en soldat philistins, s'ils étaient interceptés et questionnés, ils pourraient toujours répondre qu'ils obéissaient aux ordres. Abinadab avait la foi. Avec l'aide de Yahvé, ils y arriveraient.

Dans un coin, il repéra les barres en bois d'acacia qui avaient été utilisées depuis Moïse pour porter l'Arche. Il alla les prendre et les passa dans les anneaux fixés sur les côtés de la structure sacrée. Puis les quatre hommes s'accroupirent et, d'un même mouvement, la soulevèrent pour la poser sur leurs épaules. À l'intérieur, ils entendirent le raclement des Tables de la Loi qui se déplaçaient un peu.

Ils sortirent du temple par la grande porte et s'assurèrent que la rue était déserte. Dieu était avec eux. Rassurés, ils descendirent l'escalier et disparurent le plus rapidement possible dans les rues étroites de la ville qu'ils allaient quitter bientôt, avec l'aide de Yahvé. Les Tables de la Loi retournaient au peuple élu.

31

Estomaqués, tous regardaient le papier que brandissait Solomon Wolofsky sans parvenir à en détacher les yeux, comme s'il s'agissait du document le plus mystérieux qui fût. *I tego arcana Dei.* «Je cache le secret de Dieu». C'était là le message codé que les membres de l'*Opus Magnum* avaient laissé sur la tombe de Jeanne Mance à l'intention de ceux qui les suivraient. Le message vers lequel, d'outre-tombe, Jean-Baptiste-Michel Leclair avait guidé son fils, grâce au médaillon qu'il avait eu la prévoyance de faire fabriquer avant d'être assassiné par le *Gladius Dei*.

Autour de la table régnait un silence révérencieux. Sans oser les formuler de vive voix, tous se posaient les mêmes questions.

— Le secret de Dieu, finit par déclarer Beaugrand. Il s'agit forcément de l'*Argumentum*.

— Sans doute, mais qui le cache? Qui est ce «je»? Et où se trouve-t-il? renchérit Perreault.

— J'ai la détestable impression d'avoir fait un pas en avant sans avancer d'un poil, marmonna Belval.

— Mais non! Nous avons quand même fait des progrès, intervint Ouimet du ton conciliant d'un aimable grand-père. Cette anagramme est la preuve irréfutable que l'*Opus* a indiqué la voie à suivre pour récupérer l'*Argumentum* et que nous la suivons bien. Il ne faut pas perdre courage, mes amis. Cherchons encore, c'est tout!

Avec une infinie lassitude, Belval se passa les mains sur la figure.

— Peut-être sommes-nous simplement dans un cul-de-sac, déclara-t-il faiblement, d'une voix éteinte.

— Il n'en est pas question ! s'insurgea madame Fontaine, avec une attitude offensée. Tu n'y penses pas !

Le médecin inspira profondément avant de vider ses poumons en hochant la tête. La façon dont ses épaules s'étaient affaissées en disait long sur son état d'esprit. Il avait tout d'un homme abattu et résigné. D'un geste harassé, il désigna le message décodé par Solomon.

— Je sais que c'est terrible à dire, avoua-t-il, surtout dans les circonstances, avec la vie de Julie dans la balance, mais je commence à me demander s'il est possible d'aller plus loin. J'espère de tout mon cœur avoir tort, mais j'ai l'impression qu'il nous manque quelque chose, que nous ne disposons pas de l'information nécessaire pour donner un sens à ce message.

— Explique-toi, l'encouragea Beaugrand, inquiet.

— Eh bien, reprit le médecin en hésitant un peu, nous savons qu'après la disparition de la colonie d'Arcadie, l'*Argumentum* a été récupéré par Paul de Chomedey et ceux qui l'accompagnaient. Nous savons aussi que, dès lors, les autorités de l'ordre ont décidé de compartimenter l'information. L'*Argumentum* serait déposé dans une cachette dont seulement deux lignées, les Leclair et les Aumont, détiendraient la clé – la piste qui mènerait jusqu'à lui. Même eux ne connaîtraient pas l'emplacement. De cette façon, personne ne détiendrait l'ensemble des faits et l'endroit serait gardé secret jusqu'à ce qu'il en soit décidé autrement.

— C'est bien ça, oui, confirma le commandeur. Où veux-tu en venir ?

— Patience, j'y arrive. Nous avons percé le sens de la clé et nous savons maintenant qu'elle menait à la tombe de Jeanne Mance.

Il s'arrêta un instant pour boire une gorgée de café, grimaça en constatant qu'il était tiède, désigna la base de la pierre tombale puis ramassa le papier sur lequel Solomon avait écrit le résultat de l'anagramme déchiffrée et le brandit avec désillusion.

— « Je cache le secret de Dieu », soupira-t-il avec dépit. Ça ne semble mener nulle part. Et si l'ordre avait compartimenté l'information encore plus que nous le pensions ? Peut-être qu'au moment voulu, des directives additionnelles seraient venues de sa part ?

Il leva les yeux et les dévisagea un par un, l'air grave.

— Je crois que nous serions bien avisés d'essayer de nouveau de contacter Paris, suggéra-t-il.

— Tu sais bien que c'est trop risqué, rétorqua sèchement Ouimet. Et le temps presse. Même dans des circonstances idéales, nous ne pouvons pas patienter pendant des mois pour obtenir une réponse.

Belval se contenta de hausser les sourcils en signe d'impuissance.

— Alors, espérons que j'ai tort. Sinon, nous avons frappé un mur.

Beaugrand se leva lentement de son fauteuil, avec des airs de vieil homme.

— Ne désespérons pas si vite, dit-il en se tenant les reins à deux mains.

Il se rendit à la fenêtre et écarta un peu les rideaux pour jeter un coup d'œil à l'extérieur. Puis il tira sa montre de son gilet et la consulta.

— Le jour se lève, déclara-t-il. Nous sommes tous si épuisés que nous ne verrions pas le nez dans la face de notre voisin si notre vie en dépendait. Il y a deux chambres équipées de lit double, plusieurs fauteuils et un canapé. Rien de très neuf, je le crains, mais c'est mieux que rien. Il y a des pichets d'eau et des bassins pour ceux qui veulent faire un brin de toilette – particulièrement ceux qui ont profané des tombes. Je suggère que nous dormions quelques heures. Nous en avons grand besoin. Et de toute façon, sortir en plein jour serait trop risqué. Peut-être verrons-nous plus clair dans tout ça une fois que nous serons un peu reposés.

Personne n'eut la force d'offrir davantage que des protestations de principe, et encore, sans grande conviction. Se soutenant l'un l'autre dans leur affliction, les Fontaine se retirèrent dans une des chambres. L'autre fut accordée à Ouimet et Beaugrand. Sans même penser à l'offrir à ses compagnons, Perreault s'allongea sur le canapé et, avec précaution, déposa sa tête douloureuse sur le bras rembourré du meuble. Solomon, Belval et Pierre durent se contenter des fauteuils. Dans l'état d'éreintement où ils se trouvaient, ils y virent les plus invitantes des couches. Tous retirèrent leurs souliers, remplissant la pièce d'une odeur qui n'avait rien de fleuri, et ceux qui portaient encore la cravate la détachèrent. Les vestes furent enlevées et roulées pour en faire des oreillers de fortune. Pas un mot ne fut prononcé. Plus personne n'en avait la force. Seuls quelques soupirs de détente montèrent dans le salon. En quelques minutes, tous sombrèrent dans un sommeil aussi profond que la mort.

Pierre ne rêva pas. Sans doute était-il trop fatigué pour cela. Lorsqu'il rouvrit l'œil, la lumière entre les rideaux lui indiqua qu'il faisait grand jour. Il consulta sa montre. Midi dix-huit. Il comprit avec étonnement qu'il avait dormi presque six heures. Il s'ébroua pour s'éclaircir les idées. Autour de lui, les autres dormaient encore à poings fermés. Affalé dans son fauteuil, Solomon ronflait béatement, la tête renversée vers l'arrière. Belval, lui, dormait calmement, droit comme un chêne, tandis que Perreault, allongé sur son divan, s'agitait et semblait rêver.

Le jeune homme choisit de ne pas les réveiller tout de suite. De toute façon, Beaugrand avait raison : même s'ils arrivaient à tirer quelque chose de la pierre tombale, le bon sens exigeait qu'ils ne sortent pas de l'appartement avant la nuit.

Il resta là un moment, perdu dans des pensées qui n'avaient rien d'encourageant. Il avait du mal à croire que, voilà trois semaines à peine, cette folle histoire n'existait pas. Pas d'*Argu-*

mentum, ni d'*Opus Magnum* ou de *Gladius Dei*. Pour lui, les gens étaient ce qu'ils prétendaient être. Pas de tromperie, de double langage, d'assassinats, de poursuites dans les rues, d'exhumation de cadavres. Sa vie absolument normale lui manquait amèrement. Il avait suffi qu'il cherche à obtenir son acte de baptême pour qu'elle bascule à jamais.

Plus rien ne serait pareil, même s'il retrouvait Julie. Lui-même était irrémédiablement changé. Tout était sens dessus dessous. Il avait perdu son identité, son passé et ses racines. Ses souvenirs étaient faux et sans valeur. Il avait pillé, battu et tué. Et il n'était même pas certain de tout comprendre. Il avait l'impression persistante qu'on lui cachait des choses, qu'on le manipulait. Il se sentait coincé entre les intérêts opposés des trois groupes qui se disputaient l'*Argumentum*. Surtout, il cherchait désespérément cet objet que tous considéraient important sans même savoir ce qu'il racontait. Au fond, il courait droit devant lui sans savoir où il allait. Mais il n'avait pas d'autre choix.

Il se redressa dans le fauteuil, se pencha et étira le bras pour saisir la base de la pierre tombale afin d'en réexaminer le message à tête reposée. Peut-être y verrait-il quelque chose qui leur avait échappé. Les mains encore ramollies par le sommeil, l'objet lui glissa entre les doigts et tomba sur le sol. Il se raidit, certain qu'il avait réveillé ses deux compagnons, mais il n'en était rien. Tous dormaient encore comme des loirs. Tout au plus Perreault grommela-t-il un peu.

Il ramassa la pierre et se cala dans son fauteuil pour l'observer dans le rayon de lumière qui filtrait entre les deux rideaux et faisait briller la poussière en suspension dans l'air. Après quelques minutes, il dut se rendre à l'évidence. Rien n'avait changé. Le même symbole. La même phrase. *Et in Arcadia Ego*. « Même à Arcadie, j'existe ». La même silhouette féminine formée de lignes pointillées. Il soupira et fit distraitement glisser ses doigts sur la surface de granit soigneusement polie. La réponse devait bien se trouver quelque part.

Il réfléchissait lorsqu'une douleur vive au bout de l'index le fit sursauter. Intrigué, il y vit perler une goutte de sang. Il s'était piqué. Mais sur quoi? Il porta son doigt à sa bouche pour le sucer et, perplexe, examina la dalle. Il lui fallut un moment pour apercevoir quelque chose sous la lettre «D» d'*Arcadia*. Une éclisse de pierre semblait s'être soulevée. Il inclina l'objet dans la lumière pour s'en assurer. Aucun doute. Le choc avait dû déloger un éclat lorsqu'il avait échappé la pierre.

Sans réfléchir, il glissa son ongle sous l'éclisse et la souleva. À son étonnement, elle se décolla sans difficulté au lieu de se briser. Son souffle resta coincé sous sa poitrine. Sous le «D» d'*Arcadia* se trouvait maintenant un «A».

— Debout, tout le monde! hurla-t-il à tue-tête, incapable de contenir son excitation. Debout! Vite! J'ai trouvé quelque chose.

Sur le canapé, Perreault se mit à se débattre comme un noyé paniqué alors que, dans leurs fauteuils, Wolofsky et Belval ouvraient des yeux si ronds qu'on aurait cru qu'ils venaient de s'asseoir fesses nues sur un bloc de glace. L'instant d'après, Beaugrand, Ouimet et les Fontaine surgirent des chambres.

— Quoi? Quoi? s'écria le maire en accourant, blanc comme un linceul. Que se passe-t-il? Qu'as-tu trouvé?

— Voyez vous-même, répondit Pierre en lui tendant la petite dalle. Je l'ai échappée et un éclat s'est soulevé.

Beaugrand prit l'objet et examina la découverte. La pierre passa de main en main jusqu'à ce que tous en aient pris connaissance.

— Bon Dieu, fit Belval.

— Finalement, Solomon, ton truc de la cuillère n'était peut-être pas si bête, déclara Ouimet.

L'ancien premier ministre disparut dans la cuisine et en ressortit avec un couteau de cuisine. Il s'installa à la table, disposa la base de la pierre tombale devant lui et, avec la pointe, se mit à tester méthodiquement la surface sous chacune des lettres. Il ne fallut pas longtemps pour que, sous le «N» de *in*, un second éclat se soulève pour révéler un autre «A».

— C'est incroyable, murmura-t-il en examinant l'envers de l'éclat qu'il venait de dégager. Quelqu'un l'a sculpté dans la même pierre pour qu'il s'adapte parfaitement à la lettre gravée et l'a collé à sa place. Il était tout à fait invisible. Celui qui a fait ça n'était pas seulement un tailleur de pierre, mais un véritable artiste.

— Il n'y a rien d'autre?

— On dirait bien que non.

— «Je cache le secret de Dieu», ajouta Beaugrand, médusé. Le «je» indiquait que c'était littéralement la pierre qui parlait.

Gertrude et Émile Fontaine échangèrent un regard dans lequel l'espoir renaissait et se donnèrent la main. Puis tous se concentrèrent sur ce qui apparaissait maintenant sur la base de la pierre tombale.

Et In Arcadia Ego
A   A

— Deux petites lettres de plus, déclara Ouimet, contrarié. C'est bien peu. Quelqu'un a une idée?

— *Et in Arcadia Ego* à l'horizontale, *Na* et *Da* à la verticale. Nous n'allons quand même pas jouer aux mots croisés! s'impatienta Belval. Ça n'a aucun sens!

— Au contraire, c'est plein de sens, intervint Solomon. Il ne s'agit pas de mots croisés, mais d'une abréviation.

Tous le dévisagèrent anxieusement, attendant qu'il veuille bien exprimer sa pensée. Le marchand resta penché sur la pierre, les coudes sur les cuisses, les doigts entrelacés, aussi immobile qu'une des statues du musée de l'Art Association.

— L'abréviation de *Nostra Domina*, compléta-t-il enfin. Au fond, nous aurions dû y penser bien avant. C'était une évidence.

— Quoi? explosa madame Fontaine, qui n'y tenait plus. Explique-toi, Solomon!

Il finit par relever lentement la tête pour les dévisager d'un air grave.

— Mes amis, depuis le tout début, l'*Argumentum* se trouve sous notre nez. Dans la basilique Notre-Dame.

32

D ANS LE REFUGE TEMPORAIRE de l'*Opus Magnum*, la fébrilité était palpable. En perçant le message adroitement dissimulé sur la pierre tombale, Solomon Wolofsky avait fait renaître l'espoir d'en finir. Si le petit marchand avait vu juste, la conclusion était proche, et bientôt, l'ordre récupérerait son bien. Alors que tout le monde parlait en même temps, Pierre secoua lentement la tête. Puis il jeta un pavé dans la mare.

— C'est impossible, déclara-t-il, l'air sombre. Solomon se trompe.

Autour de la table, le silence se fit graduellement.

— L'*Argumentum* ne peut tout simplement pas être caché dans la basilique Notre-Dame, expliqua-t-il.

— Pourquoi? rétorqua Solomon, un peu piqué dans son orgueil.

— Parce qu'elle n'existait même pas lorsque la pierre tombale de Jeanne Mance a été installée, laissa tomber le jeune homme. Elle a été construite entre 1824 et 1829 – cent cinquante-six ans très exactement après que le message ait été installé dans la crypte de l'ancien Hôtel-Dieu.

Du menton, il désigna la pierre tombale et la base sur la table et, en signe de résignation, haussa les sourcils avant de poursuivre.

— Jeanne Mance est morte en 1673. À moins de faire de la divination, je ne vois pas comment les membres de l'*Opus* qui vivaient à cette époque et qui l'ont enterrée auraient pu diriger ceux qui les suivraient vers un édifice qui n'existerait qu'un siècle et demi plus tard.

— Peut-être avaient-ils déjà planifié la construction de la basilique? suggéra naïvement monsieur Fontaine, sans avoir l'air de trop y croire.

Pierre hocha négativement la tête en faisant la moue.

— Ce ne serait pas si bête, si ce n'était du fait qu'elle a été décidée par les sulpiciens, qui étaient responsables de la paroisse Saint-Nom-de-Marie. Je crois que nous pouvons prendre pour acquis qu'ils ne faisaient pas partie de l'*Opus Magnum*?

En posant cette question, il revécut momentanément l'amertume ressentie lorsque Gérard Mofette, le supérieur du Collège de Montréal, l'avait congédié sans aucune forme de procès, après qu'on lui eut transmis la photographie prise le soir de son initiation dans la loge Les Cœurs réunis. Il chassa ce sentiment devenu inutile. Ce qui était fait ne pouvait être changé. Il ne serait probablement plus jamais professeur d'histoire.

— Non, évidemment, admit Beaugrand.

— Et l'architecte James O'Donnell, qui en a dessiné les plans? Il en était, lui?

— Non.

— Et John Ostell, qui a complété les deux tours en 1843? insista Pierre, un peu plus sèchement qu'il ne l'aurait voulu.

— Non plus.

— Alors, s'il n'existe aucun lien entre l'*Opus Magnum* et la construction de la basilique, comment aurait-on pu l'indiquer à l'avance comme reposoir de l'*Argumentum*? *Na* et *Da* doivent vouloir dire autre chose.

— En espagnol, *nada* veut dire «rien», ricana amèrement Belval. Peut-être que tout cela n'est qu'une sinistre farce.

Un silence chargé d'appréhension tomba sur les lieux. Si le médecin avait raison, aussi invraisemblable que ce fût, leur course contre la montre avait été vaine. Les morts étaient survenues pour rien.

— Cela n'a aucun sens. Pourquoi l'ordre se serait-il joué de ses propres membres? fit Solomon en hochant énergiquement la tête. Il faut que ce soit Notre-Dame. *Nostra Domina*. Tout se tient.

— Peut-être observons-nous toute l'affaire par le mauvais bout, suggéra Perreault.

Tous se tournèrent vers lui, attendant la suite.

— Nous prenons pour acquis que le projet de basilique était lié à l'*Opus Magnum*, expliqua-t-il. Mais l'*Argumentum* aurait pu être tout simplement déposé secrètement dans la basilique. L'ordre aurait pu, en parallèle avec les travaux de construction, aménager discrètement une cache. Non?

— En d'autres mots, tu suggères que l'ordre aurait tout simplement parasité le projet, intervint Belval.

— La formule est un peu déprimante, mais juste, confirma l'avocat. Réfléchissez. Le bâtiment a été achevé voilà soixante ans et ses tours, voilà quarante ans. Avant la mort de Baptiste Leclair et la perte de la clé. Aucun de nous ne faisait encore partie de l'*Opus*. Nous n'en connaissions même pas l'existence. Le travail aurait été réalisé par nos pères ou nos grands-pères.

Dans une profonde réflexion, Beaugrand acquiesça lentement de la tête en se frottant la moustache.

— Si cette directive était venue de Paris, dit-il d'un ton distrait, nos pères auraient certainement obéi sans discuter. Et il n'y aurait aucune raison pour que nous en soyons informés aujourd'hui. Après tout, depuis 1642, il a été décidé de fragmenter l'information pour éviter que d'autres puissent retrouver l'*Argumentum*.

— Dans ce cas, la teneur de la clé aurait sans doute été modifiée en conséquence, ajouta madame Fontaine.

— Sans que nous le sachions davantage, insista le maire de Montréal.

Solomon saisit la base de la pierre tombale et la brandit.

— Donc, l'*Argumentum* pourrait bel et bien se trouver dans la basilique, même si elle a été construite bien après la pose de la pierre tombale de mademoiselle Mance, réaffirma-t-il.

— Mais, le cas échéant, où cela? demanda Émile Fontaine. Elle est immense, la basilique.

— Et nous ne savons même pas exactement ce que nous cherchons, renchérit Georges Belval.

— Une trace? Un signe? Un symbole? suggéra Solomon. Si l'*Argumentum* y est, on a forcément prévu un indice quelque part.

— Aussi bien chercher une aiguille dans une botte de foin, grommela Ouimet. Et le temps n'est pas de notre côté, je vous le rappelle.

— Personne ne le sait mieux qu'Émile et moi, Gédéon, rétorqua un peu sèchement Gertrude Fontaine.

L'ancien premier ministre lui tapota affectueusement la main avec son air de bon grand-père attentionné.

— Je sais, ma pauvre amie, je sais, compatit-il. Ne perds pas espoir. Nous faisons des progrès.

Pendant que la discussion faisait rage, chacun formulant des hypothèses sur la façon de retrouver l'*Argumentum* dans la basilique, Pierre se leva et s'éloigna. La tête lui tournait et il avait besoin d'un peu de silence et de paix pour réfléchir. Il se rendit à la fenêtre, écarta les rideaux et laissa son regard courir sur Montréal. La ville était peuplée de gens ordinaires qui ignoraient béatement qu'autour d'eux se déroulait un combat sauvage et plusieurs fois centenaire. Ils menaient une vie industrieuse, pieuse et modeste, sous l'emprise d'un clergé sévère, moralisateur et exigeant qu'ils respectaient et craignaient. Le petit peuple ne se posait pas de questions. Pour le Canadien français catholique de Montréal, cet état de soumission bonasse, rythmé par les obligations religieuses, allait de soi. C'était l'ordre naturel des choses, ordonné par Dieu et maintenu par le pape. Il en allait de même pour les Irlandais catholiques. L'Église régnait sur les âmes à travers son clergé et sur la nation par le biais de son gouvernement, qui mangeait dans la main des évêques et des archevêques.

Au fond, se dit-il, les choses n'avaient pas changé depuis les débuts de la colonie. Nonobstant l'entreprise occulte que l'*Opus* avait greffée au projet, Ville-Marie avait été un projet religieux, fondé par des dévots sincèrement soucieux d'évangéliser ceux qu'ils appelaient les «Sauvages». Ils avaient voulu ériger en Amérique une nouvelle Jérusalem peuplée de colons pieux menant une vie simple. *Ora et labora*. Le travail et la religion. Ensemble, les deux suffisaient à abrutir le peuple. L'expression remontait au Moyen Âge et, après tous ces siècles, elle n'avait rien perdu de sa pertinence. Dès les premiers temps, la ville s'était déployée autour des clochers et c'était toujours dans leur ombre qu'elle existait et se développait. Le calendrier liturgique rythmait la vie des fidèles et déterminait même le contenu de leur assiette. Les cloches ponctuaient la vie des ouvriers et de leurs familles, comme elles l'avaient toujours fait. À mesure que la population de Montréal augmentait, de nouvelles églises étaient construites, toujours plus grandes et plus fastueuses. Comme la basilique, qui était l'incarnation achevée du luxe et de l'opulence, mais aussi de la place centrale que l'Église et la religion occupaient à Montréal. Il était ironique qu'au cœur de cet édifice soit peut-être dissimulé l'objet qui pouvait causer leur perte.

Il se raidit soudain et, avec colère, se frappa sèchement le front avec la paume de sa main, puis se retourna vivement vers les autres.

— Bon Dieu… gronda-t-il. Comment ai-je pu ne pas y penser?

Tous le toisèrent, interdits. Il revint s'asseoir avec eux.

— Qu'y a-t-il donc? s'enquit Ouimet.

— L'*Argumentum* a simplement suivi le lieu de culte, affirma-t-il avec le calme et l'assurance de celui qui venait de comprendre une évidence.

— Que veux-tu dire?

— La basilique actuelle ne faisait que remplacer l'ancienne église Notre-Dame, qui était située de l'autre côté de la rue, à peu près là où se trouve maintenant la place d'Armes, expliqua-t-il, le souffle court.

Il prit la pierre tombale sur la table et la fit pivoter sur elle-même pour en exhiber le contenu aux autres.

— Jeanne Mance est morte en 1673, leur rappela-t-il en tapotant le chiffre avec insistance. Et vous ne devinerez jamais le reste.

— Quoi? insista Beaugrand avec impatience.

— On a commencé la construction de l'église Notre-Dame en 1672, laissa tomber Pierre, l'air entendu.

— Seulement un an avant? fit Ouimet, avec une moue d'introspection. Ma foi, voilà une bien curieuse coïncidence.

— Je ne crois pas que ça en était une, rétorqua Pierre, le regard enflammé. C'était une entreprise planifiée. La première église, elle, avait été construite pour abriter l'*Argumentum*.

— À t'entendre, on dirait presque que la demoiselle a attendu cela pour mourir, observa Perreault.

— Serait-ce vraiment si étonnant? renchérit Beaugrand. Elle avait prêté le même serment que nous tous et qui sait ce que l'*Opus* avait exigé d'elle? N'importe qui peut décider du moment de sa mort s'il a le moyen et le courage de se la donner.

Solomon observa la base de la pierre tombale, qu'il tenait toujours.

— Donc, selon toi, Pierre, demanda-t-il, la *Nostra Domina* qui est mentionnée sur la base de la pierre tombale serait l'ancienne église et non pas la basilique?

— C'est logique, non?

— Tout à fait. Malheureusement, le bâtiment n'existe plus, répondit le marchand, découragé. Nous n'allons tout de même pas nous mettre à fouiller la place d'Armes au pic et à la pelle.

Perreault se leva et, libérant sa frustration, abattit son poing dans le mur, qui s'enfonça sous le choc, libérant un nuage de plâtre. L'avocat retira son membre endolori sans même s'y arrêter.

— Sacrement! jura-t-il. On dirait que chaque fois que nous faisons un pas en avant, nous en faisons deux en arrière!

— Pas nécessairement, intervint Pierre. Depuis le dix-septième siècle, la légende veut qu'il ait existé un tunnel qui passait sous Notre-Dame pour relier l'église au couvent des sulpiciens. Ainsi, raconte-t-on, les prêtres pouvaient aller célébrer la messe à l'abri des intempéries.

— Et alors? fit Belval.

— Alors, si c'est vrai, il a sans doute été condamné lorsque l'ancienne église a été démolie en 1830, puisqu'il n'avait plus d'utilité.

Le visage de Barthélémy Perreault s'éclaira d'un large sourire espiègle.

— Et quiconque aurait voulu s'en servir après la construction de la basilique aurait pu le faire sans que personne ne le sache? suggéra-t-il.

— C'est mon idée, oui, répondit Pierre en lui rendant son sourire.

— Ce qui sous-entend que le tunnel mène à un endroit qui existe toujours, poursuivit l'avocat. Disons, dans les fondations de l'ancienne église?

— Tu lis dans mes pensées.

— Alors, l'entrée de ce tunnel, si elle existe, est ce que nous devons trouver, ajouta Solomon. Si tu as vu juste, Pierre, ceci limiterait nos recherches au plancher et aux murs du rez-de-chaussée.

Pensif, Ouimet frotta distraitement sa barbe blanche.

— Au risque de dégonfler votre enthousiasme, mes bons amis, la question demeure entière: que cherchons-nous?

— Une porte dérobée? Une issue? suggéra Émile Fontaine.

— Quoi que ce soit, déclara Pierre avec conviction, un symbole quelconque indiquera son emplacement, comme pour tout le reste. Il nous suffit d'être alertes et, si un accès existe, nous le trouverons.

Encouragé, Solomon arborait de nouveau une mine réjouie.

— Bon, en attendant, si vous êtes comme moi, dit-il en se frottant énergiquement les mains, vous crevez de faim! La dernière nourriture dont mon ventre se rappelle est le *kasheh* d'hier matin!

Tous acquiescèrent avec enthousiasme, découvrant à l'unisson à quel point ils étaient affamés. Le ventre de Pierre émit de puissants borborygmes qui, en temps normal, auraient été pour lui une source d'embarras.

— Il y a une taverne non loin d'ici, les informa le marchand. Je vais aller chercher de quoi manger.

Belval se leva d'un trait.

— Je t'accompagne. J'ai besoin de me dégourdir les jambes.

— Soyez prudents, leur rappela Beaugrand.

Le marchand et le médecin sortirent, laissant les autres, plus impatients qu'ils ne l'avaient jamais été de se rendre dans une l'église, eux dont l'ultime but était une Vengeance qui détruirait l'Église.

———

De l'autre côté de la rue, dans une chambre miteuse au deuxième étage d'un édifice qui l'était tout autant, un homme se tenait à la fenêtre. Immobile depuis des heures, un peu en retrait, il écartait légèrement les vieux rideaux sales et déchirés pour guetter discrètement l'extérieur. Depuis la veille, son compagnon et lui se relayaient toutes les deux heures et ne perdaient jamais de vue l'immeuble d'en face.

Soudain, l'homme se raidit.

— Ils sortent, dit-il.

Assis au fond de la pièce sur une chaise bancale, l'autre somnolait. Il ouvrit les yeux, instantanément alerte, et s'empressa de le rejoindre. Infirme depuis l'enfance, il boitait distinctement, son pied gauche raclant le sol à chaque pas, mais cela ne l'avait pas empêché d'être utile à la cause. À son tour, il jeta un coup d'œil prudent par l'ouverture.

— L'élégant médecin bourgeois et le marchand juif tout rabougri et fripé, ironisa-t-il d'une voix où se mêlaient l'amusement, le mépris et la haine. Rarement a-t-on vu couple plus dépareillé.

Wolofsky et Belval venaient d'émerger de l'immeuble où ils étaient entrés la nuit précédente ainsi que les autres membres de l'*Opus Magnum*. D'abord Wolofsky, Beaugrand et Moreau, à pied, sales et en mauvais état. Puis, quelque temps plus tard, les autres les avaient rejoints en voiture, Belval et Ouimet supportant Perreault. Derrière eux s'étaient trouvés les Fontaine. De toute évidence, quelque chose de grave s'était produit.

L'ordre au grand complet était regroupé entre quatre murs, de l'autre côté de la rue, coincé et à la merci d'une attaque. Jamais les usurpateurs n'avaient été aussi vulnérables. Mais, dans les circonstances, les tuer aurait été contre-productif. Pour servir de guides vers l'*Argumentum*, ils devaient vivre. Ensuite, peut-être, si la chose était nécessaire, ils seraient éliminés.

Si les deux hommes avaient monté le guet, c'était autant pour surveiller l'*Opus Magnum* que pour le protéger. Car la dernière chose qu'ils souhaitaient était de voir des membres du *Gladius Dei* rôder aux alentours. Dans ce cas, ils avaient instruction de les écarter discrètement. Un prêtre de moins serait toujours une bonne chose. L'important était de s'assurer que l'*Opus* ait la voie libre.

— Va avertir les autres de se tenir prêts, dit le premier homme. Puis reviens le plus vite possible.

— Je leur dis quoi ?

Belval et Wolofsky s'éloignaient d'un pas rapide et déterminé. Les deux discutaient ferme, visiblement excités.

— Que quelque chose se prépare, dit l'homme à la fenêtre.

L'autre sortit. Une minute plus tard, il émergea dans la rue et, en claudiquant, s'éloigna à son tour. Avec sa casquette molle sur la tête, la barbe de quatre jours qui lui couvrait les joues d'un voile sombre, son bleu de travail usé et sa veste de toile élimée, il avait l'air d'un ouvrier comme tous les autres. Dans ce quartier, il passerait inaperçu.

Personne ne saurait jamais qu'il allait contribuer à changer le monde. Une fois que les siens auraient récupéré l'*Argumentum*, rien ne serait plus jamais pareil. Les menteurs seraient démasqués et tomberaient. Les Justes régneraient enfin.

33

POUR LES MEMBRES de l'*Opus Magnum*, tenaillés par la fébrilité, le reste de la journée sembla durer une éternité, chaque minute s'écoulant dans une lenteur plus lancinante que les grains d'un sablier. Les murs un peu fanés de l'appartement leur donnaient l'impression de se refermer petit à petit sur eux jusqu'à les oppresser. Pour Gertrude et Émile Fontaine, qui vivaient dans l'angoisse perpétuelle de ne pas savoir si leur fille unique était morte ou vivante, l'attente était particulièrement cruelle.

Une trentaine de minutes après être sortis, Solomon et Georges revinrent, les bras chargés de victuailles. Ils rapportaient de la taverne de la viande de bœuf grillée accompagnée de patates et de légumes bouillis, des pâtés de mouton dégoulinant de sauce brune, du fromage Gloucester à la repoussante odeur de chaussettes sales, du pain frais, de la bière anglaise foncée et épaisse, ainsi que quelques bouteilles de bière d'épinette.

Tous se servirent avec un empressement vorace qui trahissait leur appétit.

— Il n'y avait rien de *kosher*[1], se lamenta Wolofsky, la bouche pleine. Me voilà devenu un vulgaire *traifnyak*[2]…

— Le pâté ne respecte peut-être pas ta religion, mais en tout cas, à te voir, il a l'air tout à fait comestible, le taquina Barthélémy.

---

1. Conforme aux prescriptions alimentaires du judaïsme.
2. Personne qui mange de la nourriture non cachère.

— Et le scotch que tu aimes tant, il est *kosker*, lui? renchérit Beaugrand, la mine amusée. Sinon, il faudra songer sérieusement à t'en priver. Tu ne voudrais quand même pas trop pécher aux yeux de Yahvé. Si je me souviens bien de mon Ancien Testament, il n'a pas très bon caractère...

— « C'est un Dieu jaloux et vengeur que Yahvé! Il se venge, Yahvé, il est riche en colère! Il se venge, Yahvé, de ses adversaires, il garde rancune à ses ennemis[1] », récita Ouimet, mi-figue mi-raisin, l'index brandi bien haut.

Solomon tira la langue avec un air espiègle de petit garçon.

— Bande de *goyim* ignorants, grommela-t-il sans arriver à cacher le sourire qui lui faisait friser les moustaches.

Autour de la table, de petits rires cyniques montèrent.

— Il ne manque que ce pauvre Maurice, soupira tristement Gertrude Fontaine, soudain au bord des larmes.

Un silence embarrassé et un peu honteux retomba sur le groupe et remplaça les quelques moments de légèreté. Pendant un instant, ils avaient oublié leur frère tombé au combat.

— Je crois que Maurice lui-même nous aurait dit qu'il ne sert à rien de nous sentir coupables, finit par dire Beaugrand. La meilleure revanche que nous pouvons lui offrir est de couper l'herbe sous le pied de nos ennemis et de retrouver l'*Argumentum* pour lequel il a donné sa vie.

— Tu as raison, grommela Ouimet. Il était courageux, notre frère Demers. Il n'aurait pas apprécié de savoir que nous nous apitoyions ainsi.

L'ancien premier ministre leva solennellement sa bouteille de bière.

— À Maurice Demers, dit-il.

Tous burent tristement à la mémoire de l'inspecteur. Le reste du repas se déroula en silence. Par la suite, certains tentèrent de profiter d'un ventre bien rempli pour dormir, mais sans succès, la fébrilité, l'anxiété ou la peur les empêchant de fermer l'œil ne

---

1. *Nahum* 1,2.

fût-ce qu'une seule minute. D'autres se contentèrent de rester assis dans le salon, réfléchissant à ce qui allait suivre, se demandant ce qu'ils allaient découvrir.

Pierre, lui, songea aux morts. Les siens et les autres. Depuis que la tourmente l'avait emporté, il avait perdu Adrien et, d'une certaine façon, ses parents, qui s'étaient avérés n'être que des étrangers payés pour jouer leurs rôles ; pour prétendre l'aimer. Quelques heures plus tôt, Maurice Demers, dont il avait appris à respecter la droiture et le courage, était mort sous ses yeux, exécuté comme un bœuf à l'abattoir. Et il y avait les autres, ces ennemis qu'il ne connaissait même pas : le jésuite Noël Garnier, devant chez lui ; Damase Thériault, qu'il avait dû abattre lui-même ; l'inconnu qui avait tenté de les assassiner dans la voiture, devant le couvent des Sœurs Grises ; le faux gardien de nuit ; l'abbé Simard ; le balafré, son deuxième meurtre, et ses hommes. Cela faisait beaucoup de morts. Beaucoup trop.

À sa façon, Pierre Moreau lui-même était mort, remplacé par un inconnu du nom de Joseph-Bernard-Mathieu Leclair. Et, plus que jamais, la vie de Julie était dans la balance. Le sort de sa bien-aimée dépendait de la validité de l'hypothèse qu'il avait formulée. Il ne pouvait qu'espérer avoir vu juste. S'il s'avérait qu'aucun tunnel ne reliait la basilique à l'emplacement de l'ancienne église Notre-Dame, tout serait perdu. Ceux qui la détenaient auraient beau accroître la pression en la martyrisant davantage, rien n'y ferait. Pierre ne voyait plus d'autre piste. L'*Argumentum* ne serait pas retrouvé. Julie serait achevée par ses ravisseurs. Il aurait l'impression de l'avoir lui-même tuée et ne pourrait plus endurer de vivre.

Le soleil finit par se coucher. Petit à petit, la nuit tomba.

— Il est temps, mes frères, décréta Honoré Beaugrand, le faciès cachant mal sa tension.

Tous se levèrent sans dire un mot, anxieux de partir.

— Il ne sert à rien d'y aller tous, remarqua le maire. Plus nous serons nombreux, plus nous risquons d'attirer l'attention et de nous marcher sur les pieds. Et puis, s'il arrivait un malheur, notre mission doit se poursuivre et j'ai la responsabilité d'assurer que l'ordre ne soit pas entièrement décimé.

— Plus nous serons, plus nous pourrons explorer efficacement la basilique, contra Émile Fontaine d'un ton qui trahissait son angoisse.

Beaugrand se plaça devant le notaire et lui prit les épaules.

— Émile, vieil ami, je ne peux qu'imaginer à quel point tu sens le besoin de bouger pour sauver ta fille, dit-il avec tendresse. Mais dans les circonstances, ton jugement n'est pas sûr. Tu pourrais agir sans réfléchir. Il vaut mieux confier la tâche à ceux d'entre nous qui ont maintenant l'habitude de ce genre d'aventure nocturne.

Il donna quelques petites tapes compatissantes sur l'épaule de monsieur Fontaine et se retourna vers les autres.

— Pierre, Solomon et Georges, vous irez à la basilique, ordonna-t-il. Barthélémy, te sens-tu capable de les accompagner?

— Ce n'est pas une coupure à la tête qui va m'empêcher de voir la fin de cette histoire, rétorqua l'avocat.

— Bien.

Le maire se rendit dans la cuisine. La porte d'une armoire grinça, puis monta le bruit de boîtes de fer-blanc que l'on entrechoque en les déplaçant. Il revint avec deux coffres en bois verni qu'il posa sur la table avant de les ouvrir. Chacun contenait deux pistolets au canon un peu plus court et à la crosse plus délicate que le Colt 45 que Pierre avait dû manipuler jusque-là. Il les sortit de leur contenant et les distribua à chacun des quatre hommes.

— Enfield Mark 1, six coups, annonça-t-il. Maurice lui-même en avait recommandé l'acquisition. Le révolver de service de l'armée britannique et de la police montée du Nord-Ouest canadien. Plus facile à manipuler et à cacher, et recul moins prononcé. Enfin, c'est ce qu'il disait. Ils sont fraîchement huilés et chargés. Je préfère vous savoir bien armés.

D'un même geste, les quatre hommes glissèrent l'arme dans leur ceinture et boutonnèrent leur veste pour en masquer la présence. Gertrude Fontaine se précipita dans les bras de Pierre.

— Sauve ma fille, l'implora-t-elle entre deux sanglots. Je t'en prie, Pierre, ramène-moi ma petite Julie.

— Je vous assure que personne au monde ne le veut plus que moi, madame Fontaine, répondit le jeune homme en retenant les larmes qui menaçaient de s'échapper de ses yeux. Je ferai tout ce que je pourrai. Je vous le promets.

— Je sais, mon garçon, dit la dame en lui posant sur la joue une caresse maternelle.

Émile s'approcha et détacha doucement sa femme de son futur gendre afin qu'il puisse partir. Pierre empocha le médaillon et attendit Barthélémy et Solomon. Ensemble, ils sortirent.

———

Pierre, Solomon, Barthélémy et Georges se glissèrent dans la nuit après s'être assurés que la rue Sainte-Élizabeth était déserte. En chemin, ils ne croisèrent qu'un ouvrier boiteux à la barbe en mal de rasoir, une casquette molle remontée sur le coin de la tête, qui ne leur accorda aucune attention.

Ils suivirent Fullum en longeant les murs, faisant à rebours une partie de leur trajet de la nuit précédente. Une fois dans Sainte-Catherine, ils finirent par repérer un fiacre rangé le long de la rue. Après avoir observé longuement les alentours pour vérifier que personne ne les suivait, ils réveillèrent le cocher et se firent conduire à leur destination. Pendant la vingtaine de minutes qu'avait duré le voyage, personne dans la cabine ne dit un mot.

Par mesure de précaution, ils descendirent au coin de Notre-Dame et Saint-Laurent, à quelque distance de la basilique. Ils franchirent le reste de la distance à pied en longeant les façades des boutiques, faisant attention de rester le plus possible sous les auvents, où ils étaient moins visibles. Parvenus au coin de Saint-Sulpice, ils se blottirent contre un édifice pour observer la basilique. Les deux hautes tours carrées qui se détachaient contre la lumière d'un croissant de lune donnaient à Notre-Dame des airs de démon cornu qui semblait n'attendre que leur passage par une des trois grandes portes de la façade pour les dévorer.

— Quelqu'un a pensé à une façon d'entrer ? s'enquit Solomon.

— Avec efficacité, rétorqua Pierre.

Sans s'expliquer davantage, il leur fit signe de le suivre et, après avoir soigneusement scruté chaque côté de la rue, il la traversa en courant. Les autres lui emboîtèrent le pas et le rejoignirent derrière la basilique. Devant eux se trouvait la porte arrière par laquelle il avait surgi, voilà quelques jours à peine, à la poursuite de Julie et de l'homme qui l'avait escortée.

— Sortez vos armes, ordonna-t-il. On ne sait jamais.

Perreault, Wolofsky et Belval obéirent. Les Enfield tout neufs scintillèrent dans un rayon de lune. Sans hésitation, Pierre s'avança vers la porte et, d'un coup de coude sec, brisa le verre de l'unique carreau. Le tintement des fragments qui éclataient sur le sol, à l'intérieur, leur sembla aussi bruyant qu'une fanfare un jour de Saint-Jean-Baptiste. Ils se figèrent dans la pénombre, révolver au poing, mais rien ne se produisit.

— La basilique est gardée, la nuit ? s'enquit Solomon.

— Aucune église ne l'est, répondit Barthélémy. Dans plusieurs paroisses, on ne verrouille même pas les portes.

— Avec les calices et les ciboires en or dans le tabernacle ? s'étonna le marchand.

— Lui, on le verrouille. Même les curés ne sont pas entièrement stupides.

— Je me disais, aussi.

Pierre enfouit le bras dans le carreau cassé. Après quelques tâtonnements, il trouva le loquet et le fit glisser. Puis il ouvrit la porte.

— Allons-y, murmura-t-il.

Belval entra le premier, suivi de Perreault et de Wolofsky. Pierre les suivit et referma doucement. Plongés dans le noir, ils laissèrent glisser leurs mains le long du mur et avancèrent avec prudence dans le couloir – celui-là même où Julie lui avait échappé.

Ils aboutirent dans la basilique vide. Comme la vaste majorité des Montréalais, Pierre n'y avait jamais mis les pieds autrement qu'en plein jour, alors que les rayons du soleil semblaient animer les scènes dans les magnifiques vitraux et que la lumière permettait de voir tous les détails de la décoration multicolore. En pleine nuit, faiblement éclairée par quelques cierges perpétuels qui ne produisaient qu'un faible halo jaunâtre, elle avait une toute autre apparence. Le temple avait beau être érigé à la gloire de Dieu, à cette heure indue, il dégageait une atmosphère glauque et sinistre, comme si des esprits malfaisants profitaient de l'absence nocturne des fidèles pour s'y déployer. Le jeune homme avait l'impression de se trouver dans une vaste caverne abandonnée où l'écho des pas se répercutait à l'infini. Même après avoir tendu l'oreille pour confirmer que la basilique était vide, aucun des quatre hommes ne rangea son arme.

— *A klog iz mir*[1], chuchota Solomon d'une voix qui tremblait un peu, avant de déglutir bruyamment.

— Allons, fit Perreault avec assurance. Ce n'est qu'une église.

— Une église chrétienne.

— Bon, lorsque tout ça sera fini, je t'accompagnerai dans une synagogue et tu pourras te purifier tout ton soûl. C'est mieux?

Son regard errant dans l'immense bâtiment vide, Pierre se remémora la dernière fois qu'il avait mis les pied dans la basilique. La dernière fois qu'il avait vu Julie et presque réussi à la reprendre. Presque. Et c'était par la suite qu'on avait commencé à lui envoyer des doigts de sa bien-aimée. Son échec avait eu pour conséquence les mutilations qu'elle avait subies. Comme si le sort avait voulu le punir.

— C'est... grand, soupira Belval, un peu découragé. Surtout quand il faut fouiller sans savoir ce qu'on cherche.

Perreault tira sa montre de son gilet et l'inclina pour la consulter dans la lumière blafarde d'un cierge.

---

1. Pauvre de moi.

— Il est presque onze heures du soir. La première messe est à sept heures demain matin. Il faudrait être partis bien avant. Disons à cinq heures au plus tard. Ça nous donne six heures pour trouver.

Solomon se tourna vers Pierre.

— Toujours aucune idée de ce que nous cherchons? s'enquit-il.

— Non, répondit Pierre en secouant la tête, mais il y aura sans doute une certaine logique avec la piste suivie jusqu'à présent. Soyez aux aguets pour des formes comme les angles droits de l'ordre, le triangle inversé ou tout autre symbole féminin. Ou peut-être l'équerre et le compas maçonniques. Ou alors des sentences liées à la mort et au tombeau, comme celles sur le médaillon. Examinez tout : les pierres, les dalles du plancher, les tableaux, les décorations, les boiseries, les inscriptions. Fouillez les chapelles latérales, les confessionnaux, le sanctuaire, le baptistère. Regardez sous chaque banquette. Quelque part se trouve le passage vers l'ancienne église ou, au moins, l'indice qui nous y conduira.

— Et si nous trouvions tout simplement les mots *Et in Arcadia Ego* gravés quelque part? suggéra Belval avec un demi-sourire.

— Ce serait bien trop simple.

Pierre posa les mains sur ses hanches et réfléchit en se mâchonnant distraitement la lèvre inférieure. Ses compagnons avaient raison. La basilique était désespérément grande pour quatre hommes cherchant au hasard.

— Nous sommes quatre, finit-il par déclarer. Commençons chacun par un coin et longeons un mur. Nous verrons bien ce que ça donne.

Tous rangèrent leur arme. Belval saisit un cierge perpétuel, le retira de son socle et le passa à Solomon. Il en fit autant pour Barthélémy et Pierre. Longs de plus de deux pieds et d'un diamètre de trois ou quatre pouces, ils éclaireraient peut-être faiblement, mais ils le feraient longtemps.

— Bon, allons-y, soupira l'avocat, l'immensité de la tâche qu'il entreprenait inscrite sur le visage.

Ils allaient se séparer lorsqu'une voix retentit derrière eux.

— Ne bougez pas !

34

Jérusalem, 970 avant notre ère

SALOMON, FILS DE DAVID, gendre du pharaon et roi d'Israël, se tenait sur le mont Moriah. La légende voulait qu'à cet endroit précis, Abram ait accepté de sacrifier son fils, Isaac, à la demande du Seigneur. C'est pourquoi Salomon y avait fait construire le temple qui deviendrait la gloire de la nation d'Israël et que David, son père, aux prises avec des guerres constantes, n'avait jamais pu ériger. En le désignant comme son successeur, après un règne de quarante ans, David avait fait promettre à son fils d'offrir à Yahvé une demeure digne de lui. Car il n'était pas juste que le peuple fît des sacrifices à son dieu sur les hauteurs, en plein air. Pas plus qu'il n'était acceptable que l'Arche d'Alliance fût abritée sous une simple tente.

Salomon avait réalisé le vœu de son père. Régnant sur un royaume qui s'étendait du pays des Philistins aux frontières de l'Égypte, il avait entrepris la construction du temple de Yahvé en même temps que celle de son palais et de la muraille autour de Jérusalem. Hiram, roi de Tyr, un vieil ami de son père, lui avait fourni des artisans talentueux ainsi que du bois de cèdre du Liban et de genévrier. Pendant ce temps, lui-même avait levé une corvée de deux cent mille hommes dans tout le royaume pour faire tailler les pierres, de sorte que tous les matériaux avaient été apportés sur le chantier prêts à être assemblés. C'était à peine si l'on avait entendu un coup de maillet durant la construction.

La nation tout entière avait travaillé à l'érection de la maison de Dieu, où les Tables de la Loi seraient conservées. Maintenant que les travaux étaient terminés, après sept années d'efforts, Salomon était fier de ce qu'il avait accompli. Le temple était le plus magnifique qui fût et on en chanterait les louanges dans le monde entier. Les souverains de toutes les nations en seraient jaloux. Mais, surtout, Yahvé y règnerait et veillerait sur son peuple.

Le bâtiment de trois étages faisait soixante coudées de long sur vingt de large et trente de haut. Son entrée était encadrée par deux immenses colonnes de bronze hautes de dix-huit coudées et d'un diamètre de douze coudées, coulées par le bronzier Hiram Abif, fils d'une veuve de la tribu de Nephtali et artisan réputé entre tous. Chacune était surmontée d'un chapiteau au treillis orné de grenades et de lys. Les murs étaient parsemés de fenêtres grillagées. À côté s'élevait une annexe qui servirait d'entrepôt. À l'intérieur, Salomon avait fait couvrir le plafond et les murs de bois de cèdre, alors que le plancher était en bois de genévrier. Selon ses directives, on avait sculpté le bois des murs et du plafond de rosaces, de coloquintes et de guirlandes. Tout l'intérieur du temple était revêtu d'or fin.

Au cœur du temple, qui n'était en réalité qu'un luxueux écrin, derrière un rideau de pourpre violette et écarlate, il avait ordonné que l'on aménageât le Debir, un Saint des Saints de vingt coudées de long, vingt de large et vingt de haut, dont les murs, le plancher et le plafond étaient, eux aussi tapissés de feuille d'or pur. Devant l'entrée, il avait fait ériger un glorieux autel en bois de cèdre recouvert d'or et installer des chaînes en or massif qui interdiraient l'accès au Saint des Saints. Dans celui-ci se trouvaient deux magnifiques chérubins sculptés, dorés eux aussi, leurs ailes déployées touchant les parois et se rejoignant au centre. Sur les murs, comme sur ceux du temple, il avait fait sculpter d'autres chérubins, des rosaces et des palmiers. C'était dans ce Saint des Saints que l'Arche d'Alliance serait déposée, reposant sous le glorieux baldaquin formé par les ailes des chérubins. À jamais, les Tables de la Loi, qui liaient le Seigneur et son peuple depuis Abram et Moïse, et qui avaient assuré à Israël sa puissance, seraient préservées et adorées. Une fois effectué le dépôt sacré, le Debir serait fermé par des vantaux en bois d'olivier revêtu de feuille d'or.

Ce moment, dont la préparation avait occupé le plus clair du règne de Salomon, était enfin arrivé. Depuis plus d'une heure, il observait la longue procession qui avançait lentement vers le parvis du temple. Comme il se devait, elle était formée exclusivement des prêtres de la tribu de Levi, responsables des Tables de la Loi depuis que Jacob les avait désignés, des siècles auparavant.

Les cent vingt prêtres avaient revêtu leurs habits sacerdotaux. Le cœur en fête, ils avançaient gaiement en jouant de la lyre, de la cithare, des cymbales et de la trompette. Devant eux marchait le grand prêtre Sadoq, un très vieil homme à la longue barbe et à l'air grave, coiffé d'une couronne. Il était splendide dans ses riches vêtements brodés de bleu, de pourpre et d'écarlate, sur lesquels s'ajoutaient une longue robe sans manches tissée de pourpre et ornée de clochettes, un tablier brodé retenu aux épaules par des pierres d'onyx gravées des noms des douze tribus d'Israël et un pectoral orné de douze pierres précieuses.

Ployant sous le poids de l'Arche jadis construite sur l'ordre de Moïse, les épaules meurtries par les barres d'or passées dans les anneaux, quatre prêtres avançaient en titubant. Leur fardeau d'or scintillait dans le soleil de midi. Ils gravirent difficilement les marches qui menaient au temple. Là, haletants, ils s'immobilisèrent sur le parvis et déposèrent délicatement l'Arche sur les dalles de pierre. Puis ils se retirèrent, laissant la place à des remplaçants frais et dispos. Derrière eux se tenaient les prêtres qui portaient les objets sacrés destinés à accompagner l'Arche dans le Debir.

Devant les portes ouvertes du temple, Salomon ouvrit grand les bras et attendit que la multitude massée devant le temple se taise. Lorsque le brouhaha fut tombé, il s'adressa à son peuple.

— J'ai construit la maison pour le nom de Yahvé, Dieu d'Israël, s'écria-t-il d'une voix forte qui portait loin, et j'y ai fixé un emplacement pour l'Arche, où est l'Alliance que Yahvé a conclue avec nos pères lorsqu'il les fit sortir d'Égypte[1]. Que ce temple soit, pour toujours et à jamais, le dépôt sacré des Lois qui nous furent données par le Seigneur, et que Yahvé notre Dieu vienne habiter le Saint des Saints pour veiller sur elles!

— Amen! s'écria d'une seule voix l'assistance enthousiaste avant d'éclater en cris de joie.

Lorsque le tonnerre de voix s'atténua un peu, Salomon se lança dans une invocation, le visage levé vers les cieux.

— Écoute les supplications de ton serviteur et de ton peuple Israël, lorsqu'ils prieront en ce lieu, s'écria-t-il pour que tous entendent. Toi, écoute du lieu où tu résides, du ciel, écoute et pardonne. Rends au méchant son dû en faisant retomber sa conduite sur sa tête, et justifie l'innocent en lui rendant selon sa justice. Écoute du ciel, pardonne le péché de tes serviteurs et de ton peuple Israël et arrose de pluie la terre, que tu as donnée en héritage à ton peuple[2].

Il continua pendant longtemps, implorant sincèrement et humblement la protection de Yahvé contre les fléaux et les épidémies, la guerre, la misère, le péché, le malheur et les tentations.

— Dresse-toi, Yahvé Dieu, poursuivit-il d'une voix proche de l'extase, fixe-toi, toi et l'Arche de ta force! Que tes prêtres se revêtent du salut et que tes fidèles jubilent dans le bonheur[3]!

Une fois sa prière achevée, dans une grandiose cérémonie visant à attirer sur le temple les bénédictions divines, le roi d'Israël fit immoler vingt-deux mille bœufs et cent vingt mille moutons par les prêtres sacrificateurs. L'holocauste dura pendant des heures et le sang frais inonda la cour intérieure du temple. Quand toutes les bêtes furent mortes et que des bûchers remplis

1. *1 Rois* 8,20-21.
2. *2 Chroniques* 6,21-22.27.
3. *2 Chroniques* 6,41.

de leurs carcasses emplirent le ciel d'une fumée âcre, Salomon fit signe aux prêtres qui attendaient sur le parvis de reprendre leur marche et s'écarta pour leur céder le passage. Placés aux quatre coins de l'Arche, ils s'accroupirent pour déposer les barres d'or sur leurs épaules, puis, à l'unisson, se relevèrent en maintenant l'équilibre de leur lourd fardeau. Ils avancèrent, le grand prêtre Sadoq toujours à leur tête.

Une trentaine de pas de plus et ils disparurent à l'intérieur, les autres prêtres demeurant sur le parvis. Salomon entra à leur suite et ne put s'empêcher de s'émerveiller comme s'il s'agissait de la première fois qu'il voyait le sanctuaire. Dans la demeure de Yahvé, tout n'était qu'or et lumière. Il renversa la tête vers l'arrière pour admirer le plafond, si haut que même lui, roi d'Israël, se sentait petit et humble. Des larmes d'émotion embuèrent ses yeux. Toute cette beauté était pour Dieu, mais lui-même en était la cause première.

Les porteurs de l'Arche s'immobilisèrent et attendirent pendant que Salomon allait rejoindre Sadoq à leur tête. Ensemble, le roi et le grand prêtre des Israélites gravirent les sept marches conduisant aux portes en bois d'olivier qui fermaient le Saint des Saints. Le grand prêtre se dévêtit, plongea les mains dans l'eau d'un bassin près de la porte et procéda à des ablutions rituelles pour se purifier avant de pénétrer à l'intérieur. Puis il se rhabilla. Les quatre prêtres qui avaient porté l'Arche firent de même et retournèrent prendre place près de leur fardeau. Seul Salomon ne se purifia pas, car il n'était pas prêtre et, même au roi d'Israël, le Debir était interdit.

Salomon et Sadoq saisirent chacun une des poignées d'or et, en même temps, ouvrirent les deux vantaux. Devant eux se déploya le Saint des Saints, entièrement recouvert d'or. Le roi s'écarta et, depuis l'embrasure, regarda le grand prêtre et les quatre porteurs pénétrer dans le sanctuaire pour déposer l'Arche sur l'autel, sous la protection des ailes étendues qui formaient un baldaquin d'or. Sadoq prononça des prières de consécration.

À reculons, dans une attitude de profonde soumission, tous sortirent du sanctuaire, en refermèrent les portes, descendirent les escaliers qui menaient au Debir, attachèrent les chaînes d'or pour en fermer l'accès et reprirent place parmi les autres prêtres. Désormais, personne d'autre que le grand prêtre ne pénétrerait dans le sanctuaire, et cela seulement une fois l'an, après maintes ablutions, le Jour du Grand Pardon.

Dans tout le pays de Canaan, les célébrations de la consécration du temple durèrent sept jours et sept nuits. Le huitième jour, Salomon renvoya le peuple chez lui. Dès lors, il consacrerait sa vie à maintenir la puissance et assurer la prospérité du royaume que son père, David, lui avait légué.

35

Montréal, 5 mai 1886

L'AVERTISSEMENT qui avait retenti derrière Pierre, Barthélémy, Solomon et Georges se répercuta longuement sur les parois de la basilique. À l'unisson, ils s'immobilisèrent et levèrent la main qui ne tenait pas de cierge. Le jeune homme ferma les yeux et secoua imperceptiblement la tête, davantage par impatience et par frustration que par découragement. Chaque minute perdue réduisait d'autant ses chances de trouver le maudit *Argumentum* à temps pour secourir Julie. Et voilà qu'on l'empêchait de procéder. Irrité, il laissa échapper un long soupir.

— Que faites-vous ici ? s'enquit l'homme derrière eux. Que voulez-vous ? Comment êtes-vous entrés ?

Du coin de l'œil, Pierre consulta Barthélémy, qui se trouvait à sa droite, et le regard que lui rendit l'avocat lui confirma qu'ils avaient compris la même chose. La voix était chevrotante et peu assurée. De toute évidence, celui auquel elle appartenait était non seulement âgé, mais mort de peur. Il ne s'agissait donc pas d'un adversaire, mais de quelqu'un qui se trouvait par hasard sur leur chemin. La chose était rassurante.

D'un commun accord, les quatre hommes se retournèrent calmement pour lui faire face. Le vieillard était effectivement frêle et devait frôler les soixante-dix ans. Le dos voûté, la chevelure blanche clairsemée, le visage ridé aux bajoues flasques d'épagneul, il brandissait un chandelier de fonte suffisamment lourd pour qu'il ait du mal à le tenir. Les yeux écarquillés, il était bien plus apeuré que les intrus qu'il venait de surprendre. Il rappelait un de ces petits chiens irritants qui aboient devant un visiteur parce qu'ils sont terrifiés, juste avant d'uriner sur le plancher et de repartir, la queue entre les jambes, se terrer sous un meuble.

— Je présume que vous êtes le sacristain? soupira Perreault.

— Qui êtes-vous? répéta le vieux en agitant son arme improvisée d'une façon qu'il devait considérer menaçante.

— Nous ne vous voulons aucun mal, grand-père, déclara l'avocat. Je sais que les apparences sont contre nous, mais je vous assure que nous ne sommes ni des voleurs, ni des vandales.

Il fit mine de s'avancer, mais le sacristain brandit de plus belle son chandelier.

— Restez où vous êtes! ordonna-t-il. Ne bougez pas d'un poil ou je vous assomme!

— Nom de Dieu, je n'ai pas de temps à perdre, martela Pierre, les dents serrées par la contrariété en secouant lentement la tête.

D'un geste fluide qui l'étonna lui-même, il tira son révolver de sa veste et le pointa vers le vieillard, dont le visage devint blême.

— Vous allez me faire le plaisir de déposer cet objet et de lever les mains, monsieur.

Incrédule, le sacristain resta figé sur place, la bouche béante, les yeux agrandis rivés sur l'arme à feu.

— Bon Dieu de bon Dieu, les mains en l'air! Maintenant! s'impatienta Pierre, sa voix rebondissant dans le bâtiment.

Déglutissant avec peine tant il était transi de peur, le vieil homme acquiesça frénétiquement du chef et déposa le chandelier debout sur le plancher. Puis il leva ses mains tremblantes.

— Ne me tuez pas, geignit-il. Ma femme est vieille et malade et, sans moi, elle finira chez les Sœurs de la Providence. Et j'ai des petits-enfants.

— Personne ne veut te tuer, *zokn*[1], dit doucement Solomon, de ce ton un peu condescendant qu'il avait utilisé avec son vieux père. Ne crains rien.

Tout en tenant le sacristain en joue, Pierre se retourna vers ses compagnons.

— Trouvez quelque chose pour l'attacher et le bâillonner.

Belval monta dans le chœur et saisit la luxueuse nappe en lin qui recouvrait l'autel. Il en déchira des lanières, se mit derrière le vieux, lui plaça les mains derrière le dos et les attacha.

— Ne lui coupe pas le sang, rappela le jeune professeur.

— Je suis familier des principes de base de la circulation sanguine, ronchonna le médecin.

Lorsqu'il eut terminé, il lui fourra un bout de tissu dans la bouche, puis noua une autre bandelette derrière sa nuque. Ainsi attaché et bâillonné, le sacristain fut conduit dans le confession-nal le plus proche, où on l'assit sur la banquette du prêtre. Belval lui ligota les chevilles, puis referma la porte.

— Voilà, il ne court aucun danger, le pauvre vieux. Un confesseur finira bien par le trouver demain matin.

— Bon, assez perdu de temps, grommela Pierre. Cherchons.

Wolofsky, Perreault et Belval se déployèrent dans la basilique vide, chacun se dirigeant, comme convenu, vers le coin qui lui servirait de point de départ. Pierre, lui, resta en place, près du chœur.

———

Depuis le pied du sanctuaire, Pierre considéra la succession de petites chapelles réparties dans l'allée, sur sa gauche. Entre elles s'intercalaient, par paires, des stations d'un chemin de croix qui se déployait sur les deux parois latérales et qu'il avait souvent suivi, jadis, dans son autre vie, alors qu'il était encore pieux.

---

1. Vieil homme.

Avec son cierge, il ne voyait guère plus loin que la longueur de son bras tendu, mais il connaissait assez bien l'endroit pour ne pas être naïf. Tout comme ses compagnons, il faisait face à un vaste programme et, sans une grande part de chance, ils repartiraient bredouilles.

Il pivota sur lui-même, fit quelques pas et pénétra dans la chapelle du Rosaire. Dans la lumière faiblarde, elle lui parut sinistre, bien que, de jour, tout n'y fût que couleurs vives et dorure sur les colonnes et les arches. Il en fit méthodiquement le tour, le cierge brandi pour éclairer les parois. Il y vit un tableau de la Vierge à l'Enfant au-dessus d'un autel gaiement coloré et doré, une petite madone sculptée sur la porte du tabernacle, des portraits de sainte Catherine de Sienne et de saint Ignace. Il les observa tous minutieusement, cherchant un élément quelconque qui n'aurait pas dû y être. Il n'était pas un expert de la symbolique chrétienne, loin de là, mais rien ne retint particulièrement son attention. Les personnages, les décors, les attitudes, tout semblait parfaitement orthodoxe. Il détailla le plancher, les motifs délicats des arches dorées, qui formaient des trèfles, des ogives et des feuilles. Il examina les colonnes et leurs chapiteaux. Il grimpa même sur les bancs pour éclairer le plafond orné d'étoiles dorées sur fond bleu poudre. Rien.

Sans que son attention se relâche, il se mit en marche sous la galerie, longeant le mur ouest en direction de la façade jusqu'aux deux premières stations. Peintes à l'huile dans un style classique, elles représentaient la mise au tombeau de Jésus et sa descente de la croix. Il réalisa qu'il suivait le parcours à l'envers. Par ailleurs, les scènes lui apparurent aussi classiques qu'il pouvait en juger.

Il fit quelques pas de plus et s'immobilisa devant le confessionnal où était enfermé le sacristain. Comme tous les autres, il était aménagé derrière une partition de bois luxueusement ouvragée, dont la partie centrale, ornée de quatre tourelles et d'un crucifix, épousait le style gothique de la bâtisse. Il tourna la poignée, ouvrit la porte et glissa la tête dans la loge centrale, où un prêtre entendait chaque jour les confessions des fidèles. Aussitôt, le vieil homme se mit à s'agiter, ses supplications étouffées par son bâillon.

— Je suis vraiment désolé, monsieur, dit-il, un peu embarrassé, au vieillard innocent dont la seule faute avait été de croiser par hasard leur chemin. Dans quelques heures, on vous libérera.

Pierre examina l'intérieur sans rien y trouver de particulier hormis des parois de bois verni. Il referma, laissant là le sacristain ligoté, puis explora les isoloirs situés de chaque côté, dans lesquels prenaient place les pécheurs. Un prie-Dieu, des murs vides et une grille permettant de parler au confesseur. Rien d'autre.

Il reprit son lent pèlerinage, passa successivement devant la Passion de Jésus et sa mise en croix sans rien y voir qui défiât le dogme, puis s'arrêta et hocha la tête, frappé par l'ampleur démesurée de la tâche et le peu de temps qu'ils avaient devant eux. Il avait toujours cru connaître assez bien la basilique. Pourtant, jamais auparavant il n'avait réalisé à quel point l'édifice foisonnait de détails. Lui et ses comparses étaient condamnés à chercher la proverbiale aiguille dans la botte de foin.

Il lui fallut un considérable effort de volonté pour repousser le découragement qui menaçait de le paralyser. Il remplaça les idées noires par le souvenir du visage souriant de Julie, qu'il voulait revoir plus que tout et pour lequel il était prêt à tous les sacrifices. Il fit quelques pas pour entrer dans la chapelle suivante, dédiée à saint Joseph. Au fond, un autel était orné de quatre statues de saints, deux femmes et deux hommes, qu'il ne put identifier. Il n'avait jamais très bien connu l'abondant panthéon catholique. Une vague de tristesse le submergea presque lorsqu'il songea qu'Adrien, lui, aurait su cela. Mais Adrien n'était plus. Il fit le tour de la petite pièce, le cierge tendu devant lui, examinant chaque pouce de mur du plancher au plafond, chaque élément sculpté, chaque composante des statues. Toujours rien.

De retour dans l'allée, le long de chacun des murs, il pouvait apercevoir les flammes de trois autres cierges qui se déplaçaient lentement, Solomon, Barthélémy et Georges se livrant au même exercice futile que lui. Manifestement, aucun d'eux n'avait plus de succès que lui-même. Il se remit en marche, s'attarda un peu devant la troisième chute du Christ et allait entrer dans la chapelle suivante lorsque Solomon l'appela.

— *Oi!* Pierre!

Il se retourna et, de l'autre côté de la nef, vit la flamme d'un cierge qu'on agitait pour attirer son attention.

— Par ici! ajouta la voix du marchand rebondissant furieusement sur la voûte et sur les parois.

Aussitôt, le cœur du jeune homme se serra et une pression lui écrasa la poitrine. Il s'élança d'un pas rapide, franchissant une rangée de bancs, puis l'allée centrale, puis une seconde rangée de bancs, se cognant douloureusement le genou déjà blessé au passage sans que cela le ralentisse. En boitillant, il eut tôt fait de rejoindre le marchand au pied de la chaire, située au milieu du mur est.

— Tu as trouvé quelque chose? s'enquit-il, le souffle raccourci par la nervosité.

— Je ne sais pas, peut-être.

Les pas de Belval et de Perreault, en provenance de la façade et du chœur, convergèrent vers eux et, bientôt, les quatre hommes furent regroupés, cierge en main.

— Quoi? demanda fébrilement Perreault. Qu'est-ce qu'il y a?

— Quelque chose d'inhabituel, confirma Wolofsky. Particulièrement dans une église catholique. Regardez là, en haut.

De la tête, Wolofsky désigna la chaire qui s'élevait au milieu du mur est, jusqu'au niveau du premier balcon. Un escalier tournant bordé d'un garde-fou se déployait sur une trentaine de pieds de hauteur pour atteindre une plate-forme entourée d'une balustrade en bois bellement sculptée. C'était de là que les célébrants prononçaient leurs sermons, fulminant contre le péché, culpabilisant les fidèles et leur enjoignant de fréquenter les sacrements. Au-dessus de la plate-forme, un abat-voix pareillement ouvragé renvoyait le son vers l'assistance afin que tous entendent, peu importe où ils prenaient place.

— Je sais que nous avions convenu d'examiner le niveau du sol, mais je voulais être sûr de ne rien manquer, raconta le marchand. Alors, je suis monté jusqu'en haut.

Il haussa les épaules, visiblement médusé.

— J'ai trouvé un *tetragrammaton*, ajouta-t-il. Je n'aurais jamais cru en voir un dans une église catholique.

— Un quoi ? fit Belval en le toisant un peu bêtement.

— Un tétragramme, expliqua Solomon. C'est ainsi qu'on appelle les quatre lettres hébraïques qui composent le nom sacré et ineffable de Dieu, que nul ne doit jamais prononcer.

— Mais encore ? rétorqua le médecin, impatienté.

— Comme je l'ai dit, il est bizarre.

Il monta sur la première marche et, d'un geste nerveux de la main, leur fit signe de le suivre.

— Venez, je vais vous montrer. Vous allez comprendre.

À la file indienne, ils gravirent l'escalier étroit jusqu'en haut de la chaire. Solomon se blottit dans le coin le plus éloigné de la plate-forme afin que Pierre puisse y prendre place, lui aussi. Barthélémy et Georges restèrent sur les dernières marches.

Le marchand brandit son cierge vers le haut, afin que la flamme éclaire l'abat-voix qui formait un plafond au-dessus d'eux.

— Voyez vous-mêmes, dit-il.

Au milieu se trouvait un triangle équilatéral qui ne faisait pas douze pouces de côté, mais qui était luxueusement recouvert de feuille d'or. La façon dont on l'avait disposé faisait en sorte qu'il était visible depuis le sol. Au centre figuraient des lettres hébraïques.

Perplexes, les trois autres l'examinèrent sans comprendre.

— Il y a très souvent un tétragramme dans les églises catholiques, expliqua le marchand. Les lettres sont *yōd, hē, wāw* et *hē*. C'est le nom ineffable de Dieu.

— Yahvé, fit aussitôt Perreault. *Jéhovah.* Bon, je l'ai prononcé. Et alors? La foudre va me tomber dessus?

Le juif haussa les épaules de sa façon coutumière.

— C'est toi qui l'a prononcé, mon frère, pas moi. De toute façon, ces noms sont des inventions des chrétiens. Les juifs préfèrent «Je suis» ou «Éternel». Et puis, personne n'a jamais connu la véritable prononciation du tétragramme. À part Moïse, évidemment.

— Abrégeons la théologie, que diable! s'insurgea Belval. Pourquoi sommes-nous perchés ici? Qu'est-ce qu'il a de si étrange, ton triangle avec ses gribouillis?

Solomon se hissa sur les orteils et approcha l'index du symbole.

— Eh bien, voyez comme il a été sculpté dans le pin, puis couvert de feuille d'or, démontra-t-il. Maintenant, observez bien le reste de la chaire. Les boiseries sont toutes en bois d'acajou teint. C'est ce qui a d'abord attiré mon attention. De toute évidence, le tétragramme a été appliqué sur la chaire après sa construction.

L'air grave, il dévisagea les autres.

— Comme s'il était plus ancien, compléta-t-il. Ou s'il venait d'ailleurs.

— Comme de l'ancienne église Notre-Dame dont Pierre parlait? suggéra Perreault.

— Peut-être. Et puis, les lettres sont anormales, reprit le marchand.

Avec son doigt, il se mit à retracer les lettres hébraïques.

— L'hébreu se lit de droite à gauche: *Hē, wāw* et *hē*, déclarat-il en indiquant chaque signe successivement.

— Et alors? fit Perreault.

— Il manque une lettre? en conclut Pierre, qui n'avait pas quitté le triangle des yeux. Tantôt, tu en as mentionné quatre.

— Exactement! s'exclama Wolofsky.

Il mouilla son doigt avec sa langue, s'étira et traça un quatrième signe dans la poussière qui recouvrait le triangle.

— Il manque le *yōd*, précisa-t-il.

— Bon, admettons que celui qui a décoré la chaire écrivait mal l'hébreu. Et alors? s'impatienta Perreault. Où veux-tu en venir, à la fin?

Solomon se laissa retomber sur la plante des pieds.

— Selon la Torah, répondit-il, Dieu est composé de deux principes indissociables qui sont contenus dans son nom ineffable: un masculin et un féminin. Si on retire la première lettre du tétragramme, il ne reste que le principe féminin: *chavah*.

Comprenant enfin ce qui avait retenu l'attention de Wolofsky, Perreault, Belval et Pierre se dévisagèrent les uns les autres, l'air grave.

— Comme le triangle inversé du médaillon et de la pierre tombale, laissa tomber Pierre, tendu.

Il considéra le symbole et les caractères en se frottant le menton. Il n'avait pas été mis là pour rien. La coïncidence eût été trop grande et, si une chose était certaine depuis le début de cette folle aventure, c'était que le hasard n'y avait aucune place.

Le jeune homme eut soudain la profonde conviction que, grâce à la perspicacité et à l'origine ethnique de Solomon, ils touchaient enfin au but. Comme si l'*Opus* avait décidé, dès le départ, que la présence d'un juif serait nécessaire pour suivre la piste. Il suffisait de comprendre ce qu'ils avaient voulu dire à ceux qui les suivaient.

Pierre se pencha par-dessus la balustrade et regarda en bas. Puis il traça une droite imaginaire depuis le centre du tétragramme jusqu'au pied de la chaire.

— Descends voir s'il y a quelque chose devant l'escalier, suggéra-t-il à Belval.

— Comme quoi?

— Je ne sais pas… Un signe, une marque, quelque chose qui ne semble pas à sa place. Peut-être une réparation.

Le médecin obtempéra et descendit l'escalier pour se positionner exactement là où Pierre regardait. De leur perchoir, les trois autres le virent s'accroupir et se mettre à balayer les tuiles avec ses mains, soufflant pour en enlever toute poussière. Puis il inspecta chaque pouce de la base de la chaire. N'y tenant plus, Perreault descendit pour le rejoindre. Ensemble, ils fouillèrent, tandis qu'en haut Pierre et Solomon faisaient de même.

— Il n'y a rien, monta la voix de Barthélémy. Pas de bouton, ni de poignée, ni de clenche, ni de symbole.

— C'est pareil ici, lui répondit Solomon.

— Sauf cet objet, marmonna Pierre en considérant le tétragramme. Les choses sont peut-être plus simples que nous le présumons. Peut-être qu'on a simplement écrit quelque chose au verso?

Il étira le bras, saisit le triangle et tenta de le décrocher de l'abat-voix, mais n'y parvint pas. L'objet était solidement fixé. Manifestement, ceux qui l'avaient mis là n'avaient pas souhaité qu'il soit enlevé. Pourtant, tout semblait passer par lui.

Le jeune homme s'adossa contre la balustrade pour réfléchir en frottant son menton en mal de rasage. Et soudain, il vit. Il abattit une claque sur le bras de Solomon.

— Aïe! *Es tit mir vaï*[1]!

— Le triangle, dit-il, médusé.

— Qu'est-ce qu'il a, le triangle?

— Il n'est pas à niveau.

— Hein?

— Il est de travers.

---

1. Ça fait mal!

Le marchand se déplaça de chaque côté et les deux hommes se cassèrent le cou vers l'arrière pour examiner l'objet apposé sur l'abat-voix.

— Tu as raison, dit Wolofsky. Quand on est bien en face, on voit qu'il n'est pas droit. Juste de quelques degrés, mais quand même. D'en bas, ce n'est certainement pas apparent. Tu crois que… ?

— Nous verrons bien.

Pierre allongea les bras, saisit le triangle de chaque côté et fit mine de le redresser. L'objet pivota légèrement et un déclic retentit.

Dans la seconde qui suivit, une vibration secoua la chaire, assez forte pour que les deux hommes aient le réflexe de s'accrocher à la balustrade pour ne pas perdre pied. Elle fut suivie d'un grondement sourd qui se répercuta dans la basilique vide. Puis tout cessa et, dans le silence soudain, Pierre et Solomon échangèrent un regard alarmé.

— Messieurs, s'écria Belval, toujours au pied de la chaire, si j'étais à votre place, je descendrais au plus vite !

36

CIERGE EN MAIN, un peu médusés, Wolofsky, Belval, Perreault et Pierre se tenaient au pied de la chaire. Devant eux, la dalle sur laquelle ils étaient tous passés quelques instants auparavant pour monter sur la première marche de l'escalier avait disparu et avait cédé la place à une ouverture carrée d'environ un pied et demi de côté.

— Je ne sais pas ce que tu as fait là haut, Pierre, dit Perreault, mais ça s'est ouvert tout d'un coup.

— J'ai simplement redressé un peu le tétragramme, expliqua le jeune homme.

— La dalle s'est rétractée toute seule sous le plancher, précisa Belval. Je me tenais dessus et j'ai tout juste eu le temps de sauter de côté. Un peu plus et je me retrouvais au fond.

Faisant de son mieux pour maîtriser l'excitation qui s'était emparée de lui dès qu'il était arrivé en bas de la chaire, Pierre observa l'ouverture.

— Elle est assez grande pour permettre à un homme de s'y glisser, nota Perreault.

— Vous imaginez la complexité de ce mécanisme ? demanda le jeune homme, impressionné en dépit des circonstances. Dire que tout ça a été installé en secret pendant qu'on construisait la basilique, sans doute en pleine nuit.

Du regard, il fit le tour de la basilique pour prendre ses repères. L'entrée du tunnel était située au milieu du mur ouest, devant la troisième colonne. Il pivota sur sa gauche pour considérer la façade. À l'extérieur, de l'autre côté de la rue Notre-Dame, s'était élevée l'ancienne église. Il fit un effort pour se rappeler les gravures qu'il en avait vues. Si sa mémoire lui était fidèle, une partie de son transept avait même empiété sur le tracé actuel de la rue et avait dû se trouver à environ une vingtaine de pieds de la façade de la basilique. Pour atteindre cet endroit à partir de l'ouverture dans le plancher, il faudrait donc franchir au bas mot cent cinquante pieds.

— Pour un tunnel artisanal, si c'en est vraiment un, c'est passablement long, non? fit Perreault, près de lui.

Pierre se retourna constatant que l'avocat avait visiblement effectué le même raisonnement que lui.

— Assez, oui, confirma-t-il.

— C'est solide, tu crois? s'enquit Solomon en étirant le cou avec méfiance pour jeter un coup d'œil dans le passage.

— La portion qui passe sous la basilique remonte à une soixantaine d'années tout au plus, puisqu'elle a été construite en même temps, répondit le jeune homme après réflexion. Elle devrait être en bon état et rejoindre le tunnel original qui reliait le couvent des sulpiciens à l'ancienne église depuis 1672.

Perreault émit un petit sifflement inquiet.

— Sans entretien, deux siècles, c'est un peu long, fit-il. Espérons que ça tient encore.

— Nous le saurons très bientôt.

Pierre s'allongea à plat ventre sur le sol froid et plongea son cierge dans le trou, le bras tendu vers le fond.

— Alors? s'enquit l'avocat en se penchant par-dessus son épaule.

— C'est bien un puits. Il descend tout droit. La bonne nouvelle, c'est qu'on a pris la peine de fixer une échelle de métal à la paroi.

— C'est profond?

— Je ne sais pas. La lumière est trop faible pour éclairer le fond.

— Ou alors, c'est le fond qui est très loin... ajouta Wolofsky.

— Seulement pour arriver sous la basilique, il faut descendre au moins une vingtaine de pieds, estima Belval.

— Barthélémy, quelle heure est-il? demanda Pierre.

Perreault consulta sa montre.

— Presque une heure, annonça-t-il en la remettant dans sa poche.

Pierre sortit le bras de l'ouverture et tendit son cierge à Solomon.

— Bien, nous avons encore du temps devant nous, dit-il d'un ton plus déterminé que ce qu'il ressentait vraiment. Allons voir ce qu'il en retourne.

Il s'allongea de nouveau, passa les jambes dans le vide et, après avoir tâtonné un peu, déposa les deux pieds sur un des échelons. Perreault et Belval lui empoignèrent chacun une main et l'aidèrent à descendre jusqu'à ce qu'il puisse saisir lui-même un barreau de l'échelle. Puis Solomon lui rendit son cierge.

— Sois prudent, dit-il. Tu ne veux pas être enterré vivant.

— Merci. Tu es gentil de me rassurer, grommela Pierre.

Le marchand haussa les épaules avec son fatalisme habituel.

— Lorsque je serai arrivé au fond, je vous avertirai, coupa le jeune homme. Si tout est sûr, vous me rejoindrez.

— Et sinon?

— Si vous vous rappelez vos prières, le moment sera bien choisi pour en faire une, je suppose. Juive ou catholique, elle se rendra bien quelque part.

Personne ne trouva rien à ajouter. Pierre testa la solidité de l'échelon suivant avant d'y faire reposer tout son poids. Il s'avéra solide et il y mit les deux pieds, avant de recommencer le même manège avec l'échelon du dessous. Bientôt, sa tête disparut entièrement.

— Ça tient? s'enquit Solomon d'en haut.

— Les barreaux sont un peu rouillés, répondit Pierre en examinant celui qu'il avait maintenant sous les yeux. Vous devrez être prudents.

Au moment même où il terminait son avertissement, l'échelon sur lequel il se tenait céda brusquement. Il se sentit choir dans le vide et seul un réflexe involontaire lui permit de fermer la main gauche autour d'un barreau, quelques pieds plus bas. L'interruption brutale de sa chute lui donna l'impression que les muscles de son épaule, de son bras, de son avant-bras et de son poignet s'arrachaient tous en même temps. Un cri lui échappa. Serrant les dents, il fit un suprême effort pour ne pas lâcher prise et, pendant quelques secondes, ses jambes balancèrent dangereusement dans le vide. Avec son bras droit, il encercla l'échelle pour se stabiliser tout en s'assurant de ne pas échapper le cierge. À tâtons, ses pieds trouvèrent un appui et, haletant, le front contre le métal froid de l'échelle, il attendit que les battements emballés de son cœur retrouvent un rythme un peu plus normal.

— Pierre! retentit la voix inquiète de Perreault, alors qu'un cierge s'enfonçait dans l'ouverture, qui se trouvait maintenant beaucoup plus haut qu'avant. Pierre! Tu m'entends?

— Tout va bien? ajouta Solomon. Rien de cassé?

Le bras traversé par de douloureux élancements, le jeune homme leva les yeux. En contre-jour, il reconnut les silhouettes de ses trois compagnons qui se bousculaient pour voir dans le puits.

— Ça va, ça va, répondit-il, un peu sonné. À part un bras presque arraché de l'épaule. Un barreau a cédé et j'ai failli me casser le cou. Lorsque votre tour viendra, faites attention au septième échelon.

Il allait se remettre à descendre lorsqu'un grincement sinistre monta sous son pied droit. Il s'immobilisa net.

— Et au dixième, ajouta-t-il en déglutissant.

Avec précaution, il enjamba le barreau fragile et continua sa descente, testant soigneusement chacun avant d'y faire porter tout son poids. Après ce qui lui parut comme une très longue descente, il finit par poser les deux pieds bien à plat au fond du puits. Il ferma les yeux, s'appuya la nuque contre l'échelle et laissa échapper un long soupir de soulagement.

— Je suis au fond! avertit-il.

Il éleva son cierge à la hauteur de ses yeux pour examiner l'endroit où il se trouvait. Il ne fut pas vraiment étonné d'apercevoir deux torches fixées au mur, près de l'échelle. Ceux qui avaient aménagé le puits avaient été prévoyants. Ils s'étaient assurés que quiconque suivrait leurs traces pourrait s'éclairer convenablement. Il s'en approcha, en retira une de son socle et la sentit. La résine qui imbibait l'étoupe à son extrémité était ancienne et sèche, mais abondante. Il en approcha la flamme du cierge et elle s'embrasa, jetant autour de lui une lumière rassurante. Il souffla sur la mèche et déposa par terre le cierge désormais inutile.

Tenant la torche à bout de bras, il fit un tour complet sur lui-même. Il était dans une pièce cubique, à peine assez haute pour lui permettre de se tenir debout. Ses parois grossières et inégales portaient encore les marques des pioches et des ciseaux, révélant qu'elle avait été taillée à même le roc.

À droite de l'échelle se trouvait une porte. Soutenue par deux poutres de bois surmontées d'un linteau massif, elle était si basse qu'un homme de taille moyenne ne pourrait y entrer qu'en se baissant. Pierre s'y rendit en deux pas, s'agenouilla et y introduisit sa torche. Le tunnel qu'il illumina était bas et suffisamment long pour que la lumière n'en atteigne pas l'extrémité.

Il se releva, recula de quelques pas et leva les yeux vers l'ouverture pour prendre de nouveau ses repères. Avec satisfaction, il confirma que, comme il l'avait anticipé, le tunnel qu'il venait de découvrir s'enfonçait bel et bien en direction de l'emplacement de l'ancienne église, rue Notre-Dame.

Il allait faire descendre les autres lorsque son regard s'attarda sur le linteau qui surmontait l'ouverture. Il fronça les sourcils, se rapprocha et l'éclaira. Quelqu'un semblait avoir gravé quelque chose dans le bois. De sa main libre, il en balaya la poussière.

Son cœur bondit dans sa poitrine et il sentit s'épanouir sur ses lèvres un sourire qu'il ne tenta pas de retenir. Aucun doute n'était plus possible. Il était sur la bonne voie. Là, au bout de ce tunnel, il allait enfin trouver l'*Argumentum*.

— Ça vous dirait d'en finir avec cette histoire? lança-t-il à l'intention de ses compagnons, en riant malgré lui.

— Tu as trouvé l'*Argumentum*? rétorqua aussitôt Perreault, la voix épaissie par la tension.

— Pas encore, mais c'est tout comme. Descendez! Et attention aux barreaux défectueux!

Puis il reporta son attention sur le linteau. À la hauteur de ses yeux, l'expression qui avait ponctué toute cette aventure avait été maladroitement gravée, sans doute avec un couteau.

ET IN ARCADIA EGO

37

QUELQUES MINUTES PLUS TARD, sans incident particulier, Perreault, Wolofsky et Belval avaient rejoint Pierre au fond du puits. Avant qu'ils puissent lui poser une seule question, le jeune homme leur indiqua la bouche du tunnel et l'inscription gravée sur le linteau. Tous s'en approchèrent pour mieux la voir, incrédules.

— *Et in Arcadia Ego…* murmura Belval, stupéfait. Bon Dieu, Pierre, tu avais raison.

— Alors, qu'attendons-nous ? explosa Solomon, impatient. Entrons et finissons-en ! Il y a encore mademoiselle Julie à sortir du pétrin !

— Allons-y, fit le jeune homme en brandissant sa torche.

Il fit mine de se baisser pour passer sous le linteau bas, mais Wolofsky le retint par le bras.

— Tu as déjà pris assez de risques, dit le marchand. Donne-moi ça. Je vais entrer le premier.

Pierre hésita un peu, mais la douleur qui lui traversait encore l'épaule suffit à le convaincre et il passa la torche au marchand. L'air grave, Perreault empoigna celle qui restait encore au mur et l'alluma avec son cierge.

— Je fermerai la marche, déclara-t-il.

Wolofsky se baissa et pénétra dans la galerie, Pierre, Belval et Perreault derrière lui. Une fois la porte passée, ils purent se redresser et examinèrent les parois pour s'assurer de leur solidité.

Le tunnel avait été percé à même la terre et il était soutenu par un assemblage de planches et de poutres d'apparence assez précaire. Pierre ne pouvait s'empêcher d'éprouver de l'admiration pour les membres de l'*Opus* qui avaient creusé ce souterrain dans la clandestinité, sans doute au prix d'efforts et de sacrifices difficiles à imaginer. Parmi ceux-ci s'était peut-être même trouvé le père de Jean-Baptiste-Michel Leclair – son propre grand-père. Mille questions l'assaillaient. Avaient-ils été nombreux ? Comment étaient-ils parvenus à garder secret un tel chantier ? Comment s'y étaient-ils pris pour disposer de la terre et de la pierre excavées ? Pour réaliser un tel ouvrage sans que personne ne le sache, avaient-ils eu des complices parmi les ouvriers de la basilique ? Si oui, les avaient-ils soudoyés ou menacés ? Les avaient-ils même laissé vivre une fois le chantier achevé ?

— Ça ne m'a pas l'air trop solide, grommela Solomon dans sa barbe, en examinant les parois de terre et de planches.

Comme pour les inquiéter davantage, un peu de terre s'infiltra entre les planches pour s'écouler sur la tête du marchand qui dut se balayer les cheveux avec les mains en ronchonnant.

— Pour autant que ça tienne le coup jusqu'à ce que nous ressortions, rétorqua Perreault.

Ils venaient de se remettre en marche lorsqu'un déclic sec retentit, suivi d'un cri rauque. Devant le petit groupe, Solomon s'immobilisa net en se tenant la jambe gauche. Tous se figèrent.

— Quoi ? fit Perreault. Qu'est-ce que tu as ?

— J'ai marché sur quelque chose, grogna Wolofsky, les dents serrées, avant de déglutir bruyamment. Le sol s'est enfoncé et j'ai le pied coincé.

Il abaissa doucement sa torche pour éclairer son pied, qui était effectivement pris jusqu'à la cheville.

— Ne bouge pas d'un cheveu ! lui intima Pierre. Vous autres non plus ! Tout le monde reste là où il est !

Avec une extrême prudence, il s'approcha du marchand terrifié pour s'accroupir près de lui.

— Donne-moi ta torche. Et surtout, n'exerce aucune pression avec ton pied.

— Tu crois que...? fit Solomon en ravalant sa salive.

— On verra.

Crispé, le juif lui tendit la torche. Pierre la prit et se mit à examiner la situation. Avec une infinie délicatesse, il balaya la terre autour du pied de son compagnon, dévoilant peu à peu ce qui s'avéra être une plaque de métal.

— Alors? fit Perreault, derrière lui, en étirant le cou.

— Il a marché là-dessus, expliqua-t-il en désignant l'objet tout en évitant de le toucher. Par chance, il semble être tombé un peu de côté et son pied s'y est coincé.

— On peut le tirer de là? s'enquit Belval.

— Certainement pas avant de comprendre de quoi il s'agit.

Pendant que Belval et Perreault demeuraient docilement en place, Pierre dégagea délicatement la plaque au complet. Elle s'avéra mesurer plus de deux pieds de largeur et semblait s'étendre de part en part du tunnel.

— À quoi elle sert? demanda Wolofsky d'une voix un peu tremblante.

— À première vue, on dirait qu'elle actionne un mécanisme lorsqu'on marche dessus. La question est de savoir ce qu'elle déclenche exactement et si ça fonctionne toujours. Si oui, dès que tu retireras le pied de dessus, quelque chose se produira.

— Forcément quelque chose de désagréable, alors.

Pierre haussa les épaules et soupira.

— L'*Opus* n'a pas installé une chose de ce genre pour le plaisir.

Visiblement frustré de ne pouvoir s'approcher du blessé, Belval étira le cou vers la jambe de Wolofsky.

— Ça saigne? s'enquit-il, le médecin en lui prenant le dessus.

— Non, je ne crois pas.

— Tu sens encore ton pied? Tu peux bouger tes orteils?

— Non! s'écria Pierre. Ne bouge surtout pas.

À quatre pattes, le jeune homme se mit à fouiller le sol autour de Solomon, d'abord derrière lui, puis devant la plaque. Avec prudence, il sonda la terre des mains. Lorsqu'il fut à une dizaine de pieds devant le marchand toujours tétanisé, il se retourna vers l'avocat et le médecin.

— Il ne semble pas y avoir autre chose. Venez me rejoindre, ordonna-t-il. Doucement. Et surtout, ne marchez pas sur la plaque.

Avec circonspection, les deux hommes s'approchèrent. Dès qu'il fut à la hauteur de Solomon, Belval se pencha pour examiner sa blessure.

— Je crois que tu t'es bien tordu la cheville, mon ami, dit-il. À moins qu'elle ne soit fracturée. Si je pouvais seulement tâter un peu…

Le regard sombre de Pierre dissuada le médecin d'aller de l'avant. Perreault, lui, considéra la longue plaque de métal.

— Ceux qui ont construit le tunnel savaient que cette chose était là et pouvaient l'enjamber au besoin, alors que celui qui n'a jamais mis le pied ici courait de bonnes chances de marcher dessus.

— Bref, c'était un piège destiné à un éventuel intrus, suggéra Belval.

Pierre laissa son regard errer dans le tunnel, l'air perplexe.

— Je n'en suis pas certain. Quelque chose cloche. Nos prédécesseurs ont fait des efforts considérables pour aménager ce tunnel à l'intention de ceux qui les suivraient. Forcément, leur but était de leur permettre de se rendre à l'*Argumentum*, pas de les tuer en chemin. Non?

Perreault et Belval hochèrent la tête.

— Alors, pourquoi y installer un piège? Ce n'est pas logique.

— Où veux-tu en venir? s'enquit l'avocat en fronçant les sourcils.

— Eh bien, c'est peut-être tiré par les cheveux, mais si nos prédécesseurs avaient plutôt voulu s'assurer que l'entrée ne puisse servir qu'une fois? Ainsi, l'*Argumentum* récupéré, toute trace de l'*Opus* serait détruite.

Belval se releva et vint les rejoindre. Il se planta devant Pierre, manifestement troublé par ce qu'il venait d'entendre.

— Es-tu en train de suggérer que l'entrée va s'écrouler et que nous serons tous prisonniers ici? demanda-t-il.

— S'écrouler, oui. Mais prisonniers, non. Je ne crois pas.

— Explique-toi, grands dieux! gronda Perreault. Parce que, pour le moment, l'avenir est passablement sombre!

— C'est simple, reprit Pierre avec une fausse assurance. En 1673, l'*Opus Magnum* a caché l'*Argumentum* quelque part dans les fondations de l'ancienne église Notre-Dame. À cette époque, pour y entrer et pour en sortir, il suffisait d'utiliser la porte, tout bêtement. Personne ne pouvait prévoir alors que l'église serait un jour démolie pour être remplacée par la basilique. Lorsque la construction a été décidée, l'*Opus* a réalisé qu'il avait un problème: l'accès à sa cachette serait coupé. Il s'est ajusté en aménageant ce tunnel.

— Et tu crois qu'ils ont forcément prévu une sortie? compléta Perreault. Même une fois l'entrée scellée?

— En toute logique, oui. Sinon, ils condamnaient implicitement ceux qui viendraient prendre possession de l'*Argumentum* après avoir décodé la clé en toute légitimité. Cela n'aurait aucun sens.

— J'aimerais beaucoup récupérer mon pied, si ça ne vous dérange pas trop, maugréa Solomon, dont le visage crispé par la douleur était luisant de sueur. Alors, qu'est-ce qu'on fait?

— Si notre professeur d'histoire a raison, il faut le sortir de là, ton pied, puis courir à toutes jambes pour ne pas être ensevelis, répondit Belval.

— Charmant... soupira Wolofsky.

Pierre se mordilla les lèvres, indécis. Il inspira profondément puis, déchiré, considéra le petit juif. Avait-il le droit de risquer ainsi la vie de cet homme courageux et loyal, qui lui avait accordé son amitié et lui était souvent venu en aide depuis qu'il avait été emporté dans la tempête? À l'opposé, il ne pouvait pas non plus le laisser là, coincé dans un souterrain, jusqu'à ce qu'il finisse par tomber d'épuisement et déclenche l'écroulement qui l'ensevelirait.

— Solomon, dit-il, il se peut que le mécanisme ne fonctionne plus. Peut-être qu'il n'y en a même pas et qu'il ne se produira rien du tout. Mais il est possible aussi que l'entrée du tunnel s'écroule dès que la pression exercée par ton pied cessera.

— Remontez dans la basilique, dit Wolofsky. Je retirerai mon pied seulement quand vous serez en sécurité. Comme ça, si tout s'écroule, un seul de nous mourra.

— Et la route vers l'*Argumentum* sera bloquée, contra Belval. Maurice serait mort pour rien.

— Sans compter Adrien, ajouta Pierre. Et Julie les suivrait de près.

Le médecin laissa son regard errer sur la porte basse et il soupira, résigné. Puis il consulta Perreault, qui acquiesça à sa question silencieuse d'un hochement imperceptible de la tête. Même dans la lumière dansante des torches, il était évident que les deux hommes étaient pâles comme des statues de cire.

— Espérons que tu as raison, finit-il par lâcher.

Le jeune homme leur tendit la deuxième torche.

— Éloignez-vous le plus vite et le plus loin possible, ordonna-t-il.

Perreault et Belval avancèrent dans le tunnel jusqu'à ce que les flammes qu'ils emportaient soient toutes petites. Satisfait, Pierre agrippa à deux mains le mollet de Wolofsky.

— À trois, je tire sur ta jambe. Dès qu'elle est sortie de là, tu cours droit devant de toutes tes forces. Un... deux...

— Attends!

Pierre s'interrompit et vit que Solomon fermait les yeux. Ses lèvres s'animèrent dans sa moustache et sa barbe pendant qu'il oscillait le torse d'avant en arrière.

— Lorsque la mort est imminente, mieux vaut être en paix avec son Dieu, expliqua-t-il, étonnamment serein. Maintenant, je suis prêt.

Pierre reprit son compte, tenant fermement le mollet.

— Un... Deux... Trois!

Il tira de toutes ses forces et, au son d'un hurlement de douleur, le pied du marchand finit par s'arracher de sa prison. Se relevant prestement, il passa le bras de Wolofsky autour de son épaule, le soutint par la taille et l'entraîna dans une course effrénée en direction de Perreault et de Belval.

Ils n'avaient fait que quelques enjambées lorsqu'un terrible craquement monta. Autour d'eux, tout s'effondra.

38

Lorsque Pierre revint à lui, la première chose dont il eut vaguement conscience fut le poids qui lui écrasait le dos. Il tenta de bouger, mais son corps refusa de lui obéir. Il essaya d'inspirer et en fut quitte pour une quinte de toux creuse et douloureuse qui lui coupa le peu de souffle qu'il avait. Confusément, il en conclut qu'il était donc en vie. Il tenta de nouveau de bouger et, cette fois, sentit que ses doigts lui répondaient. Ses pieds aussi. Quant au reste, rien n'y faisait.

Une impression de mouvement lui parvint. Des sons d'abord inintelligibles devinrent vaguement compréhensibles.

— Pierre! Solomon! fit une voix, tout près de lui, sans qu'il puisse en situer l'origine exacte. Vous êtes vivants?

Il cligna des yeux et déglutit. Sa langue resta collée à son palais et il faillit s'étouffer encore. Il lutta pour la délivrer et tenta de parler. Seul un son informe monta dans sa poitrine.

— Il est vivant! s'écria la voix toute proche. Aide-moi à enlever ça avant qu'il suffoque! Vite! Ça doit peser des centaines de livres!

Pierre sentit s'évanouir la pression qui l'avait écrasé. Il tenta de nouveau d'inspirer et, cette fois, l'air se rendit jusqu'à ses poumons et goûta aussi bon que l'eau la plus pure. Il sentit des mains qui lui palpaient anxieusement le cou, le dos et la nuque.

— Pierre? fit la voix. Tu m'entends?

Ses paupières papillonnèrent et il put entrouvrir les yeux. Il lui fallut un moment de plus pour comprendre qu'il se trouvait allongé sur le ventre.

— Tu m'entends ? répéta la voix. C'est moi, Georges. Georges Belval.

— Belval ? grommela le jeune homme, la bouche molle et pâteuse du boxeur qui reprend conscience après avoir été mis K.O.

— Te voilà revenu parmi nous !

Il sentit des mains qui l'empoignaient doucement sous les épaules pour le tirer à l'écart. Lorsqu'il fut allongé sur le dos, il porta une main à sa nuque pour y trouver une bosse aussi douloureuse que spectaculaire. Il ouvrit les yeux. Barthélémy Perreault était accroupi à ses côtés, souriant, la torche à la main. Un filet de sang s'écoulait de sa blessure à la tête, qui avait dû se rouvrir durant les plus récentes péripéties, mais cela ne semblait pas l'incommoder.

— Tu as la tête dure, mon garçon, blagua-t-il.

— On me l'a reproché, oui, maugréa Pierre, qui commençait à recouvrer ses esprits.

— Il faut croire que c'est parfois un avantage.

— Que s'est-il passé ?

— Exactement ce que tu avais prévu : dès que le pied de Solomon a été dégagé, les poutres qui soutenaient les murs et le plafond près de l'entrée sont tombées comme des brindilles, le linteau a cédé et, en moins de trois secondes, tout s'était effondré. Si Solomon et toi aviez couru deux pieds de moins, vous ne seriez plus des nôtres.

Pierre se redressa subitement.

— Solomon !

— Ne crains rien, fit Perreault en lui appliquant les mains sur les épaules pour le calmer. Il va bien. Ton corps lui a servi de bouclier.

— Mon corps ?

— Comme tu le soutenais, quand la poutre vous est tombée dessus, c'est ton dos qui a pris le choc. Tu es tombé sur lui. Ça fait au moins cinq minutes que Georges et moi travaillons à vous dégager des débris.

Pierre cligna ses yeux secs et brûlants, puis tenta de retrouver ses repères. Autour de lui, tout n'était que poussière en suspension. Crasseux, Barthélémy en était couvert. Soudain, deux formes percèrent le mur à demi opaque de l'air ambiant, l'une offrant son support à l'autre qui boitillait.

— Le voilà justement avec Georges, annonça l'avocat.

Quelques instants plus tard, Wolofsky se retrouva assis près de Pierre sur le sol, la poussière dans ses cheveux et dans sa barbe lui donnant des airs de saint Nicolas malpropre. Il toussa comme un chien qui aboie, puis se racla profondément la gorge et cracha une glaire écœurante.

— Tu n'as rien? demanda le jeune homme en le regardant à travers les larmes qui remplissaient ses yeux.

— *Ei!* Rien de pire qu'avant, ricana le marchand. Grâce à toi. Si tu ne m'avais pas aidé à courir… Et toi? Rien de cassé?

— Il faut demander ça au bon docteur Belval, rétorqua Pierre.

Georges avait retiré la chaussure et la chaussette de Solomon pour examiner sa cheville.

— Tu es en bon état, Pierre, confirma-t-il sans lever les yeux, palpant le membre enflé du marchand. La poutre t'a frappé à plat, en travers du dos. Le choc t'a certainement coupé le souffle et peut-être même fait perdre conscience, mais rien de plus. Tout aurait pu finir beaucoup plus mal.

Il leva les yeux vers le blessé.

— Quant à toi, Solomon, tu t'en tires avec une bonne entorse, décréta-t-il, mais rien de trop grave. Tu boiteras pendant quelques jours.

— Si je sors d'ici, murmura le marchand en regardant tout autour.

Le médecin retira sa veste poussiéreuse et arracha une manche de sa chemise, qu'il se mit ensuite à déchirer en bandelettes. Lorsqu'il eut terminé, il confectionna un bandage de fortune bien serré autour de la cheville de Solomon, puis lui remit sa chaussure.

— Voilà, dit-il. Jusqu'à ce que tu puisses y mettre de la glace, ça te permettra de marcher sans trop de mal.

La poussière retombait un peu. Pierre avisa l'extrémité où, voilà peu de temps encore, s'était trouvée l'entrée du souterrain dans lequel ils étaient bloqués. Tout s'était effondré avec une redoutable efficacité. Il ne restait qu'un amas de pierres, de terre et de bois qu'ils ne parviendraient jamais à dégager. Un frisson d'appréhension lui parcourut le dos. Ils étaient prisonniers.

— Nous voilà enfermés sous terre, sans aucun espoir de secours, confirma Belval en remettant sa veste par-dessus sa chemise amputée d'une manche. Il ne reste qu'à espérer que tu aies raison sur toute la ligne. Sinon, je crois bien que l'agonie sera aussi longue que désagréable. L'asphyxie est une mort cruelle...

Perreault tapota la bosse sous sa veste.

— Enfield Mark 1, leur rappela-t-il. Ne les oubliez pas. Ça vaut toujours mieux qu'attendre tranquillement la mort. Il suffit d'une seconde de courage ou de désespoir, celui-ci motivant sans doute celui-là.

— Ne mettons par la charrue devant les bœufs, si tu veux bien, dit Pierre en se rappelant la tête de l'homme qui explosait dans la ruelle, après qu'il l'avait poursuivi. Personne n'est rendu à se faire sauter la cervelle.

Il grimaça en se tenant les reins pendant qu'il se relevait. Des raideurs et des courbatures lui sciaient tous les muscles du dos, des épaules et des cuisses.

— Bon Dieu, maugréa-t-il. J'ai l'impression d'avoir été piétiné par un fiacre.

— Ce n'est pas très loin de ce qui s'est produit, précisa Belval.

Pierre fit jouer ses articulations en évitant de penser aux ecchymoses qu'il aurait un peu partout le lendemain. De toute façon, il fallait d'abord sortir vivant de cet endroit et, pour l'instant, rien n'était moins certain. La pensée de Julie lui rendit courage.

— Allons voir, dit-il enfin.

Il tendit la main à Solomon et l'aida à se relever. Le marchand testa prudemment sa cheville enrubannée et grimaça.

— Ça fait très mal ? s'enquit Pierre.

— A bisel[1].

— Tu peux marcher ?

— Il faudra bien. Nous avons non seulement un *Argumentum*, mais aussi une sortie à trouver.

Dans un réflexe spontané, tous épousetèrent un peu leurs vêtements et leurs cheveux puis abandonnèrent. Sale, échevelé, les vêtements déchirés, le visage couvert de rougeurs, les mains usées, Perreault essuya distraitement le filet de sang qui lui maculait le front. Il n'avait plus rien du dandy dont Pierre avait fait la connaissance voilà encore si peu de temps. Il en allait de même de Solomon et de Georges. L'avocat, le marchand et le médecin seraient passés sans difficulté pour des clochards.

Ils se mirent en chemin dans le souterrain. Pierre ouvrait la marche, torche en main, Perreault la fermant, tandis que Belval aidait Wolofsky en le soutenant par le bras. Ils avancèrent avec circonspection, s'arrêtant ponctuellement pour tendre l'oreille, aux aguets du moindre craquement qui pourrait annoncer leur fin imminente. Avec sa flamme, Pierre brûlait les épaisses toiles d'araignée qui leur barraient souvent le chemin, au grand soulagement de Solomon, qui grommelait sans cesse combien il détestait ces bêtes en alternant le français avec l'anglais et le yiddish.

— Il ne manque que des rats…

Après un parcours d'une centaine de pieds, les parois friables s'évanouirent alors que le souterrain s'ouvrait sur un passage plus dégagé. Sur les murs de pierres de taille soigneusement ajustées, des coulées calcaires s'étaient infiltrées et avaient laissé des traces pâles. Il s'agissait manifestement d'un ouvrage ancien, mais encore très solide.

---

1. Un peu.

— C'est le tunnel des sulpiciens, dit Pierre pendant que les autres se regroupaient autour de lui. Celui par lequel ils se rendaient à l'église.

— Pour une construction vieille de deux siècles, il semble en bon état, déclara Barthélémy, admiratif.

— Meilleur que l'autre, en tout cas, maugréa Solomon.

Ils se remirent en marche. Il leur fallut à peine une minute pour parvenir devant une porte en bois d'apparence tout à fait banale qui marquait la fin du parcours. Elle saillait au milieu de grosses pierres grossièrement taillées qui avaient composé les fondations de l'ancienne église.

— Elle s'ouvre forcément sur la cave, supposa Pierre.

— Tu veux dire qu'on ne l'aurait pas comblée avant d'aménager la place d'Armes, même si on avait démoli l'édifice? s'enquit Belval, interdit.

— On dirait bien que non. Il était sans doute plus simple de bâtir par-dessus.

Pierre appuya sa torche contre le mur, saisit la poignée rouillée et la tira vers lui, mais la porte refusa de bouger.

— C'est coincé. Aidez-moi.

Perreault disposa de sa torche et se joignit à Pierre. Ensemble, ils tirèrent jusqu'à ce que la porte s'entrouvre imperceptiblement dans un affreux grincement. Belval s'approcha et glissa les doigts dans l'étroit interstice pour les aider.

Pendant plusieurs minutes, la porte résista, ne cédant qu'un pouce à la fois. Puis quelque chose lâcha et elle tourna brusquement sur ses gonds. Acharnés, les quatre hommes l'empoignèrent et tirèrent de toutes leurs forces jusqu'à ce qu'elle s'ouvre complètement.

Ils eurent juste le temps de reculer avant que des pierres ne s'éboulent sur eux et ne manquent de leur écraser les pieds. Un nouveau nuage de poussière monta, les obligeant à fermer les yeux, les faisant tousser et cracher. Petit à petit, tout se calma et ils purent essayer de comprendre ce qui venait de se produire.

Ils regardèrent enfin devant eux et, pendant un long moment, personne n'osa rien dire.

— *Choleryeh*[1] *!* finit par geindre Solomon.

— Quelqu'un, dites-moi que je fais un mauvais rêve, ajouta Belval en hochant la tête avec dépit.

Là où aurait dû se trouver la cave de l'ancienne église se dressait un mur de pierres, de roches et de terre.

---

1. Malédiction !

39

ASSIS SUR LA PIERRE GLACIALE, Joseph-Basile-Maturin Aumont et Joffre-Bonaventure-Magloire Leclair vivaient leurs derniers moments. Adossés chacun contre une colonne, les yeux clos, ils étaient à bout de souffle après avoir complété toutes les tâches qui leur avaient été assignées par l'*Opus Magnum*. La lumière dansante des torches faisait luire la sueur dont leur visage était couvert.

Pour des hommes qui allaient bientôt mourir, ils étaient passablement sereins. Chacun avait posé à terre le ciseau et le maillet avec lesquels ils venaient de terminer leur ouvrage. Au milieu des colonnes, ils avaient gravé dans la pierre, pour les siècles des siècles, les deux équerres entrecroisées, que la putréfaction effacerait bientôt de leur propre chair. Ainsi, la marque de l'*Opus* dominerait toujours ces lieux et ceux qui suivraient seraient assurés d'être entre frères.

— Veux-tu bien me dire pourquoi nous attendons d'être moins fatigués pour nous donner la mort ? ricana Joffre avec une pointe d'amertume, sans ouvrir les yeux. M'est avis que nous aurons l'éternité pour nous reposer.

— Je ne sais pas, répondit Maturin. Peut-être que je n'aime pas l'idée de mourir essoufflé.

Joffre ouvrit les yeux et, d'un geste de la tête, désigna la colonne contre laquelle son compagnon était appuyé.

— Nous avons fait du beau travail, mon frère. Tu te rends compte que personne ne verra jamais rien de tout ça ?

— C'est triste, en effet.

Maturin fit un effort pour bouger et se retourna à son tour pour admirer la porte qu'ils venaient de sceller à l'aide d'une lourde dalle, parachevant ainsi leur ouvrage. Ce lieu représentait leur ultime chef-d'œuvre. Les sculptures dépassaient en qualité et en ambition tout ce qu'ils avaient réalisé jusque-là. Les mécanismes étaient, de loin, les plus complexes qu'ils aient jamais conçus et fabriqués. Mais de tout cela, personne ne saurait jamais rien, hormis ceux qui suivraient, un jour lointain. Personne ne l'admirerait. Aumont et Leclair en emporteraient le secret dans la tombe – ou ce qui en tiendrait lieu. Car pour eux, le serment prononcé le jour de leur réception au sein de l'*Opus* exigeait qu'ils fussent privés de la consolation d'une sépulture décente.

Le silence retomba autour d'eux, brisé seulement par leur souffle qui se calmait petit à petit.

— Tu crois qu'on nous pleurera ? demanda soudain Joffre.

— Nos femmes et nos enfants, assurément, répondit Maturin sans hésitation. Pour le reste, qu'en sais-je ? On nous croira tombés dans une embuscade iroquoise, et morts torturés et scalpés quelque part en pays sauvage. On nous fera des funérailles *in absentia*[1], un peu comme on exécute un condamné en effigie.

Joffre laissa échapper un rire triste.

— Le curé Pérot va prononcer un sermon touchant qui vantera notre courage et notre sacrifice, convaincu que nous étions de bons chrétiens, ricana son compagnon. On nous enterrera en terre consacrée et on nous fournira une pierre tombale dans le cimetière. Puis on nous oubliera. Les colons ont autre chose à faire pour survivre que de ressasser le passé.

---

1. En notre absence.

— Sauf nos fils, les pauvres, et leurs fils après eux…

— Jusqu'au jour de la Vengeance.

— Le tien a bien retenu la clé?

— Bien sûr, il la connaît par cœur.

— Le mien aussi. Et il sait ce qu'il doit en faire lorsque son fils à lui sera en âge d'être initié.

Maturin fouilla dans la poche de sa culotte et en sortit une petite fiole. Il considéra un instant le liquide clair qu'elle contenait puis désigna la dalle subtilement gravée.

— Tu crois qu'on pourra jamais y pénétrer?

— Bien entendu. Quiconque comprendra la clé saura comment entrer.

— Je donnerais cher pour voir leur tête, dit Maturin, un soupçon de fierté dans la voix. J'espère qu'ils auront une petite pensée pour les pauvres artisans qui ont permis à tout ça d'exister.

— J'en doute.

Le regard de Joffre se posa sur la fiole et son visage se crispa.

— Il est temps? demanda-t-il avec un filet de voix. Déjà?

— À moins que tu ne puisses imaginer un meilleur moment ou que tu aies autre chose à faire.

Sans rien dire, Maturin ramassa son maillet et son ciseau pour les serrer dans une main. Un tailleur de pierre ne partait pas sans ses outils. Après un moment, Joffre l'imita. Ils se regardèrent en retenant leurs larmes.

— J'ai aimé servir avec toi, mon frère, murmura Leclair.

— Et moi de même, répondit Aumont.

En même temps, ils levèrent leur fiole, la portèrent à leurs lèvres et, d'un geste décidé, l'avalèrent d'un trait. Puis chacun la posa sur le sol.

Appuyés contre leurs colonnes, ils fermèrent les yeux, attendant la mort qui ne tarderait pas et dont on leur avait promis qu'elle serait sans douleur.

— *Non nobis, Domine, non nobis, sed nomini, tuo da gloriam*, murmura faiblement Maturin.

À ses côtés, Joffre expira doucement. Ensemble, ils garderaient la nouvelle Arcadie jusqu'au jour de la Vengeance. Quiconque se présenterait en ce lieu sans y avoir droit paierait de sa vie. D'une certaine façon, ils resteraient là pour se réjouir de la qualité de leur travail.

40

Montréal, 6 mai 1886

Debout près de la porte qui avait été ouverte pour la première fois depuis au moins un demi-siècle, Pierre avait l'impression d'avoir reçu un puissant uppercut au plexus – de ceux qu'Adrien lui administrait parfois lors de leurs séances d'entraînement, quand il négligeait sa garde, et qui lui coupaient le souffle pour une longue minute, le laissant vulnérable et impuissant. Il n'arrivait pas à accepter ce que ses yeux voyaient.

La dure réalité était pourtant là, devant lui : l'*Argumentum* était enfoui sous des tonnes de débris et il leur serait absolument impossible de le récupérer. Seule pourrait y arriver une équipe d'ouvriers, et encore, rien n'était moins certain. L'*Opus Magnum* avait prévu tout ce qui était humainement prévisible, mais n'avait pas pu anticiper l'effondrement et le remplissage de la cave dans laquelle il avait été caché. Ou peut-être avait-il été incapable de l'empêcher, après avoir aménagé le passage souterrain. En voyant déferler les roches et la terre lors de l'ouverture de la porte, Pierre avait compris que l'arrêt de mort de Julie Fontaine était signé et scellé depuis longtemps déjà. Il ne l'avait pas su avant, voilà tout. Il avait espéré de tout son être, y avait consacré toutes ses forces, pour rien.

La terre et les roches venaient d'ensevelir la seule raison de vivre qui restait encore à un homme trop jeune pour avoir tout perdu. Il pouvait aussi bien s'asseoir par terre à l'instant même, fermer les yeux, se fourrer le canon de son révolver dans la bouche et appuyer sur la gâchette. Il n'aurait pas le temps de ressentir la douleur. L'arrière de sa tête exploserait et maculerait la paroi derrière lui. Ce qui lui avait servi à penser, le siège de son âme et de son humanité, serait éparpillé en petits grumeaux pitoyables. Tout serait vite fait et personne ne s'en lamenterait. De toute façon, Belval, Wolofsky, Perreault et lui allaient mourir, c'était évident. L'entrée et la sortie étaient maintenant bloquées. Ils étaient prisonniers des dizaines de pieds sous terre. Enterrés vivants. Un frisson d'horreur lui remonta le long du dos.

Pierre recula de quelques pas chancelants avec cette raideur de jambe qu'a un boxeur sonné. Il ne s'arrêta que lorsque son dos percuta quelque chose. Il se retourna et aperçut Solomon, dont il savait que le faciès livide n'était pas dû à sa cheville douloureuse. Il laissa son regard errer sur Barthélémy Perreault et Georges Belval. Les lèvres entrouvertes, les épaules affaissées, le dos rond, les deux avaient le même air catastrophé et vaincu. Tous réalisaient, comme lui, la position dans laquelle ils se trouvaient. Ils avaient compris que la partie était terminée. Après tous les morts qui avaient parsemé leur chemin, tous les périls bravés, toutes les péripéties encourues, tous les sacrilèges commis, tout cela pour une cause à laquelle ils adhéraient pour des raisons différentes, ils avaient perdu.

— Nous avons échoué, murmura Belval d'un ton incrédule en toussotant dans la poussière en suspension.

— Au moins, ricana amèrement Perreault, personne d'autre ne s'emparera de l'*Argumentum*. Je suppose que c'est une consolation. Si je perds, personne ne gagne, en quelque sorte.

Pierre fit un effort pour secouer sa torpeur. Il ne pouvait pas abandonner. Pas tout de suite. Pas avant d'être absolument certain. Il serait toujours temps d'appuyer sur la gâchette. Ou de manquer d'air, s'il n'avait pas le courage de poser le geste.

— Non, déclara-t-il en secouant faiblement la tête. Non… Il doit y avoir une solution. Il faut qu'il y en ait une. Il suffit de regarder mieux, de chercher partout. Nous avons dû laisser passer quelque chose.

— Cesse de rêver, pauvre ami, dit Solomon. C'est fini. Nos prédécesseurs n'avaient pas prévu l'effondrement des anciennes fondations, tout simplement.

Pierre l'entendit à peine. Soudain, les idées s'entrechoquaient dans sa tête, les dates et les faits se combinant, s'organisant, se comparant et se contredisant à une vitesse folle. Il devait avoir oublié un élément, un indice, un détail. Il sentit la main de Perreault se poser sur son épaule.

— Allons, mon pauvre garçon, insista l'avocat d'un ton amical et désolé. Il faut voir les choses en face. C'est fini. Nous avons fait de notre mieux, mais nous allons tous crever ici. Au moins, nous aurons le privilège de choisir le moment.

L'air entendu, l'avocat tapota le révolver sous sa veste souillée. Pierre se retourna et balaya brusquement sa main avec son avant-bras.

— Non ! s'écria-t-il, sa voix lourde de désespoir se répercutant sur les murs de pierre du tunnel. Ça ne tient pas debout !

Comme possédé, il se mit à marcher de long en large dans le tunnel, sous le regard compatissant de ses compagnons, qui semblaient attendre avec patience qu'il accepte l'inévitable.

— La basilique était presque terminée lorsqu'on a finalement démoli l'ancienne église en 1830, grommela-t-il pour lui-même en se frottant compulsivement les mains. On a même conservé son clocher jusqu'en 1843 parce que les deux tours du nouveau bâtiment n'étaient pas achevées.

— Et alors ? fit Barthélémy.

Pierre s'arrêta brusquement et ouvrit les bras, exaspéré.

— Alors, bon Dieu, l'*Opus* avait forcément terminé de creuser le souterrain bien avant ça ! Et s'il était capable de réaliser un chantier pareil en secret, personne ne me fera croire qu'il ignorait qu'on allait combler la cave !

— Mais si elle s'est effondrée…

— Si elle s'était effondrée, toute la place d'Armes se serait enfoncée de quelques pieds, rétorqua le jeune homme. Ça se serait su !

Solomon fronça les sourcils et ses lèvres se pincèrent sous sa moustache pour disparaître dans sa grosse barbe. Tout à coup, il semblait attentif et intéressé.

— Alors, si l'*Opus* a aménagé le souterrain en sachant que la cave allait être remplie, comme tu le suggères, ajouta-t-il en tendant l'index, c'est forcément que, même s'il rejoignait le tunnel des sulpiciens, il menait ailleurs que dans l'ancienne église.

— Exactement ! s'écria Pierre.

Les idées se bousculaient follement dans la tête du professeur d'histoire. Il fouillait ses souvenirs et ses connaissances pour y trouver une réponse. Et soudain, il réalisa que, depuis le début, il tenait une piste.

— J'aurais dû y penser bien avant, expliqua-t-il après un moment de réflexion. Le vieux séminaire des sulpiciens a été construit entre 1684 et 1687. La première église Notre-Dame était déjà debout depuis une quinzaine d'années. Comme les indices qui nous ont menés jusqu'ici ont été déposés sur la tombe de Jeanne Mance à sa mort en 1673, l'*Opus* avait donc nécessairement déjà installé l'accès à l'*Argumentum* à ce moment-là.

Solomon, Barthélémy et Georges se consultèrent du regard, à la fois perplexes et impressionnés.

— Ma foi, ce que tu dis là tombe sous le sens, renchérit Belval. Peut-être que nous observons les choses par le mauvais bout de la lorgnette. De toute évidence, l'*Opus* avait le bras long à Ville-Marie. Ses membres auraient certainement été en mesure d'influencer les sulpiciens sans trop en avoir l'air pour que leur tunnel mène là où l'accès à l'*Argumentum* se trouvait déjà.

— Et lorsqu'on a entrepris la construction de la basilique, nos frères auraient simplement cherché à rejoindre l'ancien tunnel parce qu'il menait là où ils le voulaient ! compléta Perreault en se frappant le poing dans la main. Tu as peut-être raison. Nos prédécesseurs désiraient que nous aboutissions ici, sans égard à l'ancienne cave!

— En tout cas, l'idée est plus encourageante que le choix entre se faire sauter la cervelle ou mourir à petit feu, asphyxié, dit Solomon.

Revigoré, Pierre saisit une des torches appuyées contre la paroi et la tendit à Perreault. Il empoigna l'autre et désigna les massives pierres taillées qui avaient formé une partie des fondations de l'ancienne église, et qui constituaient maintenant le mur du tunnel.

— Si j'ai vu juste, l'accès que nous cherchons se trouve forcément quelque part dans la paroi, dit-il, les yeux brillants. Cherchons. Il doit y avoir une marque, un symbole, quelque chose.

Il contourna l'éboulement qui s'était échappé de la porte et se mit à longer le mur en l'éclairant, scrutant attentivement le moindre pouce carré de pierre depuis le plancher jusqu'au plafond. Perreault, Wolofsky et Belval se joignirent à lui. Au bout de longues minutes, ils durent se rendre à l'évidence. Rien ne ressemblait, même de loin, à ce qu'ils cherchaient.

— Il faut examiner le plancher, alors, suggéra Pierre, qui refusait d'abandonner. Nous aurions dû le faire avant que je me lance sur la porte comme un imbécile. Dégageons tout ça, dit-il en désignant les débris sur le sol.

Faisant fi de ses compagnons épuisés et blessés, il redéposa sa torche contre le mur et empoigna à bras-le-corps une grosse roche pour la soulever et la lancer aussi loin qu'il le pouvait. Puis il recommença, frénétique. Belval et Perreault se joignirent bientôt à lui et même Solomon se mit au travail malgré son pied blessé, ramassant des pierres moins lourdes pour les lancer derrière lui.

Lorsque le plus gros des débris fut enlevé le long de la paroi, ils se mirent à racler les dalles du plancher avec leurs chaussures pour en retirer la terre le mieux possible. Dès qu'elles furent visibles, les quatre hommes se jetèrent à quatre pattes pour les balayer du revers de la main, avançant comme des nourrissons, le nez à quelques pouces du sol. Bientôt, toutes les dalles qui longeaient l'ancienne fondation furent dégagées. Après les avoir soigneusement examinées, ils durent s'avouer vaincus une fois de plus.

— Pas le moindre petit symbole, déclara Belval, dépité.

Pierre ne répondit pas. Debout, une main sur la hanche, la torche dans l'autre, le souffle court, les vêtements couverts de terre, il considérait le plancher. Les dalles rectangulaires étaient massives et égales. Un travail minutieux réalisé pour les sulpiciens.

— Nous cherchons au mauvais endroit et nous gaspillons l'air qu'il nous reste, grommela-t-il, éperdu. Si l'accès à l'*Argumentum* était aménagé en 1672, il ne peut pas se trouver dans le plancher du passage qui a été bâti plus tard. Il ne peut être que dans la fondation elle-même.

Sous le regard résigné des autres, il se laissa tomber sur les genoux devant le pan de mur qui fermait le tunnel et se mit à frotter frénétiquement les grosses pierres de formes et de dimensions inégales, encore solidement liées par un épais mortier, qui avaient constitué la fondation de l'ancienne église. Quand il eut parcouru les six pieds de largeur, il se leva et, plié en deux, répéta le même manège en sens inverse. Puis il se redressa et recommença. Au fil de ses allées et venues, il eut bientôt couvert méticuleusement toute la surface, en vain.

— Pas de symbole, ni de message, cracha-t-il, désenchanté et abattu. Même pas une égratignure. Rien…

— Parce que nous cherchons une marque, déclara Belval d'un ton solennel.

Intrigué, les trois autres se retournèrent vers lui. L'air grave, le médecin avait les yeux rivés sur le bas du mur.

— Regardez cette pierre, là, ajouta-t-il en la pointant de l'index. Elle porte un triangle inversé, comme le médaillon, la pierre tombale et le tétragramme.

Tous suivirent la direction qu'il indiquait. Au début, aucun ne vit quoi que ce soit.

— Regardez mieux, insista Belval. Ne cherchez pas un signe. Suivez seulement les lignes dans la pierre.

Il fallut un moment pour que leurs yeux repèrent ce qui s'avéra évident dès qu'ils le virent. Dans le deuxième rang à partir du sol, une pierre se différenciait des autres. Certes, elle était rectangulaire et parcourue par des fissures qui prenaient toutes sortes de formes plus ou moins géométriques. Mais, dans toute la paroi, elle était la seule sur laquelle ces lignes formaient un triangle inversé.

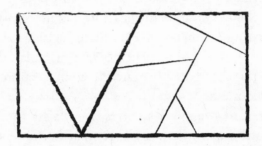

Pour le voir, il ne fallait pas vraiment le chercher, un peu comme lorsqu'on laisse l'imagination errer pour apercevoir des formes dans les nuages. Comme un seul homme, tous se précipitèrent près du mur et l'examinèrent.

— Bon Dieu, ce ne sont même pas de vraies fissures, décréta Perreault, le regard enflammé, en grattant les lignes avec ses ongles. Juste un travail de maquillage. Elles sont sculptées. On a caché le symbole féminin bien en évidence, sous les yeux de tous. Celui qui a fait ça était habile.

Il se retourna vers Pierre, Georges et Solomon, un large sourire éclairant son visage sale et tiré.

— Messieurs, contre toute attente, je crois bien que nous y sommes. J'y vais ?

Les trois autres acquiescèrent de la tête.

— Bon…

Perreault inspira profondément, posa la main à plat sur le triangle et appuya. Sans opposer de résistance, la forme s'enfonça d'un demi-pouce dans la pierre.

Un cri bref retentit et le silence retomba presque aussitôt.

41

PIERRE SENTIT SON SANG se figer dans ses veines. Tous restèrent un peu bêtement en place, se dévisageant sans comprendre ce qui venait de se produire. Médusé, Perreault avait toujours la main sur le mur. En même temps, ils se retournèrent dans la direction d'où était venu le cri.

Dans l'angle du mur et du tunnel, sur leur gauche, ils aperçurent une ouverture noire et béante qui, l'instant d'avant, n'était pas là. De toute évidence, en enfonçant la forme triangulaire dans le mur, Perreault avait enclenché le mécanisme d'ouverture tant espéré. Sans qu'on les entende, trois grosses pierres s'étaient rétractées dans la fondation, ne laissant qu'une brèche large de deux pieds dans le plancher. Georges Belval, lui, n'était nulle part.

Comme un seul homme, ils se précipitèrent et freinèrent une fois arrivé au bord du trou. Les mains sur le mur de chaque côté, Perreault se pencha prudemment dans l'ouverture.

— Georges! appela-t-il d'une voix tendue en étirant le cou. Georges!

Un silence sépulcral tint lieu de réponse. D'un commun accord, Perreault et Pierre s'allongèrent sur les rebords de l'ouverture et tendirent le bras pour y enfouir leur torche. Mais ils ne virent que des ténèbres épaisses.

— Belval! s'écria Solomon. Tu m'entends?

— Regardez, fit Wolofsky derrière eux, le ton aussi sombre que la nuit.

Ils se retournèrent vers le marchand et le virent désigner de la tête le mur, un peu au-dessus de l'ouverture. Dès qu'ils eurent suivi son regard, ils comprirent et une profonde consternation les saisit. Entre deux pierres maçonnées émergeaient les montants et le premier barreau d'une échelle en fer. Les éclats du mortier qui avait camouflé tout cela gisaient sur le sol. De toute évidence, le mécanisme qui avait révélé la porte était aussi conçu pour fournir le moyen d'y descendre. Il suffisait d'attendre et de savoir où se tenir.

— *A mentsh on glik is a toyter mensh*[1]. Belval se trouvait au mauvais endroit au mauvais moment, se lamenta Solomon avec une grimace de frustration.

— Ou alors il n'était pas prévu que plusieurs personnes se présentent en même temps, soupira Perreault.

Pierre fut aussitôt debout et attrapa l'échelle pour la tirer vers lui. Trahissant un dispositif encore bien lubrifié après plus de deux siècles, elle sortit du mur sans offrir de résistance et s'enfonça tout droit dans l'ouverture, comme elle avait manifestement été conçue pour le faire. Sans hésiter, ignorant le danger que représentaient des barreaux rouillés, le jeune homme s'y engagea et descendit aussi vite qu'il le pouvait en s'agrippant d'une seule main, l'autre tenant la torche. Dès qu'il fut dans le puits, une odeur d'excréments et d'urine lui monta aux narines, lui faisant plisser le nez. Après une dizaine d'échelons, ses pieds touchèrent le sol. Craignant le pire, il tendit sa torche à bout de bras et vit Belval. Du moins ce qu'il en restait.

Au bas de l'échelle, une surface de deux pieds avait été laissée libre pour permettre de s'y tenir sans risque. Mais tout autour, le sol était hérissé de pieux de métal acérés de la longueur de l'avant-bras. Désarticulé comme un pantin, Belval y était empalé. L'un d'eux lui avait transpercé la gorge, un autre l'abdomen et

---

1. Une personne malchanceuse est une personne morte.

un troisième, la cuisse gauche. Sous lui, une flaque sombre s'était déjà accumulée et son sang s'y répandait lentement dans un sinistre goutte à goutte. La bouche flasque, une expression de stupeur figée à jamais sur le visage, le regard fixe, le médecin n'avait pas eu le temps de voir venir la mort. Comble d'indignité, ses intestins et sa vessie s'étaient vidés en même temps qu'il expirait, empuantissant les lieux.

Pierre espéra que Belval n'avait pas souffert. Pour le reste, il se surprit lui-même en constatant combien il restait froid devant la mort de cet homme qu'il avait pourtant appris à connaître. Il ne ressentait ni colère, ni indignation, ni découragement. Il ne s'en étonna pas non plus outre-mesure. En quelques semaines, l'*Argumentum* avait fait de lui un être insensible, dont les scrupules s'effritaient à mesure qu'il progressait. Il avait l'impression que son âme se desséchait, qu'elle n'était plus qu'une terre brûlée sur laquelle plus rien ne pousserait s'il ne l'irriguait pas sous peu. Ce qui gisait devant lui n'était qu'une masse de chair qui serait bientôt froide et qui finirait par pourrir. Rien de plus. S'il était contrarié, c'était avant tout parce qu'un de ceux qui l'aidaient venait de disparaître et que son absence rendrait plus difficile la tâche que les autres avaient encore devant eux.

— Alors ? demanda Solomon, en haut.

Tiré de ses sombres considérations, Pierre sursauta.

— Il est là, répondit-il sur le ton monocorde de celui qui n'a plus la force d'être ému. Vous pouvez venir.

Il s'écarta un peu pour leur laisser de la place, enjambant le cadavre du médecin et louvoyant prudemment entre les pieux acérés. La lumière d'une torche s'intensifia et il aperçut bientôt les pieds de Perreault qui descendaient les échelons.

— Oh non… soupira l'avocat, une fois en bas, en découvrant ce qui s'était produit. Georges…

Un rictus où se mêlaient la peine et la colère lui déforma la face. Il abattit à plusieurs reprises la paume de sa main libre sur un barreau de l'échelle, la faisant vibrer de bas en haut.

— Sacrement de baptême de crisse de calvaire de ciboire! hurla-t-il à pleine gorge, marquant chaque blasphème d'un nouveau coup.

Puis il s'arrêta, empoigna des deux mains les montants de l'échelle et les serra jusqu'à en trembler pendant que les blasphèmes restaient coincés dans sa gorge. Il ferma les yeux, baissa la tête et ravala un sanglot qui brisa presque le cœur de Pierre.

— *Non nobis, Domine, non nobis, sed nomini, tuo da gloriam*, murmura Perreault d'une voix rendue rauque par l'effort qu'il devait faire pour rétablir son emprise sur ses émotions.

— Éclairez-moi! s'écria Wolofsky qui venait d'amorcer sa descente et qui se pressait tant bien que mal malgré sa cheville blessée.

Pierre tendit la flamme vers le haut pour permettre au marchand de bien voir les barreaux sur lesquels il posait les pieds. Dès qu'il eut atteint le plancher et qu'il eut fait demi-tour, son visage se décomposa. Il secoua lentement la tête et pinça les lèvres.

— *Zayt gezunt*[1], mon frère, chuchota-t-il avec résignation. Pourquoi faut-il que tant d'hommes meurent?

Ne montrant aucune répugnance, Perreault s'était approché du cadavre et le considérait, les poings fermés sur les cuisses, la tension visible dans la posture de sa nuque et de ses épaules. Après un instant, il se pencha pour lui fermer les paupières et laisser une brève caresse sur le front de celui qui avait été son ami autant que son frère dans l'ordre.

— Le coût de la Vengeance commence à être beaucoup trop élevé à mon goût, gronda-t-il une fois relevé, le faciès durci par la colère et le regard qui faisait peur. Trouvons l'*Argumentum* et finissons-en.

— Non, fit Pierre.

— Comment ça, non?

---

1. Sois en paix.

— Pas avant d'avoir offert à Belval une sépulture décente, comme nous l'avons fait pour Demers, rétorqua-t-il d'un ton cassant.

— Au cas où tu ne l'aurais pas compris, intervint Solomon avec une égale fermeté, nous sommes déjà sous terre. Belval savait quels risques il courait, comme nous tous. Considère cet endroit comme son tombeau si ça fait ton bonheur. C'est ce qu'il aurait fait, lui.

— Il va quand même pourrir à l'air libre. On ne peut pas l'abandonner comme ça. Il mérite mieux.

Perreault inspira profondément pour se calmer.

— Bon, que proposes-tu? s'enquit-il d'un ton qui se voulait accommodant.

— Il y a des tas de roches, en haut. À nous trois, il sera facile de le couvrir. L'*Argumentum* est là depuis deux cents ans. Il peut bien attendre une demi-heure de plus.

— Au risque de la vie de ta fiancée?

Du regard, Pierre fusilla l'avocat. Bien sûr, il y avait un risque à ralentir leurs progrès. Il en était plus cruellement conscient que quiconque. Mais il y en avait un aussi à ne pas donner une sépulture convenable à un camarade tombé au combat. Il ne pouvait pas expliquer pourquoi, mais il avait l'impression que, s'il ne le faisait pas, il perdrait le peu d'âme qui lui restait encore; qu'il ne serait plus un homme, mais une bête.

— Allons-y alors, dit Perreault.

Ravalant des haut-le-cœur, causant des bruits de succion écœurants, Pierre et Barthélémy parvinrent à dégager le corps des pieux qui le transperçaient. Pendant que Solomon grimpait quelques échelons en tenant les deux torches pour les éclairer, ils assirent le corps au pied de l'échelle et lui retirèrent sa veste pour la lui passer sous les bras et attacher les manches dans son dos. Le jeune homme s'engagea dans l'échelle en tirant le cadavre d'une main par ce harnais de fortune, tandis que dessous, Perreault supportait une partie de son poids avec un bras et une épaule. Après quelques minutes d'une épuisante escalade qu'ils n'osèrent pas ponctuer de périodes de repos de peur de ne plus être capables de repartir, ils s'effondrèrent tous deux sur le sol, haletants et en sueur, près du cadavre.

En boitillant, un rictus de souffrance sur le visage, Solomon tira Belval jusque devant la porte puis se redressa, cherchant visiblement à s'orienter. Lorsque ce fut fait, malgré le dégoût évident qu'il éprouvait, il allongea le cadavre le long de la fondation, les pieds dans le coin.

— Il doit avoir les pieds vers l'est, expliqua-t-il.

— Il n'est pas juif, remarqua Perreault.

— Tu sais comment enterrer un chrétien ? contra le marchand.

— Non, pas vraiment.

— Je me disais aussi. Alors, tais-toi et laisse-moi faire.

Sous l'œil de l'avocat rabroué, il croisa les mains du défunt sur sa poitrine, lui ferma la bouche et lui peigna même les cheveux avec ses doigts. Malgré ses blessures béantes, dans la mort, Belval semblait presque serein. Sans demander d'aide, Wolofsky, pressé d'en finir, commença à ramasser des pierres pour les rapporter près du mort. Voyant cela, les deux autres surmontèrent leur fatigue et se joignirent à lui.

En quelques minutes, Belval reposa sous un tumulus artisanal de forme inégale, mais qui avait tout de même le mérite de constituer la sépulture la plus digne qu'ils puissent lui donner dans les circonstances. Un à un, ils lui firent leurs adieux, Solomon murmurant même une courte prière en hébreu.

Leur sinistre tâche achevée, ils se laissèrent tous glisser contre le mur et restèrent là, assis, tentant de récupérer pour la suite des choses.

— Nom de Dieu, je donnerais un an de ma vie pour quelques gorgées d'eau, haleta Perreault.

— Attention à ce que tu demandes, rétorqua Solomon en forçant un ricanement. Le diable pourrait décider de t'exaucer et s'il te restait moins que ça à vivre, tu mourrais sur-le-champ.

— Solomon, imagine un bon verre de scotch avec un glaçon…

— *Paskudnik*[1]. Tu es cruel, pantela le marchand en se pourléchant malgré lui.

Au prix d'un grand effort, Pierre se leva le premier. Déjà, il avait l'impression d'avoir un peu de mal à retrouver son souffle.

— L'entrée est bouchée, déclara-t-il. Nous allons finir par manquer d'air si nous ne trouvons pas bientôt une sortie. Allez, il faut redescendre.

Wolofsky et Perreault le rejoignirent et, l'un après l'autre, sans prononcer le moindre mot, ni même se retourner vers celui qu'ils laissaient derrière eux, ils s'engagèrent sur l'échelle. Une fois en bas, ils ne purent s'empêcher d'examiner du coin de l'œil les pieux, dont certains seraient pour toujours maculés du sang de Georges Belval.

— C'est une mesure de protection simple et efficace, remarqua Perreault, incapable de contenir tout à fait son admiration.

— Quiconque aurait réussi à forcer l'entrée se serait retrouvé empalé en bas, renchérit Pierre. Comme ce pauvre Georges. Alors que celui qui ouvrirait légitimement le passage découvrirait les pieux une fois parvenu en bas grâce à l'échelle. Ce qui nous rappelle cruellement que la façon dont nous nous rapprochons de l'*Argumentum* n'est pas celle qui était prévue.

Ils se mirent en marche, zigzaguant entre les pieux. La pièce était petite. Ils n'eurent que quelques pas à faire pour atteindre une façade aussi élégante qu'improbable, qui n'aurait pas dû se trouver là, si profondément sous la surface du sol. La torche tendue devant lui, Pierre se demanda s'il rêvait éveillé. Puis son regard s'attarda sur l'inscription.

— Messieurs, je crois que nous y sommes, déclara-t-il.

— On dirait bien, répondit Perreault, méfiant.

L'épaisse dalle était encastrée dans un arc en ogive fermé par une clé de voûte. À la hauteur des yeux, quelqu'un y avait sculpté en ronde-bosse l'inscription qui avait ponctué tout leur parcours. *Et in Arcadia Ego*. L'entrée était flanquée de deux solides

---

1. Mauvais compagnon.

colonnes cannelées, au chapiteau simple et harmonieusement proportionné, qui montaient jusqu'au plafond, une dizaine de pieds plus haut.

Tous cela était déconcertant, certes, mais bien anodin en comparaison des squelettes qui semblaient avoir pour mission d'accueillir d'éventuels visiteurs.

42

CHACUN DES SQUELETTES était adossé contre une colonne, dans une pose à peu près identique. Les jambes allongées, les mains croisées à la hauteur de l'abdomen, ils semblaient s'être assis là de leur plein gré pour attendre la mort. Tout au plus l'un d'eux avait-il la tête qui tombait sur l'épaule alors que celle de l'autre était renversée vers l'arrière. Les deux portaient encore quelques lambeaux de culotte et de chemise, ainsi que des bottes et une ceinture de cuir que l'air sec avait préservés. Sur le sol, près de chacun, traînaient un ciseau rouillé, ce qu'il restait d'un maillet et une petite fiole en verre.

— Des tailleurs de pierre, on dirait, remarqua Perreault.

— Ou des maçons, qu'ils soient francs ou pas, ironisa le jeune professeur.

— Ils… Ils ont été… assassinés, vous croyez? demanda Solomon en déglutissant bruyamment.

Perreault s'accroupit devant un des squelettes, ramassa la fiole et l'examina. Puis il la porta sous son nez, la huma et redéposa l'objet où il l'avait pris.

— Non, répondit-il en se relevant, ils se sont donné la mort au cyanure. La fiole sent encore un peu les amandes.

— Alors, l'*Opus* a été particulièrement exigeant pour ces deux-là, déclara Solomon. Regardez.

De la tête, il indiqua le centre des colonnes. Barthélémy et Pierre suivirent la direction de son regard, tendirent les torches et repérèrent ce qu'il avait vu. Dans la pierre, à mi-distance entre la base et le sommet, on avait gravé un symbole qu'ils connaissaient tous et qu'ils portaient à l'intérieur des poignets : les deux angles droits entrecroisés.

— Ces hommes que nous n'avons pas connus étaient nos frères, décréta Perreault avec un respect palpable. En quelque sorte, ils montaient la garde jusqu'à ce que leurs successeurs se présentent.

— Alors, c'est que l'*Argumentum* est derrière cette porte, dit Solomon avec empressement en tendant la main vers la poignée pour appuyer sur la clenche.

— Non ! s'écria Pierre en lui attrapant l'avant-bras d'une poigne de fer pour le tirer vers l'arrière.

Le marchand le toisa, interdit.

— Qu'est-ce qui te prend ? s'enquit-il.

— S'il y avait un piège en haut, pourquoi n'y en aurait-il pas un ici aussi ?

— Tu crois que… ?

— Je ne crois rien, mais avec tout ce que nous avons vu depuis la basilique, je préfère ne pas toucher cette poignée ou ouvrir cette porte avant d'être absolument certain qu'il n'y a aucun danger.

Frottant distraitement ses joues mal rasées, Pierre considéra l'inscription bellement sculptée sur la dalle qui tenait lieu de porte. L'artisan avait pris la peine de décorer son œuvre en soulignant les lettres avec une ligne de petites cavités rondes et une guirlande de triangles inversés, le symbole féminin plusieurs fois répété leur prouvant hors de tout doute qu'ils se trouvaient au bon endroit.

Et In Arcadia Ego

Il s'approcha et pencha la tête pour examiner les lettres de près en prenant bien soin de ne pas les toucher, ni même de les effleurer. Sans rien dire, Solomon et Barthélémy le rejoignirent devant la porte.

Après un moment, Pierre se mit à réfléchir à haute voix.

— *Et in Arcadia Ego*, murmura-t-il, songeur. Cette phrase resurgit sans cesse depuis le début : sur le médaillon, sur le tableau de Poussin, sur la pierre tombale de Jeanne Mance et sur le linteau du souterrain. Et n'oublions pas que c'est la permutation de ses lettres qui nous a menés jusqu'ici. *I tego arcana Dei*.

— Elle n'a encore jamais servi de décoration, renchérit Solomon, songeur en se grattant la barbe. Elle a toujours tenu lieu d'instrument, de clé qui nous permettait de passer à l'étape suivante.

— Et je ne vois pas pourquoi il en irait autrement maintenant que nous en sommes à la dernière, compléta le jeune professeur.

Après un moment, Barthélémy souffla sur les lettres pour en enlever les deux siècles de poussière accumulée. Il se raidit, les sourcils arqués par la surprise, et s'approcha encore plus près, jusqu'à ce que son nez frôle les lettres.

— Elles n'ont pas été sculptées dans le bois de la porte, mais appliquées, déclara-t-il, perplexe, après un moment. Et regardez, elles sont en fer, pas en pierre.

Avant que ses compagnons puissent l'en empêcher, il saisit le « E » au début de la phrase et, tout doucement, joua avec. La lettre tourna sur elle-même, pivotant facilement d'un côté puis de l'autre. Encouragé par son succès, il la prit plus fermement entre le pouce et l'index, puis consulta les deux autres du regard.

— J'essaie ?

— Ça te dérange si nous reculons un peu? fit Solomon.

Pierre le retint doucement par le bras.

— Ce ne sera pas nécessaire, dit-il sans détacher les yeux du
« E » que Perreault avait couché sur le dos au début de la phrase.
Je crois que je viens de comprendre. Tu peux tirer dessus,
Barthélémy. Si j'ai vu juste, il ne se passera rien du tout.

— Et si tu as tort?

— Qui sait? répondit Pierre en haussant les épaules. Un
plafond qui s'effondre, des pieux qui surgissent du sol... Nous
verrons bien.

— Bon...

Le visage crispé par la peur, les yeux fermés, Perreault serra
les doigts sur la lettre et la fit pivoter doucement en la tirant vers
lui. Elle s'arracha de la porte avec un bruit de bouchon de liège
sortant du goulot d'une bouteille. Figé sur place, la tête rentrée
dans les épaules, il attendit plusieurs secondes, sans que rien ne
se produise. Lorsqu'il rouvrit les yeux, ce fut pour les poser sur
l'objet qu'il tenait en main. La première chose qu'il constata était
que, derrière la lettre en fer, se trouvait une tige d'un quart de
pouce de long.

— C'est un tenon, expliqua Pierre. Je parierais ma main
droite que toutes les lettres ont le même.

Il avisa les cavités rondes sous les lettres et compara leur
diamètre à celui de la tige derrière la lettre.

— Et voici les mortaises dans lesquelles elles doivent être
insérées.

— Tu veux dire qu'il suffit de les enlever pour les placer
autrement, comme à la petite école? fit Perreault, perplexe.

— De la même manière qu'il a fallu le faire après avoir percé
le code sur la base de la pierre tombale, mais avec de vraies lettres.

— Le seul problème, c'est que, cette fois-ci, nous ne connaissons pas le code, remarqua Solomon. S'il existe.

Pierre laissa son regard courir un peu partout autour de lui.

— Il se trouve quelque part, déclara-t-il avec assurance. Il
suffit de chercher.

Il aperçut Perreault qui tendait le bras pour remettre le « E » à sa place et allait l'arrêter lorsque Solomon secoua gravement la tête.

— Je crois qu'il vaut mieux ne pas le replacer, expliqua-t-il. Si Pierre a raison, la permutation des lettres doit se faire dans un ordre précis qui permettra d'ouvrir la porte. Maintenant que tu as retiré la première, le processus est enclenché et elle doit être placée dans la bonne mortaise de la rangée du dessous. Sinon... Pouf!

Il accompagna son commentaire d'un petit geste des mains qui rappelait une explosion.

— Autrement dit, selon vous, nous sommes une fois de plus coincés, maugréa Perreault. Soit nous perçons le code, soit nous mourons ici.

— En gros, ça ressemble à ça, oui, admit Pierre.

Ils se mirent à déambuler lentement devant la façade intérieure, à la recherche d'un quelconque indice. Ils erraient en vain depuis plusieurs minutes lorsque Pierre crut percevoir une vibration sous ses pieds.

— Vous avez senti ça? demanda Wolofsky, alarmé. On dirait que le sol a tremblé.

Une nouvelle secousse, assez forte pour faire s'écouler du plafond quelques filets de sable fin et de poussière, confirma leurs craintes. Ils se regardèrent tous l'un l'autre, un peu affolés.

— Je crois que, finalement, tu aurais peut-être dû laisser cette lettre en place, soupira Pierre en se mordillant la lèvre inférieure.

Le sol trembla plus fort et, cette fois, des petits morceaux de roc chutèrent un peu partout. Pierre eut la ferme impression que les colonnes massives avaient tangué. Il allait s'écarter d'elles quand son attention fut retenue par le chapiteau de celle de droite. Malgré les mouvements du sol qui s'accentuaient dangereusement et rendaient difficile le simple fait de rester immobile, il s'approcha en titubant, tendit sa torche aussi haut qu'il le pouvait et renversa la tête en arrière pour bien voir. Il lui fallut en faire le tour avant de comprendre ce qu'il voyait. Le chapiteau était décoré de droites ciselées à la main.

— Bon Dieu! Ils ne sont pas réguliers! cria-t-il pour se faire entendre malgré le bruit qui augmentait, en désignant frénétiquement le haut de la colonne de l'index.

— Quoi? rétorqua Perreault.

— Les motifs, là-haut! dit-il en désignant le chapiteau. Ils sont irréguliers. Donne la lettre à Solomon et viens me faire la courte échelle!

L'avocat sembla hésiter jusqu'à ce qu'une nouvelle secousse le convainque d'obtempérer. Après avoir confié le « E » à Wolofsky, qui l'accepta comme s'il s'agissait d'une braise brûlante, il se rendit auprès de Pierre, entrelaça ses doigts et se pencha pour qu'il pose son pied. Dès que ce fut fait, il le hissa aussi haut que possible, grognant sous l'effort.

Le jeune homme passa son bras libre autour de la colonne pour maintenir son équilibre précaire et, à la lumière de la flamme, examina les motifs sur le chapiteau. Pendant un instant, il eut l'impression que son cœur s'écrasait au fond de son estomac. À première vue, les signes étaient illisibles.

I I V I V X I I I X I V V I I I V I

Malgré les vacillements causés par le sol qui tremblait, il insista, séparant mentalement les traits droits et obliques pour essayer de leur donner un sens. Soudain, il comprit à quoi il avait affaire. Des chiffres romains, tout simplement. Il réfléchit à toute vitesse. Si le premier nombre était I, le second était nécessairement IV. Mais alors, le suivant était aussi IV, ce qui était impossible puisqu'il s'agissait d'une suite de nombres qui indiquait la séquence des lettres. Donc, le premier nombre se devait d'être II et le deuxième, V, ce qui faisait du troisième un IV, et ainsi de suite. Il finit par avoir en tête une séquence de nombres dont il était relativement certain.

II V IV XIII XIV VIII VI

Du sable s'écoulait maintenant de façon continue du plafond et des fissures inquiétantes commençaient à se former dans les murs.

— Solomon, cria-t-il. Place les lettres dans l'ordre que je te donnerai. Tu es prêt ?

— Je t'écoute !

— Deux ! Cinq ! Quatre ! Treize ! Quatorze ! Huit et six !

En bas, devant la porte, il vit le marchand qui s'empressait de retirer les lettres désignées pour les replacer aussitôt dans les mortaises en dessous. Il fit signe à Perreault de le laisser descendre, courut en chancelant vers l'autre colonne et remonta de la même façon. Une fois encore, il se retrouva devant des motifs qui, à première vue, n'avaient aucune structure, mais qu'il put, cette fois, ordonner plus rapidement.

V I IX I XIII IX IX

VII XI XII IX I X

— Sept ! cria-t-il, alors qu'un bloc de taille appréciable se détachait du mur fissuré pour se fracasser au sol. Onze ! Douze ! Neuf ! Un ! Dix !

Perreault perdit l'équilibre dans une nouvelle secousse et Pierre se retrouva en chute libre. Il réussit de justesse à éviter de percuter l'avocat, mais atterrit lourdement sur l'épaule. Seules ses habitudes de boxeur lui permirent de rouler sur lui-même pour absorber une partie du choc. Il se releva et se dirigea vers la porte, où se trouvait Solomon.

— Alors ? demanda-t-il en serrant les dents pour endurer la douleur dans son bras.

— Il reste un I et il manque une lettre, répondit le marchand, dépité.

Barthélémy vint les rejoindre en titubant et, ensemble, ils considérèrent le résultat, la mortaise vide les narguant.

TANGO ARCA● DEI

— Tu as une idée de ce que ça signifie? s'enquit l'avocat.

— *Tango arcam Dei*, répondit Wolofsky sans hésiter. «Je touche le tombeau de Dieu». Je ne vois pas d'autre possibilité. Mais nous n'avons pas de «M»!

Un craquement sinistre monta et, sur leur gauche, le mur se fendit de bas en haut.

— Alors, nous ferions mieux de le trouver au plus vite! dit Perreault.

Tous se mirent à chercher éperdument de tous les côtés quelque chose qui ressemblât, même de loin, à la lettre «M». Le vacarme devenait assourdissant.

— Là! hurla soudain Wolofsky.

Pierre se retourna et le vit empoigner un à un les triangles qui formaient une guirlande sous les mortaises maintenant remplies et tirer sèchement dessus. Il en avait testé quatre lorsque deux triangles attachés lui restèrent dans la main. Il brandit triomphalement l'objet pour leur montrer le tenon qui se trouvait derrière.

Sans hésiter, il l'inséra dans la dernière mortaise libre, l'enfonça, puis s'arrêta, attendant que le cataclysme s'arrête. Il n'en fut rien. Pierre avisa les lettres sur la porte.

TANGO ARCA▼▼ DEI

Tango arcaw Dei... Wolofsky empoigna le double triangle et le fit pivoter dans le sens contraire des aiguilles d'une montre. Le «W» devint «M».

TANGO ARCA▲▲ DEI

Aussitôt, les grondements s'apaisèrent et le sol cessa de trembler. Le calme retomba autour d'eux en même temps que la poussière.

— Nous l'avons échappé belle, je crois… soupira Perreault, l'air hagard, en toussotant, le visage blanchi de poussière comme celui d'un boulanger enfariné.

Un déclic résonna et, devant eux, la dalle pivota d'elle-même sur son centre, comme si un esprit avait attendu qu'ils démontrent leur valeur pour leur consentir l'accès.

43

Jérusalem, 587 avant notre ère

Assis devant l'entrée de la caverne, Jérémie, de la tribu de Benjamin, pleurait à chaudes larmes. Sa peine et son dépit étaient si grands qu'il mourrait assurément s'il ne les laissait pas s'échapper un peu.

Pourtant, avec toutes les forces que Dieu lui avait données, il avait tenté d'empêcher la catastrophe. Dans toutes les cités du royaume de Juda, il avait hurlé ses avertissements jusqu'à avoir la gorge en feu. Il avait prévenu la descendance d'Abram qu'elle paierait chèrement ses infidélités ; qu'elle ne devait pas se révolter contre son Seigneur. Mais on ne l'avait pas écouté.

Déjà, elle l'avait fait, onze ans plus tôt, sous le commandement de Joïaqim, roi de Juda, en refusant de payer au Seigneur le tribut qui lui était dû. Devant le temple de Yahvé, que Salomon avait érigé pour que jamais ne soit oubliée l'Alliance qui unissait le peuple d'Abram à son Seigneur, puis par toutes les cités du royaume, Jérémie avait rappelé que l'Alliance conclue par Abram et renouvelée par Moïse était sacrée, qu'elle devait être honorée pour toujours et à jamais. Il avait prophétisé que, sans cela, Jérusalem tomberait et que sa population subirait l'exil.

— C'est du nord que va déborder le malheur sur tous les habitants de ce pays, avait-il déclaré à qui voulait l'entendre. Les royaumes du Nord viendront et chacun placera son trône à l'entrée des portes de Jérusalem, contre ses remparts, tout autour, et contre toutes les villes de Juda[1]. Voici qu'il s'avance comme les nuées, ses chars sont comme l'ouragan, ses chevaux vont plus vite que les aigles. Malheur à nous! Nous sommes perdus[2]! C'est une nation très ancienne, dont tu ne comprends pas la langue. Elle dévorera ta moisson et ton pain, tes fils et tes filles, ton bétail, ta vigne et ton figuier; par l'épée, elle viendra à bout de ces villes fortes en lesquelles tu mets ta confiance[3].

Mais le royaume de Juda était devenu imbu de lui-même et on avait ignoré ses avertissements. La suite des choses avait pourtant prouvé qu'il avait raison. Le roi Nabuchodonosor II était venu de Babylone à la tête de ses armées, accompagné de ses alliés les Chaldéens, pour châtier ceux qui avaient hérité de Canaan par la volonté d'Hammourabi. Il avait envahi Jérusalem et dépouillé le temple de ses objets précieux. Puis il avait déporté à Babylone les dignitaires et les notables, les artisans et les soldats. Dix mille personnes en tout.

Pour le plus grand malheur d'Israël, cette dure leçon n'avait pas suffi. À son tour, Sédécias, roi de Juda, avait cédé aux promesses des Égyptiens et de leurs alliés Phéniciens, qui avaient pris Gaza, et qui assiégeaient Tyr et Sidon. Il s'était révolté contre Nabuchodonosor II. Sachant ce qui allait suivre, Jérémie avait repris son bâton de pèlerin et fulminé de nouveau les avertissements de toute la force de son corps, jusqu'à en perdre la voix.

— Voici qu'un peuple arrive du nord, une grande nation se lève des confins de la terre; ils tiennent fermement l'arc et le javelot, ils sont barbares et impitoyables; leur bruit est comme le mugissement de la mer; ils montent des chevaux, ils sont prêts à combattre comme un seul homme contre toi, fille de Sion[4]. L'armée de Pharaon est sortie à votre secours? Elle va s'en

---

1. *Jérémie* 1,14-15.
2. *Jérémie* 4,13.
3. *Jérémie* 5,16-17.
4. *Jérémie* 6,22-23.

retourner en son pays d'Égypte! Les Chaldéens reviendront attaquer cette ville, la conquérir et y mettre le feu[1].

Une fois encore, il leur avait rappelé la nécessité de garder intacte l'Alliance que le Seigneur avait voulue au temps d'Abram, puis de Moïse.

— Je combattrai moi-même contre vous, à main étendue et à bras puissant, avec colère, fureur et grande indignation; je frapperai les habitants de cette ville, hommes et bêtes. Je livrerai Sédécias, roi de Juda, ses serviteurs, le peuple et ceux qui, de cette ville, auront échappé à la peste, à l'épée et à la famine, aux mains de Nabuchodonosor, roi de Babylone[2].

Sédécias s'entêtant, Jérémie avait dû se rendre à l'évidence: cette fois, la punition serait terrible et il ne pourrait pas l'empêcher. Mais il était encore possible de donner une chance à la semence d'Abram de se racheter. Avec la complicité de prêtres lévites du temple qu'il savait loyaux et de même opinion que lui, il était entré dans le Saint des Saints à la faveur de la nuit, comme le plus vil des voleurs, et en avait sorti l'Arche d'Alliance. Aidé par des porteurs costauds, il l'avait emportée hors des murs par une porte mineure dont les gardes avaient été soudoyés. Il l'avait transportée jusqu'à une grotte dont les Babyloniens ignoraient l'existence. Elle y resterait en sécurité jusqu'à ce qu'un temps plus clément revienne dans le royaume de Juda.

Cette fois, la colère du Seigneur fut terrible. Ses troupes, aussi nombreuses qu'une nuée, avaient cerné Jérusalem, puis attendu que la famine s'y installe et décime la population. Nabuchodonosor avait capturé Sédécias pendant qu'il tentait lâchement de s'enfuir. Sans pitié, il avait fait égorger ses fils devant lui, puis lui avait fait crever les yeux avant de le mettre aux fers et de l'emmener à Babylone.

Le siège avait duré deux longues années avant que la ville ne tombe enfin et que les troupes ne déferlent sur ce qui restait

---

1. *Jérémie* 37,7-8.
2. *Jérémie* 21,5-7.

d'habitants. Les prêtres du temple et les notables avaient été passés par l'épée. Puis l'envahisseur s'était attaqué au plus grand symbole de la nation d'Israël. Le temple de Salomon avait été pillé puis détruit. Il n'était pas resté deux pierres l'une sur l'autre. L'Arche d'Alliance n'y avait pas été trouvée. C'était là l'unique consolation de Jérémie, seul à savoir où elle était préservée.

Jérusalem avait été incendiée. Les remparts de la ville avaient été abattus. Cette fois, quarante mille Israélites avaient été forcés à l'exil, emmenés à pied, liés les uns aux autres comme des bêtes de somme, pour marcher pendant des jours et des jours. Ne furent laissés au milieu des ruines que les pauvres. La nation d'Israël était décapitée.

Au loin, à travers ses larmes, Jérémie voyait monter les colonnes de fumée qui se perdaient dans le ciel et qui portaient jusqu'à lui l'odeur de la destruction et de la chair brûlée. Il ne pouvait qu'espérer que, cette fois, le peuple de Yahvé comprendrait la leçon.

— Ils vont revenir, tes fils, sur leur territoire, murmura-t-il, contrit, à l'intention de son Dieu. J'ai très bien entendu Ephraïm qui gémit, qui dit: «Tu m'as corrigé, j'ai subi la correction, comme un jeune taureau non dressé. Fais-moi revenir, que je revienne, car tu es Yahvé, mon Dieu. Car après m'être détourné, je me suis repenti, j'ai compris et je me suis frappé la poitrine[1].»

Il ne pouvait que prier pour qu'un jour, dans un an ou dans soixante, Yahvé accorde son pardon à son peuple et qu'il se lève contre Babylone. Alors, les Israélites reviendraient d'exil et retrouveraient les terres d'Abram et de Jacob. Le cordeau à mesurer serait étendu sur les ruines. Le crayon tracerait de nouveau des plans. L'équerre, le fil à plomb et le compas seraient maniés par les bâtisseurs. La pierre serait taillée par le ciseau et le maillet. Le bois serait coupé. Une Jérusalem nouvelle surgirait de ses ruines, plus belle et à la gloire de son dieu. Ses murailles se dresseraient, plus hautes et plus puissantes. Le temple, cœur

---

1. *Jérémie* 31,17-19.

de la nation d'Israël, serait reconstruit, tout en or, et les sacrifices y reprendraient. Les Tables de la Loi et l'Arche d'Alliance seraient redéposées dans le Saint des Saints. Les actions de grâce monteraient vers Yahvé. Une nouvelle alliance serait conclue avec le Seigneur, car il aurait toujours besoin d'Israël.

Jérémie savait qu'il ne verrait pas ce jour. Sa tâche était accomplie. À défaut d'épargner à Israël le sort qui l'avait frappée, il avait préservé un grain qui germerait lentement et qui donnerait un arbre plus fort que celui qui avait été coupé.

44

ENCORE ÉBRANLÉS par la mort subite de Georges Belval et amèrement conscients de la possibilité d'un piège, aucun des trois hommes n'eut l'inconscience de franchir le seuil qui s'offrait à eux. Ils restèrent plutôt là à se dévisager mutuellement, méfiants et indécis.

— Pourquoi ai-je soudain en tête l'image d'une gigantesque guillotine qui va trancher en deux dans le sens de la longueur le premier imprudent qui passera cette porte? demanda Wolofsky.

— Parce qu'un chat échaudé craint l'eau froide? rétorqua Pierre en repensant au corps empalé de Belval et à son regard vitreux.

— Pourtant, il faudra bien finir par entrer, grommela Perreault en haussant les sourcils. Je vous rappelle qu'il y a toujours cette petite question de l'air qui va finir par se faire rare. Il nous faut non seulement trouver l'*Argumentum*, mais aussi une sortie.

De la tête, Wolofsky désigna les squelettes qui gisaient disloqués sur le sol, où l'effondrement imminent du souterrain les avait jetés après qu'ils eurent fidèlement monté la garde pendant un peu plus de deux siècles.

— Tant qu'on ne finit pas comme eux.

Pierre tendit le bras et fit un pas prudent vers l'avant, la partie enflammée de sa torche le précédant. Du bout des doigts, il poussa la dalle, qui finit de tourner sur son axe sans le moindre effort.

— Voilà un pivot encore fort bien graissé après deux siècles, remarqua le jeune homme.

— Ils savaient construire, dans ce temps-là, ajouta Perreault, admiratif.

De l'autre côté, tout était plongé dans d'épaisses ténèbres qui n'auguraient rien de bon. Il fit passer entièrement la torche dans l'embrasure et attendit. Rien ne se produisit.

— Je crois que ta crainte d'être guillotiné était prématurée, Solomon, dit-il.

— Peut-être, mais je ne suis pas tranquille. Il y a encore quelque chose de *chazzerei*[1] quelque part, j'en suis sûr…

— Nous verrons bien. Restez ici.

Avant que les deux autres ne puissent protester, il prit une grande inspiration et franchit le seuil, sa torche au poing. Il fit une quinzaine de pas et s'arrêta brusquement, pétrifié par la stupéfaction.

— Alors? s'enquit anxieusement Wolofsky, de l'autre côté, après un moment. Tout va bien?

Le jeune homme ne répondit pas.

— Pierre! s'écria Perreault, qui le tira de sa contemplation émerveillée.

— Ça va, répondit-il d'un ton monocorde. Vous pouvez entrer. Vous… vous n'en croirez pas vos yeux.

Solomon et Barthélémy échangèrent un regard perplexe. Le premier, le marchand franchit le seuil en claudiquant sur sa cheville douloureuse. Barthélémy le suivit et joignit la lumière de sa torche à celle de Pierre. L'instant d'après, ils se tenaient de chaque côté du professeur, aussi béats que lui devant la scène hautement improbable qui se déployait sous leurs yeux.

La pièce dans laquelle ils se trouvaient n'avait rien en commun avec les tunnels grossiers arrachés au roc à coups d'outils qu'ils avaient suivis depuis qu'ils étaient descendus sous la basilique Notre-Dame. Ici, les murs en pierre de taille étaient

---

1. Mauvais, désagréable.

droits, solides et savamment ajustés. Il suffisait de regarder pour réaliser que l'espace était un cube parfait. Sur leur gauche, près du mur, se trouvait une statue de pierre magnifiquement sculptée. Elle représentait un démon grimaçant et d'une laideur repoussante, qui ployait, agenouillé, sous le poids de la vasque qu'il soutenait avec ses épaules et sa nuque tout en la maintenant en équilibre avec ses mains, un peu comme Atlas portant le poids du monde. En plus d'une queue de serpent enroulée autour de ses pieds, il avait trois têtes : une de buffle, la seconde de bélier et la dernière, au centre, d'homme. Des cornes tordues émergeaient de ses tempes et la grimace qui déformait sa face trahissait à la fois l'effort qu'il fournissait et une haine venue de la nuit des temps.

— C'est le démon Asmodée, expliqua Solomon d'une voix tendue. Celui qui fait périr. Le surintendant des enfers, qui sème la dissipation et la terreur partout où il passe. Pourquoi mettre une telle horreur dans cet endroit ?

— Pour servir de bénitier ? suggéra Pierre, perplexe.

Perreault s'approcha de la vasque et se pencha pour en humer le contenu.

— Pas à moins qu'on ne se signe avec de l'huile, les informat-il. Si je ne m'abuse, Solomon, Asmodée est aussi le démon qui révèle des trésors cachés à celui qui l'invoque, non ?

— Euh… Oui ? confirma Wolofsky, étonné que l'avocat en sache autant sur la mythologie biblique.

— Alors, il serait peut-être temps d'y voir plus clair.

L'avocat tendit le bras et effleura le contenu de la vasque avec sa torche. Une petite explosion sourde se produisit, les faisant sursauter. Aussitôt, le feu qui flambait dans la vasque remonta vers le mur, sur lequel il courut jusqu'au sommet pour ensuite se répandre dans une corniche qui faisait le tour de la pièce.

En quelques secondes, les flammes projetèrent dans la pièce une lumière éclatante qui révéla à leurs yeux ébahis le décor dans lequel ils se trouvaient. Le sol avait été recouvert de tuiles blanches et noires, formant un plancher en damier identique à celui d'une loge maçonnique. Dans les quatre coins, des colonnes décoratives, pareilles à celles qui encadraient l'entrée, avaient été sculptées à même le roc.

— Bon Dieu… C'est… C'est bien ce que je pense que c'est ? demanda Perreault d'une voix à peine audible en désignant ce qui se trouvait au centre.

Subjugués, écarquillant les yeux sans s'en rendre compte, ni Solomon, ni Pierre ne répondirent, n'arrivant pas à croire ce qu'ils voyaient. Ils connaissaient déjà tous la structure massive qui se dressait au centre du cube parfait, mais jamais ils n'auraient cru la retrouver là, profondément enfouie sous l'endroit où s'était jadis dressée l'église Notre-Dame de Ville-Marie. Quatre rangées de pierre formaient le corps du tombeau, que surmontait un couvercle aux angles inclinés. Pierre n'avait même pas besoin de s'approcher. Il savait déjà que sur la façade du monument, il trouverait les mots qui avaient guidé leur quête depuis le début. *Et in Arcadia Ego.* Il ne manquait que les quatre personnages qui auraient dû se déployer autour : la femme, debout à droite, vêtue d'une longue toge et regardant les mots qu'un homme aux allures de berger accroupi indiquait de l'index, lui-même flanqué de deux autres hommes.

Soudain, Pierre sourit et désigna la pièce d'un geste qui l'embrassait en entier.

— Messieurs, bienvenue à Arcadie.

Sous leurs yeux, une vingtaine de pieds plus loin, se déployait, dans toute sa splendeur dépouillée et dans le moindre détail, le tombeau qu'avait représenté Nicolas Poussin dans *Les bergers d'Arcadie* quatre ans avant que ne soit fondée Ville-Marie.

Ce fut Barthélémy Perreault qui, le premier, secoua la stupeur qui les saisissait tous et parvint à dire quelque chose.

— Bon Dieu, murmura-t-il, ahuri, incapable d'arracher son regard de la structure qui se dressait devant eux. Poussin n'avait pas imaginé le tombeau. Il a peint ce qui existait déjà.

— Je crois que c'est le contraire : il a plutôt peint le modèle à suivre, le corrigea distraitement Pierre. Son tableau remonte à 1638, avant que Ville-Marie n'existe. Ceux qui ont construit tout ceci ont simplement copié le modèle fourni par *Les bergers d'Arcadie*.

— Tu veux dire que l'*Argumentum*...? fit Solomon, sans oser mener son idée jusqu'à sa limite logique.

— Est forcément dedans, compléta Pierre. Et que nous devrons aller le chercher.

Wolofsky mit une main sur l'épaule de Pierre.

— Regarde, dit-il d'un ton rempli de soulagement, en désignant les flammes en haut des murs.

— Quoi?

— Elles montent bien droit vers le haut et la fumée ne s'accumule pas au plafond.

— Il y a donc une circulation d'air, en conclut Perreault, encouragé.

— C'est logique, acquiesça Pierre. Ceux qui se sont donné toute cette peine pour aménager ce caveau ont forcément prévu un moyen d'en sortir avec l'*Argumentum*. Sinon, comment se réaliserait la Vengeance à laquelle ils tenaient tant?

D'un œil méfiant, Perreault observa le tombeau. Son visage était rendu gris par la saleté, dans laquelle le sang qui s'était échappé de la coupure recousue par Belval avait tracé un sillon. Ses vêtements, prêtés voilà peu par Solomon, étaient crasseux, fripés et déchirés à plusieurs endroits. Sa chemise n'était plus qu'une loque.

— Tu crois qu'il y a encore une chausse-trape? demanda l'avocat.

— Une autre? s'indigna Solomon.

— Je ne vois pas pourquoi l'ordre aurait piégé cet endroit, fit Pierre. Après tout, on ne peut y pénétrer qu'en détenant la clé. Il faut présumer que quiconque se tient ici y est arrivé légitimement.

— Je voudrais être aussi confiant que toi, ronchonna Solomon en faisant une moue suspicieuse.

— Ou aussi inconscient, grommela Perreault.

— Je suis surtout celui qui a le plus à perdre, rétorqua Pierre avec amertume.

Ni l'avocat, ni le marchand n'osèrent ajouter quoi que ce soit. D'un pas lent et mesuré qui eût presque pu être qualifié de confiant, Pierre s'avança sur le plancher en damier, chacun de ses pas résonnant sur les parois de la tombe. Il franchit sans encombre ni mauvaise surprise la vingtaine de pieds qui le séparait du tombeau, situé très exactement au centre du caveau, puis se retourna vers les autres.

— Venez, ordonna-t-il.

Wolofsky et Solomon le rejoignirent, Pierre notant avec amusement que le marchand s'assurait discrètement de marcher sur les mêmes tuiles que lui. Ils se retrouvèrent tous trois à deux pieds du tombeau. De si près, il paraissait encore plus massif que sur le tableau.

— Essayons de l'ouvrir, suggéra l'avocat.

— Misère, gémit Wolofsky en roulant des yeux. Encore un cadavre de chrétien à exhumer.

Perreault et Pierre déposèrent par terre les torches dont ils n'avaient plus besoin. Avec Wolofsky, ils mirent les mains sur le rebord du couvercle et s'arc-boutèrent de leur mieux contre le sol.

— À trois, dit Perreault. Un… Deux… Trois!

Ils poussèrent de toutes leurs forces, Solomon grimaçant sous la douleur que lui causait sa cheville blessée. Après une minute d'effort ininterrompu, ils durent admettre que le couvercle refusait de bouger et s'écroulèrent à genoux, à bout de forces et de souffle.

— Il est trop lourd, haleta Barthélémy. Et surtout, bien scellé. Il nous faudrait des outils pour briser le ciment et des leviers pour le déplacer.

— Et s'il était plutôt retenu en place, tout simplement? suggéra Pierre en se remettant péniblement debout.

— Que veux-tu dire?

— Depuis notre entrée dans la basilique, nous passons d'un mécanisme à un autre. Pourquoi en irait-il autrement maintenant?

Il examina soigneusement le tombeau en laissant ses mains courir sur la pierre polie.

— Il n'y a aucune trace de serrure, annonça-t-il.

Il fouilla dans sa poche et en tira le médaillon qu'il y avait mis avant de quitter l'appartement.

— Pourtant, on appelle ceci «la clé», non? demanda-t-il en le brandissant.

Perreault et Wolofsky hochèrent la tête, l'air soudain intéressé par la tangente qu'il adoptait.

— Si Poussin a couché sur le canevas le modèle du tombeau à construire, dans lequel l'*Opus Magnum* prévoyait dès le départ déposer l'*Argumentum*, il serait logique qu'il ait aussi fourni le code pour l'ouvrir, ajouta Pierre.

— Qu'as-tu en tête? s'enquit Solomon

— Je pense que la façon d'accéder à l'intérieur du tombeau est indiquée sur le tableau, tout bêtement. Il s'agit de la décoder, comme tout le reste.

Pierre fit trois pas vers l'arrière et considéra longuement le tombeau. Puis il se mit à comparer point par point l'image qui apparaissait sur le médaillon avec la structure qui se dressait devant lui. Jusque dans ses plus menus détails, le monument était identique à celui de la gravure et du tableau. Les ombres, les fissures peintes sur la pierre, le mortier entre les pierres, tout y était. Les constructeurs avaient poussé le souci de perfection jusqu'à reproduire la pierre sur laquelle, dans le tableau, l'homme de droite, celui qui se tenait aux côtés de la femme, posait le pied avec nonchalance pour mieux se pencher vers le tombeau.

Source : Wikimedia

— Ou peut-être simplement de la reproduire, ajouta-t-il en voyant soudain ce qui était pourtant une évidence.

Il approcha le médaillon jusqu'à ce que son nez le touche presque et ferma un œil pour l'examiner. Puis il interpella Perreault.

— Sur le tableau, dit-il, l'homme agenouillé devant le tombeau appuie sur la partie intérieure du « R » avec son index.

Guidé par Pierre, Barthélémy s'agenouilla à l'endroit précis qui était désigné sur l'image, puis appuya tel qu'indiqué. Rien ne se produisit.

— Bon, grommela le jeune homme, contrarié. Ça ne pouvait pas être aussi simple, évidemment.

Il reporta son attention sur le médaillon.

— L'homme près de la femme a le pied posé sur la pierre brute, dit-il en désignant celle qui avait été reproduite à droite du tombeau. Solomon, mets-y du poids. Barthélémy, quand ce sera fait, appuie de nouveau sur le « R ».

Perreault et Wolofsky appliquèrent les directives sans plus d'effet.

— Ça doit être les bâtons, alors, fit Pierre en se tapotant les lèvres avec les doigts.

Il se rendit auprès des torches déposées sur le sol et en piétina les extrémités pour en étouffer les flammes.

— *Bist meshigeh*[1] ? s'insurgea Solomon. Si l'huile s'éteint, nous n'aurons plus de feu !

— Et si nous n'arrivons pas à ouvrir ce tombeau, quelque chose me dit que, lumière ou pas, nous ne sortirons jamais d'ici de toute façon.

Il donna à chacun une torche encore fumante.

— Sur le tableau, expliqua-t-il, en plus du « R » et de la pierre brute, chacun des hommes appuie sur le sol avec son bâton de berger.

Il s'accroupit et, en se référant à l'image sur le médaillon, ajusta avec précision le bout des torches pour qu'ils reposent exactement là où les deux personnages semblaient avoir planté leur bâton. Puis, comme un metteur en scène, il replaça lui-même le pied de Solomon sur la pierre et le doigt de Barthélémy sur la lettre.

— À trois, appuyez sur tout ça en même temps. Un, deux, trois !

Perreault et Solomon s'exécutèrent. Une fois de plus, rien ne se produisit.

— Nom de Dieu ! ragea Pierre. Pourtant, mon père ne m'a pas laissé cet objet pour rien !

Il donna sur le tombeau un coup de pied colérique qui s'avéra aussi futile que douloureux. De plus en plus irrité, il se remit à l'étude du médaillon, comparant frénétiquement les moindres détails avec le tombeau.

— Laisse-moi voir, proposa Solomon en tendant la main.

Pierre lui remit le médaillon et le marchand l'examina un peu.

— Ils sont trois hommes, déclara-t-il.

---

1. Tu es fou ?

— Je sais bien qu'ils sont trois, rétorqua le jeune homme. Mais celui qui se trouve à l'extrême gauche ne fait que regarder en attendant que les deux autres terminent.

— Tu crois? Et si ce n'était pas le cas? Regarde comme il est appuyé sur le tombeau. Et lui aussi possède un bâton.

— Tu as peut-être raison, admit Pierre avec une moue embarrassée. J'ai pris pour acquis qu'il ne comptait pas.

Perreault étira le cou pour voir ce que désignait Solomon.

— Essayons toujours, suggéra-t-il. Ce n'est pas comme si nous avions quelque chose à perdre.

Pierre prit place à l'extrémité gauche du tombeau et, étudiant la pose de l'homme qui se tenait au même endroit sur le tableau, la reproduisit en plaçant son avant-bras sur le couvercle. Ne disposant de rien d'autre qui pût tenir lieu de bâton, il appuya les orteils de son pied droit à l'endroit que touchait celui du personnage. Lorsqu'il fut en place, Perreault et Wolofsky reprirent leur position respective.

Toutes les pressions furent appliquées simultanément. Cette fois, Perreault sentit l'intérieur du «R» s'enfoncer légèrement sous son index. Un petit déclic retentit, puis une vibration sourde anima le sol sous leurs pieds. Instinctivement, ils reculèrent tous d'un pas.

Sous leurs regards ahuris le lourd couvercle qu'ils avaient été incapables de faire bouger sembla frémir, puis s'ébranla de lui-même et se souleva sèchement d'un pouce ou deux, avant de retomber lourdement sur le corps du tombeau, un peu en retrait de sa position initiale. Un nuage de poussière fut projeté dans l'air et fit tousser tout le monde.

Les trois hommes se dévisagèrent l'un l'autre. D'un commun accord, sans échanger un mot, ils appuyèrent les mains contre le couvercle et allaient le pousser avec force lorsque la première impulsion le fit se déplacer tout en douceur. Il arrêta sa course de lui-même quand le tombeau fut ouvert aux trois quarts.

— On croit rêver… Ils l'ont installé sur des roulements à billes, dit Perreault, émerveillé malgré les circonstances macabres, en avisant les roulettes de métal qui avaient été intégrées à la structure du tombeau et qui avaient porté sans difficulté le poids du couvercle qui se déplaçait.

L'odeur immonde qui se répandait le ramena vite à la réalité. Il baissa les yeux et aperçut le cadavre dans le tombeau ouvert.

— Messieurs, dit Pierre en toussotant, je vous présente mademoiselle Jeanne Mance.

45

LA PREMIÈRE CHOSE qui frappa Pierre fut à quel point le cadavre qui reposait dans le tombeau était menu. De son vivant, la femme avait manifestement été petite. Cela expliquait qu'il ait toujours cru trop court le tombeau représenté sur le tableau. Il nota ensuite que la morte n'était que peu décomposée. Le corps semblait plutôt avoir séché et, là où elle était visible, sa peau parcheminée, pareille à du cuir brunâtre, était tendue sur les os comme celle d'un tambour. Ses lèvres se rétractaient en un sourire crispé qui dévoilait des dents presque enfantines, dont quelques-unes manquaient à l'avant. Les rares grappes de cheveux qui s'accrochaient encore au crâne étaient blanches, trahissant l'âge de la personne qui avait été déposée là deux siècles plus tôt. Ses bras étaient repliés sur sa poitrine, à la hauteur du cœur, dans une posture universelle d'inhumation. Pour le reste, de prime abord, la seule indication certaine qu'il s'agissait d'une femme résidait dans les restes d'une jupe dont les lambeaux bruns gisaient autour des jambes décharnées, et d'une chemise de lin qui avait dû jadis être blanche.

L'odeur était rapidement devenue étouffante. Les yeux de Solomon suivirent la poussière qui retombait lentement. Après un moment, il sembla comprendre ce qu'il avait inspiré avant de se mettre à tousser. Secoué par un haut-le-cœur, il se retourna vivement et, plié en deux, courut jusque dans le coin le plus proche, où il vomit copieusement pendant une longue minute.

Lorsqu'il revint vers eux, il était blanc comme un linge, les yeux pleins d'eau et le visage luisant de sueur.

— Je suis désolé, haleta-t-il lorsqu'il en fut capable. *Se shtinkt*[1] !

Perreault s'essuya les yeux avec le revers de sa manche et regarda Pierre sans accorder la moindre attention au marchand.

— Jeanne Mance ? interrogea-t-il, incrédule. Tu es certain de cela ?

Pierre appuya ses mains sur les rebords du tombeau et considéra la morte.

— Que je sache, Jeanne est la seule femme mentionnée dans l'histoire de l'*Opus*, et la piste nous a menés à ce corps féminin dans le tombeau représenté sur le tableau de Poussin et sur le médaillon. Mais si ça ne te suffit pas, la pierre a bien préservé sa peau et je suppose qu'il est possible de confirmer son identité.

Sous le regard horrifié de Solomon, il tendit la main, saisit fermement le poignet droit et, insensible aux craquements écœurants, déplia le bras pour en examiner l'intérieur. Sans surprise, il y trouva ce qu'il avait prévu et tordit l'avant-bras pour que Wolofsky et Perreault puissent le voir. Sur la peau brunie et raidie, la cicatrice représentant les deux angles droits entrecroisés de l'*Opus Magnum* était encore nettement visible.

Puis, avec l'index, il suivit le bras sur toute sa longueur.

— Il est documenté que Jeanne Mance s'était brisé le bras en 1657. Une chute sur la glace, dit-on. Le pauvre Belval aurait pu le confirmer mieux que moi, mais il m'apparaît évident, par l'angle peu naturel de l'os, que ce bras a été fracturé et qu'il a mal repris.

Pierre replaça avec le plus grand respect le bras qu'il venait de profaner. Puis, parvenu depuis longtemps au-delà du dégoût, il s'essuya distraitement les mains sur son pantalon.

— Au fond, ça ne devrait pas nous surprendre, reprit-il en avisant la morte. Pensez-y un peu. La construction de l'église Notre-Dame a débuté en 1672 et demoiselle Mance est morte

_____

1. Ça pue !

l'année suivante. Dans la mesure où elle avait un rôle planifié dans tout cela, l'*Opus* avait forcément aménagé cet endroit avant le décès.

— À moins que le cadavre n'ait été exhumé plus tard et transporté ici, contra Perreault.

— Oui, c'est possible aussi. Nous ne saurons jamais ce qui s'est réellement passé et, au fond, c'est sans importance. Ce qui compte, c'est que le corps soit là et ce n'est certainement pas pour rien. Mademoiselle Mance, dans son dernier repos, semble avoir été choisie pour guider les détenteurs de la clé jusqu'à l'*Argumentum*. Regardez.

Pierre tendit vers eux le médaillon qu'il tenait toujours et désigna les personnages qui y figuraient, en commençant par la femme à droite du tombeau.

— Quatre personnages, dit-il. Une femme et trois hommes, dont nous avons déjà établi l'identité : Jeanne Mance, Paul de Chomedey, Aumont et Leclair. Il est connu que le sieur de Maisonneuve est reparti en France en 1665. On n'a pratiquement plus entendu parler de lui ensuite. Personne ne sait même où, exactement, il a été inhumé, comme s'il s'était volontairement dissous dans la nature après avoir complété sa mission. Je parierais ma chemise que les deux squelettes à l'extérieur sont Aumont et Leclair. Aussi fou que cela puisse paraître, l'un d'eux était mon ancêtre direct. Ils ont déposé la dépouille de la demoiselle ici et, après avoir légué le contenu oral de la clé à leurs fils, ils se sont donné la mort avec les fioles de cyanure. Ainsi, personne ne pourrait leur arracher le secret. Peut-être que Jeanne a fait la même chose, qui sait ?

— Mais tu as dit toi-même que le corps de Jeanne Mance a été transféré dans la crypte du nouvel Hôtel-Dieu en 1861, dit Solomon.

Pierre acquiesça en hochant la tête.

— Parce que c'est ce qu'on a toujours raconté. À l'époque, les journaux de Montréal en ont fait grand cas. *La Minerve* a même décrit dans le détail le parcours de la procession de voitures qui emmenaient les religieuses vers leur nouveau cloître. Par contre, rien ne prouve que les restes de mademoiselle Mance aient fait partie de ceux qu'on transportait vers la nouvelle crypte de l'avenue des Pins. Selon la tradition, Jeanne y aurait été inhumée dans un cercueil commun qu'elle partageait avec les fondatrices des Religieuses Hospitalières de Saint-Joseph. Même en l'exhumant aujourd'hui, il serait impossible de la démêler des autres pour prouver qu'elle s'y trouve bel et bien.

— Alors, où est l'*Argumentum*? demanda Perreault, que l'identité de la dépouille laissait finalement indifférent.

Le jeune homme laissa échapper un ricanement désabusé et secoua lentement la tête.

— Je ne sais pas si c'est moi qui commence à penser comme ceux qui ont conçu cette course à obstacles, ou si ce sont eux qui ont fini par tomber dans la facilité, mais ça devient presque facile. C'est comme si j'avais réussi à entrer dans leur tête.

Le soupir sonore de Barthélémy Perreault le poussa à mettre fin au suspense.

— Regardez son doigt, dit-il, presque amusé. Demoiselle Mance nous indique elle-même l'emplacement.

À première vue, les deux mains de la morte, croisées sur la poitrine partiellement enfoncée, s'étaient crispées en se desséchant, mais en y regardant de plus près, il était manifeste que l'index droit pointait en direction de son épaule gauche. Perreault et Solomon suivirent des yeux la direction qu'indiquait le doigt raidi et se précipitèrent vers le mur tandis que Pierre restait là à les observer. Après quelques minutes à examiner les parois avec leurs yeux et leurs mains, ils revinrent vers le tombeau.

— Il n'y a rien d'apparent dans le mur, annonça l'avocat, dépité.

— Je sais, répondit Pierre, une expression espiègle sur le visage. Parfois, il est préférable de ne pas regarder trop loin.

Il désigna la paroi du tombeau, vers laquelle pointait le doigt de la morte. À la hauteur de sa tête, une glissière avait été aménagée dans la pierre. Un objet mince et de forme irrégulière, d'une couleur et d'une texture différentes, y était inséré. Du bout des doigts, il le saisit et le tira vers le haut sans rencontrer de résistance.

Il s'agissait d'une tablette à peu près circulaire semblable à celle que Beaugrand lui avait déjà montrée. En terre cuite, d'environ sept pouces de diamètre, elle était couverte de caractères cunéiformes. Surtout, elle portait, au verso, le sceau d'authenticité qu'y avaient jadis apposé les descendants des Templiers, et que son père avait fait reproduire sur son portrait : le symbole de l'*Opus Magnum* et le chiffre romain 2.

Il la tendit à ses compagnons.

— Voilà, déclara-t-il.

Il se retourna et découvrit l'expression de Wolofsky et Perreault, celle qu'ont les enfants au matin de Noël. Les yeux écarquillés rivés sur la tablette, la bouche entrouverte, les mains tremblantes, ils avaient cette attitude des mystiques en extase que Pierre avait souvent vue sur des gravures religieuses dans les manuels d'histoire sainte.

Perreault eut du mal à arracher son regard de la tablette. Il leva la tête vers Pierre, l'air d'avoir vu un revenant.

— L'*Argumentum*… chuchota-t-il d'une voix rendue épaisse par l'émotion. Nous avons réussi.

Pierre examina l'objet à son tour. Il avait franchi une étape cruciale vers la survie de Julie et ne pouvait s'empêcher de considérer la tablette, ancienne certes, mais d'apparence pourtant banale.

— Des gens sont morts pour cet objet, dit-il avec recueillement. Nous-mêmes y avons presque laissé notre peau plus de fois que je peux les compter. Nous avons profané des sépultures, tué, volé, menti et quoi encore? J'ai perdu mon emploi et mon passé tout entier. Même mon nom m'est désormais étranger. Et Julie… On l'a mutilée et on pourrait la tuer. Tout ça pour cette petite chose…

— Je me demande ce qu'elle dit exactement, fit Perreault.

— Rien qui plaira à l'Église, en tout cas, ajouta Wolofsky.

Pierre secoua la tête pour sortir de ces considérations qui ne faisaient pas avancer les choses.

— Elle peut contenir le plus terrible des secrets ou la meilleure recette de ragoût de pattes, en ce qui me concerne, c'est du pareil au même, décréta-t-il d'un ton décidé. Tant qu'elle me permet de récupérer Julie. Fichons le camp d'ici.

Il achevait à peine sa phrase lorsqu'une vibration, plus légère que celle qui avait mis leur vie en péril dans l'antichambre du caveau, monta autour d'eux et fit frémir le sol. Elle fut presque immédiatement accompagnée d'un choc sourd qui les fit tous sursauter. Lorsqu'ils en localisèrent la source, ils réalisèrent que le tombeau s'était refermé tout seul.

— Un mécanisme était sans doute lié à la présence de la tablette, suggéra Barthélémy avec une part d'admiration. Une fois qu'elle est enlevée, tout est accompli, en quelque sorte, et il n'y a aucune raison pour que le tombeau demeure ouvert. Il y a sans doute un système de poids et de contrepoids quelque part.

Le grondement enfla et se transforma en un vacarme énorme qui remplit le caveau, dont les murs et le plancher se mirent à trembler de plus belle. Des coulées de sable fuyèrent du plafond.

— *Broch*[1] ! Ça va s'effondrer ! s'écria Solomon en se mettant à tourner sur lui-même, à la recherche d'une issue.

Puis tout cessa subitement.

— Oh… Regardez, fit le marchand médusé en montrant le mur du fond.

— Décidément, ces gens étaient non seulement prévoyants, mais d'une habileté étonnante, ajouta Barthélémy, encore plus

---

1. Malédiction!

émerveillé, en passant sa main dans ses cheveux sales et souillés de sang séché.

La partie centrale de la maçonnerie, parfaitement alignée avec le tombeau de Jeanne Mance, s'était rétractée à l'intérieur du mur pour révéler une ouverture juste assez large pour permettre à un homme d'y passer, et dans laquelle ils pouvaient entrevoir quelques marches.

— Messieurs, déclara Pierre, je crois que notre mission est terminée et que l'*Opus Magnum* lui-même nous indique la sortie.

— Alors, bougeons-nous les pieds avant qu'il ne change d'idée, dit l'avocat.

Il ramassa les torches sur le sol et retourna à l'entrée du caveau pour les allumer dans les flammes de la vasque. En revenant vers Pierre et Solomon, il s'arrêta brièvement près du tombeau et posa la main sur la pierre froide du couvercle.

— *Requiescat in pace*[1]. Ton travail est accompli, ma sœur.

Perreault prit la tablette et ils s'engagèrent dans l'escalier, laissant la co-fondatrice de Montréal reposer en paix dans sa dernière demeure. Dès que Pierre eut mis le pied sur la cinquième marche, l'ouverture se referma avec fracas derrière eux, scellant définitivement toute possibilité de retour en arrière.

---

1. Qu'elle repose en paix.

46

Jérusalem, 515 avant notre ère

L'EXIL AVAIT ÉTÉ SI LONG que la descendance d'Abram en était presque venue à oublier la Terre promise. Mais tout cela était maintenant chose du passé. Sa colère apaisée, Yahvé avait pris ses brebis en pitié et sa main puissante avait frappé Babylone. Inspiré par lui, Cyrus II, roi des Perses et des Mèdes, s'était dressé devant le roi Nabonide, et avait franchi les murailles de la cité pour la soumettre dans la violence et dans le sang. Aussitôt devenu maître de Babylone, il avait décrété la libération incon-ditionnelle de tous les Israélites qui y vivaient depuis que Nabuchodonosor y avait ramené de force leurs ancêtres. Il les avait autorisés à retourner chez eux, à relever la muraille de Jérusalem et à rebâtir la ville. Connaissant l'importance que les Israélites accordaient à leur temple, il avait aussi accepté qu'il soit rebâti. Il avait même convoqué Zorobabel, fils de Schealthiel, l'avait fait gouverneur de la province de Judée et lui avait expli-qué en détail les plans du bâtiment dont il devrait superviser la construction.

— Le Temple sera rebâti comme lieu où l'on offre des sacri-fices et ses fondations seront préservées, avait décrété Cyrus. Sa hauteur sera de soixante coudées, sa largeur de soixante coudées. Il y aura trois assises de blocs de pierre et une assise de bois. La dépense sera couverte par la maison du roi. En sus, les ustensiles d'or et d'argent du Temple de Dieu que Nabuchodonosor enleva

au sanctuaire de Jérusalem et emporta à Babylone, on les resti-
tuera, pour que tout reprenne sa place au sanctuaire de Jérusalem
et soit déposé dans le Temple de Dieu[1].

Quarante-deux mille trois cent soixante Israélites, sans compter leurs esclaves et leurs servantes, avaient pris la route de Juda
sous la conduite de Zorobabel. Pendant quatre longs mois,
soutenus par la joie d'être libres et l'espoir de fouler de nouveau
le sol ancestral, ils avaient marché depuis les rives de l'Euphrate
jusqu'à Jérusalem, endurant sans se plaindre la faim, la soif, la
brûlure du soleil et la fatigue.

Ce qu'ils avaient trouvé dans le pays de leurs ancêtres était
pire encore que ce qu'ils avaient imaginé. De la glorieuse cité de
David et de Salomon, il ne restait que des ruines et un triste
hameau habité par les descendants de ceux qui avaient été laissés
par Nabuchodonosor. Le palais, les murailles, les édifices publics
et le temple de Yahvé, tout était à reconstruire. Zorobabel et le
grand prêtre Josué avaient dû négocier ferme afin que les exilés
soient autorisés à se réinstaller dans le pays de leurs pères, aux
côtés de leurs frères oubliés et des Samaritains qui avaient pris
la place laissée libre. Puis ils avaient entrepris de relever la ville
entière. Le travail avait été long et ardu. À force de corvées,
auxquelles participa toute la population, on refit d'abord la
muraille, dont de grands pans étaient tombés, et on en recons-
truisit les portes. Puis elle fut consacrée par les prêtres, au son
des chants et avec force sacrifices à Yahvé.

On s'était ensuite attaqué au temple, qui n'était plus qu'un
monceau de ruines sur le mont Moriah. Parmi les pierres taillées
avec soin voilà longtemps, la végétation avait repris ses droits et
donnait à l'ensemble un air triste. La demeure de Yahvé, érigée
pour l'éternité par le roi Salomon, n'avait finalement duré que
quatre siècles.

Zorobabel avait confié la direction des travaux de construction du temple à Josué et avait invité le peuple de Judée à

---

1. *Esdras* 6,3-5.

reconstituer le trésor du temple. Pour donner l'exemple, il y avait lui-même versé mille dariques d'or. Le peuple l'avait imité, chacun selon ses moyens, et les offrandes s'étaient multipliées. De ses propres mains, le gouverneur avait aidé le grand prêtre à ériger un nouvel autel à l'endroit précis où s'était dressé le premier. Là, on avait célébré des sacrifices en l'honneur de Yahvé. Puis on s'était attaqué à la lourde tâche de déblayer les ruines. Pendant que ces pénibles travaux se déroulaient, Zorobabel s'était affairé à rassembler les matériaux nécessaires à la reconstruction et, dès la deuxième année, les fondations de pierre étaient installées selon les spécifications de Cyrus.

Maintes fois, les travaux furent interrompus, soit par manque d'argent, de matériaux ou d'ouvriers, soit parce que ceux qui avaient pris la place laissée libre par les exilés et qui se considéraient désormais chez eux, intriguaient pour faire cesser la construction. Zorobabel avait dû se résoudre à faire appel au secret qui lui était venu de Jérémie. À la faveur de la nuit, il s'était rendu seul à la grotte où le prophète avait déposé l'Arche d'Alliance. Il l'avait trouvée exactement comme on la lui avait décrite, au fond de la caverne. Tremblant d'émotion, il avait ouvert le reposoir et y avait trouvé la cassette d'ébène.

Avec son précieux bagage, il avait quitté Jérusalem à cheval pour se rendre auprès du roi Darius, qui avait succédé à Cyrus. Il lui avait expliqué la situation qui prévalait sur le chantier et lui avait présenté les Tables de la Loi. Le souverain avait eu besoin de ses scribes les plus savants pour lui traduire l'écriture ancienne en forme de clous, qui n'avait plus cours depuis longtemps. Lorsqu'il eut pris connaissance du contenu des tablettes, sa surprise fut immense. Mais il comprit vite, comme l'avait fait Hammourabi voilà plus de mille ans, l'avantage de compter la nation d'Israël parmi ses alliés. Aussi renouvela-t-il sans hésiter le legs de l'ancienne terre de Canaan et les autorisations accordées par Cyrus.

— Laissez travailler à ce Temple de Dieu le gouverneur de Juda et les anciens des Juifs, avait ordonné Darius. Ils peuvent rebâtir le Temple de Dieu sur son emplacement. C'est sur les fonds royaux que les dépenses de ces gens leur seront, et sans interruption, remboursées. Ce qu'il leur faut pour les holocaustes leur sera quotidiennement fourni suivant les indications des prêtres de Jérusalem pour qu'on offre au Dieu du ciel des sacrifices d'agréable odeur et qu'on prie pour la vie du roi et de ses fils. Quiconque transgressera cet édit, on arrachera de sa maison une poutre : elle sera dressée et il sera empalé. Moi, Darius, j'ai donné cet ordre. Qu'il soit ponctuellement exécuté[1] !

Dès le retour de Zorobabel à Jérusalem, les travaux reprirent et le peuple d'Abram ne fut plus inquiété. Dès lors, il fallut vingt-trois ans pour compléter le temple. Certes, malgré l'intention initiale d'ériger un édifice encore plus beau et plus glorieux que le premier, le résultat, s'il n'était pas une source d'embarras, demeurait modeste et n'avait pas non plus le lustre de son modèle. Son architecture était plus dépouillée et il avait été impossible de le revêtir d'or. À l'intérieur ne se trouvaient que la Menorah d'or à sept branches, la table sur laquelle on offrirait le pain rituel, un autel des encens avec quelques encensoirs et les récipients d'or rapportés de Babylone. Mais, du sommet du mont Moriah, le deuxième temple de Yahvé dominait néanmoins Jérusalem et sa cour spacieuse, bordée d'arbres, lui conférait une atmosphère sereine, propice à la prière.

En ce troisième jour du mois d'Adar, dans la sixième année du règne de Darius, Zorobabel, en sa qualité de gouverneur de la province de Judée, venait de dédier ce temple à Yahvé, comme Salomon l'avait lui-même fait jadis. Pour que l'occasion soit solennelle, cent taureaux, deux cents béliers, quatre cents agneaux et douze boucs symbolisant les tribus d'Israël, avaient été sacrifiés. Puis les prêtres lévites avaient été installés dans leurs fonctions par Josué.

Malgré la liesse générale, Zorobabel ne pouvait s'empêcher de ressentir une certaine amertume. Si ces célébrations étaient

---

1. *Esdras* 6,7-12.

justifiées, elles masquaient néanmoins le fait que la situation du peuple d'Abram, de Jacob, de Joseph et de Moïse n'était plus du tout la même. Avant que Nabuchodonosor ne mate le royaume de Judée et ne détruise Jérusalem, les Israélites avaient formé une nation puissante et farouchement indépendante, conformément à la donation originelle d'Hammourabi. Cette autonomie, ils la détenaient en échange de leur fidélité au Seigneur. Or, s'ils étaient maintenant de retour dans le pays de leurs ancêtres, ils n'en étaient plus les propriétaires en titre, mais les locataires. La terre d'Abram n'était désormais qu'une province de Babylone parmi d'autres et ses descendants ne l'occupaient que par la volonté de Darius. Certes, le roi avait accepté de bon gré de renouveler l'Alliance, mais le premier changement à la tête de Babylone, la moindre saute d'humeur du souverain, pouvait signifier la perte du peuple d'Israël. La sécurité de jadis n'était qu'un souvenir nostalgique. Le temple reconstruit ne symbolisait plus la force et l'indépendance, comme son modèle, mais un avenir incertain.

C'était pour cette raison que la demeure de Yahvé ne servirait plus à abriter l'Arche d'Alliance, comme elle l'avait fait depuis l'époque de Salomon. Symbole de l'époque où le peuple d'Israël avait été l'élu de Dieu, elle était bien connue de ses ennemis et attiserait la convoitise et le ressentiment. Or, la nation était trop affaiblie pour se défendre. Jusqu'à ce que la descendance d'Abram ait retrouvé toute sa puissance sur une terre qui lui appartenait de droit, l'Arche demeurerait donc dans la grotte où Jérémie l'avait cachée avant l'exil. Zorobabel avait pris cette grave décision après de longs tourments. Mais elle était la bonne et il le savait.

Les Tables de la Loi, elles, devaient rester en possession des lévites, comme Jacob l'avait voulu. Pour assurer leur sécurité, Zorobabel avait mis au point un stratagème qui, l'espérait-il, traverserait les millénaires. Il avait d'abord rappelé à Josué la mission sacrée des descendants de la tribu de Levi, que Jacob leur avait confiée voilà longtemps. Puis il lui avait dévoilé les deux tablettes de terre cuite. La surprise et l'émotion du grand prêtre avaient été grandes, lui qui les avait crues perdues à jamais. Zorobabel lui avait ensuite expliqué ses intentions.

Même s'ils n'étaient plus jeunes, nuit après nuit, les deux hommes avaient secrètement creusé de leurs propres mains, comme de simples ouvriers, à l'insu de tous les contremaîtres du chantier, une petite voûte secrète sous le plancher du Saint des Saints. Taillant les parois au maillet et au ciseau, retirant un par un les morceaux de fondation qu'ils avaient eux-mêmes fait installer, ils avaient passé des mois à aménager ce qui serait, dans un éternel secret, le véritable Saint des Saints.

La veille, Zorobabel s'était rendu à la grotte pour la dernière fois. Il y était resté longtemps. Admirant la magnifique Arche conçue par Moïse selon les instructions du Seigneur, s'émerveillant de voir les reflets de la flamme de sa torche danser sur la surface entièrement couverte d'or fin. Sa gorge se serra à l'idée qu'il était celui qui cacherait à jamais ce chef-d'œuvre. Mais il le devait.

Le cœur lourd, il avait soulevé le couvercle de l'Arche pour y prendre la boîte d'ébène fabriquée jadis sur l'ordre de Joseph, comme il l'avait fait quand il lui avait fallu sauver le chantier. Puis il avait refermé pour la dernière fois l'Arche qu'avait touchée Moïse lui-même lorsqu'il menait son peuple vers la Terre promise de Canaan. Une fois à la bouche de la grotte, il s'était mis au travail. À grands coups de pioche, il avait frappé les parois jusqu'à ce qu'elles cèdent. L'éboulement qui s'en était suivi avait scellé l'ouverture. Un jour, peut-être, l'Arche serait remise à l'honneur dans le Saint des Saints. D'ici là, elle serait en sécurité enchâssée dans la pierre.

Les Tables de la Loi pressées contre sa poitrine, il s'était élancé au galop vers Jérusalem. L'aube n'était pas encore levée lorsqu'il franchit la petite Porte des Tanneurs. Arpentant rapidement les rues qui menaient au temple, il avait trouvé Josué qui l'attendait sur le parvis, tel que convenu. Après s'être assurés que personne ne les observait, les deux hommes étaient entrés dans le bâtiment neuf et avaient verrouillé derrière eux. Ensemble, dans un silence lourd d'anxiété, ils avaient soulevé la lourde dalle qui cachait la voûte secrète aménagée sous le Debir. Puis ils étaient restés là, hésitants.

— Tu es certain que c'est la chose à faire? demanda le grand prêtre. Ces Tables sont le bien le plus précieux de la nation d'Abram.

— Nous ne les faisons pas disparaître, lui rappela Zorobabel. Nous les mettons en sécurité.

Ils avaient déposé la boîte d'ébène au fond avant de sceller définitivement la dalle. À compter de cet instant, ce dépôt ne serait rouvert que si Israël avait besoin de faire valoir ses droits. Sinon, les Tables de la Loi resteraient là, protégées d'une destruction qui signifierait la perte définitive des droits sur le pays de Canaan. Le secret de la voûte serait transmis de bouche de grand prêtre à oreille de grand prêtre.

— Qu'El-Schaddaï veille sur nous et rende la grandeur à sa nation, avait prié Josué avant de refermer le Saint des Saints.

Maintenant que l'Arche d'Alliance était emmurée et que les Tables de la Loi se trouvaient en sécurité, la part de Zorobabel était achevée. Celle des lévites commençait et nul ne pouvait dire si elle durerait des années ou des millénaires.

47

Montréal, 6 mai 1886

L'ESCALIER TRÈS ESCARPÉ exigeait de leurs jambes lourdes leurs dernières onces d'énergie. Les marches inégales avaient manifestement été arrachées au roc avec beaucoup moins de soin que le reste de la construction souterraine, comme une arrière-pensée pressée suivant l'exécution d'un chef-d'œuvre. Dans leur état d'épuisement, Pierre, Solomon et Barthélémy trébuchaient et se frappaient douloureusement les tibias, risquant à tout moment de laisser échapper la précieuse tablette ou une de leurs torches. Le marchand avait de grandes difficultés à progresser sur sa cheville blessée.

— J'ai hâte de respirer une bouffée d'air frais, haleta Perreault en s'efforçant de monter sur une marche plus haute que les autres. Et de boire de l'eau. Grands dieux, ce que je donnerais pour de l'eau. Ou mieux encore : un scotch. Avec un glaçon.

— Si j'étais toi, j'essaierais de m'habituer à la soif, dit Pierre. L'avocat ralentit sa progression jusqu'à s'arrêter complètement. Il pivota sur lui-même pour se retourner vers le jeune homme.

— Que veux-tu dire, au juste? soupira-t-il avec une lassitude teintée d'impatience.

— Simplement que je suis loin d'être certain que cet escalier mène quelque part. Ou, plus précisément, que la sortie existe toujours.

— Il a été aménagé pour permettre de sortir l'*Argumentum*, protesta Solomon. Tu l'as dit toi-même tout à l'heure.

— Mais c'était voilà plus de deux siècles. À l'époque, la ville était très différente et beaucoup plus petite. Les rues n'étaient pas nombreuses et leur tracé n'était pas exactement le même qu'aujourd'hui. L'ancienne église Notre-Dame, entre autres, se trouvait dans un champ. Or, je dirais que nous nous trouvons quelque part sous le quartier des affaires, où chaque pouce carré est occupé par un édifice à plusieurs étages. Il nous faudrait une chance de bossu pour que rien n'ait été construit par-dessus une issue secrète aménagée en 1672.

Perreault le considéra un instant, incrédule, puis s'assit lourdement dans l'escalier et baissa la tête en reprenant un peu son souffle.

— Bon Dieu… Je suis en plein cauchemar. Réveillez-moi, quelqu'un. Nous n'avons quand même pas fait tout ça pour rien, déplora-t-il, les épaules affaissées sous le poids du découragement.

— Que suggères-tu ? gémit Wolofsky, adossé à la paroi, tout aussi découragé.

— De monter, rétorqua calmement Pierre en haussant les épaules avec résignation. Il n'y a rien d'autre à faire. Nous saurons bien assez vite si nous pouvons sortir ou si nous devrons attendre docilement la mort dans cet escalier en tenant dans nos mains la preuve de notre succès.

Le pas plus lourd qu'avant, ils se remirent en route. La centaine de marches qu'ils avaient gravies depuis le début de leur ascension permit à Pierre de mesurer la profondeur étonnante à laquelle ils s'étaient enfoncés sans s'en rendre compte. Malgré l'incertitude de la situation, l'historien qu'il était ne put s'empêcher de concevoir une admiration encore plus grande pour ceux qui avaient construit un ensemble souterrain d'une telle ampleur et d'une aussi grande complexité. Leur talent et leur savoir-faire équivalaient aisément à ceux des bâtisseurs de cathédrales du Moyen Âge. Au fond, cela n'avait rien d'étonnant. Les corporations de maçons et de tailleurs de pierre de cette époque étaient liées de près aux Templiers. Or, pendant plus d'un siècle, il était connu que l'ordre du Temple avait administré la plupart des chantiers des grandes cathédrales. De telles connaissances avaient forcément été conservées précieusement par leurs descendants – tout comme le secret qui remontait maintenant des entrailles de la terre entre les mains de Barthélémy.

La voix de Perreault le tira de ses rêveries.

— Nous y sommes, dit l'avocat d'une voix tendue.

Derrière lui, Solomon et Pierre levèrent les yeux en même temps. Les flammes des torches éclairaient une dalle de roc carrée et bien lisse qu'ils examinèrent, le cœur battant. Un des côtés était relié à la paroi de l'escalier par d'épaisses charnières en fer, ce qui révélait qu'elle était conçue pour s'ouvrir vers l'intérieur. Pierre contourna ses compagnons pour s'approcher et voir s'il était possible de l'ouvrir, mais ne trouva rien qui ressemblât à une serrure ou une clenche.

— Peut-être qu'en poussant? dit-il pour lui-même.

Il monta sur la marche suivante pour pouvoir arc-bouter son épaule contre la dalle lorsqu'un claquement sonore retentit sous ses pieds. Il eut l'impression que la marche venait de s'enfoncer imperceptiblement sous son poids.

— Attention! cria Solomon.

La dalle avait pivoté brusquement sur ses charnières pour s'ouvrir vers l'intérieur. Réagissant par pur instinct à l'avertissement de Wolofsky, Pierre eut tout juste le temps de s'accroupir avant qu'elle ne lui frôle la tête pour se fracasser lourdement contre la paroi de l'escalier. Une avalanche de sable, de terre et de débris divers s'ensuivit et les inonda. Pris de court, Solomon reçut le tout en pleine poitrine, il perdit l'équilibre et ses bras tracèrent des moulinets dans les airs. Il percuta Perreault en tentant de s'accrocher à lui pour ne pas tomber dans le vide.

— Non! hurla Pierre.

Pendant un instant, il crut que les deux allaient être entraînés dans une chute folle jusqu'au bas de l'escalier et qu'ils se briseraient le cou en route, mais l'avocat, abandonnant sa torche, qui déboula les marches jusqu'en bas, parvint à rester sur ses pieds pendant que de sa main libre, il retenait Solomon par le collet de sa veste.

Quand l'avalanche s'arrêta, Pierre redescendit à toute allure, indifférent à la poussière qui lui cachait le chemin. Il percuta presque la tête de Perreault, qui était encore étendu en travers dans l'escalier, haletant. Près de lui, Solomon s'était assis et massait en grimaçant sa cheville blessée.

— Rien de cassé? s'écria le jeune professeur.

— Non, répondit Wolofsky. Grâce à Barthélémy.

Il se tourna vers l'avocat qui s'assoyait à son tour, la tablette serrée contre sa poitrine, et lui adressa un regard d'une rare intensité. Puis, se mordillant les lèvres, il baissa la tête.

— Je... je te dois la vie, murmura-t-il, la gorge serrée. Sans toi, je serais au fond, certainement en mille morceaux.

— Ce n'est rien, mon frère, rétorqua Perrault en lui tapotant l'épaule. Tu aurais fait la même chose pour moi.

Intrigué, Pierre observait la scène qu'il était maintenant le seul à pouvoir éclairer. Ils étaient tous si épuisés qu'ils avaient les sentiments à fleur de peau.

— Et toi, Pierre? s'informa l'avocat. Un peu plus et tu te faisais décapiter.

— Non, ça va. Je...

Le jeune homme étira brusquement le cou.

— Vous avez senti ça? fit-il, soudain en alerte.

— Senti quoi? fit Wolofsky.

Une bouffée d'air frais, doux comme une caresse, vint de nouveau frôler le visage de Pierre. La flamme de sa torche vacilla.

— Ça! Un courant d'air! Si l'air circule, c'est que la dalle ne s'est pas ouverte sur un cul-de-sac! En route, vite! La sortie est par là!

Ils remontèrent aussi vite que le leur permettaient leurs muscles fatigués et la pénombre, leurs articulations douloureuses et les nombreux débris de toutes sortes qu'ils devaient enjamber. Sous leurs yeux incrédules se déploya bientôt une lumière faible, mais bien réelle, qui leur tira presque les larmes des yeux tant elle était la bienvenue. Ils gravirent encore quelques marches et l'ouverture carrée fut bientôt visible à quelques pieds devant eux.

Perreault se mit à rire comme un dément.

— Ha! s'écria-t-il, exalté, les bras grands ouverts. Je le savais bien, moi, que ça menait quelque part!

L'un après l'autre, ils se précipitèrent dans la porte, craignant à tout moment que leur issue ne se referme. Dès qu'ils furent dehors, ils se laissèrent tomber à genoux, osant à peine croire qu'ils se trouvaient sur le plancher des vaches, goûtant l'air frais comme le plus pur des délices et appréciant comme jamais auparavant sa caresse sur leur peau moite et sale. Près de Pierre, Barthélémy riait toujours tandis que Solomon murmurait une prière dans sa langue. Puis ils examinèrent la tablette.

— Elle n'a rien? demanda Pierre en étouffant sa torche dans le sable près de lui.

— Non, ça va.

Il s'assit enfin pour observer les environs. L'aube se levait. Incroyablement, ils avaient passé la nuit entière sous terre. Ils avaient émergé dans une ruelle étroite, bordée par les murs de deux bâtiments de plusieurs étages près desquels s'élevaient des appentis temporaires d'ouvriers. Il lui fallut un moment avant de s'orienter et de reconnaître l'endroit.

— Il nous fallait une chance de bossu et c'est exactement ce que nous avons eu, murmura-t-il en secouant doucement la tête avec incrédulité.

— Que veux-tu dire? demanda Wolofsky.

— Nous sommes dans la ruelle des Fortifications, expliqua-t-il. De tous les endroits où l'escalier aurait pu s'ouvrir, c'est un des rares qui n'a pas été recouvert par un édifice. Dix pieds plus à droite et nous avions la Banque de Montréal sur la tête.

De la tête, il désigna les appentis.

— Mieux encore: dans quelques semaines, la Banque aura une nouvelle annexe exactement là où se trouve la sortie de l'escalier. On a déjà commencé sa construction.

— Nous sommes bénis des dieux, on dirait, dit Solomon.

— Peut-être, mais je préférerais ne pas rester ici trop long-temps.

Ils se relevèrent. Pendant que Perreault glissait la tablette sous sa veste pour la soustraire aux regards indiscrets, Pierre fit le tour du chantier qui, dans une heure ou deux, bourdonnerait d'activité, et repéra quelques planches qu'il ramassa. Il revint et en recouvrit l'ouverture laissée par la porte qui donnait sur l'escalier ancien. Puis, avec l'aide de ses compagnons, il y projeta du sable avec ses pieds afin de compléter le camouflage de fortune.

Lorsqu'il fut satisfait, ils entreprirent de retourner auprès des autres, qui les attendaient sans doute dans l'angoisse. La ruelle menait à la côte de la Place-d'Armes et ils s'y engagèrent d'un pas aussi rapide qu'ils le pouvaient, leur apparence suscitant les regards réprobateurs des hommes d'affaires et de finances bien mis qui, déjà à cette heure matinale, se dirigeaient vers la rue Saint-Jacques.

— Nous avons l'air de clochards, grommela Perreault. Moi, un membre du Barreau de Montréal. Si je croisais un de mes collègues…

Il leur fallut plus d'une heure pour redescendre Dorchester, De Lorimier, Sainte-Catherine et Fullum. Ils avaient bien tenté d'aller plus vite, mais aucun cocher, après les avoir détaillés, n'avait daigné s'arrêter lorsqu'ils l'avaient hélé. Tout au long du parcours, Pierre se demanda sans cesse comment il arriverait à récupérer Julie, maintenant que l'*Argumentum* était entre les mains de l'*Opus Magnum*. Honoré Beaugrand avait été clair : il ferait tout en son pouvoir pour la sauver. Mais, même s'il croyait pouvoir faire confiance au maire de Montréal, Pierre savait aussi qu'il était hors de question pour le commandeur de l'ordre de faire passer la vie de sa fiancée avant la tablette. Trop de descendants des Templiers avaient été sacrifiés pour la conserver, puis la retrouver. Le jeune homme savait aussi que, de son côté, il ne reculerait devant rien pour récupérer Julie Fontaine, quitte à tricher, trahir et même tuer.

Lorsqu'ils arrivèrent en vue de la rue Sainte-Élizabeth, à l'ombre de la prison des femmes, le soleil était déjà haut.

— Il doit être passé sept heures, nota Pierre.

— Ne crains rien, tout le monde est réveillé et nous attend, rétorqua Perreault. Si quelqu'un a même dormi.

Ils allaient tourner dans Sainte-Élizabeth lorsque Solomon les entraîna dans l'autre direction.

— Pas par là. Ils ont changé d'endroit durant la nuit.

— Comment tu sais ça? s'enquit Perreault, surpris.

— Honoré m'a averti juste avant de partir. Avec tout ce monde qui nous court après, il n'était pas à l'aise à l'idée de rester au même endroit trop longtemps. Il avait l'impression de devenir une cible trop facile. Il m'a expliqué où aller. C'est par là, dans Larivière.

Pierre se souvint d'avoir vu Wolofsky et Beaugrand discuter brièvement alors que Gertrude Fontaine le suppliait de sauver la vie de sa fille.

— L'*Opus* en a beaucoup, des appartements secrets? s'enquit-il, étonné.

— Assez pour parer à toute éventualité, il faut croire.

Un coin de rue plus loin, ils bifurquèrent à gauche dans Larivière. Solomon les guida vers un immeuble tout à fait banal et anonyme. Ils le suivirent à l'intérieur, montèrent au troisième étage et se rendirent à la porte d'un appartement au fond du couloir. Le marchand s'approcha de la porte et frappa deux coups rapprochés, suivi d'un autre. Pierre reconnut le code maçonnique utilisé jusque-là.

— *Nekam*, fit une voix étouffée de l'autre côté.

— *Kadosh*, répondit Solomon, sans hésiter.

Dès que les mots de passe de l'*Opus Magnum* furent échangés, la porte s'entrouvrit. Wolofsky s'écarta pour leur céder le passage. Perreault entra, Pierre derrière lui.

L'appartement ne semblait guère différent de l'autre. Ils suivirent le corridor sombre et aboutirent dans un petit salon. Pierre se figea sur place. Devant lui se tenaient trois inconnus. Barbus, la chevelure épaisse, le teint olivâtre, ils le toisaient sans rien dire. Il remarqua distraitement combien ils ressemblaient tous à Solomon. Puis l'un d'eux lui sourit.

— *Borekh-Habo*[1], Pierre Moreau, dit le plus vieux d'entre eux, un quinquagénaire à la barbe poivre et sel. Ou devrais-je dire Joseph-Bernard-Mathieu Leclair?

Étonné que ces inconnus en sachent autant à son sujet, Pierre allait les interroger lorsque la voix de Barthélémy Perreault monta derrière lui, pleine d'une haine et d'un fiel qu'il n'y avait jamais entendu auparavant.

— Sois maudit, traître! cracha-t-il.

L'esprit confus, Pierre consulta instinctivement Solomon du regard et le trouva embarrassé, les yeux au sol. Au même moment, il entendit des pas courir vers la porte. Avant qu'il ne comprenne ce qui se passait, un des hommes devant lui leva un révolver et fit feu sans la moindre hésitation, comme s'il s'agissait d'abattre un animal. Un grognement animal monta, suivi d'un choc sur le sol.

Lorsqu'il parvint à secouer sa stupéfaction, il se retourna et aperçut Perreault étendu sur le sol. Telle une obscène auréole, une mare de sang se répandait paresseusement sous sa tête. Pierre n'avait fait qu'un pas en direction de l'avocat quand un coup sec lui écrasa la base de la nuque. Un éclair brillant éclata devant ses yeux et une douleur intense lui parcourut le crâne. Devant lui, le monde se rétrécit peu à peu et il se sentit vaciller.

Puis tout devint noir.

---

1. Bienvenue.

48

PLOC PLOC PLOC. Le bruit rythmé des gouttes d'eau qui s'écoulaient paresseusement fut la première chose qui déchira le voile d'inconscience derrière lequel l'esprit de Pierre Moreau avait trouvé refuge. Petit à petit, le bruit lent et régulier s'insinua en lui, d'abord intrigant, puis agaçant et enfin franchement obsédant. La brume s'éclaircit dans sa tête à mesure qu'il émergeait du néant. Un à un, ses souvenirs se reconstituèrent et s'ordonnèrent, d'abord confondus et vagues, puis cruellement vifs.

Le puits découvert au pied de la chaire, dans la basilique. Tous les dangers bravés sous terre. Le travail herculéen qui avait été requis pour aménager, dans la plus grande discrétion, un réseau de tunnels si complexe sous Montréal. Les phrases obscures qui avaient rythmé leurs progrès, leurs lettres constamment recombinées : *Et in Arcadia Ego* ; *I tego arcana Dei* ; *Tango arcam Dei*. « Même à Arcadie, j'existe » ; « Je cache le secret de Dieu » ; « Je touche le tombeau de Dieu ». Autant de messages sibyllins qu'il était parvenu à déchiffrer, avec l'aide des autres. La peur et le désespoir, auxquels avait succédé le sentiment de s'approcher du but ; l'espoir réel de retrouver enfin Julie, non pas saine, certes, mais au moins sauve. La mort atroce de Georges Belval, transpercé par des pieux. Les squelettes grimaçants des membres de l'*Opus* qui s'étaient donné la mort et qui, depuis deux siècles, veillaient sur l'*Argumentum* en attendant leurs frères. Aumont et Leclair, sans doute. Son ancêtre, avec lequel il s'était retrouvé face à face, en quelque sorte. Le tombeau dans le caveau, identique à celui du tableau de Poussin. Jeanne Mance, gisant à l'intérieur et gardant la tablette de terre cuite millénaire. L'*Argumentum* enfin retrouvé. Leur sortie inespérée du caveau, dans la ruelle des Fortifications, à l'ombre de l'édifice de la Banque de Montréal. Leur marche vers le refuge de l'*Opus*, leurs jambes les portant à peine tellement ils étaient épuisés. Le changement de dernière minute du lieu de rendez-vous, dont personne ne s'était méfié. Les inconnus qui les attendaient à l'intérieur et qui avaient tous des airs de Solomon. Puis le coup de feu. Perreault, abattu sous ses yeux. Le sang qui s'était accumulé sur le plancher.

Pierre revint instantanément à lui. Il inspira sèchement et ouvrit grand les yeux, comme si quelqu'un lui avait jeté de l'eau glacée au visage. Cela n'eut aucun effet car il se trouvait dans le noir absolu. Par acquit de conscience, il tourna la tête pour examiner son environnement. Aussitôt, elle manqua d'éclater et, malgré lui, il grogna de douleur en crispant les épaules et la mâchoire, grimaçant comme un torturé. Des élancements aussi puissants que le son du bourdon d'un clocher montèrent de sa nuque et se rendirent directement à ses yeux, lui tirant presque les larmes et faisant scintiller des points multicolores.

Son premier réflexe fut de se prendre la tête à deux mains pour en supporter un peu le poids. Il amorça le mouvement seulement pour constater que ses poignets étaient liés derrière le dossier de la chaise sur laquelle il était assis. Une vérification machinale lui confirma que ses chevilles étaient pareillement retenues. Les tintements métalliques qui accompagnaient ses gestes lui révélèrent qu'on l'avait mis aux fers, comme un prisonnier des siècles de jadis. Sachant qu'une tentative de se libérer serait vaine, il dut se contenter de prendre plusieurs grandes inspirations en attendant que la douleur, les étourdissements et la nausée finissent par lui donner un peu de répit et que sa tête fonctionne de nouveau normalement.

Privé de la vue, il dut prendre appui sur ses autres sens pour cerner son environnement. L'odeur d'humidité et de moisissure était épaisse et le prenait à la gorge. Jumelée au goutte à goutte qui l'avait tiré de l'inconscience et à la façon dont les sons étaient assourdis, elle lui indiquait qu'il se trouvait dans une cave. Pour autant qu'il le sût, il pouvait aussi bien être en pleine ville que dans une ferme en périphérie de Montréal. Dans un cas comme dans l'autre, personne ne le trouverait jamais. La tierce partie, quelle qu'elle fût, avait maintes fois prouvé qu'elle savait être invisible.

Il tendit l'oreille, à l'affût du moindre bruit. L'espace d'un instant, il eut l'impression de percevoir une voix, très loin. Puis le silence retomba, épais et oppressant. Il avait sans doute rêvé.

Malgré les douloureuses pulsations qui traversaient encore sa tête lourde, il fit le point sur sa situation. Un constat était aussi incontournable que douloureux : Solomon Wolofsky, malgré son air inoffensif et même un peu niais, avait trahi l'*Opus Magnum*. De toute évidence, il avait joué double jeu depuis très longtemps. Cela expliquait plusieurs des choses qui s'étaient passées au cours des dernières semaines, notamment le fait que la tierce partie ait toujours semblé si bien informée. Depuis le début, Wolofsky lui avait rapporté les moindres faits et gestes des membres de l'*Opus*. Ces gens, quelle que fût leur identité, avaient toujours eu une longueur d'avance sans que quiconque le sache.

Malgré la colère et l'indignation qui montaient en lui, Pierre ne pouvait s'empêcher d'admirer la façon dont Solomon avait réussi à garder la tête froide alors qu'il devait maintenir un équilibre précaire entre deux factions opposées et que le moindre faux pas aurait signifié son échec.

À bout de forces et de courage, se sentant définitivement vaincu, il s'affaissa sur sa chaise, les épaules voûtées, le menton sur sa poitrine. Wolofsky les avait volontairement conduits dans un guet-apens, Perreault et lui. L'avocat avait été abattu. À cause de ce vire-capot, l'*Argumentum* était perdu. En ce moment même, la tablette était entre les mains de la mystérieuse tierce partie. La seconde tablette, que détenait l'*Opus*, était superflue. Elle ne faisait que confirmer le contenu de la première. Et cela signifiait que tout espoir de sauver Julie s'était évaporé. Il ne disposait plus de la moindre monnaie d'échange. On ne l'avait gardée en vie que pour être certain d'obtenir l'*Argumentum*. Maintenant, elle n'était plus d'aucune utilité. Peut-être même s'en était-on déjà débarrassé. Peut-être gisait-elle dans son sang, un trou dans la tempe? Ou avait-on déjà jeté son corps dans le fleuve? Avait-on simplement achevé de la découper en morceaux pour pouvoir en disposer plus discrètement?

Le désespoir le submergea et il referma les yeux. Après avoir tant lutté, il s'y laissa enfin sombrer, comme aspiré dans un gouffre sans fond. Maintenant, on pouvait le tuer. De toute façon, il n'avait plus aucune raison de vivre. Un sanglot lui monta dans la gorge et s'y logea jusqu'à lui faire mal. Il s'y abandonna et de grosses larmes se glissèrent bientôt entre ses paupières closes pour couler dans la barbe de plusieurs jours qui couvrait ses joues. Des pleurs qui semblaient monter des profondeurs de la terre se mirent à le secouer tout entier.

Il resta ainsi, tout à ses tourments, jusqu'à en perdre la notion du temps. Des bruits étouffés et lointains le ramenèrent à lui. Des pas approchaient. Saisi par un modeste sursaut de dignité, il ravala ses sanglots, renifla bruyamment comme un petit garçon triste, se redressa sur sa chaise et tendit l'oreille. Il ne se permettait aucun espoir. On venait sans doute l'achever et c'était fort bien ainsi. Mais s'il devait mourir, au moins, il ne donnerait pas à ses geôliers, quels qu'ils fussent, la satisfaction de le voir dans un tel état d'abattement. Il affronterait la fin avec courage. C'était tout ce qui lui restait à faire. Il songea qu'on l'inhumerait sans doute en terre catholique consacrée et ne put s'empêcher de sourire, lui qui avait passé les dernières semaines à rechercher un document qui avait le pouvoir de détruire l'Église. Il songea qu'au bout du compte la vie était pleine d'ironie.

Il attendit, les yeux rivés droit devant lui, dans la direction d'où les pas semblaient venir. Après un moment, un trait de lumière s'infiltra sous la porte dont il n'avait pu que soupçonner la présence. Puis une clé fut insérée dans une serrure, tournée et retirée. La porte s'ouvrit en grinçant et, aussi faible qu'elle l'était, la lumière l'éblouit. Il eut tout juste le temps d'entrevoir deux silhouettes floues avant d'être contraint de fermer les yeux. Un des nouveaux venus franchit les quelques pas qui le séparaient de lui et lui attacha un bandeau sur les yeux. Puis il sentit qu'on libérait ses chevilles et ses poignets. On le saisit par les bras pour le mettre debout, pour aussitôt le menotter de nouveau, les mains derrière le dos.

— Qui êtes-vous ? demanda-t-il d'une voix qu'il tentait de garder assurée, en avançant d'un pas incertain. Où allons-nous ?

Aucun des deux hommes ne répondit. On l'entraîna vers la porte, fermement, mais sans brusquerie excessive. Après une vingtaine de pas, ils tournèrent à droite. Quelques pas encore et ils s'engagèrent dans un escalier qui confirma à Pierre qu'on l'avait bien gardé sous terre. Il trébucha à plusieurs reprises, et fut chaque fois retenu par une poigne solide. Au sommet, on le poussa sur sa gauche puis, finalement, à droite, avant de l'immobiliser. Pierre comprit qu'il avait atteint sa destination.

Pendant un moment, il n'entendit aucun bruit, si bien qu'il finit par se demander si on l'avait laissé seul. Puis ses deux gardes le firent reculer jusqu'à ce qu'il sente le siège d'une chaise toucher l'arrière de ses cuisses. Ils l'aidèrent à s'y asseoir, ce qu'il fit docilement, et on lui passa les mains derrière le dossier. Ses menottes furent défaites, puis rattachées à un barreau pour qu'il ne puisse pas se relever.

Son bandeau fut retiré. Cette fois, la lumière éclatante l'aveugla carrément et, de nouveau, il ferma les yeux sans pouvoir s'empêcher de retenir une grimace d'inconfort.

— Ça va passer, fit soudain la voix de Solomon à son oreille. Tu es dans le noir depuis longtemps.

Dès qu'il réalisa que Wolofsky se tenait près de lui, la colère explosa en lui comme la lave sous pression dans la cheminée d'un volcan en éruption. Sans réfléchir et se fiant à l'emplacement d'où provenait la voix, il fit pivoter brusquement sa chaise sur ses pattes arrière et, d'un élan de la jambe, balaya les pieds du marchand sous lui. Le traître s'écrasa lourdement sur le dos et y resta, sonné. Guidé par le vacarme, Pierre abattit son talon au hasard. Le craquement écœurant qui monta lui procura une satisfaction sauvage qui se mua en sourire sadique. Il allait frapper encore lorsque des bras puissants lui encerclèrent la poitrine, lui coupant le souffle, pour le soulever d'un seul coup, chaise comprise, et le ramener vers l'arrière, de sorte que son coup suivant vola dans le vide. Puis on le déposa avec sa chaise sur le plancher, comme s'il s'agissait d'une plume.

Il cessa de s'agiter, satisfait de son effet. Par l'interstice sous ses paupières qu'il parvenait maintenant à entrouvrir, il aperçut Wolofsky qui se remettait debout en se tenant le nez à deux mains.

— Il est cassé.

Il s'éloigna en boitant vers le coin le plus éloigné, sortit un mouchoir de sa poche et se moucha bruyamment en maugréant. Le tissu blanc prit la teinte vermeille du sang frais et, lorsqu'il le retira, Pierre put admirer à loisir la façon dont le nez bien écrasé tirait sur la droite au milieu du visage à la barbe ensanglantée.

— Compte-toi chanceux, sale Judas, dit-il. Je visais la gorge, pas le nez.

Solomon ne répondit rien. Un homme entra, salua dignement les deux autres de la tête et se dirigea tout droit vers Pierre. Celui qui l'avait retenu s'en alla prendre place non loin de Wolofsky et de son appendice endommagé. Les bras croisés sur la poitrine, sa pose rappelant celle des hommes forts qu'on voyait souvent sur les affiches, il était un peu ventru, mais solide. Son épaisse barbe poivre et sel avait la moustache frisée avec soin aux extrémités. L'air ombrageux, le regard ferme et sans émotion, la mine décidée, il avait la tête d'un homme calme et sûr de lui, qui connaissait avec précision son rôle et qui s'y pliait sans poser de questions.

Le nouveau venu, lui, avait peut-être trente ans. Le visage grave surmonté par une épaisse chevelure noire comme les plumes de corbeau, la démarche sévère, le visage imberbe, il paraissait aussi inoffensif que l'autre était menaçant. Il dégageait même une curieuse bienfaisance.

L'individu contourna Pierre et, avec une expertise évidente, lui palpa la nuque, puis l'occiput. Le jeune professeur grimaça lorsque la pression exercée sur la bosse qui s'y trouvait ranima un peu les élancements qui venaient tout juste de se calmer. Puis l'homme lui fouilla méthodiquement les cheveux avant de venir se placer devant lui pour lui ouvrir bien grand les paupières avec ses doigts afin de lui examiner les yeux. En apparence satisfait de ce qu'il y voyait, il lui adressa un demi-sourire empreint d'embarras.

— Tu as une bonne bosse, mais aucune coupure ni commotion, annonça-t-il. Le mal de tête ne devrait pas durer trop longtemps.

— Tu me vois touché par tant de sollicitude, rétorqua le jeune homme avec ironie. Dommage que tous les bourreaux ne traitent pas leurs condamnés avec la même gentilhommerie.

— Je suis médecin, pas bourreau, rétorqua sèchement l'individu, manifestement piqué au vif. Pas plus que tu es un tueur. Je fais ce qui doit être fait, comme tout le monde.

Il s'avança vers Solomon, posa ses mains de chaque côté de son nez et, d'un coup sec, le redressa. Le craquement qui monta fut vite enterré par le grognement de douleur du marchand, dont les yeux se mirent à couler comme des ruisseaux.

Au son des reniflements de Wolofsky, Pierre balaya du regard la pièce qui s'avéra ne rien avoir d'exceptionnel. Au contraire, elle était parfaitement anonyme. Dans l'unique fenêtre, les rideaux étaient tirés et les volets extérieurs étaient clos, mais laissaient filtrer entre leurs lattes de minces rayons de lumière qui attrapaient au passage la poussière ambiante. Çà et là, quelques vieilles chaises droites dépareillées traînaient sur un plancher de bois usé par des décennies de pas. Les murs nus, à la peinture beige pelée, étaient dépourvus de décorations. Les boiseries étaient pareilles à celles de n'importe quelle autre demeure bourgeoise mal entretenue. Un peu à l'écart, une table peinte d'un vert chartreuse écœurant supportait une lampe à huile dont s'échappait une fumée épaisse à l'odeur rance.

— Quel jour sommes-nous? s'enquit-il.

— Le 6 mai. Tu as été inconscient une bonne partie de la journée, répondit le médecin avec sollicitude. Je t'ai un peu aidé. Nous avions besoin de temps.

— Que veux-tu dire?

— Tu verras bientôt.

Dans un coin, l'homme robuste, âgé d'une cinquantaine d'années, regardait de temps à autre vers la porte, comme s'il attendait anxieusement l'arrivée de quelqu'un. Près de lui se trouvait Solomon. Avec une satisfaction perverse, Pierre avisa son nez rougi qui semblait avoir doublé de volume et ses yeux pleins d'eau. Leurs regards se croisèrent, l'un empli de mépris, l'autre d'un étrange embarras.

— Alors, sale ordure? Tu as eu ce que tu voulais? cracha-t-il avec indignation sans lever le ton. C'est toi, le visage à deux faces? C'est toi qui me livrais les doigts de Julie? Ça t'émoustillait de faire souffrir une pauvre fille sans défense?

Le marchand baissa de nouveau les yeux, manifestement honteux, et laissa échapper un soupir frémissant.

— Pourquoi? murmura Pierre, les dents serrées, la mâchoire crispée. Au moins, regarde-moi dans les yeux et dis-moi pourquoi tu as trahi.

— Tu... Tu ne peux pas comprendre, balbutia Solomon.

— Alors, explique-moi. On verra bien si je suis si bête que ça.

— La loyauté est une chose relative, interrompit une voix grinçante que Pierre crut reconnaître. Elle n'est qu'une question de point de vue.

Lorsqu'il se retourna, il crut un instant que le cœur allait lui manquer. Dans l'embrasure de la porte se tenait un très vieil homme qui avait brièvement croisé son chemin durant cette course folle et auquel il n'avait pas repensé une seule seconde depuis. Son dos bossu était toujours aussi voûté et, si la chose était possible, les rides de son visage semblaient s'être multipliées. Le crâne parsemé de touffes folles qui formaient toujours un halo ridicule dans la lumière de la lampe, la peau flasque comme de la cire chaude, il semblait avoir encore vieilli de dix ans en quelques jours. Par contre, de l'apparente débilité qu'il avait dégagée lors de leur unique rencontre, il ne restait strictement rien. Il rivait sur le jeune homme des yeux qui ne voyaient plus depuis longtemps, mais qui lui donnaient néanmoins l'impression de se faire fouiller jusque dans les profondeurs de l'âme.

Le quinquagénaire lui prêta obséquieusement son avant-bras pour le guider vers une chaise à quelques pieds de celle qu'occupait Pierre. Le vieil homme s'y déposa avec difficulté en ronchonnant et prit le temps de reprendre son souffle, essuyant un front où perlaient des gouttes de sueur générées par le simple effort de s'être déplacé.

— Depuis que les hommes se font la guerre, le héros de l'un a été le traître de l'autre, compléta Eleizer Wolofsky, le souffle court. Mais, règle générale, le bien se trouve dans un seul camp et, dans le cas qui nous intéresse, je puis t'assurer qu'il se trouve tout entier dans le nôtre.

49

Sidéré, Pierre dévisagea longuement Eleizer Wolofsky, essayant de concilier le souvenir qu'il conservait du vieillard sénile et décrépit rencontré chez Solomon et le vieil homme digne qui se tenait maintenant devant lui, en apparence tout à fait lucide et étant l'objet d'une déférence évidente.

— Vous… finit-il par bredouiller sans comprendre. Que…? Comment…? Qui…?

Le père Wolofsky ricana doucement et lui adressa la mine espiègle de celui qui se réjouit d'avoir joué un bon tour. Puis il reprit son sérieux.

— Solomon m'a raconté la façon dont vous avez retrouvé la tablette, affirma-t-il avec son fort accent. Les souterrains, les pièges, les tunnels qui s'écroulent, les anagrammes, le caveau, les colonnes… Et la sépulture de Jeanne Mance en prime? *Ei!* Je suis impressionné, je l'avoue. Sans toi, *goy*, l'*Argumentum* serait encore enfoui dans cet endroit improbable et nous ne serions pas plus avancés. Tu es vraiment plein de ressources. Quel dommage que tu appartiennes à une de ces lignées de racaille et de mécréants. Tu n'aurais pas dépareillé nos rangs. Mais que veux-tu? On ne choisit pas ses parents.

Pierre ne releva pas l'insulte enrobée d'un compliment. Au point où il en était, son honneur n'avait plus la moindre importance. Par contre, il était capital pour lui d'entendre ce que ses ravisseurs avaient à dire. Peut-être pourrait-il en tirer quelque avantage. En se faisant cette réflexion, il réalisa avec surprise qu'il n'avait pas encore abandonné, qu'il cherchait toujours une sortie, sinon pour lui, au moins pour Julie.

— La prudence élémentaire aurait voulu que tu sois éliminé sur-le-champ, poursuivit Wolofsky père. Mais mon Solomon a bon cœur. Il en a été incapable et a interdit aux autres de le faire. Il a, je crois, conçu pour toi une amitié réelle qui l'honore. Elle confirme qu'il est bien de chair et de sang, qu'il a un cœur et une âme, malgré tout ce qu'il a dû faire. J'espère qu'il en va de même pour chacun de nous.

Pierre jeta un coup d'œil vers le fils Wolofsky, qui fixait le sol, visiblement embarrassé par les propos de son père. Ou était-ce qu'il regrettait sa faiblesse ?

— Je suppose que je devrais le remercier de sa pitié, dit le jeune professeur avec fiel. Dommage que Barthélémy Perreault, lui, ne soit pas en état d'en faire autant.

Le vieil homme fit une pause et Pierre aurait pu jurer que, malgré les taies blanchâtres qui occultaient ses yeux, il le dévisageait. Puis il se rappela la façon dont il lui avait tâté le visage, lors de leur première rencontre, et comprit que le vieil homme avait pris l'habitude de se composer ainsi une image mentale de ses interlocuteurs. D'une certaine manière, il les voyait.

— Ainsi donc, te voici parmi nous, soupira Wolofsky père après un moment.

— Pour le moment, mais quelque chose me dit que ce n'est pas pour longtemps, répliqua Pierre avec lucidité.

— En effet, admit l'autre sans détours. Il va de soi que nous devrons nous débarrasser de toi. Je le regrette, je te l'assure. Dans toute cette histoire, tu es tout à fait innocent, comme l'est aussi ta fiancée. Tu as été arraché à ta petite vie sans histoires pour te retrouver précipité dans une aventure qui t'était étrangère. Tu n'avais rien demandé de tout ça. Mais nous ne sommes pas des monstres et, je l'avoue, j'étais curieux de mieux te connaître.

Pierre se retint de réagir en entendant l'allusion à Julie. Il n'était aucunement surpris par ce qu'il venait d'entendre. Il était clair qu'il en savait beaucoup trop. Après trois semaines de pure folie, il était illusoire d'espérer s'en tirer vivant. Plus tôt que tard, on l'éliminerait. Par contre, il n'était pas assez naïf pour croire qu'on l'avait gardé en vie par grandeur d'âme ou par curiosité. S'il respirait toujours, c'était parce qu'il pouvait encore servir. Ce sursis, il devait coûte que coûte en profiter pour trouver une emprise, quelque chose qu'il pourrait utiliser pour sauver Julie. D'ici là, sa seule chance était de gagner du temps en restant aux aguets.

— Qui êtes-vous ? s'enquit-il simplement.

Autour de lui, Solomon et l'autre homme demeurèrent cois, s'en remettant à Eleizer Wolofsky. Le silence dura longtemps, brisé uniquement par la respiration sifflante du marchand au nez maintenant complètement bouché.

— Avant de crever, j'aimerais comprendre, insista Pierre sur un ton proche de la simple conversation. Est-ce trop demander ? Après tout, sans moi, vous n'auriez pas l'*Argumentum* que vous vouliez tant. Et puis, je suis menotté à cette chaise et je n'irai nulle part. Que risquez-vous ?

Le père Wolofsky soupira, une moue déformant sa bouche édentée. Il se tapota un peu le bout du nez avec l'index en soupesant la situation, puis eut un haussement d'épaules.

— Au fond, pourquoi pas ? finit-il par dire.

Pensif, le vieillard se pencha vers l'avant, appuya les coudes sur ses cuisses et entrelaça ses doigts aux jointures noueuses. De nouveau, il riva ses yeux à la membrane laiteuse dans ceux du jeune homme, qui en eut un frisson. Il inspira profondément avant de parler enfin.

— Dis-moi, Joseph-Bernard-Mathieu Leclair, s'enquit-il en froissant son visage ridé comme une vieille pomme, que sais-tu de l'*Argumentum* ?

— La même chose que vous, je présume, répondit Pierre, un peu pris de court par cette question.

— Allez, fais plaisir à un pauvre vieillard qui n'en a plus pour longtemps, lui non plus. Réponds-lui. Je pourrai mieux t'informer si je sais d'où tu pars.

Résigné à jouer un jeu auquel il n'avait rien à perdre, mais qui pouvait lui rapporter la vie de sa fiancée, le jeune homme rassembla ses idées, l'historien qu'il était reconstruisant la chronologie des événements. L'entreprise ne fut guère difficile considérant que, depuis des semaines, il n'avait vécu, respiré et dormi que pour l'*Argumentum* et qu'il lui avait consacré la moindre de ses pensées. Il songea aux coupures encore fraîches qu'il portait à l'intérieur des poignets et qui en avaient scellé la révélation, dans le temple de l'*Opus*. Était-ce voilà seulement deux jours ? La pensée le surprit. En termes de vécu, ces quelques heures valaient des décennies, peut-être même des siècles.

— Eh bien, dit-il, on m'a appris qu'il s'agissait d'un document au contenu assez grave pour menacer l'Église. Deux tablettes anciennes, en fait, qui sont parvenues entre les mains des Templiers juste avant qu'ils ne quittent la Terre sainte. Elles ont été envoyées à la commanderie de Paris par le *Magister* de l'époque, Guillaume de Beaujeu, qui souhaitait en préserver le secret tout en le conservant comme éventuel levier de négociation. C'était pour récupérer l'*Argumentum* que le pape Clément V a orchestré la destruction de l'ordre du Temple en accusant ses membres d'idolâtrie, de sodomie, d'hérésie et pire encore. Mais il avait déjà été envoyé vers l'Écosse.

Il s'arrêta pour mesurer l'effet de ses paroles. D'un petit geste impatient de la main, Wolofsky père l'invita à poursuivre.

— D'Écosse, continua-t-il, l'*Argumentum* a été transporté dans le Nouveau Monde, dans un lieu nommé Arcadie, quelque part autour de l'emplacement actuel de Newport, Rhode Island. C'était un siècle avant que Colomb y accoste. La tentative de colonie a été un échec et, plus tard, Paul de Chomedey, Jeanne Mance et quelques autres, tous membres de familles templières originaires de Champagne, ont été envoyés sous couvert de la fondation de Ville-Marie pour le récupérer et le remettre en sécurité. Tout cela s'effectuait selon des directives données par l'*Opus* et, comme nous venons à peine de le découvrir, codifiées dans *Les bergers d'Arcadie* de Nicolas Poussin. Dès lors, seules deux lignées ont détenu la clé qui permettait de l'atteindre : les Aumont et les Leclair, dont je crois bien avoir croisé les premiers représentants à Montréal à l'entrée du caveau de mademoiselle Mance.

Eleizer Wolofsky hocha lentement la tête, une moue sur les lèvres, comme s'il évaluait ce qu'il venait d'entendre.

— La trace de l'*Argumentum* a été perdue voilà vingt ans, lorsque le *Gladius Dei* a assassiné mon vrai père, dernier détenteur de la clé, compléta Pierre. Le voilà désormais retrouvé et, je présume, bien en sécurité entre vos mains – qui que vous soyez.

— Et tu crois à tout ceci ? s'enquit le vieil homme après un moment.

— Disons qu'en soi, tout ça paraît passablement excentrique, mais compte tenu des événements récents, je n'ai vraiment aucune raison d'en douter.

— Que sais-tu de la Vengeance ? interrogea le vieux.

Pris de court, Pierre se remémora de son mieux les paroles du vingt-neuvième degré, que lui avait rapportées Perreault après la disparition de Julie. «Ce jour-là, les Templiers renaîtront de leurs cendres pour brandir l'*Argumentum* à la face du monde. Ils démasqueront alors les traîtres et les impies, et feront tomber les puissants. La vérité sera rétablie et l'honneur de l'ordre sera lavé dans le sang.» Il réalisa soudain à quel point ce qu'il savait réellement de la Vengeance était mince et ambigu, hormis maintes généralités et des énoncés d'intention. Sans connaître le contenu précis de l'*Argumentum*, il ne pouvait que spéculer sur l'objet et la manière dont elle devait s'exercer. Obnubilé par la nécessité de retrouver Julie, il avait accepté tout ce qu'on lui avait dit sans se questionner, car rien de tout cela ne lui importait, tant qu'il parvenait à ses fins.

— Rien de très précis, dut-il admettre. J'en ai toujours compris qu'il s'agissait de révéler le contenu de l'*Argumentum* au monde entier et que cela suffirait à détruire l'Église qui a elle-même détruit l'ordre qui cherchait à la protéger. Faire tomber le tyran équivaut à causer la destitution du pape, je suppose.

— Et du contenu de l'*Argumentum*, tu sais quoi ?

— Rien, pour être franc. Les membres de l'*Opus* eux-mêmes admettent ne pas le connaître avec exactitude, répondit Pierre sans hésitation. Seules les autorités de l'ordre, basées à Paris, savent de quoi il s'agit réellement. J'imagine qu'il était nécessaire de restreindre cette information à un cercle réduit pour la préserver.

— Et malgré cette ignorance, ils commettent les gestes les plus répréhensibles, dit le vieux, songeur. Ça ne te paraît pas suspect ?

Sur ces entrefaites, le médecin qui avait examiné Pierre un peu plus tôt revint apportant une théière et des tasses sur un plateau. Il le posa sur la table, remplit une tasse et la mit dans la main du vieil homme. Une agréable odeur de menthe chaude remplit l'air. Eleizer Wolofsky prit une gorgée en aspirant bruyamment, puis claqua la langue, appréciant ostensiblement le breuvage.

— Je t'en ferais bien servir une tasse, mais pour cela, il faudrait te détacher, dit-il sur un ton contrit. J'aurais peur de me retrouver le visage brûlé.

— Ça ira, répliqua Pierre. Le dernier verre du condamné peut attendre encore un peu. Et si j'ai le choix, je prendrai du scotch, pas du thé.

Lorsque Solomon, le quinquagénaire et le médecin eurent tous leur thé, le vieillard reprit.

— Alors, voici la vérité, dit-il. Tu en feras ce que tu voudras. Comme tu l'as certainement noté, les tablettes sont écrites en cunéiforme et sont très anciennes. La première est en langue akkadienne et remonte très exactement à l'an 1735 avant notre ère. À cette époque, Hammourabi était roi de Babylone, d'Élam, de Larsa, de Sumer, d'Eshnunna, de Mari, de Canaan et d'Assur. Mais tu es professeur d'histoire et je ne t'ennuierai pas avec des faits que tu connais peut-être mieux que moi.

— J'étais professeur d'histoire, corrigea Pierre avec amertume.

— Oui, enfin, bon… Ce que tu ignores, c'est que contrairement à ce qu'on croit savoir, Abram était le contemporain d'Hammourabi. Voyant la façon dont Abram d'Ur avait vaincu

Amraphel, roi de Schinéar, Aryoc, roi d'Ellasar, Kedor-Laomer, roi d'Élam, et Tidéal, roi de Goyim, Hammourabi décida qu'il était plus prudent de conclure une alliance avec lui que de risquer d'avoir à l'affronter un jour. Il lui accorda, ainsi qu'à sa descendance, l'entière jouissance du pays de Canaan. En contrepartie, il exigeait d'Abram la fidélité, la protection et le versement d'un tribut annuel. Cette Alliance était codifiée sur la Table de la Loi dont on remit une copie à Abram.

Pierre ne dit rien. Il réalisait soudain qu'il avait exhumé sans le savoir un trésor archéologique d'une valeur inestimable que tous les musées sérieux et tous les experts s'arracheraient s'ils en connaissaient l'existence.

Wolofsky père but une gorgée avec un lapement sonore, puis ferma les yeux pour apprécier la boisson. Il remit la tasse sur la table et reprit un récit qu'il semblait connaître par cœur, comme une leçon depuis longtemps apprise et mille fois répétée.

— La tablette fut transmise par Abram à Isaac, puis par Isaac à Jacob et par Jacob à ses fils. Ceux-ci engendrèrent les douze tribus et celle de Levi eut la garde de l'Alliance. Plus tard, quand les Hébreux quittèrent l'Égypte après des siècles d'esclavage, Moïse et Kashtiliash IV de Babylone renouvelèrent l'Alliance, de sorte qu'il y eut dès lors deux tablettes, la seconde confirmant le contenu de la première. Mais cela, tu le sais déjà, puisque tu l'as vue de tes propres yeux.

Le vieil homme avala une gorgée de thé avant de citer le contenu le la tablette.

— On déposa les deux Tables de la Loi dans une arche en or conçue selon les spécifications du Seigneur et elles furent rapportées en Terre promise.

Pierre fronça les sourcils. Malgré lui, il était pris par le récit, même s'il n'osait pas croire la direction inconcevable vers laquelle il semblait se diriger.

— L'Arche d'Alliance de l'Ancien Testament, dit-il en secouant la tête, émerveillé.

— Celle-là même qui fut reprise aux Philistins d'Ashdod par Abinadab, puis déposée dans le Saint des Saints du temple de Jérusalem par Salomon et Sadoq, avant d'être cachée par le prophète Jérémie pour éviter qu'elle ne soit emportée par Nabuchodonosor à Babylone pendant l'exil. Zorobabel, gouverneur de Judée, et le grand prêtre Josué récupérèrent les Tables de la Loi et les enfouirent dans une voûte secrète sous le temple qu'ils avaient fait reconstruire. Puis elles se sont perdues, jusqu'à ce qu'elles se retrouvent aux mains des Templiers, en Terre sainte, voilà six siècles.

— La petite leçon d'histoire est intéressante, quoiqu'un peu excentrique, mais je ne vois pas où vous voulez en venir, dit Pierre.

— Patience, jeune homme. J'y arrive.

Eleizer Wolofsky sourit puis prit une nouvelle gorgée de thé. Il fit une grimace impatiente et capricieuse en constatant que la boisson avait tiédi. Le médecin s'empressa de remplir la tasse à ras bord de liquide fumant.

— Tu es historien, reprit le vieillard, une fois satisfait. Je n'ai pas à t'expliquer combien le passage du temps déforme les faits. De plus, depuis la nuit des temps, l'être humain vit fort mal sans dieux et n'a de cesse de s'en inventer. De siècle en siècle, de millénaire en millénaire, les mythes bibliques se sont construits les uns sur les autres. Petit à petit, Hammourabi, seigneur puissant, mais terrestre, de chair et d'os, est devenu le Seigneur des cieux de l'Ancien Testament, que les Hébreux ont appelé Yahvé. Le dieu et le roi se sont fondus en une et même personne. La Terre promise, qui était un héritage politique, s'est muée en un royaume possédé de droit divin.

Wolofsky père se tut pour laisser son interlocuteur absorber l'énormité de ce qu'il venait d'entendre et les ramifications que cela supposait. Les mots du vieillard résonnaient encore dans les oreilles de Pierre et lui tourbillonnaient dans la tête.

— Allons donc! s'esclaffa-t-il enfin, malgré la précarité de sa situation. À vous en croire, le dieu des juifs, qui est devenu celui des chrétiens ne serait que le fruit d'une méprise, d'une erreur historique, d'un glissement de sens? C'est bien ce que vous suggérez?

— Je ne suggère rien, ricana le vieillard, dévoilant ses gencives édentées. Je l'affirme en toute connaissance de cause: Yahvé, le Dieu auquel réfèrent la Torah et l'Ancien Testament, qui fut ensuite celui de Jésus de Nazareth et qui devint le Jéhovah du Nouveau Testament, était le roi Hammourabi de Babylone. Le contenu des tablettes le confirme. En ce moment même, celle que tu as sortie du tombeau de mademoiselle Mance est en train d'être examinée et traduite par un des nôtres – un *bal toyreh*[1] d'une grande érudition. Jadis, j'aurais pu m'en charger, mais maintenant...

Avec résignation, Wolofsky père désigna ses yeux éteints, s'arrêta pour boire et sembla prendre un plaisir pervers à étirer le moment.

— La vérité est cruelle: il n'y a jamais eu de peuple élu de Yahvé, affirma-t-il avec une assurance tranquille, après avoir reposé sa tasse. Il n'y avait qu'un peuple entreprenant et coriace qui s'est vu confier l'administration d'une terre par son Seigneur. Le dieu qu'adoraient les Hébreux était El, ramené d'Ur par Abram. C'est à lui qu'ils élevaient des autels et des idoles d'or, comme le raconte la Bible.

— Béni soit El-Schaddaï, dirent à l'unisson Solomon, le médecin et le quinquagénaire.

Le visage d'Eleizer Wolofsky prit l'expression de sérieux de celui qui sait qu'il va asséner le coup de grâce.

— La conclusion de tout cela est que les trois religions du Livre – celle des juifs, celle des chrétiens et celle des mahométans – reposent toutes également sur une confusion, déclara-t-il avec une amertume tangible dans la voix. Un mensonge involontaire, soit, mais un mensonge néanmoins.

---

1. Homme instruit.

50

Jérusalem, 70 de notre ère

IL NE RESTAIT PLUS RIEN. Avec cette efficacité méthodique qui les caractérisait, les Romains avaient tout détruit. Depuis une semaine, à perte de vue, Jérusalem n'était que ruines fumantes, amas de pierres et de cadavres, dont le pourrissement empuantissait l'air. C'était l'odeur de la défaite. La glorieuse ville sainte, jadis parsemée de palais et de tours, et entièrement ceinte de hauts remparts, n'était plus rien. Un peu partout, les soldats romains rôdaient encore en groupes, tels des charognards, et ne se privaient pas de massacrer tous ceux qu'ils croisaient, les femmes et les enfants aussi bien que les hommes. Sans parler des outrages infligés avant. Tel était le prix à payer pour un soulèvement avorté.

Agenouillé dans les ruines du temple d'Hérode, à la faveur de la nuit, Pinhas ben Chmouel, descendant de Jacob, de Levi et d'Aaron, dernier grand prêtre du temple de Jérusalem, fouillait tel un vulgaire mendiant à la recherche d'un vieux bout de pain. Il était dépouillé de toute dignité. Ses vêtements sacerdotaux n'étaient plus que des loques et il était crasseux. Ses mains blanches et douces, qui n'avaient jamais connu les travaux difficiles, étaient écorchées et douloureuses. Privé de tout depuis plusieurs jours, il avait faim et soif. Mais, par-dessus tout, il avait peur. En se trouvant là, il risquait sa vie. Si une patrouille romaine le surprenait, il serait assassiné sans autre forme de procès. Mais sa vie ne comptait pas.

Avant de se mettre au travail, quelques nuits auparavant, Pinhas avait dû s'orienter, ce qui n'avait pas été facile parmi les décombres. Il avait fini par repérer l'endroit où s'était trouvée, au sud, la porte par laquelle les pèlerins entraient dans l'enceinte du temple pour monter au parvis des Gentils, où se tenaient les changeurs et les vendeurs. Là, ils achetaient les animaux qu'ils offriraient en sacrifice, puis se rendaient au parvis des Israélites, réservé aux hommes, devant le parvis des Prêtres. Au-delà, le Saint des Saints avait été enfoui, et c'était pour le déterrer que Pinhas creusait, maintenant qu'il avait mesuré la distance en comptant ses pas.

Les Tables de la Loi étaient là, sous les ruines. Le simple fait que les objets les plus sacrés qui fussent soient enterrés dans la fange était un inconcevable sacrilège. Il suffisait d'atteindre le plancher du Debir et de repérer la dalle qui menait à la cache dont, à titre de grand prêtre, on lui avait révélé l'existence lorsqu'il était entré en fonction. Il espérait seulement qu'elles n'avaient pas été brisées dans l'effondrement et ne devait surtout pas prendre le risque que d'autres les retrouvent avant lui et les détruisent. De leur sauvetage dépendait la seule chance de reconstruire un jour le pays d'Israël.

Armé d'une longue barre de fer qu'il avait tirée des décombres et qu'il utilisait comme levier, il forçait pour déplacer une pierre trop lourde pour un seul homme. Pendant qu'il travaillait, son esprit dérivait et il ne pouvait s'empêcher de déplorer la tournure des événements. Après la prise de Jérusalem par Pompée, au siècle précédent, Rome avait confié le gouvernement de la Judée à des princes locaux acquis à l'envahisseur ou à des procurateurs véreux. Les juifs les avaient tous haïs pour la façon dont ils reniaient leur religion et leurs coutumes. Peu à peu, la résistance s'était organisée sous la conduite des rebelles zélotes qui en voulaient autant aux prêtres du temple qu'à l'envahisseur. Voilà quatre ans, ils s'étaient soulevés et, contre toute attente, ils avaient réussi à chasser les troupes romaines de Jérusalem.

Paradoxalement, ce succès inespéré avait signifié le commencement de la fin. Pour venger l'outrage subi, Vespasien avait fondu sur les provinces de Galilée et de Samarie et les avait reprises dans le sang. Devenu empereur à la mort de Néron, il avait confié le commandement des légions de Judée à son fils, Titus. Aux côtés du nouveau général, froid et efficace, se tenait Tibère Alexandre, un juif apostat qui avait poussé l'abjection jusqu'à présider au massacre des siens à Alexandrie, alors qu'il était préfet d'Égypte. Si la chose était possible, il était encore plus honni que les Romains.

Voilà cinq mois, quelques jours avant la fête de Pessa'h[1], sous le regard horrifié de Pinhas, plus de cinquante mille hommes avaient assiégé Jérusalem. Quatre légions avaient été disposées sur les collines qui entouraient la ville. Des tours mobiles avaient été appuyées contre le mur nord, le plus bas. En un mois, l'obstacle avait été franchi, puis le rempart intérieur avait cédé à son tour. Les troupes romaines s'étaient retrouvées au pied de la forteresse Antonia, contrôlée par le zélote Jean de Gishala.

Les rebelles avaient résisté de toutes leurs forces, infligeant de lourdes pertes à Titus, mais le blocus avait fait son œuvre. La famine s'était installée dans Jérusalem et, petit à petit, les rues avaient été remplies de vieillards morts, de femmes et d'enfants exténués par la faim et la soif, d'hommes errant comme des fantômes à la recherche de quelque chose à manger, et qui tombaient là où la mort les prenait. Les vivants n'ayant plus la force d'ensevelir les défunts, ils pourrissaient à l'air libre et la mort se propageait.

Pinhas fut tiré de ses rêveries lorsqu'il crut entendre des voix. Figé par la peur, des sueurs froides lui coulant entre les omoplates, son vêtement sale lui collant au dos, il retint sa respiration, ses yeux fouillant les ténèbres. Bientôt, il vit poindre

---

1. Pâque juive.

une torche et des voix plus claires lui parvinrent. Une patrouille. Ils étaient trois ou quatre et, à en juger par leur ton enjoué, ils avaient bu. Il s'écrasa aussitôt à plat ventre dans les décombres.

Glaive au côté et pilum au poing, les soldats louvoyaient entre les ruines sur l'esplanade. Ils s'arrêtèrent devant ce qu'il restait du temple. De là où il se trouvait, Pinhas pouvait les entendre discuter dans cette langue qu'il comprenait mal, mais leur ton était éloquent. Ils se réjouissaient de ce qu'ils voyaient. L'un d'eux dit quelque chose qui fit s'esclaffer les autres. Le grand prêtre leva prudemment la tête pour les observer. La lune brillante lui dévoila quatre silhouettes. Un des soldats fit quelques pas dans les débris, retroussa sa tunique et se mit à uriner. Impuissant, Pinhas serra les dents de colère. Ce sacrilège pissait sur le temple de Yahvé. Il dut se faire violence pour ne pas se lever pour les maudire devant l'Éternel.

Lorsque le légionnaire fut soulagé, il s'en retourna vers ses compagnons et la patrouille s'éloigna. Pinhas ne reprit son travail qu'une fois qu'il ne les entendit plus. Le répit avait eu l'avantage de lui permettre de reprendre des forces, car la pierre finit par se déloger et rouler sur le côté. Il se crispa un instant, espérant que le bruit n'attirerait pas l'attention. Dans l'espace laissé libre, il aperçut le coin d'une dalle lisse qu'il connaissait bien. Son cœur s'emballa dans sa poitrine. Il avait atteint le plancher du Saint des Saints, exactement à l'endroit qu'il avait estimé. Seuls les débris et l'épaisseur de la dalle le séparaient des Tables de la Loi. Avec une ardeur renouvelée, il s'attaqua à une autre pierre en repensant aux derniers moments du temple qu'il fouillait maintenant et qui avait représenté sa seule raison d'être.

Lorsque les légions avaient capturé la tour Antonia, Pinhas avait compris que la fin était proche, mais jamais il n'avait cru nécessaire de tirer les Tables de la voûte. Pour lui, la destruction du temple de Yahvé était inconcevable et elles y seraient en sécurité, même si la ville était contrôlée par Rome. L'édifice avait été la fierté de Jérusalem depuis que le roi Hérode l'avait fait construire en remplacement de celui de Zorobabel et de Josué, presque cent ans plus tôt. Le chantier avait été gigantesque. Il avait exigé que l'on aplanît le mont Moriah pour y façonner une vaste plate-forme de pierre encerclée par une imposante muraille. Là, le temple conçu par des architectes grecs, romains et égyptiens, s'était élevé. Avec ses colonnes de marbre blanc et ses décorations d'or et de cuivre qui brillaient au soleil, il n'était rien de moins qu'une merveille. Dominant Jérusalem, il accueillait chaque année les centaines de milliers de pèlerins lors des fêtes de Pessa'h, de Chavou'oth et de Soukkot[1]. Tous les voyageurs faisaient un détour pour l'admirer.

Mais les Romains se fichaient de tout cela. Ils avaient construit une rampe qui menait de la tour Antonia à l'esplanade du temple et incendié ses portiques. Ils avaient pillé le temple et tout emporté : la précieuse Menorah à sept branches, les vases sacrés, les encensoirs et tous les récipients d'or rapportés de Babylone par Zorobabel. Puis ils avaient brûlé la demeure de Yahvé, qui n'avait plus de maison où s'incarner. Dire que dans ce temple, voilà quelques décennies à peine, Jésus de Nazareth lui-même avait confondu les prêtres et chassé les marchands. Et voilà qu'il n'était plus.

Caché derrière les ruines d'une tour, Pinhas avait observé le sinistre défilé des soldats sortant du temple les bras chargés de richesses et y avait trouvé une mince source d'espoir : nulle part dans le butin qu'on transportait il n'avait aperçu la boîte d'ébène qu'on lui avait décrite. C'était pour cette raison qu'il s'entêtait à creuser.

Jérusalem avait été rasée et sa population massacrée. Seule subsistait une portion de son mur occidental et trois tours : Hippicus, Mariamme et Phasaël. Quatre-vingt-dix-sept chefs rebelles avaient été faits prisonniers. Des quatre-vingt mille habitants de Jérusalem, la majorité avait été mise en esclavage. À travers la Judée, plus d'un million de juifs avaient été tués. De

---

1. Commémoration du don de la Torah sur le mont Sinaï et de l'aide reçue de Dieu pendant l'Exode.

toutes les places fortes qu'avaient contrôlées les Zélotes, seule la forteresse de Massada, juchée sur les hautes falaises qui surplombaient la mer Morte, tenait encore, mais elle finirait par tomber comme les autres. Malgré l'intelligence de Eleazar Ben Yair, le chef des rebelles qui s'y terraient, ce n'était plus qu'une question de temps. Aussi, dès qu'il aurait récupéré les tablettes, Pinhas prévoyait-il de partir aussi loin que possible, dans l'attente des jours meilleurs qui viendraient peut-être.

Le déplacement soudain de la pierre sur laquelle il s'acharnait lui fit presque perdre l'équilibre et le tira de ces considérations amères. Dans son effort pour ne pas tomber, la barre de fer lui glissa des mains et son tintement sur les ruines se répercuta dans la nuit. Il se jeta aussitôt sur le sol, certain que la patrouille alertée par le bruit allait surgir d'une seconde à l'autre. Il resta longtemps ainsi, trop effrayé pour bouger même un doigt, priant silencieusement. Après de longues minutes de terreur, il put enfin s'autoriser à respirer. Personne ne venait. Yahvé était avec lui.

Rassuré, il se releva, ramassa son levier et se dirigea vers l'endroit qu'il avait libéré. Après avoir balayé les petites pierres et les gravats pour la dégager entièrement, il examina la dalle dans la lumière de la pleine lune. Malgré le choc de l'effondrement, elle était encore parfaitement scellée et solide. Le plus simple serait de la briser. Il suffirait de quelques coups en plein centre avec la pointe de son instrument de fortune et elle éclaterait en morceaux. Mais le bruit risquait d'attirer l'attention d'une patrouille et il serait trop bête de se faire arracher les tablettes par des soldats romains après tant d'efforts. Il lui faudrait la soulever et la déplacer, puis il pourrait se glisser dans l'ouverture et y récupérer la boîte d'ébène.

Il allait se mettre à gratter le mortier avec la pointe de la barre de fer lorsqu'une voix rauque le fit sursauter. Il se retourna, tremblant, et vit, quelques pas derrière lui, le légionnaire qui avait uriné sur le temple. Les trois autres se tenaient un peu en retrait, le glaive au poing. Ils étaient tous passablement ivres et le sourire carnassier qu'ils lui adressaient ne laissait planer aucun doute sur leurs intentions.

L'homme répéta ce qu'il avait dit en faisant un geste agressif, mais Pinhas ne comprenait pas le latin que parlaient plusieurs Romains – ni d'ailleurs les autres langues qu'ils utilisaient, selon leur race. Il se contenta de hausser les épaules.

— Je… je cherche quelque chose que je pourrais revendre, mentit-il d'une voix chevrotante en espérant que l'autre connaisse l'hébreu.

De toute évidence, tel n'était pas le cas. Son interlocuteur se contenta de cracher une nouvelle répartie à la sonorité encore moins amène que la première et de donner un ordre à ses compagnons qui s'avancèrent, menaçants. Dès lors, Pinhas comprit que son sort était scellé. Quoi qu'il fasse, il allait mourir. La seule chose qu'il pouvait encore accomplir était de s'assurer que l'attention des légionnaires ne soit pas attirée par la dalle.

Il fit brusquement demi-tour et se mit à courir de toutes ses forces entre les débris. Son geste avait pris les soldats par surprise et il les avait un peu distancés. L'espace d'un instant, il s'imagina même qu'il parviendrait à les semer. Mais il n'avait plus l'âge de tels exercices et ses nuits à creuser les décombres l'avaient déjà mené au bord de l'épuisement. Très vite, ses jambes se firent lourdes et il finit par trébucher maladroitement sur un chapiteau de colonne qui gisait par terre et qu'il avait cru pouvoir enjamber. Il s'affala lourdement sur le sol et son arme de fortune lui échappa pour atterrir hors de sa portée. Sonné, il se remit à genoux et allait se relever pour reprendre sa course lorsqu'un coup s'abattit entre ses omoplates et l'envoya choir dans la poussière.

Il se retourna sur le dos, appuyé sur ses coudes, et vit ses quatre poursuivants autour de lui. L'air mauvais, leur meneur lui appuya la pointe de son glaive sur la gorge et dit quelque chose que Pinhas ne comprit pas, mais dont il saisit sans mal le sens. Le moment de mourir était arrivé.

Il avait échoué, mais au moins il avait éloigné les légionnaires du Saint des Saints. Les Tables de la Loi resteraient en sécurité dans la voûte. Depuis que Zorobabel et Josué avaient aménagé la voûte sous le Debir, seul le grand prêtre savait où elles se trouvaient. L'urgence de la situation avait cependant tout changé et, lorsque le siège avait été mis devant Jérusalem, Pinhas avait pris sur lui de déroger à la coutume pour confier le secret à quelques prêtres parmi les plus fiables. Il ne pouvait qu'espérer que l'un d'entre eux ait survécu au massacre et que, le moment venu, il puisse récupérer les tablettes. L'avenir d'Israël en dépendait.

Résigné à ne pouvoir en faire plus, il ferma les yeux et, du bout des lèvres, récita la prière qu'il avait si souvent dite pour les morts.

— Yahvé ressuscitera les morts et les élèvera à la vie éternelle, murmura-t-il. Il rebâtira la ville de Jérusalem et rétablira Son Temple en son enceinte et retirera les idoles de la terre. Le service céleste reprendra et Yahvé régnera dans Sa royauté et Sa splendeur.

Pinhas ben Chmouel sentit à peine l'acier froid qui tranchait sa chair pour s'enfoncer dans la gorge. Lorsqu'il expira, la larme de regret qui coulait de son œil gauche fit rire ses assassins.

51

Dans la chambre silencieuse, tous les yeux, même ceux qui ne voyaient plus, étaient braqués sur Pierre, dont toute l'attention était concentrée à tenter de déterminer si le vieillard croyait vraiment à cette histoire à dormir debout. De toute évidence, les trois autres, eux, n'en doutaient pas, et l'invocation fréquente d'El-Schaddaï par Solomon s'expliquait enfin. Mais, sans preuves tangibles, le fait que plusieurs adhèrent à une légende ne rendait pas celle-ci véridique pour autant. On pouvait s'entretuer autant qu'on le voulait pour des tablettes d'argile, cela n'en faisait pas les Tables de la Loi et le fait qu'on lui en donnait une traduction qu'il n'était pas à même de vérifier ne constituait pas une garantie. Au cours des dernières semaines, Pierre avait pu voir de ses propres yeux les extrémités auxquelles tous avaient été capables de se rendre pour atteindre leur but. Aucune des factions en présence n'en était à un mensonge près.

Rien dans tout ce qu'il avait appris au cours des derniers jours ne lui prouvait que les tablettes étaient authentiques, mais simplement que l'*Opus Magnum*, l'Église, et maintenant des juifs qui se prétendaient descendants de Levi le croyaient. De plus, ce qu'il venait d'entendre défaisait toutes les connaissances acceptées par les historiens. Certes, au risque de déplaire au clergé et en se gardant de le dire trop fort, la science ne considérait plus la Bible comme un document historique, mais bien comme un récit symbolique et moral où des millénaires de mythes et de légendes fusionnaient. Mais de là à affirmer que Yahvé n'avait été qu'un seigneur temporel, un homme de chair et de sang, en l'occurrence le roi Hammourabi de Babylone, et que l'Alliance entre lui et Israël n'était que cela, une simple alliance militaire, il y avait un immense fossé.

De plus, même si son enfance n'avait été qu'une pathétique comédie jouée par un père et une mère payés pour prendre soin de lui, Pierre Moreau avait néanmoins été élevé en bon catholique. Comme tout petit Canadien français, il avait fait sa confirmation, puis sa communion solennelle. Il s'était confessé avec toute l'ardeur qu'il pouvait puiser en lui-même et avait assisté à la messe tous les dimanches, n'osant jamais en manquer une. Il avait prié avec ferveur et craint les prêtres jusqu'à en frémir. Il avait songé à son salut. Il avait même enseigné dans un collège catholique réputé, sous l'œil critique des sulpiciens, et il en avait été fier. Jusqu'à voilà trois semaines, toute sa vie avait été celle d'un chrétien modèle. Un tel moule ne se brisait pas en criant « ciseaux ! ». Malgré les événements récents et les faits qui s'accumulaient, il ne pouvait croire qu'il avait contribué à exhumer une abomination telle que celle qu'Eleizer Wolofsky venait de lui décrire. Une chose semblable ne pouvait pas exister. Elle n'en avait tout simplement pas le droit.

Que les Templiers aient découvert les deux tablettes en Terre sainte voilà six siècles, il voulait bien l'admettre. De toute façon, la chose était difficile à réfuter. Après tout, il les avait lui-même tenues dans ses mains et les symboles qu'on avait gravés dessus tendaient à le prouver. Il pouvait accepter qu'ils aient sincèrement cru qu'il s'agissait des Tables de la Loi contenues dans l'Arche d'Alliance de Moïse. Mais la possibilité qu'ils aient inventé toute cette histoire pour se venger de l'Église qui les avait trahis en 1307 et qu'ils aient été jusqu'à fabriquer des faux pour y parvenir, était très plausible. Le ressentiment et la haine étaient de puissantes motivations.

Aussi, avant d'admettre que l'histoire qu'il venait d'entendre puisse être véridique, l'historien Pierre Moreau exigeait-il des preuves tangibles, crédibles et irréfutables. Ce n'était pas le récit d'Eleizer Wolofsky qui suffirait à le convaincre. Ce n'était pas non plus la confirmation du contenu des tablettes, qu'il ne pourrait jamais vérifier lui-même, par un sage juif qu'il ne connaissait pas. L'histoire devait obligatoirement reposer sur des documents vérifiables ou elle n'était que fable et propagande. Et rien de ce qu'il venait d'entendre ne pouvait être validé. On exigeait de lui rien de moins qu'un acte de foi.

— Et l'Église dans tout ça? s'enquit-il, la curiosité professionnelle et le désir de mesurer l'étendue de l'absurde l'emportant sur la crainte religieuse.

— Jusqu'à ce que le pape Clément V apprenne le contenu des tablettes, elle se croyait légitime, élue par Dieu et unique détentrice de la Révélation, répondit Wolofsky père. Depuis qu'elle sait, naturellement, les choses lui paraissent moins roses. Elle ne pense qu'à récupérer les tablettes pour les réduire en miettes et assurer sa survie. Comme tu le sais mieux que personne, c'est là l'unique mission du *Gladius Dei*, qui ne recule devant aucune ignominie pour la mener à bien. Au fond, je peux comprendre. Imagine un peu ce qui se passerait si l'*Argumentum* était rendu public.

— L'Église catholique perdrait toute autorité et les richesses auxquelles elle tient tant, répondit automatiquement Pierre, dont l'esprit analysait malgré lui les ramifications possibles.

— Si ce n'était que cela! Mais toutes les religions du Livre reposent sur l'Alliance entre Dieu et son peuple. Sans caution morale, toutes les institutions religieuses s'effondreraient. Les prêtres, les rabbins et les imams seraient désavoués. Des peuples entiers se retrouveraient égarés, privés de guides. La confusion s'installerait partout. Sans contrepoids moral, les politiciens se croiraient tout permis pour empêcher l'anarchie de se répandre. La dictature de petites cliques de puissants remplacerait celle des églises, qui est quand même le moindre des deux maux.

Pierre n'était qu'un petit professeur d'histoire tout à fait banal qui n'avait jamais fait preuve de la moindre originalité, hormis son désir de laisser ses élèves penser par eux-mêmes et son penchant pour la boxe. Il avait été emporté, bien malgré lui, dans une tourmente qui ne le concernait qu'en raison du danger qu'elle faisait courir à Julie. Ce qu'il avait accompli, c'était par l'énergie du désespoir bien plus que par intelligence. La peur lui avait donné des ailes et révélé en lui des ressources insoupçonnées. Elle avait aiguisé son esprit et l'avait forcé à penser autrement. Mais les prétentions qu'on venait d'étaler devant lui avaient beau avoir du sens et quelque chose de pernicieusement séduisant, elles ne restaient que mots.

— J'ai beau faire de mon mieux et laisser mon imagination divaguer, je ne vous crois pas, déclara-t-il avec un calme teinté d'un soupçon d'arrogance.

Sa déclaration fut accueillie par un soupir songeur suivi d'un haussement d'épaules nonchalant.

— Tu voulais savoir, tu sais, décréta Wolofsky père. Ce que tu en fais n'appartient qu'à toi. De toute façon, tu emporteras tout ça dans la tombe. Pourtant, avant de juger hâtivement, tu devrais peut-être prendre en compte tous ces hommes et ces femmes qui sont morts depuis des siècles. Si ce que je viens de te raconter était faux, lui auraient-ils consacré leur vie? L'auraient-ils sacrifiée? Pense seulement à mademoiselle Mance et aux deux hommes de l'*Opus* qui attendaient devant son tombeau. Ou à la façon dont l'abbé Simard s'est laissé égorger par Beaugrand. Ou même à ton père, qui savait qu'il mourrait et qui, au lieu de se cacher, s'est assuré de laisser le médaillon pour que sa mission se perpétue. À sa façon, chacun a donné sa vie.

— Dans la mesure où ils croyaient à tout ça, ils ont agi en conséquence, rétorqua le jeune homme. L'histoire est remplie d'exemples sanglants des excès auxquels la foi peut conduire.

— Je t'aurais cru moins borné.

— Et j'aurais cru que vous auriez une preuve à montrer pour appuyer des affirmations qui modifient les trois derniers millénaires.

— Homme de peu de foi, rétorqua le vieux avec une pointe d'ironie.

Une idée folle surgit tout à coup dans la cervelle surmenée du jeune professeur.

— Un peu plus et vous essaieriez de me faire croire que vous êtes des lévites, ricana-t-il en secouant la tête.

— Excellent! s'esclaffa Wolofsky père en se mettant à applaudir. Tu vois? Quand tu réfléchis, tu y arrives par toi-même!

Pierre le dévisagea, perplexe, cherchant à saisir ce qui venait de se passer.

— Quoi? fit le vieillard, visiblement amusé. Est-il vraiment si difficile d'imaginer que la douzième tribu d'Israël existe toujours et qu'elle soit demeurée fidèle à la mission reçue par Levi de la bouche même de son père, Jacob, voilà trois mille cinq cents ans?

— Disons qu'après ce que j'ai déjà entendu, une nouvelle couche s'ajoute au délire ambiant?

Le vieillard s'adossa à sa chaise, bombant avec fierté son torse maigre, et écarta les bras avec un air presque messianique.

— Nous sommes les Élus, déclara-t-il d'un ton majestueux qui tranchait avec sa voix grinçante. Les Justes. Ceux qui, jadis, acceptèrent de renoncer à leur part d'héritage pour pouvoir se consacrer à protéger l'Alliance entre les Hébreux et le Seigneur. Ceux qui devaient veiller sur la Terre promise.

Il n'y avait qu'une explication possible: ce vieil homme était fou à lier et prêt pour un long séjour à Saint-Jean-de-Dieu, se dit Pierre. Par une association d'idées toute naturelle, la pensée de l'asile lui rappela Hermine Lafrance et les paroles prononcées lorsqu'il l'avait visitée en compagnie d'Adrien. «C'est la preuve. La preuve que tout est faux, avait-elle dit. Tout! Que tout le monde a menti. Que les Justes ont été floués. Ils attendent depuis longtemps. Ils sont patients. Ils sont partout, ils manipulent tout. » Les « Justes ». C'était bien le mot qu'elle avait employé. Il s'en rappelait car le terme l'avait passagèrement intrigué. La pauvre femme avait cru à tout cela, elle aussi. Était-elle juive également ? Était-elle partie prenante de cette histoire de fous ou simplement une pauvre femme dans le besoin qu'on avait payée pour jouer la comédie ? La pression et la peur avaient-elles eu raison de son esprit ? Ou l'avait-on plutôt internée parce qu'elle avait fini par en savoir trop, comme semblait l'indiquer la conversation récente qu'il avait eue avec elle ? Il n'aurait sans doute jamais de réponse à toutes ces questions, mais sa mention des Justes, lors de leur rencontre, donnait à penser qu'elle n'igno-rait pas l'histoire qu'on venait de lui communiquer.

— Si les Tables de la Loi ont vraiment été égarées pendant quinze siècles, permettez-moi de vous faire remarquer que vous avez lamentablement failli à votre tâche, rétorqua-t-il.

Le vieux se renfrogna, son visage prenant un air de vieille pomme flétrie, puis il se reprit.

— Ce que tu dis est vrai, admit-il. Et depuis ce temps, nous cherchons à récupérer notre bien et à racheter notre faute. Peu importe les moyens utilisés.

En disant cela, il abattit violemment sur la table sa main aux doigts noueux, faisant jaillir dans les airs le plateau et son contenu. Il fut pris d'une toux creuse qui le fit se plier en deux en cherchant son souffle. Aussitôt, le médecin s'approcha et lui tapota le dos pour le calmer. À son tour, Solomon vint à lui et prit doucement le vieux visage ridé dans ses mains.

— Calme-toi, *Tateh*, murmura-t-il comme un père à un petit enfant déraisonnable. Ton cœur est faible, tu le sais bien. La colère n'est pas bonne pour lui. Tu ne voudrais pas qu'il te lâche alors que la Terre promise est enfin à portée de vue. Bientôt, *Eretz Yisroel*[1] sera à nous, comme il se doit. Tu dois être là ce jour béni. N'est-ce pas ?

---

1. Le pays d'Israël.

Pendant que Pierre soupesait le sens de ce qu'il venait d'entendre, le vieillard se calma et tapota affectueusement les mains de son fils, puis les prit et les pressa entre les siennes.

— Tu es un bon fils, mon petit Solomon, dit-il avec un sourire. Je suis fatigué. Continue à ma place, tu veux bien ? Finis de lui raconter. Il doit tout savoir. C'est un brave garçon, pour un *goy*.

Aussi mal à l'aise qu'un gamin surpris en train de voler des sucreries, Solomon se retourna vers celui avec lequel il avait bravé tant de dangers et qu'il avait pourtant trahi. Pierre le fixa sans broncher. Il eut beau chercher dans son regard de la défiance, de l'arrogance et de la froideur, il n'y trouva que tristesse, embarras, honte et regret.

— Nous avons presque réussi à récupérer les Tables de la Loi lorsque l'ordre du Temple est tombé, en 1307, expliqua le marchand en restant auprès de son père. Aubert de Lautrec, alors secrétaire particulier du pape Clément, était de la maison de Lévis. C'était lui qui avait réussi à retracer l'*Argumentum* dans la commanderie de Paris et qui avait convaincu le Saint-Père d'agir. Il espérait profiter de la confusion qui régnerait lorsque les soldats du roi investiraient les lieux pour s'en emparer, mais les Templiers avaient de grandes oreilles. Ils avaient prévu le coup et déjà envoyé les tablettes en Écosse. Par la suite, nous avons cherché en vain pendant des siècles. Finalement, en observant le *Gladius*, nous avons compris qu'il se passait quelque chose et nous avons fini par apprendre que des agents de l'*Opus Magnum* allaient s'embarquer pour Ville-Marie. Quelques-uns des nôtres se sont immiscés parmi les colons, mais ils ont été démasqués.

Dans un geste qui rappelait son père, il s'interrompit pour verser du thé chaud dans sa tasse puis en avala quelques gorgées. Il saisit une chaise qu'il apporta devant Pierre. Il s'assit à califourchon, les avant-bras appuyés sur le dossier, et reprit son récit.

— Nous avons persévéré, continua-t-il, mais nous agissions à l'aveuglette. Quand nous avons réalisé que le dernier Aumont avait été assassiné, voilà un peu plus d'un siècle, nous avons concentré tous nos efforts à retrouver la seule lignée encore susceptible de nous mener à notre bien : les Leclair. Nous savions depuis longtemps que l'*Opus Magnum* avait créé la franc-maçonnerie de toutes pièces en 1717 pour l'utiliser comme paravent. Nous l'avons infiltrée, ici et en Europe. J'ai été admis dans la loge Les Cœurs réunis alors que j'étais encore un tout jeune homme et je m'y suis fait des relations. Avec prudence, j'ai commencé à faire courir le bruit que j'étais le lointain descendant d'un Templier. Au fil des années, j'ai senti qu'on me testait subtilement. Émile Fontaine, Barthélémy Perreault, puis Gédéon Ouimet et Honoré Beaugrand eux-mêmes se sont mis à me tourner autour. Je savais comment réagir, quoi répondre. Comme c'est arrivé souvent depuis le *dies terribilis*, l'*Opus* a cru renouer avec un membre d'une famille templière. Ma généalogie, inventée avec grand soin, a été jugée crédible et j'ai été admis dans l'allégresse dans l'ordre. Ensuite, j'ai patienté et espéré.

— Jusqu'à l'assassinat de Jean-Baptiste-Michel Leclair, interrompit Pierre.

— Exactement. Tu connais le reste : deux garçons blonds du même âge, arrivés le même soir à l'hospice Saint-Joseph par le plus grand des hasards. Nous n'avions aucun moyen de déterminer lequel était le fils Leclair. Nous nous sommes donc assurés de garder le contrôle sur les deux enfants en organisant leur adoption.

Pierre fut pris de court par la vague de remords et de peine qui le submergea à la pensée d'Adrien, auquel il avait à peine eu le temps de penser depuis qu'il avait été abattu dans la crypte des Sœurs Grises par l'abbé Simard. À l'heure qu'il était, son corps avait certainement été découvert. Que penserait-on d'un sulpicien mort par balle dans la crypte d'une communauté féminine où une religieuse avait été exhumée ? On se perdrait en conjectures. Peut-être dirait-on que le pauvre avait perdu la tête et s'était donné la mort. Le plus probable demeurait que le *Gladius Dei* étouffe l'affaire, comme il l'avait fait pour le jésuite Garnier. « Découvre qui nous sommes », avait supplié Adrien avant d'expirer dans ses bras. Cela, au moins, Pierre avait la satisfaction de l'avoir accompli.

Solomon poursuivait son récit. Pierre l'écoutait à moitié, les souvenirs douloureux se bousculant furieusement dans sa tête, les éléments d'information qu'il possédait se mettant soudain en place pour former un portrait qu'il avait soupçonné sans trop y croire. « Depuis longtemps déjà, avait expliqué Honoré Beaugrand dans le temple, l'*Opus* soupçonne qu'un autre joueur s'est immiscé dans la partie. Il s'agit de gens très habiles et prudents qui sont toujours demeurés dans l'ombre, aussi insaisissables que des spectres. Au fil des siècles, ils ont laissé quelques traces ici et là, mais toujours trop ténues et vagues pour que nous puissions remonter jusqu'à eux. Selon la situation, ils se sont parfois fait passer alternativement pour le *Gladius Dei* et l'*Opus Magnum*, dont ils semblent maîtriser tous les usages. De toute évidence, ils se trouvent derrière le fait que toi et ton cousin Adrien avez été adoptés à l'hospice Saint-Joseph et ce sont eux qui ont monté la compagnie propriétaire des deux maisons familiales, ainsi que de Moreau & Moreau. » À tous égards, il avait vu juste.

— Tu sais déjà comment nous avons payé deux couples pour qu'ils adoptent les garçons, en espérant qu'un jour, l'un d'eux s'avère être le descendant Leclair et qu'avec un peu de chance, il nous mène vers l'*Argumentum*. Nous n'avions jamais eu vent de l'existence du médaillon que la religieuse avait gardé pour elle. Sinon, nous aurions procédé nous-mêmes. Ta vie et celle d'Adrien auraient été tout autres. Nous avons fourni à chaque famille des maisons et un bon commerce pour les faire vivre. Nous avons payé pour l'internement d'Hermine Lafrance lorsqu'elle n'a plus été capable de supporter le mensonge et que sa folie est devenue un risque. Dès que tu as été conduit à la loge par Émile Fontaine, j'ai su que c'était toi que nous attendions.

— Et tout ce qui m'est arrivé, demanda Pierre d'une voix éteinte, c'était aussi vous?

— Pas tout, non, mais une bonne partie, admit Solomon.

Il baissa les yeux et passa nerveusement une main dans son épaisse chevelure.

— Je... je sais que je t'ai trahi, Pierre, murmura-t-il sans cesser de regarder le plancher. Je ne suis pas fier de ce que j'ai dû faire, je tiens à ce que tu le saches. Mais c'était nécessaire. Je ne m'attends pas à ton pardon.

— Ni moi, fit une voix sur la droite.

Pierre se figea, comme si on l'avait giflé. Cette voix, il la connaissait mieux qu'aucune autre. Elle avait marqué toute sa vie. Il tourna lentement la tête dans sa direction, ne sachant pas s'il allait trouver un revenant ou, pire encore, un homme bien vivant.

— Mon frère, Samuel, l'informa Solomon.

Rien ne pouvait préparer Pierre à ce qu'il allait voir et il en eut le souffle coupé. Dans l'embrasure de la porte se tenait Hubert Moreau.

52

CELUI QUI, aux yeux de Pierre, avait été son père pendant la quasi-totalité de sa vie semblait avoir vieilli de vingt ans au cours des trois dernières semaines. Ses cheveux étaient presque entièrement blancs. Les rides de son visage, profondes depuis longtemps déjà, s'étaient distinctement creusées et lui donnaient maintenant des bajoues pendantes et flasques de vieil homme. Son dos s'était un peu voûté et il avait perdu du poids. Surtout, il avait laissé pousser sa barbe qui, s'avérant bien fournie, modifiait considérablement son apparence. Le nez fort et les lèvres charnues dans lesquelles Pierre ne s'était jamais tout à fait reconnu en étaient un peu atténués. Ses vêtements aussi avaient changé. Il ne portait plus le costume trois pièces du bon bourgeois importateur de vins et d'alcools, que Pierre lui avait toujours connu, mais une simple veste noire un peu fripée sur une chemise blanche à cravate noire, si bien que, sans ses yeux sombres et profonds, Pierre aurait pu le croiser dans la rue sans le reconnaître. Il avait l'air... juif, tout simplement. Son regard éberlué alterna à quelques reprises entre Solomon et Hubert Moreau. Il dut admettre que la ressemblance était là, pas nécessairement frappante, mais tout de même palpable.

Il se revit devant la vitrine de « Moreau & Moreau, importateurs de vins fins et spiritueux », rue Saint-Paul, puis dans la maison de la rue Saint-Denis, toutes deux désertées, tristes décors du théâtre de sa vie, abandonnés furtivement après avoir servi leur fonction en emportant tous ses souvenirs d'enfance. Puis il se rappela l'enseigne défraîchie de Wolofsky & Sons. Dry Goods, et de la brève discussion qu'elle avait suscitée avant qu'ils entrent dans la boutique.

— «Tu as un frère? avait-il demandé à Solomon.

— Oui et non, avait répondu le marchand, évasif.

Maintenant, Pierre comprenait ce commentaire sibyllin. Samuel Wolofsky s'était expatrié sans jamais quitter Montréal, s'isolant des siens et se privant volontairement du secours de sa religion. Il s'était exilé parmi les chrétiens. Il s'était sacrifié pour élever un des garçons que la tribu de Levi avait adoptés à l'hospice Saint-Joseph. Il avait fréquenté la messe et s'était confessé, comme tout bon catholique. Pour la cause à laquelle il croyait, il avait sacrifié son identité et renoncé à sa nature profonde. La détermination que suscitait l'*Argumentum* allait jusque-là. Et pour Solomon, son frère n'avait plus vraiment existé.

Sonné, Pierre dévisagea le nouveau venu en essayant de concilier ce qu'il savait maintenant avec ce qu'il avait cru savoir jusqu'à ce jour. Hubert Moreau s'appelait Samuel Wolofsky. Il était le frère aîné de Solomon. Pierre avait non seulement été élevé par un juif, mais par un homme qui se croyait descendant de la tribu de Levi et qui cherchait à retrouver les Tables de la Loi de l'Ancien Testament, des objets qu'Abraham et Moïse eux-mêmes avaient tenus dans leurs mains, et qu'il considérait comme le bien légitime de la tribu de Levi, à laquelle il prétendait appartenir.

Le jeune homme avait l'impression de nager en plein délire. L'histoire était tout simplement invraisemblable et quiconque l'entendrait sans preuve l'écarterait du revers de la main en riant. Mais pour ceux qui y étaient empêtrés, elle était bien réelle, soit parce qu'ils y croyaient, soit parce qu'ils la subissaient.

D'un pas hésitant, l'homme qui, bien qu'il l'eût élevé comme s'il avait été son père, n'était qu'un étranger, s'avança vers lui. Dans ses mains, il tenait un chapeau mou, lui qui n'avait jamais porté qu'un melon bien dur et un peu démodé, et le triturait nerveusement. Ses yeux étaient mouillés. Jamais Pierre ne l'avait vu si anxieux. L'espace d'un fugitif instant, il en eut presque pitié, alors qu'au même moment, une autre part de lui ne souhaitait que lui sauter à la gorge et l'étrangler en lui crachant ses reproches au visage.

— Pierre… dit l'imposteur dans un balbutiement presque douloureux, bien loin de l'assurance habituelle de l'homme d'affaires prospère. Je… Je tiens à ce que tu saches. J'ai… J'ai… Ta mère et… Enfin, Hermine et moi avons espéré de toute notre âme et de toutes nos forces que tu… Que tu ne sois pas celui que nous cherchions. L'enfant Leclair. Même si ça voulait dire que l'autre était condamné. Nous avons beaucoup prié. Je t'ai vu grandir et devenir un homme. Un jeune homme bien. Un professeur d'histoire. On ne peut pas élever un enfant comme s'il était le sien sans… Sans qu'il finisse par le devenir un peu. Tu comprends? J'ai été fier de toi comme je l'aurais été s'il s'était agi de mon propre sang. Je… Je le suis toujours. Ta mère, euh, je veux dire Hermine t'aimait, elle aussi. Elle t'aimait tant qu'elle en a perdu la raison. Elle craignait tellement pour toi. Elle ne pensait qu'à ça. Son esprit a fini par craquer. À plus d'un égard, nous avons vraiment fini par être tes parents.

— Vous m'avez quand même livré en pâture, comme une vulgaire marchandise, rétorqua Pierre sans chercher à masquer son amertume. Vous m'avez laissé m'enliser dans cette histoire en sachant que je n'en sortirais probablement pas vivant. Des parents dignes de ce nom, adoptifs ou non, ne mènent pas leur enfant à l'abattoir. Pour ce qui est de l'amour filial, vous avez beau seriner, vous allez devoir repasser.

— Je ne m'en remettrai jamais tout à fait, Pierre, je te l'assure, répliqua Hubert d'une voix abattue. Mais je… Je ne m'appartiens pas. Pas plus que tous les autres lévites. Essaie de le comprendre. Nous ne sommes que des maillons d'une grande chaîne qui remonte à la nuit des temps, à l'époque de Jacob, de Joseph et de Levi. Nous n'avons pas le droit de la briser. Quand tu es sorti de chez moi, voilà trois semaines, après m'avoir raconté l'épisode de ton acte de baptême manquant, je… Je savais qu'un engrenage venait de s'enclencher et qu'il risquait de… De te coûter la vie. Les événements l'ont vite confirmé. Tu étais l'enfant Leclair. J'espérais au moins que cette pauvre Hermine ne l'apprenne pas… Même cette petite faveur, El n'a pas voulu me l'accorder.

Hubert chiffonna de plus belle son chapeau, les yeux rivés au plancher, la tête basse comme un gamin repentant.

— Ce que j'ai fait, Pierre, j'en porterai le poids pour le reste de ma vie et je l'emporterai avec moi dans la tombe, murmura-t-il.

— Tant mieux. Dieu vous jugera en temps et lieu, quel que soit le nom que vous lui donnez. Quant à moi, si je le peux, je viendrai vous hanter. Je vous le jure sur la tête de ce pauvre Adrien, qui est mort par votre faute alors qu'il ne demandait qu'à servir autrui.

Celui qui n'était plus Hubert Moreau pâlit en entendant ces mots, mais accusa dignement le coup. Avec tout le mépris dont il pouvait faire preuve, Pierre détourna les yeux de l'homme pathétique et brisé qui se tenait devant lui et les reporta sur Solomon, toujours assis à califourchon sur sa chaise. Le marchand affichait une mine attristée, alors que son frère Samuel allait se blottir dans le coin le plus éloigné, où il semblait vouloir disparaître sous la peinture pelée et fanée des murs.

— C'est vous qui avez colporté mon appartenance à la franc-maçonnerie pour me faire perdre mon poste? reprit sèchement le jeune homme, encore courroucé par l'échange qu'il venait d'avoir.

— Oui, admit le marchand, pour te faire passer sans retenue dans le camp de l'*Opus*. Et ça a fonctionné.

— Et le jésuite égorgé devant chez moi?

— Noël Garnier était un des tueurs les plus efficaces du *Gladius*. Il te suivait depuis un bon moment déjà. Il t'avait même abordé à quelques reprises. Il ne cherchait qu'à établir ton identité pour t'éliminer. Je l'ai tué de mes propres mains, à la manière de l'*Opus*, pour désorienter le *Gladius* et nous acheter un peu de temps.

Il inspira profondément, comme un homme déterminé à confesser tous ses péchés pour soulager une conscience devenue trop lourde.

— Dès que nous avons été certains de qui tu étais, nous t'avons surveillé à chaque instant. Lorsque je n'étais pas avec toi, je te guettais de loin, dans l'ombre. Je ne te quittais que pour dormir un peu ou pour faire rapport, pendant qu'un autre me remplaçait. Sans le savoir, tu n'as plus jamais été seul.

— Je suppose que ce n'est pas par hasard, non plus, que tu étais avec moi le soir où Julie a disparu? demanda le jeune homme.

— J'étais au courant de la mise en scène que planifiait l'*Opus*, évidemment, avoua Wolofsky. Je devais m'assurer que nos hommes aient le temps d'intercepter la voiture dans laquelle la demoiselle prenait place. Je t'ai retenu au bar du temple maçonnique, avec l'aide involontaire de Perreault. Ce sont aussi les lévites qui sont intervenus pour protéger Perreault et les Fontaine quand le *Gladius* leur tirait dessus, à la sortie du temple. Nous ne voulions pas que les ressources de l'ordre soient réduites alors que le but tant espéré était si proche.

Il vrilla son regard dans celui de Pierre et écarta les mains avec résignation.

— Voilà, déclara-t-il. Tu sais ce que je suis vraiment.

Pierre avisa le quinquagénaire qui l'avait menotté. Soudain, un déclic se fit dans sa tête et il reconnut sa carrure. Cet homme était celui qui avait accompagné Julie à Notre-Dame et qui avait paradé à ses côtés dans l'allée; celui qui l'avait assommé à la sortie arrière. Sans doute aussi celui qui avait contribué à battre sauvagement Adrien. Il se souvint de l'état dans lequel il avait également mis Solomon, dont Belval avait dû recoudre le cuir chevelu. Il secoua la tête, dépité, en réalisant qu'une fois encore il avait été l'objet d'une mise en scène savamment élaborée qui avait exigé que Solomon fût assommé par un des siens pour ne pas se trahir.

— Tu as désobéi aux directives qu'Adrien était chargé de te transmettre, expliqua celui-ci après avoir suivi le regard du jeune homme. Tu devais rester dans le confessionnal et regarder. Quand tu t'es lancé à sa poursuite comme un enragé, nous avons été pris de court. Il a fallu improviser. J'ai encore mal.

Instinctivement, il tâta sa blessure à travers son épaisse tignasse.

— Maintenant que vous avez les deux tablettes, qu'allez-vous faire? s'enquit Pierre en forçant sa voix à demeurer égale.

— Dois-je en déduire que tu me crois? grinça le patriarche, narquois.

— Est-ce vraiment important? Ce qui compte, c'est que vous, vous y croyez. Pour moi, les conséquences sont les mêmes. Pour Julie et Adrien aussi.

Pierre attendit. Manifestement, le vieil aveugle prenait un malin plaisir à le faire pâtir.

— Nous allons réclamer notre dû, évidemment, déclara-t-il finalement comme si ce qu'il disait allait de soi. Nous allons rendre aux juifs le pays qu'ils auraient toujours dû avoir afin qu'ils cessent d'être dispersés et persécutés.

Pierre n'osait pas décider si ce qu'il venait d'entendre était le fruit d'un délire maniaque, de la folie des grandeurs, de l'aveuglement volontaire ou d'un simple manque de réalisme politique. On venait de lui déclarer, le plus sérieusement du monde, qu'on croyait pouvoir obtenir un territoire et créer un pays en invoquant les tablettes. Il ne put retenir un petit rire sardonique.

— Vous croyez vraiment que le sultan Abdülhamid II acceptera simplement de vous céder une partie de son empire sans dire un mot? Vous connaissez mal les Ottomans. Ils vous déclareraient une guerre sans fin.

— Encore faudrait-il qu'ils en aient les moyens, répondit Wolofsky père, nullement démonté par l'argument. L'empire ottoman a été grand, mais il ne l'est plus. Il tombe en ruines et on lui arrache chaque jour un bout de plus. Bientôt, il n'en restera que des miettes qu'il sera facile de revendiquer. Les Tables de la Loi ne pouvaient refaire surface à un moment plus propice. Il suffira qu'une armée d'experts, trop heureux d'être associés au plus grand bouleversement historique de tous les temps, les authentifient et personne ne sera en droit de s'opposer à la création d'un État juif légitime. Et si, pour cela, il faut déplacer quelques mahométans récalcitrants, qui s'en formalisera ?

— Et ses habitants ? Vous les prendrez où ?

Le vieux cracha à terre avec mépris.

— Mais partout ! Les pays d'Europe et d'Amérique du Nord ne seront que trop heureux de se débarrasser de tous ces maudits Hébreux malfaisants, voleurs et exploiteurs qui les infestent comme de la vermine et qu'ils haïssent tant, ironisa-t-il. Ils regretteront seulement de ne plus pouvoir les avoir à portée de main pour les accuser de tous les maux de la terre.

Pierre chercha une répartie, mais n'en trouvant aucune, il préféra se taire. Il connaissait mal le Moyen-Orient, alors que le vieil homme avait l'air très bien informé. De toute évidence, depuis toujours, les lévites avaient dû suivre de près les moindres développements sur leurs terres ancestrales et évaluer tous les scénarios possibles à mesure qu'ils se développaient. Ils étaient préparés.

— Et l'Église ? s'enquit-il.

— Si elle sait ce qui est bon pour elle, elle continuera comme si de rien n'était. Dans la mesure où elle accepte d'appuyer nos revendications, nous saurons rester discrets et l'aider à préserver les apparences. Disons que, dans nos négociations avec elle, nous tenons le gros bout du bâton.

Pierre repensa à l'échange qu'il avait eu avec l'homme qu'il avait poursuivi après qu'il eut lancé un doigt de Julie à travers la vitrine de Wolofsky & Sons. C'était juste avant que l'individu ne se fourre le canon de son révolver dans la bouche et se fasse sauter la cervelle. « Quand tu en connaîtras la valeur, tu comprendras. Pour qui sait s'en servir à son plein potentiel, il peut faire beaucoup plus que cela. » Il cernait, maintenant, le fanatisme qui motivait les agissements de l'inconnu.

Tout était dit. Il ne restait plus rien à apprendre. Aussi déli-
rant que ce pût être, ces hommes croyaient ce qu'ils disaient. À
cela, il n'y avait aucun doute. Pierre décida de jouer le tout pour
le tout.

— Vos notes m'ordonnaient de vous livrer l'*Argumentum* en
échange de la vie de Julie. C'est fait. Vous avez la tablette de
Jeanne Mance. Alors, rendez-moi ma fiancée, dit-il en faisant de
son mieux pour ne pas paraître suppliant, mais autoritaire et sûr
de lui-même.

— Je sais ce que nous t'avons promis. Malheureusement, c'est
impossible, répondit froidement le vieux. Elle doit mourir.

53

AU BORD DES LARMES, se sentant soudain complètement désarmé, Pierre dévisagea Eleizer Wolofsky. Après ce qu'il venait d'entendre, il ne fut pas surpris outre-mesure de constater que le délire du vieillard se poursuivait. Mais ses ramifications venaient de s'allonger. Ne pouvant rien faire d'autre, il se contenta d'attendre la suite.

— Les tablettes prouvent peut-être que le Dieu de la Bible n'existe pas, poursuivit le patriarche. Malheureusement, leur existence a aussi eu pour conséquence de rendre Satan bien réel.

Pierre le toisa un instant en haussant les épaules.

— Le temps des paraboles est passé, non ? demanda-t-il en contrôlant son désarroi. Si tu as quelque chose de plus à dire, dis-le clairement et ne me fais pas perdre le peu de temps qui me reste. Sinon, finis-en et tue-moi tout de suite.

Pendant que le médecin servait une nouvelle fois du thé au patriarche, celui-ci sembla considérer ce qu'il allait dire ensuite. Lorsqu'il fut décidé, il but quelques gorgées avant de répondre par une question.

— Tu as dit toi-même que tu ignorais comment s'exercerait la Vengeance tant souhaitée par l'*Opus Magnum*.

— N'avons-nous pas déjà établi que la révélation de l'*Argumentum* ferait s'effondrer l'Église ? Si le contenu des tablettes est bien ce que tu prétends, le seul fait de le rendre public suffirait amplement à discréditer une institution érigée depuis deux mille ans sur un malentendu.

— Certes, ce serait une douce revanche, mais aux yeux de l'*Opus*, qui macère depuis presque six siècles dans une rancune qui se pourrit et s'infecte toujours plus, elle serait trop éphémère.

— Trop éphémère… répéta Pierre sans comprendre. C'est-à-dire ?

— Que pour être considérée suffisante et achevée, la Vengeance doit durer longtemps. Très longtemps. L'éternité, si possible. C'est pour ça que, dès le début, les descendants des Templiers ont imaginé quelque chose de beaucoup plus subtil et pervers qu'une simple révélation scandaleuse. Ils en ont gardé le secret, évidemment, mais nous nous en doutions depuis longtemps. Après que Solomon eut enfin réussi à les infiltrer pour la première fois, la chose a été confirmée.

Pierre ne réagit pas. Manifestement, le patriarche aimait ménager ses effets et il souhaitait par-dessus tout qu'il continue de parler. Tant que durerait la discussion, Julie demeurerait en vie. Le vieux se pencha vers lui, l'air grave, et prit un ton de conspirateur.

— La Vengeance souhaitée par les Templiers depuis le *dies terribilis*, chuchota-t-il sur un ton de conspiration, n'est pas de détruire l'Église dans une grande explosion, mais de l'intérieur, en la livrant à Satan. Car il est beaucoup plus cruel de déshonorer, de pervertir et de discréditer longtemps que de détruire en un seul coup.

— Livrer l'Église à Satan… répéta Pierre. Rien que ça…

— Je ne te blâme pas d'être sceptique. Ça semble incroyable, je sais. Et pourtant, c'est la pure vérité.

— Je fais partie de l'*Opus Magnum*. Il est curieux qu'on ait omis de m'informer de cela, non ?

— Tu en fais partie depuis quelques jours à peine, pauvre naïf. Réfléchis un peu. Tu as été élevé en bon petit catholique et, dans la mesure où tu ne connais pas tes origines, toute cette histoire t'est fondamentalement étrangère. Les aurais-tu aidés si tu avais su que tu étais acoquiné avec des suppôts de Satan ? Ou au moins avec des gens qui s'amusent à s'imaginer tels ?

— Encore faut-il admettre que Satan existe.

— Il n'existe pas, évidemment, rétorqua le patriarche d'un ton entendu. Satan tire ses origines d'une divinité chaldéenne mineure empruntée par les Hébreux pendant leur exil à Babylone et rapportée en Palestine voilà deux millénaires et demi. Peu à peu, sa légende s'est transformée et, dans la tradition judéo-chrétienne, il est devenu l'ange déchu, l'incarnation du Mal et l'ennemi de Dieu.

Le père Wolofsky fouilla à l'intérieur de sa veste et en sortit le médaillon récupéré dans la tombe de mère Marie-Marthe Théberge, qu'il brandit pour le faire osciller lentement, à la façon des hypnotiseurs de fête foraine. Malgré lui, Pierre se raidit en voyant la clé léguée par son père, et sans laquelle jamais les tablettes n'auraient pu être retrouvées. Ses ravisseurs l'avaient sans doute pris dans sa poche pendant qu'il était inconscient.

— Les signes existent, déclara sobrement le patriarche. Il suffit de vouloir les voir.

Le vieillard posa doucement le médaillon sur la table, le revers sur le dessus, et fit signe à Solomon de prendre le relais.

— Depuis le début, expliqua le marchand, nous n'avons travaillé qu'avec l'avers du médaillon. Et nous avons eu raison :

son contenu nous a menés jusqu'au tombeau de Jeanne Mance et à l'*Argumentum*. Mais nous n'avons jamais vraiment considéré le revers.

Avec son index, il fit glisser le médaillon vers Pierre.

— Regarde-le. Qu'y vois-tu ?

— *Dominus pascit me*, rétorqua le jeune professeur. « Le Seigneur est mon berger ». La phrase nous a confirmé l'importance des *Bergers d'Arcadie*.

— Quoi d'autre ?

— Une étoile.

— Et, selon toi, pourquoi se trouve-t-elle là ? Elle ne sert quand même pas à décorer. Or, de tous les éléments du médaillon, c'est le seul qui n'a joué aucun rôle. Tu ne trouves pas ça étrange ?

— Maintenant que tu le dis… admit Pierre, perplexe.

— Sais-tu ce qu'elle symbolise ?

— La Lumière, comme dans les loges maçonniques ?

— À première vue, oui. C'est ce que croient ces bons francs-maçons un peu naïfs. Mais il y a plus, expliqua le marchand. De tout temps, avec ses cinq branches figurant la tête, les bras et les jambes, l'étoile a aussi représenté l'homme. La pointe en haut, elle le montre la tête et l'esprit tendant vers Dieu et les choses spirituelles. La pointe en bas, c'est le contraire : l'homme est attiré par la terre, la matière et l'enfer. Vers Satan.

Il regarda Pierre droit dans les yeux, une expression grave sur la face.

— Tous les satanistes savent cela et l'*Opus* n'a pas utilisé ce symbole par hasard, déclara-t-il.

Las de tous ces délires, Pierre dévisagea le marchand et constata que, comme son père, il était on ne peut plus sérieux.

— Une étoile gravée sur un médaillon en étain, comme preuve, c'est un peu… mince, remarqua-t-il avec ironie.

— Après que l'Église les eut trahis, les Templiers l'ont reniée, intervint Eleizer Wolofsky. On peut les comprendre. Ils ont rejeté l'institution et le Dieu qu'elle propose. Sont-ils de vrais satanistes ? Qui peut vraiment le dire ? Personnellement, j'ai toujours cru qu'ils l'étaient par dépit et par défiance, beaucoup plus que par conviction. Mais cela importe peu. L'effet reste le même et ils ne seront contents que lorsqu'ils auront eu leur revanche sur l'Église en y installant le Malin tel qu'ils se l'imaginent.

Pierre les dévisagea à tour de rôle. Il avait soudain l'impression de se trouver dans une maison de fous. Des tablettes en terre cuite remontant à Abraham et à Moïse, qui prouvaient que le Dieu de la Bible avait été en réalité un simple humain, le Seigneur Hammourabi, et que la Terre promise était le fruit d'une banale alliance stratégique. Des descendants de Levi qui cherchaient à récupérer les Tables de la Loi sur lesquelles ils avaient promis de veiller afin de créer de toutes pièces un pays pour les juifs. Les descendants des Templiers trahis par l'Église en 1307 qui échafaudaient méticuleusement une vengeance. Et maintenant, voilà qu'ils se révélaient être rien de moins que des suppôts de Satan, comme si on était encore au dix-septième siècle, et non en 1886?

Subitement, dans la mémoire surmenée de Pierre, divers éléments prirent une tournure nouvelle. Et de toute évidence, le *Gladius*, lui aussi, croyait à cette fable. «À force de fréquenter le diable, on finit par perdre son âme, avait persiflé le supérieur du collège en le congédiant. Les francs-maçons n'ont qu'à invoquer le diable. Après tout, ils ont l'habitude de sa fréquentation.» Et qu'avait dit Damase Thériault alors qu'il agonisait, une balle de Colt Peacemaker 45 dans la poitrine? «Tu es le diable.» Cela faisait beaucoup de références à Satan en bien peu de temps... Quant au balafré qu'il venait de tabasser dans le musée de l'Art Association, il l'avait averti: «Dieu? Sais-tu même de qui tu parles, pauvre fou?» Et il y avait encore les paroles du lévite qui s'était suicidé devant lui: «Légion est mon nom, car nous sommes beaucoup. C'est bien ce que dit le démon de l'apôtre Marc, non? Tu devrais pourtant être familier de ces choses.»

Il nageait littéralement en pleine hallucination, en compagnie de tous les fous qu'il avait côtoyés au cours des dernières semaines, à cette exception près qu'eux y baignaient depuis longtemps et s'y sentaient tout à fait à l'aise. En dehors de cet univers fermé, il pourrait raconter toute l'histoire autant qu'il le voudrait, personne ne le croirait jamais. Les bien-pensants le tiendraient pour fou et il se retrouverait illico dans une camisole de force, enfermé dans une cellule voisine de celle d'Hermine Lafrance, à Saint-Jean-de-Dieu. Mais de l'intérieur, c'était la démence qui semblait normale. De plus, comment raisonnait-on avec des fous qui vous gardaient menotté à une chaise et détenaient votre fiancée prisonnière?

Dans un de ces éclairs de lucidité qui se manifestent parfois dans une situation sans issue, les choses lui apparurent telles qu'elles étaient vraiment, dans toute leur pathétique simplicité, tristes et désespérément banales. Il ne se trouvait pas dans un écheveau complexe, ni dans une intrigue aux nombreux cercles concentriques, mais au cœur d'une chicane mesquine et désolante qui avait pris des proportions démesurées au fil des siècles. Des gens aussi fanatiques que rancuniers cherchaient à se venger d'un geste commis au détriment de lointains ancêtres, voilà six longs siècles. Un affront perpétré alors que les valeurs étaient différentes, et au demeurant fort compréhensible, compte tenu de la prétendue nature des tablettes. Eût-il été le pape Clément V qu'il eût sans doute agi pareillement. Mais de là à jouer aux adorateurs de Satan pour causer à l'Église la blessure la plus profonde qui soit et la soumettre à une lente agonie? Point ici d'esclandres spectaculaires ou de revendications indignées. Depuis six siècles, tout n'avait été que jeux d'ombre et manœuvres clandestines dont les ficelles avaient été habilement tirées par des gens influents et patients. Tout cela pour une stupide affaire d'honneur souillé dans laquelle les descendants des Templiers spoliés s'étaient entortillés jusqu'à n'y plus voir clair. Si elle n'avait eu d'aussi graves conséquences, l'affaire lui eût parue presque enfantine.

Quant à ceux qui se disaient de la tribu de Levi, ils faisaient tout simplement, bien qu'à une échelle impressionnante, de la politique. Qui pouvait les en blâmer, après des millénaires de persécutions subies par les juifs aux mains de chrétiens qui prêchaient la charité et l'amour du prochain? De siècle en siècle, ils avaient toujours été les boucs émissaires de prédilection et on les avait accusés de tous les maux: d'avoir causé les grandes pestes et autres épidémies, d'empoisonner les puits, de jeter des sorts, de manger des enfants, de se livrer au prêt usuraire, d'affamer les populations en contrôlant la finance, de comploter pour dominer le monde, et quoi encore? Comble d'ironie, on avait même prétendu qu'ils adoraient Satan dans leurs synagogues. Voilà maintenant qu'ils s'imaginaient détenir un titre de propriété valide sur des terres ancestrales dont ils voulaient obtenir la rétrocession en faisant chanter l'Église!

Pierre avait du mal à décider lesquels, parmi tous ces dérangés, étaient les plus maniaques: les juifs mégalomanes, les curés assassins ou les satanistes illuminés?

— N'allez surtout pas croire que je vous prends au sérieux, dit-il après un moment, mais infiltrer l'Église ne se fait pas en claquant des doigts. Comment, exactement, l'*Opus* prévoyait-il accomplir un tel prodige?

Solomon haussa les épaules et les sourcils, comme si la réponse allait de soi.

— En menaçant de dévoiler les tablettes si le pape ne démissionnait pas, répondit-il. Puis en installant sur le trône de saint Pierre un enfant issu de deux lignées templières.

Solomon fit une pause avant de lâcher deux mots qui ébranlèrent Pierre jusqu'au plus profond de son être.

— Ton enfant.

54

Allant de surprise en abasourdissement, Pierre déglutit, incertain de ce qu'il venait d'entendre. Soudain, il n'avait plus du tout envie de rire de tous ces déments. Était-ce possible ? Ce soir-là, la seule fois que Julie et lui s'étaient aimés ?

— Mon… mon enfant ? bredouilla-t-il, déconcerté. À moi ?

— C'est bien ce que j'ai dit, oui, rétorqua Solomon.

— Mais… mais… Comment ?

— Oh, pour ton propre bien-être, j'ose espérer que tu connais la réponse à cette question ! Et Solomon m'assure que tu sais faire la chose.

Autour, Eleizer, Samuel, le médecin et le quinquagénaire ricanèrent discrètement, l'air de connaître un secret amusant qu'ils gardaient pour eux.

— Julie… est enceinte… ânonna-t-il bêtement, comme si la précision pouvait amoindrir la portée de la nouvelle.

— Elle l'est, confirma le médecin. J'ai fait le test moi-même.

Pierre toisa l'homme, réalisant distraitement que s'il avait vérifié l'état de Julie, il était forcément aussi celui qui lui avait sectionné deux doigts. Il aurait voulu ressentir de la colère, mais il était trop sonné pour cela.

— De… moi ?

— De tes bonnes œuvres, oui, fit le patriarche, l'air espiègle. Enfin, je suppose ? La jeune fille a peut-être le tempérament passionné, mais elle n'a pas la réputation d'être facile.

Pierre avait tout à coup l'impression d'avoir reçu un puissant uppercut en plein plexus solaire. Le souffle coupé, il se sentait mou comme de la guenille. Il releva les yeux vers le patriarche.

— Si ce que vous dites était vrai, cela signifierait que...

N'ayant plus le courage de compléter sa question, il la laissa en suspens et serra les lèvres pour les empêcher de frémir.

— Que tu as été grossièrement utilisé? suggéra pour lui le vieillard. Que la douce demoiselle s'est sciemment laissé engrosser sur l'ordre de ses parents pour contribuer au complot de l'*Opus Magnum*? Qu'elle t'a mené en bateau depuis le début et qu'elle ne désirait que la semence que tu étais trop heureux de donner, comme tout jeune homme normalement constitué? Qu'elle n'était qu'une comédienne payée comme ta mère, ton père, ton oncle et ta tante? Qu'au fond, elle se fichait bien de toi?

Incapable d'émettre le moindre son, honteux d'avoir songé à toutes ces choses, Pierre se conta d'acquiescer de la tête.

— Rassure-toi, je ne crois pas que ça ait été le cas, intervint le médecin. J'ai moi-même eu plusieurs occasions de vérifier que mademoiselle Fontaine est entièrement innocente. Elle ne sait pas pourquoi elle est ici. Elle ne comprend rien à ce qui lui arrive. Comme toi, elle a grandi à l'extérieur de tout ça. Vous avez tous les deux été utilisés comme des pions sur un damier.

Pierre ne s'était pas rendu compte qu'il avait retenu son souffle. Il expira profondément et en éprouva un peu de soulagement.

— Dit simplement, je crois qu'on la gardait en réserve pour sa fonction de reproduction, un peu comme une génisse, si tu me pardonnes la comparaison un peu crue, compléta le patriarche. J'imagine qu'à chaque génération, l'*Opus Magnum* prévoit quelques matrices fertiles qui répondent à ses critères, au cas où. Quand Beaugrand et les autres ont senti qu'ils s'approchaient enfin de l'*Argumentum*, ils ont sans doute hâté les choses. Je ne crois pas que l'absence des Fontaine, ce soir-là, ait été une coïncidence. La nature a fait le reste.

Après avoir été balloté d'un rebondissement à l'autre depuis des semaines, Pierre n'aurait pas cru qu'il était encore possible pour lui de tomber des nues. Il cligna des yeux pour secouer sa torpeur. Gertrude et Émile Fontaine avaient-ils vraiment poussé leur propre fille dans ses bras pour qu'il l'engrosse? Pour produire un enfant qui serait ensuite consacré à Satan? Pouvait-on descendre aussi bas? Certes, la chose était contraire à la morale, mais des parents qui adoraient Satan, même seulement pour la forme, en avaient-ils une?

— Mais… Pourquoi? Comment? bredouilla-t-il. Que pourrait faire le fruit de deux lignées templières?

— Oh, j'imagine qu'il minerait la foi chrétienne de l'intérieur jusqu'à ce qu'elle ne soit qu'une coquille vide et que Satan puisse occuper toute la place, expliqua le vieil homme. Non pas par des messes noires et autres balivernes, mais par la présence du Mal, de la perversion et de l'immoralité. Un cancer, en quelque sorte, enfoui au plus profond du corps de l'Église, qui s'étendrait et corromprait tout ce qu'il touche jusqu'à ce qu'il ne reste plus rien de sain. Ou de saint. Il est facile de discréditer une institution que l'on dirige.

La réaction de Gertrude Fontaine, lorsqu'elle avait découvert le second doigt de Julie, lui revint en tête. «Et si elle meurt? Que deviendrions-nous sans elle?» Sur le moment, horrifié d'avoir reçu un bout de sa fiancée dans une enveloppe, il ne s'y était pas arrêté, mais il réalisait maintenant qu'il n'avait pas eu seulement affaire à l'angoisse d'une mère éplorée. Pour l'*Opus*, la mort de Julie contrecarrerait un plan établi de longue date.

— Ces gens n'ont aucun scrupule, dit Solomon, comme s'il avait lu dans ses pensées. Tout est permis pour parvenir à leurs fins. Même leur propre enfant n'est qu'un outil.

— Après vos petites galipettes, nous soupçonnions que l'*Opus* avait eu ce qu'il espérait et que mademoiselle Julie était enceinte, ajouta le médecin, mais il a fallu attendre un peu pour le savoir.

Le patriarche inspira profondément et expulsa longuement l'air par le nez.

— J'imagine que tu comprends, maintenant, que nous n'avons pas seulement enlevé la demoiselle pour te motiver à retrouver la deuxième tablette.

Faute de mieux, Pierre joua le jeu.

— Vous ne voulez pas que cet enfant naisse, rétorqua-t-il.

— C'est obscène, je sais, fit le vieux. Empêcher la vie… Mais nous n'avons pas le choix. Nous ne pouvons pas vous laisser sortir d'ici vivants. Ce n'est rien de personnel, je t'assure. Malheureusement, en cela, ironiquement, nos intérêts et ceux du *Gladius Dei* coïncident. Si cela peut mettre un peu de baume sur tes plaies, je m'engage à faire les choses proprement. Il est inutile que la demoiselle et toi souffriez.

Sonné, Pierre réalisa que les jeux étaient faits. Ces fous furieux allaient les exécuter, sa fiancée et lui, sous prétexte qu'ils la croyaient enceinte d'un enfant que leurs ennemis souhaitaient consacrer à Satan pour ensuite s'en servir pour usurper le trône du pape. Quant à lui, il en savait trop, tout simplement. Il sentit tout espoir le quitter. Julie et lui ne s'en sortiraient pas.

— Je veux voir Julie, déclara-t-il, se sentant entièrement vaincu.

Du regard, Solomon consulta Samuel, son frère retrouvé, puis le médecin et le quinquagénaire silencieux. À tour de rôle, chacun signifia son assentiment d'un hochement de tête. Tous attendirent la décision du patriarche.

— Tu mérites bien cela, déclara enfin le vieil homme.

L'homme à la barbe poivre et sel passa derrière lui pour déverrouiller ses menottes. Le médecin lui prit le bras et l'aida à se mettre debout. La tête de Pierre tourna brièvement, puis tout se stabilisa. On le menotta de nouveau, les mains devant, et il se laissa faire. À moins de pouvoir neutraliser tous les lévites à lui seul, puis de s'échapper avec Julie, de réussir à se cacher de l'*Opus* et du *Gladius*, puis de disparaître pour toujours en espérant qu'aucun de ces forcenés ne les retrouve jamais, il ne restait qu'à se résigner et à accepter l'état des choses. Il verrait une dernière fois l'amour de sa vie, celle avec laquelle il avait imaginé couler des jours heureux. Puis il mourrait.

D'un pas traînant, il emboîta le pas à ses geôliers lorsqu'ils quittèrent la pièce où s'était déroulée la rencontre. La famille Wolofsky resta derrière. Encadré par le médecin et l'autre homme, il refit le chemin inverse de celui qui l'avait mené devant le patriarche et qu'il pouvait maintenant observer. Après avoir parcouru la succession des corridors et des escaliers, il se retrouva bientôt dans la cave humide où il avait repris conscience. Chacun de ses gardiens avait pris soin de saisir au passage une lampe à huile sur une étagère et de l'allumer.

Ils s'immobilisèrent finalement devant une lourde porte en bois renforcée par de solides ferrures transversales, qu'ils déverrouillèrent. Les deux hommes ouvrirent et s'écartèrent pour lui céder le passage. Puis le quinquagénaire lui retira ses menottes.

— Elle est là, déclara doucement le médecin en lui tendant sa lampe.

Il étonna Pierre en lui tapant l'épaule avec compassion.

— J'aurais aimé que les choses puissent se passer autrement, dit-il d'un ton où perçait la sincérité.

Ne sachant que dire à un fou qui essayait de compatir avec un sort créé par son propre délire, le jeune homme prit la lampe et franchit le seuil. La lourde porte fut refermée derrière lui.

— Pierre ? fit une voix faible et tremblante.

Lorsqu'il la vit, assise au bord d'un lit au matelas miteux, son cœur tressaillit si fort qu'il en ressentit une douleur dans la poitrine. Elle portait encore la robe bleu pâle dans laquelle il l'avait vue, quelques heures avant sa disparition, mais le vêtement était souillé de taches sombres dont il préféra ne pas imaginer la nature. Son beau visage était amaigri et pâle. Ses yeux étaient enfoncés et cernés. Ses cheveux, dans lesquels il avait toujours tant aimé enfouir son nez, étaient gras et formaient un rideau terne de chaque côté de sa face blanche comme un linge. Ses lèvres étaient sèches et fendues. Lorsqu'elle se leva, l'incrédulité et la faiblesse la rendant maladroite, il ne put s'empêcher de remarquer à quel point elle avait maigri. Ses seins et ses hanches, si amples et invitants, avaient perdu de leur douce abondance.

Pourtant, elle était belle comme aucune femme ne l'avait jamais été.

Puis il aperçut l'épais bandage qui lui enveloppait la main gauche, se figea sur place et sentit une immense boule se former dans sa gorge. Pour la première fois, le fait qu'on avait mutilé celle qu'il aimait devenait bien réel.

Sans rien dire, comme une enfant effrayée par la nuit, elle tendit les mains vers lui. De ce pas raide et hésitant d'automate qu'ont les gens ankylosés, elle franchit la distance qui les séparait pour se jeter dans ses bras avec un abandon tel qu'il faillit tomber à la renverse. Des sanglots se mirent à secouer le pauvre corps maltraité. Tout en la gardant blottie contre lui, il parvint à poser la lampe sur une petite table en coin avant de la serrer fort.

— Julie, susurra-t-il, le nez dans son cou, sa main pressant tendrement sa nuque comme il l'avait toujours fait. Ma Julie.

Le cours du temps s'arrêta. Qu'il leur restât une minute, une heure ou un mois n'avait soudain plus aucune importance. Ils étaient enfin réunis, comme il se devait, leurs âmes se mêlant sereinement. Les caresses, les baisers, les sourires et les regards étaient superflus. Deux ne faisaient plus qu'un.

Finalement, à regret, Julie se détacha un peu de lui pour perdre ses yeux dans les siens et lui adresser un faible sourire qui fit se rouvrir des gerçures sur ses pauvres lèvres. À travers un rideau de larmes, elle resta ainsi, cherchant quelque chose qu'elle finit par trouver.

— Tu n'es pas venu me libérer, déclara-t-elle.

Le ton était affirmatif, mais résigné.

— Non, admit Pierre.

Tout en la gardant contre lui, il lui résuma la situation telle qu'il la comprenait, n'omettant que son hypothétique grossesse. Il ne servait à rien de rendre encore plus cruels les derniers instants de celle qu'il aimait. Elle l'écouta attentivement sans l'interrompre, seules ses caresses dans les cheveux sales et mêlés et sur le visage souillé de son amant ponctuant les mots. Il n'omit pas le rôle joué par ses parents. Lorsqu'il eut terminé, elle fit quelques pas chancelants vers l'arrière et devint pâle comme un drap. Pierre eut tout juste le temps de se précipiter pour la soutenir avant qu'elle ne s'écrase au sol. La prenant à bras-le-corps, il la porta jusqu'au petit lit crasseux sur lequel elle était assise à son arrivée. Il allait l'étendre lorsqu'elle lui retint le bras pour l'en empêcher. Doucement, il essuya avec sa main la sueur qui perlait sur le doux visage ravagé.

— Des Templiers? Des prêtres assassins? Des suppôts de Satan? fit-elle, stupéfaite. Et tu as vraiment retrouvé ces tablettes?

— Les descendants des Templiers en possédaient une. J'ai récupéré la deuxième. Je ne sais pas ce qui est vrai ou faux, mais une chose est certaine: nous sommes prisonniers de fous qui sont convaincus que notre mort est juste.

Il pencha la tête, honteux.

— Et je ne sais plus quoi faire.

Elle porta sa main couverte de bandages à la hauteur de ses yeux et la fit tourner sur elle-même, comme si elle la voyait pour la première fois. Puis elle hocha la tête avec une lassitude si profonde que Pierre en eut mal au ventre.

— Si ce n'était du fait qu'on m'a coupé deux doigts, je te croirais fou, déclara-t-elle.

Elle écarquilla soudain les yeux, comme si elle venait de se rappeler quelque chose d'important.

— Pierre, je… Je n'ai rien à voir avec tout ça. Je ne savais pas. Jamais je n'aurais accepté de me servir ainsi de toi. Tu me crois, n'est-ce pas?

— Oui, la rassura-t-il, je n'en ai jamais douté.

Elle lui adressa un petit sourire triste.

— Le médecin qui m'a fait ça et qui vient me soigner tous les jours m'avait dit que je serais bientôt relâchée, lui dit-elle, d'un ton où perçait un peu de regret.

— Il t'a menti.

— Je sais. Je crois que je l'ai toujours su, même si je ne voulais pas l'admettre. Nous allons mourir, Pierre.

— À moins d'un miracle.

Il posa une main tremblante sur son ventre et y laissa glisser une douce caresse. Là, dans le siège du bonheur infini qu'il avait ressenti, se développait peut-être le fruit de leur amour. Hors des liens du mariage, mais qui s'en souciait encore? Il se sentait soudain écartelé par la multitude de sentiments qui l'assaillaient de tous les côtés. Le bonheur, la félicité, la plénitude de savoir qu'il avait engendré la vie avec celle qu'il aimait. La peur pour le sort de cette même vie. La fierté toute masculine de se savoir fertile. Le désir puissant et entièrement inédit de protéger cet enfant, au péril de sa propre vie s'il le devait. La révolte, profonde et sauvage, à l'idée que le petit ne vivrait pas. Le sentiment d'impuissance qui lui oppressait la poitrine et lui faisait tressauter le cœur.

Julie ne dit rien, se contentant de se blottir de nouveau contre lui et de se laisser encercler par ses bras. Après encore quelques autres minutes d'intimité, la clé racla dans la serrure et la porte s'ouvrit. Ils se levèrent alors que le quinquagénaire et le médecin entraient. Le premier avait en main un révolver que Pierre reconnut comme un Colt Peacemaker calibre 45.

Le médecin resta un peu en retrait et garda les yeux rivés au sol. L'autre fit un pas et leva son arme vers Pierre, le bras tendu, et parla pour la première fois depuis que le jeune homme avait repris conscience.

— Je suis désolé, dit-il. S'il était possible de faire autrement…

— Fais ce que tu dois faire, répondit le jeune homme, abasourdi à l'idée qu'il allait mourir dans quelques secondes, lui qui, voilà trois semaines, avait la vie devant lui. Et fais-le vite.

Le colosse hocha solennellement la tête. Manifestement, il ne prenait aucun plaisir à sa tâche. Pierre tourna les yeux vers Julie. Toutes les choses qu'il aurait voulu lui dire se mêlaient dans sa tête et il n'arrivait à en saisir aucune au passage.

— Je t'aime, se contenta-t-il de dire.

— Je t'aime, répondit-elle.

D'un commun accord, ils se serrèrent l'un contre l'autre et fermèrent les yeux, dans l'attente du premier coup de feu. Pierre serra les paupières en grimaçant, tentant de contrôler la peur qui l'envahissait malgré lui et qui menaçait de lui vider les intestins. Il blottit sa fiancée contre lui, tant pour se donner du courage que pour lui en donner. Maudissant sa lâcheté, il espéra être le premier à mourir pour ne pas avoir à sentir sa bien-aimée partir avant lui.

Le déclic du chien que l'on arme claqua comme un fouet dans la petite cellule plongée dans le silence. Une éternité sembla s'écouler avant que des pas retentissent à l'extérieur, dans le couloir. Puis une voix monta, pressante. La voix de Solomon Wolofsky.

— *Halt*[1] *!* s'écriait-il en courant à toutes jambes. *Halt!*

---

1. Halte!

55

Sous le regard interdit de Pierre, qui appréciait à sa juste valeur ce sursis inespéré, Solomon surgit dans l'embrasure de la porte, encore plus échevelé et dépenaillé qu'à l'habitude. Essoufflé, il se mit à chuchoter d'un ton frénétique dans l'oreille du médecin, dont le visage passa d'un simple froncement des sourcils à une mâchoire tombante, trahissant une surprise croissante. Une discussion animée s'en suivit, accompagnée de force murmures et gesticulations. Le quinquagénaire, qui tenait toujours Pierre et Julie en joue, se faisait violence pour ne pas tourner la tête afin d'en savoir plus.

Tous les regards se fixèrent enfin sur ceux qui, une minute plus tôt, allaient être exécutés de sang-froid.

— Il semble que vous ne mourrez pas tout de suite, annonça le médecin, d'une voix dans laquelle perçait plus qu'une pointe de soulagement. Le patriarche désire s'entretenir de nouveau avec vous.

En entendant ces paroles, Pierre crut que ses jambes allaient le lâcher tant il était soulagé – pas tant pour lui-même que pour sa fiancée et l'enfant à naître. Clairement, la situation venait d'évoluer. Quelque chose avait changé. Sur un signe de tête du quinquagénaire, il prit le bras de Julie pour la soutenir et se dirigea vers la porte. Solomon leva la main pour l'arrêter.

— Seulement toi, l'informa-t-il. La demoiselle doit rester ici.

Ne sachant s'il devait concevoir de l'inquiétude ou du soulagement de cette directive, il reconduisit sa fiancée au lit et, avec une infinie délicatesse, l'aida à s'y asseoir. Elle lui adressa un regard dans lequel il lut la question qu'il se posait lui-même : « Allons-nous nous revoir ? » Cela, il ne pouvait le dire, mais une chose était certaine : si on ne les tuait plus, c'était qu'ils étaient subitement redevenus utiles. Il força un sourire qui se voulait rassurant, lui caressa la joue et se dirigea vers les trois hommes qui l'attendaient.

Dès qu'il fut à la hauteur du quinquagénaire, il tendit docilement ses poignets, qui furent incontinent menottés. Puis il emboîta le pas à Solomon et au médecin pour sortir, pendant que la lourde porte ferrée était refermée, emprisonnant de nouveau la pauvre Julie. Il se fit violence pour chasser de sa tête l'image de la fiancée sale, blessée et affaiblie qu'il laissait. Plus que jamais depuis que ce fol engrenage s'était enclenché, il avait besoin de toute sa tête. Instinctivement, il savait que la vie de sa fiancée et la sienne dépendaient entièrement des prochaines minutes. Il aurait une occasion à saisir, même s'il ignorait quelle forme elle prendrait. Malgré le désarroi et l'épuisement, il devait être alerte et aux aguets comme jamais encore il ne l'avait été.

D'un pas hâtif que Pierre jugea révélateur, ils refirent le même parcours et aboutirent dans la pièce où Eleizer Wolofsky les attendait. Il prit place à la table en compagnie de celui que le jeune homme n'arriverait jamais à voir autrement que comme son père, Hubert Moreau. Il nota avec intérêt que la tablette de terre cuite qu'il avait tirée du tombeau de Jeanne Mance était posée près du vieillard.

Pierre fut conduit à une extrémité du meuble et s'assit. Une atmosphère pesante régnait dans la pièce. Le vieillard avait la mine plus renfrognée que jamais et marmonnait pour lui-même. Solomon, le médecin et le colosse avaient tous l'air catastrophé. Quant au visage de Samuel Wolofsky, qu'il avait vu toute sa vie, il pouvait l'interpréter comme un livre ouvert : la tension dans la mâchoire, les lèvres pincées et la façon dont les doigts bougeaient en de petits coups saccadés trahissaient une grande frustration.

Notant tout cela, il s'assura de rester impavide et se garda de dire quoi que ce soit. Il n'avait jamais joué au poker, ce nouveau jeu de cartes qui arrivait des États-Unis, mais il en avait entendu parler. C'était parfois en bluffant que l'on gagnait, même si la main que l'on détenait était la plus faible. Il croisa ses mains menottées sur la table et attendit.

— La tablette est fausse, déclara sans préambule le patriarche, l'amertume et la contrariété tangibles dans sa voix nasillarde.

— Fausse ? s'étonna Pierre, malgré ses belles résolutions.

— En fait, selon le *bal toyreh* qui l'a examinée, elle date bien de l'époque d'Abram, mais ce n'est pas la bonne, cracha avec dépit le vieil homme. Il s'agit de l'inventaire d'un troupeau de chèvres et de moutons.

— Mais… comment est-ce possible ? balbutia le jeune homme, en se revoyant retirer l'objet de la paroi du tombeau de Jeanne Mance. Tous les indices menaient au caveau et la tablette se trouvait exactement là où elle devait être.

Le patriarche pinça la base de son nez entre le pouce et l'index, et le massa avec lassitude en secouant lentement la tête.

— Je me demande si tu n'es pas plus fin que tu le laisses paraître. Peut-être as-tu simplement mené tout le monde en bateau, siffla le vieillard, le visage fripé par la méfiance.

— Pourquoi aurais-je fait ça ?

— Pour marchander l'*Argumentum* contre la vie de ta fiancée ? Ou peut-être pour le vendre au plus offrant ? À moins que tu ne sois passé du côté de l'Église et que tu aies prévu le donner au *Gladius Dei* ? Après tout, tu étais proche des sulpiciens.

Abasourdi, Pierre ne répondit rien. Il se contraignit à réfléchir et à passer en revue les événements des dernières semaines. Il avait décodé tous les indices et suivi toutes les pistes. Il avait retrouvé le médaillon, puis compris à quel tableau il renvoyait.

Il avait percé les codes, identifié les emplacements, découvert les mécanismes secrets, suivi un réseau de passages souterrains dont personne n'avait jamais soupçonné l'existence. Tout cela l'avait mené au tombeau de Jeanne Mance, inconnu de tous, et à la tablette qu'il renfermait. Comment pouvait-elle ne pas être la bonne? S'agissait-il d'un leurre de plus mis en place par l'*Opus*? Ou avait-il omis quelque chose?

— Réfléchis bien, ajouta Wolofsky père. Si tu as quelque chose à avouer, tu serais bien avisé de le faire maintenant. Sinon, tu finiras par cracher le morceau, mais ce sera pour interrompre les souffrances de ta pauvre fiancée.

Il s'interrompit quelques secondes pour augmenter son effet.

— Elle a encore plusieurs doigts, ajouta-t-il sans équivoque possible. Il existe mille façons de faire souffrir une pauvre femme sans la laisser mourir. Et nous avons parmi nous un médecin qui, même si la chose le dégoûte, les connaît toutes.

Pierre avait la tête qui tournait. À toute vitesse, il ressassait ce qu'il savait, espérant y trouver un élément, une information, un fait jusque-là négligé ou mal compris. Le portrait de son père, qui les avait guidés vers la fausse tombe de Jeanne Mance. Le médaillon, ses symboles, ses codes et son image. Le tableau de Poussin, sa phrase qui se recombinait en sens multiples: *Et in Arcadia Ego*; *I tego arcana Dei*; *Tango arcam Dei*. «Même à Arcadie, j'existe»; «Je cache le secret de Dieu»; «Je touche le tombeau de Dieu». Leur progression était logique et le résultat le prouvait. Les quatre personnages: Jeanne Mance, Paul de Chomedey, Leclair et Aumont. Leur posture respective, désignant tous à leur façon l'inscription. Les bâtons des bergers, qui jouaient un rôle spécifique dans l'ouverture du monument. L'ombre de la mort, avec sa faux qui annonçait le tombeau. Les arbres et les montagnes en toile de fond, qui n'étaient qu'un décor. Le caveau sous les fondations de l'ancienne église Notre-Dame, le tombeau et son mécanisme, sa morte qui veillait sur la tablette. Tout se tenait. Il n'y avait rien de plus. Et pourtant, quelque chose le turlupinait. Il fit un effort titanesque pour calmer le tourbillon de ses pensées afin de saisir celle qui s'entêtait à rester juste en périphérie et qui le narguait presque.

Dès qu'il y parvint, la solution lui éclata au visage, si brillante qu'elle l'avait aveuglé. L'astuce était d'une simplicité et d'une évidence qui crevaient presque les yeux. L'*Opus* avait tablé sur la tendance naturelle de l'être humain à aller vers les choses complexes. Et maintenant, Pierre savait. Il n'avait pas le moindre doute.

Il dut se retenir pour ne pas sourire. Il restait encore une chance de sauver non seulement Julie et l'enfant à naître, s'il existait vraiment, mais aussi lui-même. Pour y parvenir, il devait jouer quitte ou double. Mais la chose était faisable.

— D'accord, dit-il d'un ton égal.

— D'accord quoi ? s'enquit le patriarche.

— Je vais vous donner la tablette.

— Tu l'as ? Où est-elle ?

Pierre se permit un sourire arrogant. Le vent avait tourné. Pour la première fois, il était celui qui dictait la suite des événements.

— Je ne suis pas assez bête pour vous le dire. J'irai la chercher moi-même. Deux de vos hommes peuvent venir avec moi.

Le vieux réagit sans délai.

— Solomon, Azrièl, accompagnez-le.

Le marchand et le colosse se raidirent aussitôt, prêts à partir. Pierre arrêta tout ce beau monde.

— Pas si vite, dit-il avec un calme qui le surprenait lui-même. Avant de procéder, nous devons nous entendre sur quelques conditions.

— Tu n'es pas en position de dicter quoi que ce soit, rétorqua le patriarche, de plus en plus contrarié. Je te rappelle que nous pouvons tuer ta fiancée quand bon nous semble.

— Faites-le et je n'aurai plus aucune raison de vous aider, rétorqua Pierre du tac au tac. Ni même de vivre. Vous pourrez me faire tout ce que vous voudrez, mais vous n'obtiendrez plus rien. Il ne vous restera plus qu'à oublier toute cette histoire et à dire adieu à votre pays des juifs.

Cachant mal sa frustration, le vieillard pinça les lèvres et, eût-il pu y voir quelque chose, lui aurait adressé un regard enflammé de colère.

— En admettant que tu dises vrai, quelles sont tes conditions ? demanda-t-il, la mâchoire crispée.

— Vous allez libérer Julie.

— Tu sais bien que c'est impossible. Elle porte l'enfant de l'*Opus*.

— Je me fiche de l'*Opus* comme de ma première chemise, répliqua Pierre. Tout ce qui vous importe, c'est la tablette. Sans elle, l'*Opus* ne pourra plus rien contre l'Église, enfant ou pas.

Eleizer Wolofsky acquiesça sèchement de la tête.

— Très bien.

— Faites appeler un fiacre, ordonna Pierre. Lorsqu'il sera ici, j'y mettrai moi-même Julie et je donnerai instruction au cocher de la conduire à un hôtel de mon choix, dont je garderai l'emplacement pour moi, puis de me rapporter la clé de sa chambre. Ainsi, je saurai qu'elle est en sécurité. Alors, seulement, je vous conduirai à l'*Argumentum*. Vous pourrez vous l'enfouir dans le cul si ça vous chante. Je ne veux plus jamais entendre d'élucubrations au sujet de satanistes, de Moïse, de Templiers ou du pays des juifs.

Il tendit la main.

— J'aurai besoin du médaillon.

Le vieil aveugle tira l'objet de sa poche et le brandit jusqu'à ce qu'il le saisisse. Puis Pierre se cala dans sa chaise et, les bras croisés sur la poitrine, l'air obstiné, ne dit plus rien, goûtant la sensation de tenir enfin le gros bout du bâton.

———

Lui faisant entièrement confiance, et passablement hébétée par les drogues que le médecin lui avait injectées, Julie avait obéi

sans poser de questions. Sous la surveillance étroite du quinquagénaire, qui tenait son révolver sous sa veste, Pierre avait lui-
même mené sa fiancée dehors, découvrant avec étonnement la
devanture d'une banale boutique de vêtements dans la rue
Saint-Paul, à une courte distance de marche de la place d'Armes.
La nuit était tombée et seule la lanterne sourde que tenait
Solomon permettait d'y voir quelque chose.

Julie avait docilement pris place dans le fiacre, dont le cocher
avait écouté les instructions de Pierre avec attention. Il s'était
rebiffé lorsque celui-ci avait aussi exigé de voir son épaule gauche
avant toute chose, mais la promesse d'un appréciable supplément
au coût régulier de la course l'avait convaincu d'ouvrir sa chemise
pour exhiber une peau exempte de tatouage. Rassuré de ne pas
remettre bêtement sa fiancée au *Gladius Dei*, Pierre lui avait
ordonné de partir, ce qu'il avait fait sur-le-champ.

Environ une heure plus tard, le fiacre était de retour. Le
cocher lui avait remis la clé de la chambre 23 de l'Hôtel de
France, rue Saint-Gabriel. Julie s'y trouvait en sécurité, pour le
moment en tout cas. Au pire, si Pierre ne survivait pas, elle
pourrait demander de l'aide. Puis Solomon avait généreusement
réglé la course, incluant le supplément promis.

La clé maintenant empochée, Pierre signifia à Solomon qu'il
était prêt.

— Azriël, tu es armé ? s'enquit le marchand.

Le quinquagénaire acquiesça de la tête et tapota la bosse sous
sa veste. Solomon adressa un regard interrogateur à Pierre.

— Où allons-nous ?

— Nous retournons au tombeau de Jeanne Mance. Emporte
ton fanal. Nous en aurons besoin.

Aussitôt, ils se mirent en marche dans la rue Saint-Paul pour
ce que Pierre espérait être l'ultime étape d'une quête à laquelle
il aspirait à survivre, sans trop y croire.

56

MALGRÉ LA CLAUDICATION de Solomon, qui empirait nettement faute de soins et de repos, il ne leur fallut qu'une
quinzaine de minutes pour atteindre la place d'Armes, qu'ils
traversèrent sans s'arrêter. Ils descendirent la côte de la Place-
d'Armes et bifurquèrent dans la ruelle des Fortifications. Dans
la nuit noire, les murs massifs de la Banque de Montréal parais-
saient menaçants. Les échafaudages érigés par les ouvriers, les
matériaux de construction et les débris qui jonchaient le sol, tout
donnait l'impression de pénétrer dans un lieu abandonné à la
hâte par des travailleurs pris de panique.

Pierre n'avait cure de tout cela. Il lui tardait de redescendre
dans les entrailles de la terre et de vérifier si son hypothèse était
valable. S'il avait vu juste, il aurait peut-être, contre toute attente,
un avenir à peu près normal avec celle qu'il aimait. Si, par contre,
il avait tort et ne retrouvait pas l'*Argumentum*, il ne reverrait
jamais la surface. Il songea que, dans un cas comme dans l'autre,
il avait déjà gagné, puisque Julie n'était plus entre les griffes de
ces fous. S'il mourait, ce serait l'esprit en paix.

Pour accroître l'éclairage, Solomon avait entrouvert la porte
de fer-blanc de la lanterne sourde. Grâce à l'étroit rayon de
lumière projeté par la lanterne, ils retrouvèrent facilement les
planches que Pierre avait déposées sur l'issue du caveau, d'où ils
étaient sortis très tôt le matin même. Le quinquagénaire le tenant
en joue et Solomon l'éclairant, Pierre comprit qu'il était désigné

d'emblée pour accomplir les tâches physiques. Il retira les planches, découvrant la lourde dalle toujours rabattue vers l'intérieur et l'escalier qui s'enfonçait dans le sous-sol.

Pierre observa un moment les marches. Le puits qui menait sous la basilique s'était effondré dès qu'ils s'étaient dirigés vers l'étape suivante. Le vestibule de la crypte de Jeanne Mance avait menacé d'en faire autant si les lettres n'étaient pas placées dans le bon ordre. Sans doute les bâtisseurs habiles avaient-ils conçu des systèmes élaborés de poids et de contrepoids sous le plancher des différentes pièces pour provoquer l'effondrement des structures. Or, cet escalier, lui, était toujours là, entier et solide. Contrairement à tous les autres ouvrages, il n'avait pas été détruit après leur passage. En soi, la chose ne signifiait peut-être rien, mais le jeune homme préférait y voir une validation de son hypothèse.

— *Ei!* Je n'aurais pas cru avoir à redescendre là-dedans, soupira Solomon, qui partageait manifestement son sentiment.

Sachant que les deux autres ne se risqueraient pas à passer devant, de crainte qu'il ne les pousse dans les marches où ils se rompraient le cou, Pierre prit la lampe des mains du marchand, en ouvrit la lunette à pleine grandeur et s'engagea dans l'escalier escarpé. L'imposant quinquagénaire lui emboîta le pas en silence, le révolver braqué sur sa nuque, Solomon fermant la marche.

Les marches inégales s'avérèrent beaucoup plus difficiles à négocier en descendant et Pierre comprit que ce passage avait été aménagé pour servir de sortie, pas d'entrée. À chaque pas, il leur fallait aussi enjamber des débris résultant de l'éboulement survenu lorsque la dalle s'était ouverte au-dessus d'eux. Les cailloux et le sable, ajoutés à l'humidité naturelle de la roche, rendaient les marches très glissantes et, à plus d'une reprise, Pierre dut se retenir à la paroi pour ne pas chuter. Derrière lui, Azrièl et Solomon grognaient régulièrement, eux aussi, en maudissant les semelles lisses de leurs chaussures. Pierre craignait surtout qu'en perdant pied, le quinquagénaire silencieux fasse feu accidentellement et coupe court à ses espoirs.

Après une descente considérablement ralentie par la prudence, ils parvinrent enfin au bas de l'escalier. Dès que Pierre posa le pied sur la cinquième marche, la dalle qui s'était refermée à leur départ se rétracta de nouveau dans la cloison, juste assez pour permettre le passage à un homme. Pressé, Pierre entra sans hésiter, les deux autres sur ses pas.

Il fila droit vers la statue d'Asmodée, qui ployait toujours sous sa vasque. Le feu s'y était éteint, sans doute en raison de la rareté de l'air, une fois la paroi refermée. Ouvrant toute grande la porte de sa lampe, il en tira la grosse chandelle et l'utilisa pour enflammer l'huile. Comme la veille, le feu se répandit dans les corniches qui surmontaient les murs et la pièce s'illumina. Sans l'éteindre, il remit soigneusement la chandelle dans la lampe qu'il referma avant de la poser sur le plancher.

Solomon et Pierre avaient déjà vu le plancher aux tuiles noires et blanches, les colonnes décoratives aux quatre coins, l'affreux démon sculpté de manière si réaliste et le tombeau massif qui trônait au centre de la chambre. Pour Azriël, cependant, tout cela était inédit. Ses yeux écarquillés et sa bouche entrouverte trahissaient son émerveillement pendant qu'il tournait lentement sur lui-même, essayant de tout absorber du cube parfait que représentait la pièce taillée à même le roc. Il en oublia même de tenir son prisonnier en joue, ce que Pierre nota avec intérêt. Malheureusement, ce moment d'inattention survenait trop tôt. Il ne pouvait qu'espérer qu'il se reproduise.

— Alors? Où est la tablette? demanda Solomon qui, lui, ne se laissait guère impressionner.

— Patience, rétorqua le jeune homme. Ça vient.

Espérant de toutes ses forces ne pas s'être trompé, il tira le médaillon de sa poche. Puis il s'avança et s'accroupit devant le tombeau, les yeux à la hauteur de l'inscription qui trônait au centre. *Et in Arcadia Ego.* Les quatre mots qui avaient ponctué toute une quête. Il observa attentivement l'image gravée sur le legs de son père naturel.

Avec son index, le berger agenouillé pointait le « R » du mot « Arcadia ». L'ombre formée par son bras se terminait au même endroit. L'illusion était parfaite. Depuis 1638, tout le monde, y compris l'expert qui avait rédigé l'article de l'encyclopédie, s'y était mépris. Tous avaient confondu cette ombre avec la représentation d'une faux, symbole universel de la mort. Personne n'avait jamais remarqué que le doigt et l'ombre désignaient tous deux le « R » de l'inscription. L'autre berger indiquait tout bêtement celui dont il fallait tenir compte.

Source : Wikimedia

En se gardant bien de la toucher, le jeune homme se pencha pour examiner de près la lettre taillée dans la pierre, jusqu'à avoir le nez à un pouce d'elle. Quelques secondes lui suffirent pour repérer ce qu'il cherchait. Il ferma les yeux et secoua lentement la tête, admirant l'élégance et la simplicité de la solution, savamment enrobée dans des couches successives de codes complexes.

— Alors ? insista Wolofsky.

— Alors, nous allons bien voir, répondit distraitement le jeune homme. Il suffit, je crois, de tourner un bouton.

La langue entre les lèvres comme un petit garçon en train de construire quelque chose de fragile, il approcha le pouce et l'index de la portion supérieure du «R» et saisit fermement l'excroissance ronde dans le ventre de la lettre. Il inspira, retint son souffle et, d'un coup sec, au lieu d'appuyer comme l'avait fait Perreault la veille, il la fit tourner dans le sens contraire des aiguilles d'une montre, tel que l'intimait la flèche formée par l'ombre. Le sens qu'indiquait le tableau depuis le début à qui voulait bien le voir.

Un déclic se fit entendre. Dans la rangée de blocs située immédiatement sous l'inscription, une plaque s'était délogée de la structure et saillait un peu. Pierre admira un moment ce résultat, à la fois satisfait, soulagé et angoissé. Il saisit l'objet pour le retirer doucement de son écrin de maçonnerie et l'examiner.

Il tenait dans ses mains une tablette en terre cuite rectangulaire d'environ deux pouces d'épaisseur. L'envers avait simplement été peint de manière à tromper l'œil et à se fondre avec la pierre grise du tombeau. Il la retourna et, soulagé, découvrit une surface ancienne couverte de caractères identiques à ceux qui s'étaient trouvés sur les autres tablettes. Il n'avait pas besoin qu'un vieux sage l'examine pour en valider l'authenticité. Il savait que, cette fois-ci, il avait sous les yeux l'*Argumentum* caché par l'*Opus Magnum*.

Il leva les yeux vers Solomon.

— La voilà, ta maudite tablette, dit-il avec amertume.

— Comment…? parvint à demander le petit marchand, l'air hébété.

Pierre ramassa doucement la tablette et se releva.

— Il suffisait de vouloir voir ce qui était évident, expliqua-t-il. L'ombre sur le tableau de Poussin ne représente pas une faux. Il s'agit tout bêtement d'une flèche qui indique le sens dans lequel faire tourner ce que le berger agenouillé désigne avec son doigt: le centre de la lettre «R». La tablette authentique a été encastrée dans la structure même du tombeau, et non pas dedans, là où quiconque aurait le réflexe de regarder en premier.

L'autre n'est qu'un leurre. Parfois, une chose évidente n'attire pas l'attention.

— *Tango arcam Dei*, fit Solomon. «Je touche le tombeau de Dieu».

— Littéralement. L'*Argumentum* n'était pas dans le tombeau; il y était intégré.

Solomon sembla se reprendre et se retourna vers Azrièl. Pierre suivit son regard et constata que le colosse pointait son révolver dans sa direction.

— Tue-le, ordonna Wolofsky.

57

Une seconde avant que le coup de feu n'éclate, le sol se mit à trembler violemment. Pris par surprise, Azrièl chancela et tomba à la renverse. La balle perdue frôla la tête de Pierre, qui en sentit la chaleur dans ses cheveux, et alla s'enchâsser dans un mur.

Pierre regarda autour de lui. Toute la crypte vibrait, comme secouée par la main invisible d'un géant en colère. Déjà, le plafond se fissurait et des coulées de sable et de terre s'infiltraient à l'intérieur. Le plancher en damier se fendait, ses tuiles éclatant sous la pression qui s'exerçait sur elles. Même le tombeau fut traversé par une cassure qui le rompit en son milieu. À la lumière des expériences récentes, il ne fallut pas longtemps au jeune homme pour comprendre ce qui était en train de se produire. Il avait bien retrouvé la véritable tablette. En la retirant de sa cachette, il avait déclenché le mécanisme de destruction du caveau, qui était désormais inutile. S'il ne voulait pas être enseveli sous les décombres, il n'avait que quelques secondes devant lui.

Tenant toujours l'objet blotti contre sa poitrine, son regard se dirigea vers l'escalier. Le sol tanguait comme le pont d'un navire sur une mer mauvaise, mais il était sans doute encore possible de l'atteindre. Il allait s'élancer lorsque, du coin de l'œil, il aperçut Azrièl qui s'était relevé et qui le visait en tenant son arme à deux mains, les jambes écartées pour accroître sa stabilité.

Dès lors, tout sembla se produire au ralenti. Pierre vit l'index du lévite se tendre et écraser la gâchette. Le feu et la fumée jaillirent du canon du révolver. Puis il sentit un choc violent contre sa poitrine. Il fut projeté vers l'arrière et son dos s'écrasa contre le tombeau. Sonné, il glissa au sol et y resta, cherchant vainement à recouvrer ses esprits pour sortir de cet endroit avant qu'il ne soit trop tard. À travers les grondements puissants qui avaient envahi la pièce souterraine et le bruit des morceaux de roc qui commençaient à s'écraser au sol, il entendit un cri désespéré émanant de Solomon.

— Non! hurla le marchand.

Pierre toussa et une violente douleur lui traversa le côté gauche de la poitrine. Grimaçant, il se fit violence pour ouvrir les yeux. Il fut tout d'abord incapable de donner un sens à ce qu'il voyait. Près de lui, Solomon Wolofsky, la chevelure, la barbe et les vêtements couverts de poussière, était agenouillé par terre. Indifférent à la destruction qui l'enveloppait, il pleurait à chaudes larmes, le corps secoué de violents sanglots entrecoupés de gémissements déchirants. Dans ses mains agitées par des tremblements, il tenait quelques-uns des éclats en terre cuite qui jonchaient le sol en gémissant des choses incompréhensibles dans sa langue. Il donnait l'impression d'avoir perdu l'esprit.

Une nouvelle secousse, encore plus violente que la précédente, secoua le caveau et fit choir du plafond de gros morceaux de roc qui s'écrasèrent au sol en soulevant un épais nuage de poussière. Néanmoins, Pierre ne parvenait pas à détacher son regard fasciné de Wolofsky. Sa pauvre tête sonnée finit par se remettre en place et, d'un seul coup, il comprit. La balle qu'Azrièl lui avait destinée avait frappé la tablette qu'il tenait contre sa poitrine. En le protégeant de façon inattendue, elle avait éclaté en miettes. Ces fous venaient de détruire eux-mêmes l'objet qu'ils avaient tant voulu retrouver. Sans celle-ci, l'autre tablette était sans valeur et l'*Opus* ne pourrait rien en faire.

Incrédule, Pierre réalisa soudain que tout était terminé. L'*Argumentum*, la « preuve », authentique ou non, n'existait plus.

Finis les prétendus Templiers revanchards, les prêtres assassins et les juifs comploteurs. Toute menace venait de disparaître.

Il s'agrippa aux rebords du tombeau endommagé pour se relever, ses côtes meurtries par le coup de feu lui faisant souffrir le martyre. Chaque inspiration lui donnait l'impression qu'on lui enfonçait un poignard dans le flanc. Il venait à peine de se remettre debout lorsqu'une nouvelle détonation éclata. Avant même de se retourner, il sut ce qu'il trouverait. Azrièl gisait sur le dos, la tête ensanglantée, la face à moitié arrachée. Sa main droite tenait encore le révolver dont le canon fumait.

Alors que les murs commençaient à s'effondrer, Pierre jeta un regard vers Solomon. Les mains jointes devant la bouche, il balançait doucement le torse d'avant en arrière, perdu dans une terrible prière. Pendant un fugitif instant, Pierre observa l'homme qu'il avait cru connaître, puis avisa le révolver. Il décida de ne rien faire. Comme si le marchand avait senti l'idée qui venait de lui traverser la tête, il se retourna lentement vers lui, le visage défait.

— Va en paix, Pierre Moreau, cria-t-il pour couvrir le vacarme.

Puis Wolofsky détourna la tête, tout à son deuil. Il avait choisi de rester auprès de la tablette en morceaux. Pour l'éternité.

Pierre fit demi-tour et, malgré la douleur qui lui sciait le côté, se mit à gravir les marches trois par trois. Soufflant comme un bœuf, il monta aussi vite qu'il le pouvait, la poussière qui montait d'en bas emplissant l'étroite cage d'escalier et le faisant étouffer. Il surgit à l'air libre une seconde avant qu'un terrible grondement monte du fond et agite furieusement le sol. Un épais nuage de poussière fut projeté par l'ouverture, comme le jet d'un geyser, et se répandit dans la ruelle des Fortifications.

Toussant à cracher ses poumons, Pierre rampa jusqu'à une distance sécuritaire. Lorsque le sol cessa de trembler et qu'il fut certain que tout était terminé, il revint vers l'ouverture et se pencha au-dessus. De l'escalier, il ne restait qu'un cratère profond et informe qui intriguerait certainement les ouvriers qui arriveraient sous peu. Malgré lui, il admira l'efficacité des constructeurs.

Jamais on ne se douterait que, quelques centaines de pieds dessous, s'était déployé un complexe réseau souterrain.

Il fouilla dans sa poche et en sortit le médaillon d'étain. Il en regarda une dernière fois les deux faces en songeant qu'il aurait préféré ne jamais le posséder. Cet objet maudit l'avait privé de son identité, de son passé. Mais il était encore temps d'avoir un avenir. Il jeta le médaillon dans le trou et le regarda s'y enfoncer. Avec lui disparaissaient à jamais Pierre Moreau et Joseph-Bernard-Mathieu Leclair.

Il sortit de la ruelle des Fortifications et s'engagea dans les rues de Montréal. Les mains dans les poches de son pantalon, il retournait dans ses doigts la clé de la chambre 23 de l'Hôtel de France.

ÉPILOGUE

Aux environs de Saint-Norbert,
Manitoba, 3 juillet 1897

JOSEPH COUTURE ÉTAIT VANNÉ, comme tous les soirs. D'un pas traînant, sa bêche sur l'épaule, il revenait des champs où il avait vérifié l'état du blé. Bientôt, il pourrait entreprendre une première récolte. Le printemps et le début de l'été avaient été inhabituellement chauds et ensoleillés. Si les conditions se maintenaient, il avait bon espoir d'en obtenir une seconde. Pour une fois, la chance semblait lui sourire.

Il avait cruellement besoin des revenus supplémentaires qu'il en tirerait. Les finances de la maisonnée étaient plus que modestes. Cette terre, il l'avait achetée à crédit, voilà plus de dix ans, et la plus grande part de ses maigres profits était passée dans le remboursement. Il avait consacré le plus clair de ses hivers à arracher ses champs à la forêt, bûchant, sciant et dessouchant jusqu'à ce que les ampoules dans ses mains saignent comme les plaies du Christ. Ses printemps, il les avait passés à labourer, puis à semer. L'été et l'automne, il avait récolté à la sueur de son front, du lever au coucher du soleil. Il ne se rappelait pas de la dernière fois qu'il s'était vraiment reposé. Mais il ne s'en plaignait pas. Au moins, dans cet endroit perdu, il avait trouvé un semblant de paix avec Marie-Louise et Dieudonné.

La famille vivait dans un isolement relatif, se mêlant le moins possible aux Canadiens français, Belges, Français, Suisses et

Métis qui peuplaient Saint-Norbert, à quelques milles de là, au confluent de la rivière Rouge et de la petite rivière Sale. Ils se contentaient de passer au village deux fois par mois pour s'y procurer ce que la ferme ne leur fournissait pas. Dieudonné n'allait pas à l'école. Sa mère se chargeait de son éducation à raison de trois heures par jour, l'après-midi, son père se réservant l'enseignement de l'histoire. Mais point d'histoire religieuse dans la maison des Couture, ni de Bible parmi les livres qui couvraient des étagères entières. La chose leur valait d'ailleurs quelques regards suspicieux des villageois et du curé, qui aurait aimé qu'ils assistent plus régulièrement à la messe. Par précaution, ils le faisaient à Noël et à Pâques, sans plus. Heureusement, le saint homme avait assez de soucis avec les Métis qui passaient la moitié de l'année à la chasse aux bisons, et avec tous ces voyageurs de passage qui se rendaient à Saint-Paul, au Minnesota. Les Couture figuraient au bas de sa liste de priorités et c'était parfait ainsi. Joseph ne voulait surtout pas attirer l'attention du clergé. Il ne pouvait pas davantage supporter la vue d'un prêtre. Chaque fois qu'il croisait le chemin de l'un d'eux, il réprimait avec peine l'envie de déchirer sa soutane pour vérifier s'il portait à l'épaule un tatouage représentant un Christ en croix sur un glaive.

Maintenant que sa terre lui appartenait enfin, il espérait commencer à vivre à son aise. Secrètement, il entretenait le rêve de bâtir une maison de ferme bien solide, avec plusieurs pièces, des chambres et une grande cheminée en pierre des champs. Il avait toujours eu honte de loger sa famille dans le taudis en bois rond qu'il avait construit dès son arrivée. Les espaces calfeutrés d'étoupe entre les rondins des murs, les fenêtres en papier ciré, la vieille truie qui ne chauffait jamais assez les deux pièces, tout cela était bien insuffisant. Marie-Louise avait grandi dans le luxe de la vie bourgeoise et, même si elle ne se plaignait pas, il savait bien qu'elle n'appréciait pas leur vie rustique. Et elle méritait ce qu'il y avait de mieux.

Il s'engagea dans le sentier bordé d'arbres qu'il avait emprunté tous les jours depuis dix ans. Le soleil venait de se coucher et Joseph avait toujours redouté ce moment, entre chien et loup. C'était à cette heure, lorsque la nature semblait se calmer tout autour, que les souvenirs lui revenaient, aussi vifs que jadis. La peur, les menaces, le mensonge, les trahisons, la violence, la mort…

Il se frotta la barbe, songeur, puis passa ses doigts dans ses longs cheveux. Il ne se ferait jamais à tout ce poil prématurément gris. Quand il croisait son reflet dans le miroir flou de la salle commune, il avait du mal à se reconnaître et c'était très bien ainsi ; si la chose était difficile pour lui, elle le serait pour d'autres.

Joseph émergea du sentier et, dès qu'il aperçut la cabane, au centre du premier lopin qu'il avait défriché, son cœur se serra et il sentit une alarme monter en lui. Devant la maison, un chariot couvert de toile était stationné, le cheval noir qui y était attelé broutant patiemment en attendant son cocher. Tout près, il pouvait apercevoir Marie-Louise, sa magnifique chevelure encore rousse reconnaissable entre toutes, et Dieudonné, déjà grand et costaud pour un garçon de dix ans, qui avait hérité des cheveux blonds de son père. Et de toute sa lignée.

Il pressa le pas, tendu, ses mains se refermant sur le manche de la bêche. S'il devait défendre sa famille, il n'hésiterait pas à frapper. Dès qu'il fut à proximité du chariot, il se détendit en reconnaissant l'attirail caractéristique des vendeurs itinérants qui sillonnaient les campagnes durant l'été. Tout y était : les chaudrons, poêlons, cafetières, bols et assiettes en fer-blanc et tôle étamée ; les ustensiles, fers à repasser et rouleaux à pâte ; la meule pour aiguiser les couteaux ; les potions et parfums de tous acabits, les bonbons et tout le reste. L'homme qui discutait avec Marie-Louise, un vieux chapeau melon taché de sueur sur le coin de la tête, en bras de chemise et en bretelles, semblait avoir atteint la soixantaine. Il avait l'air affable et Marie-Louise riait de bon cœur, alors que Dieudonné, toujours un peu timide, souriait.

Joseph n'était plus qu'à une vingtaine de pas lorsqu'il vit Marie-Louise déposer une pièce dans la main du marchand ambulant. Celui-ci décrocha de son étalage un gros hachoir à viande à la lame bien carrée et le tendit à sa cliente.

— Voilà. Vous m'en donnerez des nouvelles l'an prochain! s'exclama-t-il. Avec deux doigts qui manquent, vous apprécierez son gros manche bien rond.

Il désigna la main gauche de Marie-Louise, dénuée d'annulaire et d'auriculaire.

— Que vous est-il arrivé, au juste, ma bonne dame?

— C'est un vieil accident, répondit-elle évasivement.

L'homme allait partir lorsqu'il s'intéressa à Dieudonné. Il ouvrit un gros cruchon de verre, y plongea la main et en sortit une canne en bonbon qu'il lui tendit, au moment même où Joseph rejoignait les siens.

— Pour toi, mon petit, dit-il en ébouriffant ses cheveux blonds.

Sur l'intérieur du poignet droit de l'homme, une cicatrice en angle droit dépassa furtivement de la manchette de chemise, avant d'y disparaître aussi vite.

Un frisson d'effroi parcourut le dos de Joseph. *Opus Magnum.* Ces fous le traqueraient jusqu'au bout du monde. Marie-Louise et Dieudonné ne seraient jamais tout à fait en sécurité. Pourtant, l'*Argumentum* était détruit. Mais au fond, rien ne prouvait que la tablette dont les miettes étaient ensevelies sous la place d'Armes était bien la bonne. Après tout, il n'avait pas pu déchiffrer lui-même son contenu. Peut-être n'avait-elle été qu'un appât pour forcer les ennemis à sortir de l'ombre. L'*Opus* avait certainement été assez rusé pour cela.

Dès lors, Joseph sut qu'après presque onze ans de relative tranquillité tout était à recommencer. Il allait de nouveau devoir tuer. Puis fuir avec les siens. Disparaître une fois de plus et le mieux possible. Toujours plus loin. Au bout du monde, s'il le fallait. Jusqu'à ce qu'on les retrouve encore.

Lorsque la tête de la bêche s'enfonça avec un craquement écœurant dans le crâne de l'imposteur pris de court, Joseph n'éprouva aucun remords.

FIN

Mot de l'auteur

Ce récit est une fiction. Comme j'aime à le faire, j'ai tissé mon intrigue à travers des faits historiques. Départageons donc, par souci de précision, le «vrai» du «faux», dans la mesure où de telles notions existent. Il va de soi que des personnages comme Jacques de Molay, Geoffroy de Charnay, Guillaume de Beaujeu, Clément V, Philippe IV le Bel ont réellement existé et que leur rôle dans les derniers instants de l'ordre du Temple est bien documenté. Tout ce qui touche par contre à un quelconque trésor mettant en péril la survie de l'Église est imaginaire – même si les traités à ce sujet, les quelques bons et les nombreux mauvais, sont légion. Évidemment, Paul de Chomedey et Jeanne Mance ont existé, mais j'ai bien peur de leur avoir prêté des intentions qui n'ont jamais été les leurs. Quant à Honoré Beaugrand, Gédéon Ouimet et William Badgley, ils étaient bel et bien francs-maçons, comme la plupart des gens importants de l'époque – dont un nombre surprenant de Canadiens français. Les personnages principaux de mon roman, eux, sont tous issus de mon imagination.

Les sources utilisées sont diverses et tiennent davantage de la théorie du complot que de la pratique historienne. Je vous indique les principales. À vous, cher lecteur, de les lire et de vous faire une opinion. Pour tout ce qui à trait aux *Bergers d'Arcadie* de Poussin, à la devise que contient le tableau et aux anagrammes qu'on a tenté d'en extirper, je vous renvoie à l'ouvrage fondateur du genre, *The Holy Blood and the Holy Grail* de M. Baigent,

R. Leigh et H. Lincoln (1982). Ils ont été les premiers à s'intéresser au sens soi-disant ésotérique de l'œuvre, tissé dans un vaste écheveau d'hypothèses souvent alambiquées, mais toujours séduisantes. Tous les auteurs qui les ont suivis n'ont fait que décliner autrement leurs théories ou les prolonger.

Concernant le mythe d'une fondation templière de Ville-Marie, je vous suggère les ouvrages de Francine Bernier, *The Templar's Legacy in Montréal, the New Jerusalem* (2001), et de Paul Falardeau, *Sociétés secrètes en Nouvelle-France* (2002). D'une façon plus générale, nombre d'auteurs ont abordé, souvent de manière très répétitive, le thème d'une présence templière en Amérique du Nord précolombienne après la destruction de l'ordre. Parmi les plus connus : Michael Bradley, *Grail Knights in North America* (1998) ; William E. Mann, *The Knights Templar in the New World* (1999) ; et celui qui a lancé tout le mouvement, Andrew Sinclair, *The Sword and the Grail* (1992).

Enfin, l'idée de ce roman m'est venue après la lecture de l'ouvrage de Bernard Lamborelle, *Quiproquo sur Dieu* (2009), qui proposait une réinterprétation pour le moins audacieuse du dieu d'Abraham tel qu'on le trouve dans la *Genèse*. Je n'ai pas la prétention d'être un exégète et je m'abstiens de le commenter, mais il m'a intéressé. L'histoire de la franc-maçonnerie au Québec, quant à elle, reste encore à faire. À titre indicatif, je vous réfère *La pierre angulaire* de Jacques G. Ruelland (2002) et *Petite histoire de la franc-maçonnerie au Québec* de Beaudouin Burger (2009). Si le tableau demeure incomplet, on trouvera dans l'un et dans l'autre des renseignements intéressants.

Suivez-nous

 GARANT DES FORÊTS
INTACTES

Achevé d'imprimer en mai 2013
sur les presses de Marquis-Gagné
Louiseville, Québec